1

WARTROOPER

Yann ALIDOR

WARTROOPER
CHRONIQUES DE GUERRE

Editions L'Antre du Khaos

Editions L'antre du Khaos,
M. ALIDOR Yann
26 rue des freres martin, 76570 PAVILLY
Email :editionsadk@gmail.com

ISBN :978-2-9530289-3-5

Du Même Auteur :
- Les Chroniques du Chaos, tome 1 : L'Abbaye du Chaos
- A couper le souffle (recueil de nouvelles)

Avec le GR746 :
- Mission Blackcat (*Quinze coups de griffes*)
- Et si le petit peuple gouvernait la Terre (*Et si...*)
- L'enfant et le soldat (*D'un rêve à l'autre*)
- Cochons, loups et zombis (*Babel fait ses contes*)
- Mission B.E.L.L.E (*Babel fait ses contes*)

A mes parents
qui m'ont ouvert la voie de l'Armée.
A Stélina, Lou-Anne, Benjamin
pour qui je me bats quotidiennement.
A Justine, que j'Aime.

Je dédie ce livre à tous les militaires du
passé, présent,futur
qui se sont battus, se battent et se battront avec
Honneur, Courage et Abnégation

LIVRE 1 :
première affectation

Nietzsche : La guerre et le courage ont accompli de plus grandes choses que l'amour du prochain.

Capitaine Barril (missions très spéciales): La récompense du capitaine n'est pas dans les notes de ses supérieurs mais dans les yeux de ses hommes

David Gemmel (Druss la légende) : il n'y a que peu de trésors dans la vie d'un homme. L'un d'entre eux est de savoir qu'un ami se tient à ses côtés quand l'heure est grave.

Prologue

Journal personnel du Général-major Fightblue Erik

Enfin, je peux souffler et me reposer auprès des miens. La guerre contre les Lornoriens est terminée depuis huit jours. La cérémonie de leur réédition s'est déroulée sur la Base de Commandement 102 du Royaume de Raich qui se trouve non loin de leur capitale Linderf.

Le Roi Alexander IV, ainsi que notre respectable Président, le Maréchal-Major Anderson qui m'avait promu en personne Général-major avant la dernière offensive sur Lornor, au nom de la Fédération de Warland me décorèrent de la croix de Guerre d'or de l'honneur avec feuilles de chênes et épées, la plus haute distinction crée par la Fédération à la fin de ce conflit.

D'autres héros eurent droit à cette médaille : les membres de mon squad, des wartroopers d'autres sections qui étaient présents lors de l'assaut final sur le vaisseau amiral ou lors de la prise de Lornor.

La foule rassemblée pour la cérémonie était énorme. Des civils, des soldats, des blessés de guerre, des anciens prisonniers militaires et surtout nos familles. Ma femme Stélina, mon fils Aldrik, ma fille Hirwen étaient assis sur une tribune face à moi avec les grands officiels.

Cette famille pour laquelle je me suis battue durant tant d'années.

Cette guerre fut terrible et meurtrière pour les deux camps, mais maintenant, elle est terminée.

Nous rentrons enfin chez nous à Tôtstrupp, préfecture du Landtôt, province d'Outrance, mon pays.

L'affrontement contre les Lornoriens dura plus de vingt ans. Lorsque les premiers accrochages eurent lieu, je n'étais que lieutenant et c'était quelques semaines après ma sortie de L'École Nationale des Cadets d'Outrance. J'appartenais alors aux wartroopers, le corps militaire le plus réputé à travers la planète, après les légionnaires de l'Ordre Noir.

Chapitre 1 : Général Thunder

Les événements que vous allez pouvoir lire débutèrent lors de mon arrivée sur la Base d'Infanterie 2I-57 où je rejoignis ma section de combat composée d'une dizaine d'hommes.

La BI 2I-57 se trouvait non loin de Baldur, la troisième mégalopole d'Outrance après la capitale Waroon et la grande Cité militaire de Tôtstrupp qui est situé dans la province de l'Ordre Noir du Landtôt.

En ce temps-là, notre planète, Warland, était parcourue par de nombreuses guerres. Tous les pays s'affrontaient dans des batailles dévastatrices. De notre côté, nous appelions cette guerre, « Guerre Sainte contre le Bolchevisme ». Elle avait débuté quelque cinquante années plutôt et avait partagé Warland en trois blocs bien distincts. Les Bolchevicks, les Démokrates et nous, les Nationalistes.

Bien entendu, il y eut quelques cessez-le-feu. Mais ces rats de Bolcheks attaquaient sur de nouveaux fronts.

Nous, nous faisions, semble-t-il, de même.

La majorité de la population civile habitait dans les immenses mégalopoles construites par chaque pays. Elles étaient protégées par de très puissants champs de forces et par de nombreuses batteries antimissiles nucléaires et autres.

Les cités géantes étaient sous la protection constante des canons et des missiles anti-météorites contre le

deuxième fléau après les Bolchevicks : les météorites.
Elles provenaient soit du cosmos, soit d'un des cinq anneaux entourant Warland et qui englobaient nos deux grandes lunes.

Ces champs de cailloux, de glace ou d'épaves en mouvement étaient une des causes de la non-exploitation de l'espace. Les vaisseaux décollant de la planète étaient, là plus par du temps, percuté par des astéroïdes qui, même s'ils étaient de très petites tailles, provoquaient de graves dommages matériels.

L'humanité put, quand même, coloniser les deux lunes. Elles furent partagées entre quelques pays de Warland. En faite, il n'y avait qu'une dizaine de stations dont les occupants étaient en majorité des scientifiques et des militaires appartenant aux trois blocs.

Pour me rendre sur la Base d'Infanterie Deux I cinquante-sept, j'embarquais sur le croiseur de transport *Rémora*. Le vaisseau mesurant cinq cents mètres de long pouvait voler à très grande vitesse dans le ciel. Sa capacité d'emport était de vingt squads de dix hommes, de deux hélicoptères de transport T30 et d'un hélicoptère intercepteur « rapace ». Il était armé de deux batteries antimissiles, de quatre canons ioniques et de six batteries de lance-roquettes multiples capables de pilonner dix kilomètres carrés de terrain en moins d'une demi-heure.

Je me trouvais dans le carré voyageur des officiers supérieurs, car il n'y avait plus de place dans celui des subalternes.

Quatre généraux étaient présents. Deux appartenaient à la Deuxième Armée d'Outrance, les deux autres étaient de l'Armée Royale de Raich. Durant le voyage qui dura trois bonnes heures malgré la grande vitesse du croiseur, je les entendis parler de géopolitiques et de tactique de guerre ainsi que de leurs familles.

Nous arrivâmes enfin dans la soirée. Le vaisseau se posa lourdement sur l'aire d'atterrissage après autorisation de la tour de contrôle.

Il pleuvait fortement. Une dizaine de mécaniciens vêtus de leur tenue de pluie entourèrent l'aéronef tel des fourmis sur un morceau de nourriture. Certains faisaient les pleins d'oxygènes et de carburants tandis que d'autres contrôlaient les données qui s'affichaient sur leurs appareils de techniciens à la recherche de pannes.

La piste était entourée de nombreux bâtiments et hangars bardés d'armes de défense antiaérienne allant du canon bitube laser lourd aux batteries antimissile BAM 88, ainsi que de multiples radars et contre mesures diverses.

Plusieurs drapeaux et étendards étaient accrochés sur les murs des édifices. Je reconnus celui de la Troisième Armée de Combat Aérien, celui de la Septième Armée de Combat Terrestre ainsi que celui de la délégation du Royaume du Raich.

Ne sachant où aller, j'avançai sous la pluie, vers la première bâtisse que je voyais lorsqu'un soldat m'interpella.

- Lieutenant Fightblue ? demanda-t-il en me saluant la main à sa casquette ruisselante d'eau.

- C'est cela même, répondis-je en lui rendant son salut.

- Le Général Thunder vous attend, mon Lieutenant, veuillez me suivre.

Il me mena d'abord aux services administratifs où je fus accueilli par d'aimables personnes aux formes très généreuses. Mon circuit d'arrivée étant terminé, le soldat me dirigea vers le bureau du Général. Deux wartroopers armés de fusil d'assaut à fusion laser ou FAFL étaient en faction devant la porte. La secrétaire, une adjudante d'une quarantaine d'années, me fit entrer lorsque l'officier supérieur le lui demanda.

C'était une grande pièce, très bien meublée en bois exotique noir et sobre. Derrière une longue table de travail rectangulaire se trouvait une baie vitrée. Je remarquais que les deux tiers de celle-ci n'étaient qu'un hologramme. Les murs étaient recouverts de photos encadrées. Elles représentaient le général avec d'autres combattants pendant ces diverses campagnes, des véhicules de combat capturés ou détruits et plusieurs photographies de famille. Dans un coin, il y avait un molock empaillé. C'était une créature d'une cinquantaine de centimètres de haut, hérissée de poils noirs hirsutes. Sa tête était large et petite. Deux yeux globuleux jaunes surplombaient une truffe semblable à celle d'un chien. La gueule était ouverte et l'on pouvait voir une dentition à faire pâlir un requin des océans du sud.

Les molocks vivent en groupe d'une dizaine d'individus, dans les grandes forêts de l'Empire forestien. Ils sont très dangereux et attaquent tout être vivant s'approchant d'eux, mais un bon coup de fusil et on n'en parle plus.

Le général Thunder était assis derrière son bureau. Après avoir fermé la porte derrière moi, je le saluais et me présentais réglementairement. Il se leva et me rendit mon salut, puis par-dessus sa table de travail, me tendit la main. Je la lui serrais. Sa poigne était puissante et son regard sévère.

Il était plus petit que moi d'une bonne tête, mais son corps était musclé à déchirer sa chemise. Ses tempes étaient grises. Son visage carré et fort était marqué par les nombreux voyages qu'il avait effectués. Il était vêtu de la tenue de combat camouflage des wartroopers d'Outrance. Sur son bras gauche, au-dessus des feuilles de chêne représentant son grade, se trouvait l'écusson de notre pays « Outrance », sur le droit, au niveau de l'épaule, une bande brodée noire sur fond blanc liseré de rouge « 7° armée ». Sur sa poitrine, de nombreuses broches de décorations évoquaient ses différentes campagnes ou batailles. Il avait à son ceinturon, son arme de service : un pistolet laser de type PL38.

- Bienvenue, lieutenant Fightblue.
- Mes devoirs, mon général.
- Alors, vous vous êtes ainsi porté volontaire pour la Septième Armée de Combat Terrestre d'Outrance. Il ouvrit un dossier et le feuilleta.
- Oui, mon général.
- Vous avez terminé second de votre promotion lit-il.
- C'est cela. Mon général.
- Vous savez que dans la Septième Armée, vous n'avez le commandement que d'un squad de dix hommes au lieu des trois sections de quatorze.
- Je le sais. Mon général.
- Bien, dit-il en fermant le dossier. Il se leva et me tendit un papier. Vous logerez dans le bloc C où se trouve votre squad, la 38°. Votre chambre est la 777.

Le visiophone sonna. Le général décrocha. C'était la secrétaire.

- Le sergent Hunter est là, mon général.
- Faites-le entrer.

La porte blindée s'ouvrit laissant passer un homme aussi grand que moi, mais plus baraqué et plus vieux. Blond coupé en brosse, une cicatrice fine partait de dessus son oeil gauche et se terminait en dessous de l'oreille du même côté. Ses yeux bleus acier étaient durs et froids. L'insigne de la section était cousu sur son bras droit. Il représentait un crâne noir transpercé par un éclair blanc et une faux ensanglantée. Au-dessus, il était brodé « 7°Armée » et en dessous « 38°Section ». Son casque était accroché à son ceinturon. Sur sa poitrine, je pus voir la broche rouge et argenté signifiant qu'il avait eu la croix de guerre avec épée. De plus, il y avait aussi les bandelettes or et sangs de la médaille des blessés. Le général nous présenta après que je lui ai serré la main.

    - Voici le sergent Hunter qui est un vétéran du conflit contre les Bolchocks de Larc. Il a participé à trois campagnes. Il sera votre adjoint et il vous fera découvrir la base. Lieutenant Fightblue, des questions ? Je répondis par la négative. Bien, rompez !

    Après un demi-tour réglementaire, nous sortîmes et je repris mon sac à dos que j'avais laissé dans le secrétariat.

Chapitre 2 : première unité

- Mon lieutenant, le soldat Brokk est allé chercher votre équipement de combat et votre FAFL à l'armurerie. Il vous l'amènera directement dans votre chambre.

Je le remerciais de cette initiative. Lors de la traversée du bâtiment, truffé de caméras de surveillance et de gardes armés, je discutais de choses et d'autres avec le sergent Hunter. Il m'annonça que la météo prévoyait une pluie de météorites dans la soirée. Nous passâmes devant la salle de briefing. Un écran géant était accroché à côté de la porte et indiquait les différents fronts de guerre sur Warland.

Nous arrivâmes enfin au bloc C où de la musique et du bruit sortaient des chambres et les dortoirs.

Nous traversâmes d'abord une salle de sport. Deux hommes s'affrontaient à la boxe sur un ring. Tout autour de celui-ci, il y avait des appareils de musculation, des racks d'haltères et de poids divers et des cockpits de Blitz.

Quelques personnes y étaient installées. Ils s'entraînaient à ce neurogame qui consistait à une simulation virtuelle de bataille de tanks. Chaque coup que recevait le char était transmis en décharge électrique sur le joueur. Cela incitait les soldats a se concentraient sur les manœuvres à effectuer.

Nous arrivâmes enfin dans un long couloir. Au milieu de celui-ci, le drapeau représentant l'emblème de ma section était accroché au plafond. Un crâne noir transpercé d'un éclair et d'une faux.

Un soldat était devant ma chambre dans la position du repos. C'était un petit roux vêtu de la tenue de sport militaire. À côté de lui, il y avait semble-t-il, mon FAFL et mes équipements de protection corporelle. Ceux-ci me protégeaient les jambes, les bras et le haut du corps.

Il me salua et se présenta : «Soldat de première classe Brokk; À vos ordres.»

Après lui avoir rendu son salut, je lui fus reconnaissant de m'avoir amené mon équipement. Je congédiais après les avoir remerciés une dernière fois les deux soldats en leur demandant d'aller vaquer à leurs occupations avant le prochain rassemblement, puis j'entrais dans ma nouvelle chambre.

C'était une petite pièce qui possédait un lit, deux armoires en fer, un râtelier pour mon fusil d'assaut à fusion laser communément appelé «FAFL». Un holoécran était installé face au pieu. Sur un minuscule bureau, il y avait un visiophone. Une salle de bain contenant des toilettes, un lavabo et une douche se trouvait à côté de l'entrée. La lumière des projecteurs de surveillance éclairait par intermittence la chambre lors de leur passage.

Dehors, la pluie avait cessé et les nuages se dispersaient. Je vis ainsi les deux lunes de Warland et les ceintures d'astéroïdes de la planète.

Je décidais de prendre ma douche pour me rafraîchir puis de me coucher après avoir mangé les deux sandwiches que je m'étais achetés pour le voyage. Je m'endormis en pensant à la longue journée qui allait m'attendre le lendemain.

- À mon commandement, garde à vous ! Hurla le

sergent Hunter aux dix wartroopers alignés dans la salle de briefing en tenue de combat, sans casque, ni armes et portant le béret des troupes de terrestres.

Il était dix heures du matin. Deux heures plus tôt, j'avais emprunté les dossiers de mes hommes aux archives et les avais lus pour mieux les connaître.

- Messieurs, commençais-je d'une voix calme et sûre, comme le Maréchal-Major Anderson l'a dit à la fin de son élocution au grand stade de Waroon : «Chacun de nous est un wartrooper, qu'il soit sans grade ou Maréchal-Major.». Je suis le lieutenant Fightblue, j'arrive tout droit de L'École Nationale des Cadets d'Outrance.

Je fis quelques pas, inspectant leur tenue tout en mettant un visage sur les archives que j'avais feuilletées.

- Repos, messieurs. Les hommes se détendirent. J'ai eu le temps de lire vos dossiers. Je suis fier de vous avoir sous mon commandement. Pour vous, je sais que je suis un bleu dans le combat, mais je connais votre professionnalisme et nous allons faire honneur à notre squad.

Ensuite, pendant deux heures autour d'une table, nous discutâmes des diverses raisons qui les avaient poussées à entrer dans les wartroopers.

Chapitre 3: Entraînement et Ordre Noir

Pendant un mois, nous nous entraînâmes au combat, déplacement tactique, commandement, tirs.

J'appris à connaître mes hommes, leurs capacités, leurs endurances et leurs motivations.

J'appris à connaître ma place dans cette unité, celle d'officier de squad.

Pendant deux jours, nous marchâmes avec cinq autres squads à travers une grande forêt se trouvant à dix kilomètres de notre base. Durant cette petite virée, nous fîmes deux équipes et nous affrontâmes sur un parcourt semé de pièges et d'obstacles divers. Lors de ces deux jours, nous essuyâmes une pluie de météorites. Elle avait été courte, mais il y avait eu de gros cailloux.

Par chance, il n'y eut aucun blessé lors de cet exercice. À la fin de celui-ci, trois hélicoptères de transports vinrent nous rechercher pour nous ramener à la base. Sitôt arrivés, les différents chefs de section furent conviés à un débriefing pendant que nos hommes allèrent se changer.

Après avoir effectué mon rapport, m'être lavé et avoir revêtu une tenue de combat propre, je rejoignis mes hommes au réfectoire. Des pattes, un steak de bœuf, une salade, un fromage et un fruit : voilà, un repas comme je les aime.

Mon squad était là au complet. Il y avait Hellberg, un

géant d'un mètre quatre-vingt-quinze et chauve. Il était caporal et grâce à son gabarit, le porteur de la mitrailleuse lourde à fusion laser montée sur gyrostabilisateur. C'était un harnais qui grâce à un bras hydromécanique permettait de soutenir facilement la pesante arme et de pouvoir se mouvoir aisément lors des combats. Il venait d'une famille d'agriculteur céréalier. Il avait fait partie des Jeunesses Ouvrières et Paysannes d'Outrance : un rassemblement de jeunes filles et de garçons appartenant aux classes tertiaire où des cours de cultures biologiques, de chasse et de formations sur du matériel agricole et technologique, leur étaient donnés.

Il y trouva le deuxième caporal de la «38°section» : le caporal Malko. Celui-ci, le plus petit du groupe avec son mètre soixante-dix, avait eu une instruction scientifique sur les armes chimiques et bactériologiques.

Par fraternité, il entra dans les rangs des wartroopers, le même jour que Hellberg.

Les soldats Styper, Darkbug et Vonberg s'étaient rencontrés dans les Jeunesses Nationalistes d'Outrance. Ils s'occupaient de la diffusion de la propagande du Parti National-Socialiste d'Outrance. Ils collèrent des affiches ou bien firent la sécurité lors des conférences des membres du parti. Vonberg était le plus politisé de nous tous. Il était entré dans les wartroopers pour acquérir de l'expérience aux combats et apprendre à commander une troupe. Il pensait finir officier ou représentant politique de sa ville natale.

Darkbug, lui, me fit la démonstration d'un de ces talents : le lancer de couteau à quinze mètres entre les doigts d'un homme. Les autres m'informèrent que son père était un artisan coutelier et que tous les poignards de bataille de la section avaient été forgés par lui. Ils possédaient un tranchant à toute épreuve et étaient très résistants. De plus, le nom de chacun était gravé sur la lame.

Styper était un professionnel en informatique. Avant d'entrer dans les Jeunesses Nationalistes, il avait piraté les comptes bancaires d'une grosse banque d'un pays ennemi et y avait mis la pagaille. Dans les Jeunesses, il avait utilisé ses talents pour communiquer avec les autres partis Nationaux Socialistes du reste de la planète. Il s'engagea dans les wartroopers pour combattre le communisme.

Les trois derniers soldats, Strauss, Darés et Johnson, s'étaient rencontrés dans l'Université des Jeunes d'Outrance. Cette école produisait des scientifiques et des artistes littéraires et musicaux. Darés avait fait médecine et avait le niveau d'un doctorat. Johnson était un technoscientifique. Il avait approfondi le talent qu'il avait pour réparer les appareils électroniques et certains véhicules terrestres. Strauss, lui, était un musicien hors pair. Il avait voulu appartenir dans la Compagnie Musicale des Wartroopers d'Outrance. Malheureusement, le matin du test d'entrée, il s'était fait casser la figure par un gang des rues et s'était retrouvé à l'hôpital. Il lui fut impossible de repasser l'examen, il était alors entré dans la branche combattante avec ses amis.

Lorsque j'arrivais à leur niveau, Hellberg parlait balistique avec Brokk. Les autres discutaient de leur dernière virée en ville. En me voyant, le sergent Hunter ordonna un garde-à-vous et tous se levèrent. Je les fis se rasseoir et leur dis de continuer de manger en même temps que je m'installais près d'eux.

Peu de temps après, notre attention ainsi que celui de la salle, fut attirée, par le passage, devant le mess de cinq hommes en uniformes noirs. Sur le bras gauche, ils portaient un brassard rouge orné d'une tête de mort noire, entourée d'une roue solaire blanche. Le silence se fit dans le réfectoire. Tous les soldats chuchotaient entre eux.

- Des troufions de l'Ordre Noir, murmura Vonberg, le rouquin de ma section.

L'Ordre Noir était l'institution la plus respectée et la plus crainte d'Outrance et des pays alliés et ennemis. Il était composé de l'élite d'Outrance. Elle était militaire, artistique, policière, technologique et ésotérique. Les tests pour y entrer étaient stricts et difficiles.

Leur présence sur des champs de bataille était bénéfique pour le moral des troupes présent à leur côté, car tous connaissaient leur ferveur de gagner coûte que coûte un conflit par tous les moyens. Ils formaient une caste de wartrooper à part entière.

Par contre, leur présence, ici, était étrange et signifiait que quelque chose de très important allait se passer ou s'était déjà passé.

Brokk lança une blague et toute ma section pouffa de rire. Nous ne nous occupâmes plus des soldats et continuâmes à manger.

CHAPITRE 4 : Pluie de météorites

Deux semaines après l'arrivée des wartroopers de l'Ordre Noir sur la base Infanterie 2157, nous avons été débarqués à la frontière de Bargol et de Forest par un hélicoptère de transport de type H25 de l'armée bargolienne.

Brokk, devant en éclaireur, avait un câble neuro-optique qui sortait de son casque. Celui-ci était branché sur le viseur de son FAFL, lui permettant ainsi de voir la même chose que le canon de son arme. Nous en étions tous équipés. Lorsqu'un ennemi était localisé, d'un clignement de l'œil, nous ajoutions cette information en une nouvelle icône rouge, aux autres membres du squad sur l'affichage de notre visière. Un des avantages de ce système était que l'arme se bloquait en mode rafale quand celui-ci passait sur une icône verte amie. Ça, c'était de la grosse théorie de bureaucrate. Nous savions qu'il y a eu beaucoup d'accidents.

Malko et Johnson étaient équipés d'un radar individuel de détection d'énergie proche ou «RIDEP». Ils détectaient toutes traces de mouvement dans un rayon de cinquante mètres. L'un était utilisé par Brokk. L'autre était en queue de section.

J'étais trois mètres derrière Malko et dix, devant Hellberg qui portait sa mitrailleuse lourde à fusion laser. Le gyrostabilisateur montait sur un harnais possédait un bras hydraulique qui aidait à soutenir l'imposante et puissante MLFL et de permettre ainsi de soulager son utilisateur dans ses déplacements et de réduire de façon importante le recul de l'arme afin d'augmenter son efficacité.

Les soldats Darés et Strauss nous suivaient à bonne distance, armés de leur FAFL. Darkbug équipait d'un fusil à impulsion I40 muni d'un viseur stratom relié à un oeilleton par un câble neuro-optique. C'était une des armes préférées des tireurs d'élite.

L'ensemble de visée couplé à un nano-ordinateur couvrait toutes les fréquences visuelles ainsi que toutes les conditions climatiques, de jour comme de nuit, par fortes rafales de vent ou par brouillard. Le FI quarante et son système de visée perfectionné autorisaient l'acquisition de plusieurs cibles à la fois et de faire feu en courte rafale. Les cartouches intelligentes et perforantes de quinze millimètres étaient alors guidées vers leurs objectifs. L'utilisation théorique de l'arme permettait d'ouvrir le feu sur dix cibles en même temps, mais dans la pratique, le sniper tirait au maximum sur cinq, et encore, ce devait être un très bon tireur. Certains arrivent même à mettre trois pruneaux en titane-carbone dans la même victime en mouvement à deux cents mètres, mais là, c'est légendaire.

Styper était armé d'un lance-grenades à chargeurs multiples. Le soldat Vonberg et le sergent Hunter avec leur FAFL fermaient la formation.

Notre objectif était à une journée et demie de marche de la frontière. La mission était simple. Nous devions nous infiltrer dans un bunker qui protégeait un centre scientifique de création de substances chimiques et bactériologiques. Nos espions avaient appris que les Forestiens avaient créé une nouvelle arme : le XM25C2.

Mon squad et moi même, n'en connaissions pas les

effets, mais nous avions ordre d'en prendre un échantillon et de réduire la base en cendre.

Nous avancions lentement à travers l'épaisse végétation de ce maudit pays. Il était entièrement couvert de forêts vierges où une multitude d'espèces animales pullulaient. Nous pouvions tomber sur une meute de molocks à tout instant ou nous faire mordre par un serpent venimeux ou bien se faire piquer par un insecte ou une plante tout aussi dangereuse. Seule la capitale, une grande mégalopole de deux cents millions d'habitants était au milieu d'un désert façonné par des missiles nucléaires lors de la « Grande Guerre », il y a de cela cent cinquante ans.

La température était élevée et l'air ambiant humide. Je me sentais poisseux. La sueur me dégoulinait le long de mon cou. Styper avait une petite serviette autour du sien. La prochaine fois, j'y penserais.

Déjà, sept heures que nous marchions en territoire ennemi. Les oiseaux chantaient et tout autour de nous, les cris des animaux sauvages nous parvenaient. Nous fîmes une pause pour nous restaurer et nous reposer un peu. Puis nous nous remîmes en marche.

Ma première mission débutait bien. Chaude et humide, mais bien.

Lorsque la nuit tomba, nous montâmes le camp. Nous n'avions rencontré aucun ennemi ou braconnier qui aurait pu donner l'alerte.

Le caporal Malko nous raconta que les bombes bactériologiques et chimiques de la Grande Guerre avaient profondément modifié la faune et la flore. Il nous avertit aussi que les molocks sortaient souvent durant l'obscurité pour se nourrir.

J'ordonnais à Darkbug de prendre le premier quart avec un RIDEP. Grâce au radar, le possesseur pouvait détecter des mines ou des explosifs à cinq mètres, des déplacements à deux cent cinquante mètres, des sources d'énergie électrique, magnétique et électromagnétique. Les capacités du RIDEP permettaient de l'utiliser en combat ou dans la construction de bâtiment.

Darkbug le brancha sur détecteur de mouvement et monta sa garde pendant que nous dormions.

Styper prit la relève.

Un sifflement strident, puis une explosion au loin nous réveillèrent tous en sursaut. Styper nous hurla de nous mettre à l'abri. Le ciel était strié de tracés lumineux multicolores.

- Merde, une pluie de météorites, jura le sergent Hunter en enfonçant son casque sur la tête.

Johnson regarda à travers ses jumelles, tomber les roches spatiales puis nous affirma que nous n'avions rien à craindre. Selon ces calculs et l'axe de trajectoire des plus gros astéroïdes qui chutaient à une vingtaine de kilomètres de notre position et sans doute, sur notre objectif.

Je le dévisageais sceptique, mais son visage paraissait convaincant. Il avait étudié le phénomène dans son ancienne école avec des scientifiques dont deux appartenaient maintenant à l'Ordre Noir. La pluie ne dura qu'une dizaine de minutes. C'était un spectacle merveilleux. Les plus petites se désagrégeaient dans le ciel et devenaient des étoiles filantes tandis que les plus massifs touchaient le sol dans une déflagration sourde.

Gare à celui qui s'en prend une sur le coin du crâne.

Soudain, nous entendîmes un terrible sifflement et un plus gros météore semblable à une boule de feu s'écrasa plus loin. Nous nous attendîmes à une explosion, mais il ne se passa rien. Pas même une secousse. Bizarre.

- Mince, il n'y a rien eu, murmura Hellberg en rajustant son gilet blindé.

Je regardais ma montre. Deux heures quinze. J'étais en nage. J'essuyai la sueur qui coulait sur mon visage du revers de la main.

Tous mes hommes n'étaient pas décidés à se rendormir tout de suite. Personne ne voulait être réveillé par une autre pluie de météorites.

J'optais alors de poursuivre la mission.

Chapitre 5 : 1° contact

Notre progression fut beaucoup plus lente à travers la dense végétation sauvage.

Styper m'appela d'un geste de la main.

- Lieutenant, là, regardez !

Je tournais la tête dans la direction qu'il me montrait du canon de son arme.

Le cadavre d'un soldat forestien était couché sur la souche d'un arbre. La partie haute de son corps était déchiquetée. Il tenait encore son pistolet à impulsion électromagnétique dans sa main droite. Hunter trouva l'autre moitié dix mètres plus loin. L'odeur des entrailles dispersées était repoussante.

- Bah, merde, qu'est ce qu'il lui est arrivé ? murmura Strauss au caporal Malko qui était penché sur la dépouille.

- On dirait qu'il a été bouffé par une créature.

- Putain, ça doit être une sacrée bestiole, siffla Hellberg, en scrutant les environs, son MLFL prêt à cracher la mort.

- Ce n'est pas un molock, en tout cas, souffla Darés, leur mâchoire est beaucoup plus petite.

Vonberg ne tint plus et gerba son casse-croûte, derrière un arbre.

- On continu, ordonnais-je.

Lors de notre avancée, aucun écho radar ne vint troubler les RIDEPS. Nous n'entendîmes aucun autre tir de laser. Hunter nous montra deux pièges qui devaient être efficaces lorsque quelqu'un déplace une branche. Nous ne fîmes pas l'expérience de savoir comment devait se retrouver le cadavre d'un homme après que la mine légère lui ait déchiqueté la tête et le torse.

Selon mon GPS, nous devions nous trouver à deux cents mètres des bunkers militaroscientifiques. J'avais sur moi, la boite étanche et blindée qui pouvait contenir une fiole du produit dangereux que nous devions localiser et rapporter.

Nous trouvâmes enfin la clairière. Au milieu de celle-ci, un dôme en béton abritait une énorme porte en acier qui chose étrange était ouverte. Un drapeau bleu et vert avec en son centre une étoile rouge flottait au-dessus de celle-ci.

Le bunker était entouré de deux positions de mitrailleuses vides, un mirador et d'une aire d'atterrissage pour hélicoptère. Aucun grillage n'encerclait la zone parfaitement propre.

Je regardais longuement à la jumelle, cherchant toute trace d'ennemi. Rien. Il n'y avait personne. Les deux RIDEPS furent mis à l'épreuve. Ils étaient noirs. Soit il y avait une contre-mesure électronique qui nous empêchait de trouver quelques choses, soit il n'y avait vraiment personne. Nous ne vîmes personne autour des bâtiments et il nous fallait rentrer à l'intérieur.

J'envoyais le caporal Malko et le soldat de première classe Brokk sur la droite du dôme. Les soldats Strauss et Darés sur la gauche. Darkbug muni de son fusil à impulsion I40 se mit en position dans un arbre et se camoufla, prêt à tirer. Johnson et Styper étaient non loin de lui dans les fourrés. Le sergent Hunter, le caporal Hellberg et le soldat Vonberg rentreraient avec moi dans le bunker. Lorsque j'eus fini de donner mes ordres chacun, se déploya comme convenu.

Malko et Brokk avancèrent prudemment à travers les feuillages cherchant des gardes potentiels.

Darkbug signala une caméra à côté de la porte d'entrée, deux autres dans les arbres face au dôme et la dernière sous le mirador.

Strauss m'annonça la découverte de trois cadavres qui avaient été traînés à couvert et qui avaient été dévorés partiellement. Je croisai le regard bleu acier de Hunter. Lui aussi avait entendu Strauss. Il avait la même appréhension que moi : tout ceci n'était pas normal.

Quelqu'un devait nous tendre un piège.

Les animaux ne faisaient plus de bruit depuis un certain temps déjà. Sur notre droite dans la jungle, des oiseaux prirent leur envol.

Johnson m'annonça que son RIDEP avait toujours un écran noir. Le brouillage pouvait venir du bunker. Malko me déclara que de son côté, il avait trouvé un scientifique forestien. Un tir d'une arme laser lui avait arraché le bras et un autre lui avait décalotté la tête et grillé le cerveau. Sur ma gauche, Darés et Strauss m'apprirent qu'il n'y avait rien derrière le dôme à part les restes calcinés de plusieurs caméras.

C'était le moment d'y aller.

- On fonce !

Je bondis en avant, suivi du sergent Hunter et du soldat Vonberg. Hellberg, sa mitrailleuse lourde à fusion laser sur vérins gyrostabilisateur nous couvrit le temps de notre bond. Darkbug détruisit les caméras qui situaient devant avec son fusil de sniper.

- Lieutenant de Strauss !

- Strauss de Lieutenant, je vous écoute. Je fis signe de la main à Hunter de passer la lourde avec Hellberg en couverture.

- Nous avons découvert un puits de ventilation, quelqu'un a fait sauter la grille et a dû pénétrer à l'intérieur du bunker.

- Piégez le puits et trouvez des traces de ou des intrus. Terminé !

Derrière la porte, il y avait un long corridor carrelé de plaque en alliage blanc. Deux mitrailleuses lourdes à fusion laser étaient en batterie sur des sacs de sable. Leurs servants étaient morts, déchiquetés par des rafales de laser. L'un d'eux avait été à moitié démembré. De notre côté, nous découvrîmes des trainées de liquide vert sombre teinté de rouge un peu partout et une multitude d'impacts. Les néons encore en état éclairaient par à-coup.

- Il y a eu un sacré bordel, ici, murmura Hunter en avançant le dos collé contre le mur de droite.

Vonberg me montra du même côté une grille d'aération qui avait été arrachée et de nombreux sillons ressemblant à des griffes ou à des éraflures faites avec une épée ou une hache.

Malko nous rejoignit rapidement. Il nous aida à pacifier plusieurs pièces. Nous ne trouvâmes aucun bolchevik forestien vivant. Seulement des cadavres sanguinolents ou du moins ce qu'il en restait.

Selon nos informations, il devait y avoir une section de combat d'une dizaine de soldats et quatre scientifiques. En faisant le compte, il nous manquait encore deux scientifiques et trois militaires. Je songeais que s'ils étaient vivants ils devaient être très mal en point. Ce fut Malko qui dénicha le laboratoire.

- Darkbug de Lieutenant. Aucun signe de l'ennemi ?

- Aucun, mon Lieutenant.

- Lieutenant de Brokk, nous avons trouvé quelques choses d'étranges, ici.

Je demandais d'abord au caporal Malko, si la zone était sûre et s'il n'y avait pas de risque pour pénétrer dans le labo. Pour toute réponse, il me désigna une affiche en Forestien marquée du symbole international de danger bactériologique et biochimique.

- Il me faut une combinaison étanche en état, dit-il en cherchant dans un vestiaire.

Hellberg se mit en position en prenant le couloir en enfilade. Le sergent Hunter et le soldat Vonberg fouillaient les bureaux à la recherche d'un dossier sur le « XM25C2 ». Ils plaçaient en même temps des explosifs. Ceux-ci volatiliseraient le bunker dès notre départ. Le caporal Malko avait enfilé une tenue imperméable antibactériologique et cherchait dans le laboratoire l'éprouvette tant convoitée. Je repris ma discussion avec le soldat Brokk.

- Continuez, Brokk, je vous écoute.

- Nous avons trouvé, je pense, le météore qui n'a pas explosé.

- Et?

- Il est presque entièrement enterré et couvert par la végétation. Il y a une ouverture dedans semblable à un sas. On dirait une navette déguisée en météorite sans moyen de propulsion et de commande de vol apparente. Darés est à l'intérieur et essaye de récupérer ce qu'il peut.

- Lieutenant de Tireur.

- Tireur de Lieutenant, je vous écoute.

- Nous avons de la visite. Je viens de capter des appels de deux hélicos forestiens.

- Merde…Malko…Grouille! On se tire d'ici. Hunter! Les charges?

- Posées, Lieutenant!

Le caporal Malko avait trouvé la fiole dans une armoire

frigorifique dont il avait fracturé la porte à coup de crosse et la rangea dans le conteneur spécial que nous avions amené. Il passa sous un bain de vapeur et d'ions pour éliminer toutes les bactéries et les produits biochimiques volatiles et dangereux. Puis il retira la combinaison et la jeta au loin avant de se rééquiper avec son propre matériel.

- Lieutenant! Il y a quelqu'un dans les conduites d'aération! hurla Hellberg à mon intention.

Je tournais mon regard dans la direction qu'il me montrait. Un boyau du plafond était en train de se tordre doucement sous le poids de quelque chose. Il passa sur une bouche de ventilation. Les vis cédèrent sous la pression et la grille tomba sur le sol dans un fracas métallique. Hellberg fit feu sans sommation.

- Meurs bolchevik !

Les projectiles fusionnés au laser percèrent la mince paroi en métal. Un cri inhumain retentit. Ce fut pour nous le premier de la future guerre, car nous allâmes l'entendre souvent par la suite.

À notre grande surprise, nous vîmes chuter sur le carrelage, une main déchiquetée par les lasers. Elle possédait quatre longs doigts terminés par des griffes énormes. Elle était d'une couleur vert pâle et des veines de sang couleur absinthe sombre teinté de rouge laissaient couler le fluide sur le sol.

- On se casse et vite. Je n'ai pas envie de croiser le reste du cadavre. À tous replis immédiats ! On sort !

Hunter, Malko et Vonberg coururent vers la sortie. Je les suivis couvert par Hellberg. Nos armes étaient pointées en direction des conduites et des bouches d'aération. Nous ne rencontrâmes rien jusque dehors où nous entendîmes au loin, le bruit caractéristique des rotors des hélicoptères ennemis. Ils allaient être sur nous dans moins d'une minute. Nous sprintâmes aussi vite que nous le pûmes pour nous mettre à l'abri dans la jungle. Nous sautâmes à côté de Darkbug, à couvert.

Les hélicos firent un premier passage. Il y avait un HC 42, aeronef de guerre importé des usines communistes Larciennes et un transporteur de type HT 11.

Le reste de la section nous rejoignit en restant sous la protection de l'épaisse canopée. Lorsque nous fûmes au complet, j'annonçais le départ. Les senseurs des engins ennemis avaient dû nous repérer et ils n'allaient sûrement pas nous laisser partir aussi facilement.

- À tous, on rejoint le point d'envol. Hunter, t'éclaires la route. Darkbug, dès que tu le peux joins les autorités. Strauss et Styper en arrière. Styper, si tu peux leur balancer une de tes charges explosives, fais-le.

- Reçut mon Lieutenant.

Nous nous élançâmes par le chemin que nous avions pris pour l'aller. Styper épaula.

Sur mon ordre, Hunter partit en premier en éclaireur. Vonberg était à dix mètres derrière lui avec son RIDEP programmé sur «Mouvement 250 mètres». Je les suivais. Johnson avec le deuxième detecteur fermait la marche. Il avait branché l'écho radar sur l'oreillette de son casque. Nous avions allumé notre œilleton infrarouge. Nous guettions le moindre mouvement, le moindre bruit.

Malgré la densité de la jungle et la nuit, nous avancions rapidement. Chacun marchait sur les traces du sergent Hunter. Pendant une heure, nous ne rencontrâmes rien.

Soudain, le RIDEP de Vonberg se mit à biper. Il me fit signe de la main : deux échos à cent cinquante mètres.

Nous nous arrêtâmes, doigt sur la détente. Les plots radars bougèrent rapidement sur la droite. Nous écoutâmes au loin le vacarme d'une course. Vonberg les suivit des yeux sur son RIDEP. Hunter était à ses côtés son FAFL épaulé dans la direction des bruits. Nous entendîmes parfaitement des claquements distinctifs d'une arme laser. Un écho s'immobilisa lorsque le second arriva sur lui. Il y eut alors des tirs dans le lointain. Un des échos repartit rapidement. L'autre s'effaça de l'écran du RIDEP.

Nous n'étions pas très loin du bunker ennemi.

Chapitre 6 : Chasse

Hunter était cent mètres devant nous et scrutait les environs.

J'évitais un piège que Hellberg me montra du canon de son arme. J'étais en sueur comme tout le monde et mon pouls devait être à son maximum. Deux explosions nous firent tressaillir. Lorsque je me retournais, je vis Strauss et Styper nous rejoindre en courant. Ils s'arrêtèrent à notre niveau.

- Bravo, les gars.

- Nous ne sommes pas seuls, ici, souffla Strauss.

- Quelqu'un a descendu les hélicos avant moi avec une arme à rayon.

- Putain, lieutenant, venez voir.

Johnson, les yeux rivés sur son RIDEP, faisait le point de la situation. Je m'approchais de lui. Le reste de la section était à quelques mètres derrière nous.

-Ils ont raison, mon lieutenant. Regardez le RIDEP.

L'écran était constellé de taches en mouvement.

- Là, c'est notre équipe. Ceux-là viennent juste d'apparaître. Ils sont à cent cinquante mètres sur notre gauche ou derrière nous, proche du bunker.

La situation changeait rapidement. Ma décision fut prise tout aussi promptement.

- Hunter, faites sauter le bunker.

- Bien reçu.

Deux secondes après, une énorme déflagration

secoua tous les arbres aux alentours. Une lueur vive éclaira les environs.

- J'ai perdu plusieurs points, nota Johnson.

Des hurlements inhumains retentirent dans la jungle. Nous restâmes tétaniser un court instant. La même pensée traversa l'esprit de toute la section. « Qu'est ce que c'était que ça ? »

- Bordel de merde, jura Darkbug en câblant son casque à son arme. Il épaula. Là bas, ça bouge !

- Je confirme. Plusieurs plots radars. Johnson faisait de nouveau le point.

- On se barre d'ici. Puis dans mon communicateur : +A tous replient immédiat selon le plan. On ne traîne pas, car on doit être pris en chasse par les copains du cadavre du bunker et ils ne doivent pas être content.+ Johnson me lança un sourire puis épaula son FAFL gardant un œil sur le RIDEP.

La forêt étant épaisse, nous trébuchâmes souvent dans les ronces, et autres racines. Johnson et Vonberg me transmettaient les déplacements des plots. Ceux-ci restaient à bonne distance. Darkbug épaula, visa, locka plusieurs cibles mouvantes grâce au nano-ordinateur de sa lunette de visée et tira.

- Trois de moins annonça-t-il.

Il se tourna vers moi, la main plaquée sur son casque.

- Ça y est. J'ai la confirmation des autorités, les hélicos arrivent au point de ramassage.

- Dans combien de temps ?

- Une heure et vingt-cinq minutes.

- On s'active !ordonnais je dans mon communicateur.

Hellberg entendit un bruit dans un buisson à quelques mètres de lui. Il actionna la détente de sa mitrailleuse. La salve d'une vingtaine de coups pulvérisa le bosquet. La créature se trouvant derrière fut projetée au loin et courut en agonisant. Le wartrooper ricana, fier de son œuvre.

Après dix minutes de courses, Johnson m'annonça la présence d'un plot radar à quinze mètres devant nous. Il y en avait quatre autres derrières, à une faible distance. Hellberg se mit en position pour faire feu.

+ Elle ne bouge pas, mon lieutenant, souffla le soldat dans son microcommunicateur.

Strauss, Darés et Vonberg braquèrent leurs Fusil d'Assaut à Fusion Laser dans la direction indiquée.

- Elle avance doucement.

- Attendez de la voir avant de tirer.

- C'est peut-être un indigène de la forêt ?

- Ou un soldat forestien, grogna Hellberg en serrant la crosse de son arme.

- Vu ! Annonça Malko.

Il alluma son micro projecteur d'épaule.

Au loin, derrière un arbre, nous aperçûmes quelque chose en train de se cacher. Cela pouvait être n'importe quoi. L'obscurité et la végétation créaient des formes diverses.

- Johnson ! RIDEP ?

- Cinq bips. Un devant, deux à droite à vingt mètres environ, trois derrières à trente.

- Flinguez-le !

Mon ordre fut lancé. Mes soldats ne se firent pas prier deux fois. Ils ouvrirent le feu de toutes parts déversant un mur de projectiles fusionnés qui déchiqueta tout sur son passage.

L'attaque ne vint pas ni de devant, ni de derrière ou d'un des côtés. Une créature tomba d'un arbre sans faire de bruit sur Johnson. L'impact sourd nous fit nous retourner. La bête avait quatre bras fins et monstrueux terminés par quatre griffes aussi tranchantes que nos dagues de combat. La tête était allongée légèrement vers l'arrière. Une gueule béante garnie de dents acérées s'ouvrait pour laisser passer des filets de bave. Deux cornes sombres couvraient ses tempes. Des veines remplies d'un liquide vert foncé et rouge parcouraient le corps maigre et élancé. Sa colonne vertébrale s'achevait par une longue queue au bout duquel il y avait un dard.

Johnson hurla lorsque la bête lui lacéra son dos à travers sa plaque de protection dorsale et ses bras de ces griffes coupantes. La créature allait mordre le cou du soldat.

- Par ici ! Trou du cul !

Sous l'injonction brutale, elle releva la tête et se retrouva face au canon du Fusil d'assaut à fusion laser du sergent Hunter. La rafale partit explosant la gueule béante dans une gerbe de sang et d'os.

- Oh, merde ! murmura Vonberg.

Son RIDEP grouillait de points étincelants. Darés fonça sur Johnson en sortant sa trousse de soins. Nous entendîmes de terribles hurlements. La forêt bougea de toute part. Tout autour de nous, les créatures couraient. Nos microprojecteurs éclairaient des formes fantomatiques qui se glissaient dans la végétation.

Hellberg tira dans toutes les directions en hurlant. Il fut suivi par Brokk et Styper.

- Il faut que l'on aille au point de ralliement et vite. L'hélico arrive dans trente-deux minutes.

- Lieutenant, Johnson est gravement blessé.

Nous devions faire vite et les ordres plurent.

- Hunter, Strauss, aidez-nous à le porter ! Hellberg, Brokk, couvrez-nous ! Styper, Malko, Darkbug, ouvrez le chemin !

Ce fut une de mes plus mémorables courses de ma vie. Dans les faisceaux de nos microprojecteurs, nous vîmes les créatures se faufilaient dans la jungle avec une très grande vélocité. Nous n'étions pas les seuls à courir. Tous les animaux et les oiseaux de la forêt étaient de la fête et tout cela créait comme qui dirait un beau bordel.

Le jour commençait à se lever. La fatigue se faisait sentir de plus en plus. Nous ralentissions.

- Venez prendre ça ! hurla Hellberg en canardant sur tout ce qui se rapprochait de trop près.

Chacun tirait de courtes rafales dès que quelque chose se montrait.

Enfin la clairière, notre point de rendez-vous. Il nous restait encore dix minutes à tenir.

Le squad se disposa en porc-épic. Chacun surveillait une direction. Johnson était au milieu du groupe et serrait les dents pour éviter de crier. Il pensait à nous. Il ne voulait pas nous démoraliser. Darés lui injectait les dernières poches de sang que nous avions et se mit à lui cautériser les blessures avec ses outils de soins. Le soleil apparut. L'obscurité de la jungle fut percée par les premiers rayons.

- On tire que si l'on voit un ennemi. Pas la peine de gâcher des munitions.

Notre blessé était couché sur le côté. Ses pansements étaient poisseux de sang. Darés lui fit de nouveau une piqûre de tranquillisant. Tous les mouvements sur les RIDEPs s'arrêtèrent. Les écrans se brouillèrent un court instant. Lorsqu'ils se remirent à fonctionner normalement, il n'y avait plus qu'une dizaine de points lumineux.

- On s'est fait berner, murmura le sergent Hunter. Ils nous ont fait croire qu'ils étaient nombreux pour nous effrayer.

Plus que six minutes. Des gouttes de sueur dégoulinaient dans mon dos. Elles étaient froides. D'une main, je réajustai mon casque et mon plastron.

- Putain, mais qu'est ce qu'ils foutent ? Darkbug

épaula.

Les bips radars, chose étrange, se remirent en mouvement dans la direction du bunker.

Le souffle puissant des pales de l'hélicoptère fit vaciller violemment la cime des arbres.

- Enfin, les voilà, soupirais-je de contentement.

Hunter et Darés montèrent Johnson à l'intérieur. Malko et Hellberg pointaient leurs armes dans tous les sens couvrant la montée de la section. Dès que tous furent à bord. L'aéronef prit son envol. Je regardais défiler la jungle par l'ouverture de la porte. Une mer verdoyante et dangereuse où j'espérais ne plus remettre les pieds.

Au-dessus de la Mer Intérieure, deux chasseurs TED 500 vinrent à notre rencontre et nous escortèrent jusqu'au porte-hélicoptères *Antonie*. Johnson s'était endormi, assommé par les calmants. Il était en nage et grelottait. Le mécanicien de bord nous tendit une couverture pour le blessé. Brokk couvrit son frère d'armes.

Chacun de nous était assis sur son strapontin, exténué. Aucun mot ne fut prononcé durant le voyage.

Au loin, je vis une pluie de météorite qui s'écrasait dans l'immense étendue d'eau. C'était un beau spectacle. À chaque impact, des gerbes phénoménales d'eau étaient propulsées dans les airs et retombées en averse sur les gigantesques vagues créées.

Le retour pour Outrance s'effectua à bord du porte-hélicoptères. Pendant que mes hommes se lavaient et nettoyaient leurs armes ou bien se reposaient, je tapais mon rapport sur microdisque. Je déclarais dans celui-ci, la présence des xénomorphes que nous avions rencontrés durant notre opération. Le document envoyé au Général Thunder, je partis me coucher après m'être lavé, harassé.

Mon sommeil fut troublé par des cauchemars où Warland était envahi par des monstres. Je me voyais avec mon squad courir dans des couloirs sombres, assaillis de toutes parts, sans répits, par ces créatures. Je me réveillais en sueur. Le lendemain, j'avais la tête dans le potage. J'étais vaseux.

Après m'être habillé, je rendis visite à Johnson à l'infirmerie. Il était sous perfusion. Le capitaine Sanders, un homme d'une cinquantaine d'années, le médecin de bord, m'annonça que mon soldat allait mieux. À son arrivée, il avait reçu une injection de nanomachines de type Infirmier 4. Ils aident à la cicatrisation des blessures avant d'être évacués par l'organisme.

Chapitre 7: Débriefing

Lorsque nous rejoignîmes la Base d'Infanterie 2I57, nous fûmes appelés immédiatement par le Général Thunder pour le débriefing de la mission. Nous eûmes tout juste le temps de nous laver rapidement et de passer un uniforme propre avant d'entrer dans l'immense salle de réunion.

Nous arrivâmes les premiers. Un jeune sergent secrétaire nous pria de prendre place sur des sièges en attendant le Général. Celui-ci débarqua enfin au bout d'un bon quart d'heure, précédé de trois techno-scientifiques de l'Ordre Noir et accompagné, à ma grande stupéfaction et celui de mes hommes, du Maréchal-Major Anderson, chef de l'état-major des armées d'Outrance, Chancelier du Landtôt et Chef de l'Ordre Noir.

- Fixe! ordonnais-je.

Nous nous fixâmes au garde à vous, le plus parfaitement possible.

- Bonjour, messieurs, commença le Général Thunder en nous demandant de nous asseoir. Tout d'abord, avant de débuter, veuillez regarder ceci.

Il fit un signe de la main à un des techno-scientifiques. Celui-ci, un homme grand et sec s'approcha d'une console vidéo et y inséra un disque laser. Le jeune sergent éteignit la lumière de la salle. Un large écran s'illumina et le film commença.

Rapport du contremaître Dièdre Alexandre de la société agricole Tessano Korps du Royaume de Norgad au Duc Shraëder :

Un homme, mal rasé, la trentaine, habillé très chaudement, tenait un fusil laser de type Mark 2. Derrière lui, il y avait plusieurs cratères de différentes tailles provoquées par plusieurs météorites.

- Monseigneur, voici, l'endroit où les dernières météorites sont tombées cette nuit. Nous allons vous montrer ce que nous avons trouvé dans le plus gros.

Le cameraman suivit l'individu jusqu'à un des cratères. Un énorme rocher fendu en deux était en son centre.

- Observez, ici et là, des charnières en acier. À l'intérieur de l'un d'eux, on peut voir qu'il est compartimenté en cinq caissons, déclara le contremaître en pointant avec le canon de son arme chaque détail qu'il décrivait.

Un zoom vidéo fut effectué sur l'intérieur d'un des caissons. Celui-ci, comme les neuf autres, possédait un câble gros comme un stylo. L'embout était arraché et un liquide verdâtre et visqueux s'échappait de celui-ci.

Le film s'arrêta et la lumière fut rétablie. Le Général Thunder prit alors la parole.

- Ce disque a été intercepté par les services secrets de l'Ordre Noir, il y a quatre jours. Deux jours après que la pluie de météorites soit tombée, trois fermes de la Tessano Korps furent attaquées et détruites. De nombreux cadavres furent découverts. Une cinquantaine de personnes furent portées disparues.

- Nos informateurs nous ont signalé des faits similaires dans plusieurs pays, continua le Maréchal-Major de sa voix forte.

Je vis Hunter regarder l'écran, froncer des sourcils puis murmurer un mot à l'oreille de Malko. Un des techno-scientifiques de l'Ordre Noir prit la parole.

- Selon le rapport de mission que vous avez envoyé, vous êtes les premiers wartroopers d'Outrance à avoir rencontré des xénomorphes et leurs vaisseaux en forme de météorites. Nous avons besoins de connaître l'avis de chacun. Ces informations sont très précieuses et nous permettrons de neutraliser un ennemi éventuel s'il fait une apparition dans Outrance ou chez nos alliés.

Et ainsi, pendant plus de deux heures, nous répondîmes à toutes leurs questions. Le Maréchal-Major Anderson nous regardait silencieusement. Je savais ce qu'il faisait : il nous jaugeait.

La première fois que je l'avais vu, c'était à l'École National des Cadets d'Outrance. Nous avions été impressionnés par la croix de guerre en or avec feuilles de chênes et épées, la plus haute décoration d'Outrance. Il l'avait reçu durant les terribles batailles contre le pays bolchevique de Larc.

Il était venu donner une conférence qui portait sur le thème de la «loyauté et le courage ». Le soir même, il en avait fait une autre beaucoup plus politique sur «le nationalisme et l'honneur d'être un wartrooper ».

Il avait terminé son discours par cette phrase : «Chacun de nous est un wartrooper, qu'il soit sans grade ou Maréchal-Major ». La citation m'avait plu et je la retins. Tous les cadets officiers s'étaient alors levés et avaient applaudi. Le Chancelier du Landtôt nous avait ensuite salué le bras tendu, signe des personnes appartenant à l'Ordre Noir.

Lorsque nous eûmes fini de répondre à leurs questions, nous pûmes rejoindre nos quartiers. Enfin un peu de repos. Je pensais pouvoir appeler mes parents et ensuite lire un livre.

Au moment, où j'entrais dans ma chambre, Brokk arriva en courant.

- Lieutenant, excusez-moi de vous déranger.

- Qu'est-ce qu'il y a soldat ?

Brokk reprit son souffle avant de continuer.

- Mon lieutenant, toute la section va à Baldur pour boire un pot et manger au Sabre clair. Nous serions ravis de pouvoir vous compter parmi nous. Le sergent Hunter pense que vous ne deviez pas connaître la ville. Si cela vous intéresse, retrouvez-nous au bar sous-offs à vingt heures. On vous y attendra.

Je regardais ma montre. C'était dans deux heures.

- Je serais heureux d'être des vôtres.

Brokk me salua et tourna les talons.

Dans la chambre, je vis que du courrier était arrivé. Je décachetai l'enveloppe et y découvrit un minidisque. Je l'insérai dans le lecteur situé sur le mur. Une vidéo faite par mes parents, apparue peu de temps après. Ils avaient l'air d'être heureux. Ils étaient contents de ma réussite dans l'École des Cadets d'Outrance même s'ils n'avaient pas pu assister à la cérémonie de clôture. Ils me demandaient si j'avais fait bon voyage et si j'avais bien été accueilli à mon arrivé. Puis ils décrivirent ce qu'ils avaient fait ces dernières semaines. La vidéo se termina sur quelques photographies prises avant mon départ pour Outrance. J'étais heureux de les voir et d'avoir de leurs nouvelles.

Je souris en lisant la lettre. Elle avait été écrite par ma mère. Elle complétait de quelques anecdotes familiales celles que j'avais vues sur la vidéo. Je la rangeai par la suite dans le tiroir de ma table de chevet.

Je sortis mes affaires de mon armoire et les posèrent sur mon lit. Le seul jean que je possédais ainsi qu'une chemise et mes sous-vêtements. J'insérais un cd-puce dans le lecteur du micro chaîne hi-fi. Un solo de guitare emplit la pièce suivie par les instruments du reste du groupe. Un bon rock. Il n'y a que ça de bien.

Après avoir pris ma douche et m'être habillé. J'enfilais mes lourdes bottes de marche que j'avais pu garder des Jeunesses Blanches d'Outrance et me dirigeai ensuite vers le bar des sous-officiers.

CHAPITRE 8 : Vidéo communication.

Vidéocom port 236 : communication de la station antimétéore 231 de Waroon au Maréchal-Major Anderson, Chef de l'État-Major des Armées d'Outrance :

La vidéo montrait le capitaine Artbuck, commandant de la SAM231. Il était en sueur et réajustait sans arrêt ses petites lunettes rondes sur son nez. Derrière lui, des hommes et femmes travaillaient avec acharnement sur plusieurs terminaux informatiques. Les écrans de différentes couleurs éclairaient leur visage ainsi que la pièce.

- Maréchal-Major, je vous informe que la Station Météore SM205 basée sur la lune War II ne répond plus depuis un quart d'heure. Leur dernier message demandait une aide armée de toute urgence. La communication fut coupée brutalement.

- Bien, Capitaine Artbuck. Mettez-vous en position de défense armée, code rouge. Toute communication avec l'extérieur sera désormais en code vermillon. Transmettez-moi le plus vite possible la bande sonore et vidéo de la communication avec la SM205. Nos ingénieurs scientifiques s'en chargeront. Fin de communication.

- Reçu, Maréchal-Major. Fin de communication.

Dès que l'écran fut noir, l'officier se tourna vers le

Général Thunder.

- Le 38° squad va avoir droit à une nouvelle mission.

- Pourquoi celui-ci ? demanda Thunder, ils viennent tout juste de rentrer. Le lieutenant Fightblue s'est bien débrouillé, mais je vous conseille la 40° du capitaine Hellcate qui est basé ici. Il a déjà plusieurs missions réussies avec succès à son actif et son squad est au repos depuis deux semaines.

- Mais ils n'ont pas rencontré les bestioles qui ont agressé Fightblue et son squad. Je préfère que la présence de ces bestioles ne s'ébruite pas trop vite. De plus, j'ai confiance en ce jeune lieutenant, Général Thunder.

Le bar sous-officier était bondé de monde dont la majorité était en uniforme de l'armée d'Outrance. Quelques officiers de l'Ordre Noir sirotaient une boisson sur des banquettes dans le coin de la salle. Tout en cherchant mes gars, je commandais une bière.

- Alors Lieutenant, vous ne nous attendez pas ?

Je reconnus l'accent nordique. Le sergent Hunter était là, suivi de tous les troopers du squad. Même Johnson était présent. Son bras était bandé, mais il était aussi hilare que les autres. À sentir leur haleine, je devinais facilement qu'ils avaient commencé à boire avant moi.

- Comme Hunter avait acheté de la bière, nous sommes passés par la chambre de Johnson pour qu'il vienne avec nous. Déclara Hellberg, le géant au crâne aussi lisse qu'une boule de billard.

- Nous ne vous avons pas trop fait attendre, lieutenant ? demanda Darkbug.

- Non, je viens juste de commander.

- Bon, ce n'est pas tout ça, avança Hunter. Une binouze pour nous tous pour fêter l'arrivée de notre vénérable Lieutenant et une autre pour sa première mission, commanda-t-il en hurlant pour couvrir les conversations alentours tous mes hommes l'acclamèrent.

- Au lieutenant Fightblue, déclara Malko.

- Au 38° Squad, poursuivit Darkbug.

- Au lieutenant et à la 38°, hurlions-nous, le verre à la main avant de le boire cul sec.

La deuxième tournée suivit aussitôt.

Tous les regards se tournèrent vers nous. Certains soldats souriaient, d'autres maugréaient que nous faisions trop de bruit. Je payais les tournées et nous allâmes nous attabler à une petite table basse que des sous-officiers de l'armée Raichienne venaient de quitter. La musique de fond n'était pas trop forte et nous n'eûmes pas besoin de hurler pour nous parler. J'appris ainsi beaucoup plus de choses en discutant avec eux qu'en lisant leur dossier. Tous racontèrent la petite anecdote d'une de leurs premières missions ainsi que d'autres choses, comme les derniers potins de la base.

-J'ai réservé pour vingt et une heures, lança Darkbug.

-J'espère que ce n'est pas comme le dernier bouge où tu nous as fourrés la dernière fois, car ça craignait.

-T'inquiètes pas, Hunter, c'est largement mieux que la fois où tu nous as fait à bouffer.

Tout le monde éclata de rire.

-On ne peut pas être le meilleur soldat du premier corps de légion et être très bon cuistot, poursuivit Johnson en levant son verre et en lançant un clin d'œil à son supérieur.

- Ce n'est pas tout ça, mais le véhicule doit nous attendre depuis cinq bonnes minutes, annonça Malko.

Un véhicule de transport antigravitationnel de l'armée nous attendait effectivement. C'était un transporteur léger utilisé majoritairement pour les liaisons. En gros, un taxi pour militaires qu'il fallait tout de même réservé une demi-journée plutôt si on n'avait pas ses entrées comme Malko.

Le chauffeur, un petit gaillard fluet, nous salua et dès que nous fûmes installés, fit décoller l'Antigrav avec douceur. Ensuite à moins d'un mètre du sol, il nous emmena à Baldur.

La nuit était tombée depuis une petite heure. Je pouvais voir les ceintures d'astéroïdes qui emprisonnaient et protégeaient Warland. Les lunes qui tournaient autour de la planète et au-delà, je distinguais ici et là, les planètes les plus proches et les étoiles lointaines. Je me demandais de laquelle de ces planètes venaient les extraterrestres que nous avions combattus lors de notre dernière mission.

Chapitre 9 : le Hammerfall

Nous mîmes plus de deux heures avant d'arriver à Baldur. La cause était un embouteillage provoqué par un accident entre deux camions. Il y avait de la ferraille encastrée sur la chaussée. Les secours, les services de police et les engins de dépannage trimèrent sous les klaxons des usagers non patients.

- Lieutenant, on peut mettre de la musique ? Demanda Brokk assis prés du chauffeur.

J'acquiesçais positivement d'un signe de la main.

- Hé ! Strauss, passe-moi le Cd-Puce des Iron Heads.

Le wartrooper sortit le petit CD de son sac porte-feuille en bandoulière. Il le tendit à Vonberg qui le fit suivre jusqu'à Brokk qui l'inséra dans le lecteur situé près du tableau de bord. Des riffs puissants de guitares surgirent des enceintes du véhicule.

- Merde ! Encore votre musique de taré, rugit Styper.

- Putain ! Quelle grande ville, murmura Hunter en regardant par la fenêtre les tours gigantesques de la mégalopole dont nous approchions.

Baldur, deuxième mégalopole d'Outrance, était comme toutes les mégacités de Warland : Géante, exubérante et super bien protégée.

Baldur était entouré d'un mur fortifié comme dans les vieux châteaux forts d'une hauteur d'une centaine de mètres sur lequel était disposé son système de protection contre les météorites très élaboré. Celui-ci était constitué de nombreuses batteries de missiles et de canons à ions installées sur l'enceinte extérieure de la cité ainsi que sur les tours de défense disséminées dans la citée. Elles pulvérisaient tous météores qui s'approchaient de la mégalopole.

Un champ de force crée par plusieurs centrales situées dans les profondeurs de la ville, désagrégeait les particules restantes. Même celles qui étaient aussi grosses qu'un ballon de football.

Sous l'écran protecteur, des tours gigantesques blanches, jaunes, bleu ou vert surplombaient les larges avenues encombrées jour et nuit par une circulation importante de véhicules hétéroclites.

Sur les grands et larges trottoirs, une foule de gens de toute classe sociale marchait, courrait, discutait, se bousculait, hurlait ou bien mangeait debout devant des stands de fast-food, téléphonait grâce au vidéophone public, attendait les élèctrotramways.

Les enseignes lumineuses éclairaient d'une multitude de couleurs, ces rues vivantes et bruyantes alors que des policiers de l'Ordre Noir patrouillaient dans des hovercrafts antiémeutes.

Des émeutes ?

Cela faisait longtemps qu'il n'y en avait pas eu dans notre pays. C'est vrai que les bolcheviks étaient rapidement enfermés lorsque les preuves étaient vraiment accablantes et qu'ils essayaient de provoquer des perturbations en ville.

La population d'Outrance n'enviait sûrement pas les nations qui se disaient démocratiques en laissant des étrangers entrer chez eux et pouvoir voter des lois un an après leur installation sur leur territoire.

J'avais pu visiter une des mégalopoles de nos voisins

de Bargol. Des monticules de déchets traînaient dans les rues. De la musique punkommuniste, des slogans religieux ou politiques étaient diffusés par les haut-parleurs placés dans les différentes artères.

Souvent la pollution atteignait des pics de gravité critique de niveau cinq. La plus forte et la plus dangereuse selon nos experts. Leur gouvernement voulant toujours s'en mettre plein les poches ne bougeait pas de peur que les grands patrons industriels ne leur donnent plus l'argent nécessaire à leur campagne électorale. La corruption était totale. Seuls les chefs d'entreprises, les mafias et les lobbys gouvernaient réellement leur pays.

Ici, même, s'il y avait beaucoup de monde du fait que nous étions dans une mégalopole, nous ne devions pas sans cesse être sur nos gardes de peur de prendre un mauvais coup où de porter en permanence un masque respiratoire antipollution pour ne pas avoir les poumons détruit par une bactérie.

Les détracteurs des pays pseudodémocratiques racontent que nous subissons une dictature effectuée par des méchants tyrans racialistes qui ne laissent aucune liberté à leur peuple.

Je pense et j'en suis sûr que tous les Outranciens sont de mon avis, que tous leurs dires sont faux. Car depuis que notre gouvernement est au pouvoir et que nos présidents se sont succédé, nous avons toujours eu une économie forte, une armée puissante et des villes sûres et propres.

Les seules obligations pour être un citoyen d'Outrance sont de faire son service du travail de trois ans ou celui militaire de deux ans. Ces services lui permettent d'être un citoyen d'Outrance et de bénéficier ainsi de tous les droits et avantages qui lui sont dus.

Je peux en citer quelques exemples, tels que voter, travailler dans la fonction publique, être un wartrooper, pouvoir avoir l'éducation gratuite et suivie pour ses enfants, être à quatre-vingts pour cent rembourser lors de soins médicaux et bien d'autres encore.

Un non-citoyen d'Outrance n'avait pas tous ces avantages et surtout pas le droit d'effectuer des manifestations en clair et pour beaucoup ils ne devaient pas la ramener.

- Ça y est, nous sommes arrivés. Déclara Hellberg en déverrouillant de la main la porte du véhicule.

Tous mes hommes descendirent et pénétrèrent dans la foule un par un. Hunter m'attendait en allumant une cigarette. Je rejoignis le sergent après avoir renvoyé le chauffeur à la base. Nous nous frayâmes alors, un chemin à travers la masse humaine. De loin, je voyais la tête du géant du squad qui dépassait tout le monde. « Bon point de repère » pensais-je. Nous marchâmes cent mètres, je pus remarquer de nombreuses jolies filles possédant des yeux impénétrables et des formes féminines très agréables à regarder.

Hellberg entra dans un établissement. L'enseigne était en bois incrusté de diodes lumineuses multicolores : le Sabre Clair.

Drôle de nom pour un restaurant, dis-je à Hunter. Il hocha de la tête de consentement. La porte s'ouvrit dans un chuintement d'air et de levier. Nous pénétrâmes dans une immense pièce. Mon escouade était déjà assise autour de la plus grande table. Le serveur amenait des bières qu'il distribua avec vélocité.

- Lieutenant, où étiez-vous passé, hurla Brokk, nous avons commencé sans vous.

- Plus de respect envers ton supérieur, Brokk, fit

Hunter en le fusillant du regard.

L'autre baissa les yeux sur son verre.

- Cool, Hunter, nous ne sommes pas sur la base. Puis vers mes hommes. Messieurs, tous levèrent la tête dans ma direction. Bon, je repris mon souffle avant de continuer. Avec tout ce qui s'est passé, je n'ai pas eu le temps de vous féliciter pour la dernière mission et de vous dire que j'étais heureux de travailler avec une équipe aussi soudée. Certains sifflèrent de joie et tous applaudirent.

- Bravo, Lieutenant, cria Hunter. Maintenant, asseyez-vous et bon appétit.

Le serveur arriva avec des plats garnis de sushi.

- Hé ! Takirama! appela Styper, apporte-nous du rosé, euh… sept bouteilles.

Darkbug m'expliqua que Takirama était un ancien Dersien venu à Outrance lorsqu'il avait vingt-deux ans pour s'engager dans la neuvième armée d'Outrance composée des volontaires étrangers combattant contre le bolchevisme. Il avait fait ces dix années de service obligatoire et avait gagné la Médaille militaire d'or avec feuille de chêne lors de la terrible bataille de Proplov où plus de trois cent trente chars amis et ennemis avaient péri ainsi que quatre cent cinquante mille soldats. Il avait réussi à faire sauter une dizaine de tanks à lui seul. Lorsque son service se termina, il fut accueilli à Waroon par le Maréchal-Major Fairbanks qui lui remit sa médaille ainsi que ces papiers de citoyen d'Outrance. Sa femme le rejoignit et ils montèrent ainsi ce restaurant. Il nous amena les sept bouteilles en deux voyages. Elles furent débouchées rapidement. Nous mangeâmes tous avec entrain. Je remarquais cependant que nous étions les seuls clients.

« Le Hammer Fall » était une boite de nuit de Baldur. Nous la rejoignîmes à pied. Elle était constituée de plusieurs pistes de danse dont la plus grande était sur plusieurs niveaux. Nous dûmes attendre une bonne dizaine de minutes avant d'entrer. La file d'attente était longue et chaque personne devait passer devant un groupe de videurs de la taille de Hellberg, mais qui avait deux fois sa carrure. Je suivis Strauss à travers la foule jusqu'au bar. Le DJ mit un rock puissant et identitaire. La chanson parlait de vieilles légendes outranciennes où des chevaliers s'affrontaient armés d'épées et de haches. Mon squad se regroupa au coin du comptoir et se tassa face à deux bouteilles de whisky et une de gin.

Malko draguait la serveuse. C'était une jolie rouquine vêtue d'une combinaison moulante en latex bleu strié de fines bandes vertes qui moulait sa poitrine fort généreuse. Elle lui faisait plein de sourires et buvait ses paroles. Strauss, Darés, Hellberg et Brokk s'enfoncèrent dans la foule pour aller danser sur la vaste piste de danse. Leurs regards brillaient de plaisir à la vue des ravissantes danseuses qui les entouraient. Styper monta à l'étage en emportant un verre de whisky empli à ras bord. Il me demanda qu'on vienne le chercher lors de notre départ. Hunter versa une nouvelle tournée à toutes les personnes encore présentes au tour du comptoir.

- Alors, Lieutenant! Avez-vous lu tous nos dossiers ? questionna-t-il.

- Bien entendu. Pourquoi ?

- Car il manque quelque chose de très important qui n'a jamais été mentionné.

- Laquelle ? fis-je étonner.

- Que nous sommes le meilleur Squad d'outrance ! dit-il en hurlant de rire suivi par Johnson et Darkbug.

Après le deuxième verre, je me décidais enfin à me diriger sur la piste de danse. Il y avait beaucoup de monde et personnellement, je n'étais pas à l'aise, car je n'avais jamais appris à danser. On ne peut pas être bon en tout. Mais, grâce à mes faibles talents de danseur et à mes maladresses, je rencontrais la personne qui allait devenir mon épouse et la mère de mes enfants.

Lors d'une chanson au tempo plus rythmé que les autres, d'un mouvement malheureux, j'écrasais le bout de l'escarpin d'une jeune femme. Celle-ci devait avoir mon âge. Elle me foudroya de ses beaux yeux noisette. Je me confondis en excuse qu'elle accepta, car je ne lui avais pas fait mal. Nous nous remîmes, alors à danser chacun de notre côté.

Cette fois-ci, ce ne fut pas moi qui commis une maladresse. Ce fut elle qui provoqua le contact.

Sur la piste, il y avait tellement de monde que nous étions tous les deux serrés. La jeune femme en se retournant pour parler à son amie, me mit un violent coup de tête en plein dans la mâchoire. Mes dents claquèrent à ras de la langue. Je reculais violemment en me tenant le menton. Elle ne prêta même pas attention à ce qu'elle avait bien pu provoquer.

Je quittais alors la piste de danse et retourna m'accouder au comptoir en pensant à la danseuse. Elle était plus petite que moi, de longs cheveux bruns qui lui descendaient sur les épaules. Des yeux noisette terriblement beaux. Curieusement, je n'avais pas pris garde à son corps.

Brokk était avec Hunter au comptoir du bar. Une des bouteilles de whisky était déjà terminée. La deuxième l'était à moitié comme celle de gin que sirotait Hellberg lorsqu'il s'arrêtait de danser toutes les cinq minutes. Je bus la dose d'alcool que l'on m'avait versé et scrutai la piste de danse à la recherche de la jeune femme qui m'avait troublé. Je ne la trouvai pas. Tant pis, pensais-je en terminant mon verre.

Malko bavardait toujours avec la barmaid.

- Un vrai Don Juan me souffla Hunter à l'oreille. Le seul problème et il est de taille, est qu'il ne sait pas que la fille est maquée avec le grand videur là bas.

Je regardais dans la direction qu'il me montrait. Juste derrière Hellberg, il y avait un homme en costard. Un monstre énorme, Hellberg semblait être un nain à ses côtés. Là, j'exagérais, plutôt son petit frère. Deux têtes de plus que lui et le double en épaules. Je me demandais toujours comment il devait faire pour passer les portes. Son pantalon et sa veste étaient assez amples pour pouvoir y cacher des armes. Je le vis d'ailleurs sortir des gants plombés et les enfiler. Il regardait Malko. Ses yeux étaient plissés et pleins de haine. Ça y est dans quelques instants, l'endroit n'allait plus être très sûr.

Strauss sauva la situation. Il arriva, attrapa notre ami par les épaules et lui chuchota quelques choses à l'oreille. Ensuite après un grand sourire à la serveuse accompagné d'un petit geste de la main il ramena Malko à nos côtés.

- Malko, faites attention lorsque vous draguez une donzelle. Son mec vous matait et j'en suis sûr qu'il aurait bien aimait vous faire la peau si Strauss n'était pas intervenu, lui expliqua Hunter en le fixant dans les yeux.

J'acquiesçais de la tête.

- Nous serions intervenus manu militari pour vous porter secours, mais je n'aurais pas aimé rédiger un rapport au Général Thunder. Amusez-vous, mais pas d'imprudence. OK caporal ?

- Bien reçu, Lieutenant, répondit-il.

- Allez, prend un verre. T'as pas encore trinqué avec nous, déclara Brokk en lui donnant un verre plein de whisky.

Ça y est : le disc jockey appelait tout le monde, car la série de slows allait commencer. Je posais mon verre. C'était ma chance pour retrouver la jeune femme aux yeux si troublants. J'avançais dans la foule. Sur la piste, les couples s'enlaçaient et dansaient. J'espérais qu'elle n'était pas déjà avec un autre danseur. Je la trouvai enfin assise parlant avec une de ses amies. En quelques pas rapides, j'étais devant elle.
- Salut ! Elles levèrent leurs yeux. Je m'adressais à la jeune femme. Puis-je vous inviter à danser ?
- Non. Dit-elle dans un mouvement de tête.
- Allez, je vous invite juste pour cette danse, qui est bien entamée.
Son amie souriait et du coude, l'incitait à me suivre.
- Je ne suis pas un rustre et je n'essaierais pas de vous emballer. Promis.
Elles rirent toutes les deux et sous la pression de sa copine, elle se décida enfin et accepta. Elle était majestueuse. Elle avait rattaché ses cheveux bruns. Ses seins formaient de jolis vallons sous son tee-shirt.
Je positionnais mes mains sur sa taille. Elle mit les siennes autour de mon cou. Nous dansâmes l'un contre l'autre, mais pas trop collé.
- Je m'appelle Érik et vous ? Dis-je ma bouche près de son oreille pour couvrir la musique.
- Stélina.
- Joli prénom.
La chanson s'arrêta. Je jurais intérieurement. Même pas trente secondes. La suivante enchaîna.
- Peut-on danser une seconde ensemble ? lançais-je à

tout hasard .

- Oui bien sûr.

Nous discutâmes alors tout en dansant. J'appris qu'elle faisait des études pour passer un brevet de « Gestion et droit » dans une faculté réputée à un kilomètre de cette boite de nuit. Elle siffla d'admiration lorsque je lui racontais que j'étais Lieutenant dans les wartroopers d'Outrance.

La série de slows se termina enfin. Je lui demandais son adresse ou un numéro où je pourrais l'appeler. Elle voulut bien me la donner. Je lui ai dit de rester sur place et je partis à la recherche d'un papier et d'un crayon à bille. Les hommes de mon squad n'en avaient pas. Les serveuses du bar m'en dégotèrent un après avoir cherché derrière leur comptoir. Je revins tout fier avec mon stylo et un sous-bock de bière qui remplacera n'importe quel bout de papier.

Stélina sourit de ces belles dents blanches lorsqu'elle me vit réapparu.

- Je ne pensais pas que tu allais en trouver si rapidement.

- Avec de la patience, on arrive à tout. J'espère que le stylo fonctionne.

Elle se mit sur le côté de la piste, positionna le sous-bock sur sa cuisse et écrivit.

- C'est l'adresse d'une chambre d'étudiante que je loue pour l'instant. Je n'ai pas encore de téléphone. Je suis obligé de te laisser. Mon conducteur et son amie partent.

- Je te promets de te donner des nouvelles, lui dis-je avant qu'elle ne s'engouffre dans la foule.

Je ne l'ai pas quitté des yeux tant qu'elle était dans la salle. À la porte, elle se retourna, me fit un dernier signe de la main.

Mon cœur battait à tout rompre. J'espérais que le sien faisait de même. Mes pensées, au milieu de la musique forte qui m'entourait, étaient fixées sur Stélina Klaus : le nom que j'avais lu sur le sous-bock. Je ressentais encore le contact de ses mains sur mon corps et les miennes sur le sien. J'avais encore l'odeur de son parfum frais que n'avait pas couvert celle du tabac ambiant malgré les puissants ventilateurs et les hautes qui brassaient l'air.

J'aurais pu penser à elle durant un long moment, si je n'avais pas été bousculé violemment par quelqu'un. Je volai sur le côté, déséquilibré par le choc. Je me relevais en crachant un juron. Malko, à un mètre de moi, faisait de même en se tenant la mâchoire.

- Qu'est ce que t'as encore foutu ? lui hurlais-je.

Hunter était devant le géant qui servait de videur dans cette putain de boite et dont Malko avait dragué la petite amie. Il allait s'en prendre une car il n'avait pas respecté mon ordre. Hunter tentait d'amadouer le grand gaillard. Celui-ci lui décocha une droite que le soldat esquiva rapidement en passant sous la garde. Il le frappa en plein dans les cotes. Malko était maintenant complètement dessaoulé. Je le tenais par le bras et lui fit signe de faire attention. Un homme vola par-dessus nous. C'était un des videurs.

- Il voulait vous attaquer ! gueula Hellberg un grand sourire en coin.

- On sort d'ici ! ordonnais-je. Et rapidement.

Hunter se retourna vivement et faucha les jambes du videur qui chuta sur une table basse. Des bouteilles et des verres furent pulvérisés. Les clubbeurs paniqués commencèrent à partir dans tous les coins. Je vis Darés prendre sous sa ceinture deux objets qu'il enclencha et qu'il jeta par terre. Du gaz fusa et se répandit rapidement. À la tête des gens, je déduisis aussitôt que cela devait être de la lacrymogène. La foule nous poussa tous vers l'extérieur. Les videurs ne purent pas contenir tout le monde, ils furent débordés. Je cherchais mes gars d'un coup d'œil. Strauss et Styper étaient aux côtés de Malko qui s'étaient pris une deuxième mandale dans les cotes. Hellberg progressait courbé pour éviter de se faire repérer. Darés et Hunter étaient dehors et attendaient derrière un véhicule. Johnson et Vonberg sortirent dans la cohue. Leur veste était gonflée de six bouteilles qu'ils avaient récupérées au passage dans la pagaille générale. Brokk, lui, protégeait une demoiselle afin qu'elle ne soit pas écrasée par la foule. Elle le remercia d'un baiser chaleureux avant de le quitter.

Le squad se regroupa dans une rue parallèle à la boite de nuit. Nous décidâmes d'évacuer les lieux rapidement avant l'arrivée de la police. Je n'avais pas envie d'écrire un rapport sur cet incident.

J'ordonnais le retour à la base.

Chapitre 10 : WAR II

- Lieutenant Fightblue, le Général Thunder vous attend avec votre squad dans la salle de briefing. Vous devrez être en tenue de combat et prêt à partir.

La sentinelle en faction devant la base me tendit mon ordre de mission avant de nous laisser passer.

Je pestais. J'avais envie de dormir et de me reposer. J'ordonnais à mes hommes de se changer rapidement et de se rassembler dans vingt minutes devant la porte de la salle de briefing.

Je me demandais ce qui se passait et pourquoi, nous étions rappelés pour exécuter une nouvelle mission. Nous devions normalement avoir quarante-huit heures de repos entre chaque sortie. Cela devait être fichtrement important, pensais-je.

Lorsque je terminais de lacer mes bottes de combat, quelque un frappa à la porte.

- Le Général vous attend.

- C'est bon, j'arrive, hurlais-je en attrapant mon casque et mon FAFL de l'autre main.

Dans le couloir, un soldat m'attendait. Il me tendit un dossier cacheté.

- Voici quelques éléments de votre prochaine mission. Il me salua et fit demi-tour.

Tout en allant à la salle de briefing, j'ouvris le cachet et parcourut rapidement le dossier. Il était question d'une Station-Météore basée sur la lune War II. Il y avait quelques plans des installations ainsi que le nombre d'employés techniciens et militaires.

Ma section se tenait au garde à vous et au complet devant la salle de briefing. Lorsque je vis Johnson, je voulus le congédier tout de suite. Il avait été blessé lors de notre dernière mission et sa blessure n'était sûrement pas guérie. Je lui demandais comment il se sentait. Je vis sa détermination dans ses yeux d'aller en découdre avec les copains. Comme l'a dit un général connu : « Si un wartrooper veut aller au combat. Laissez-l'y aller tant qu'il ne gêne pas ses amis. Au moindre problème de sa part, c'est la cour martiale. »

Après avoir fait une brève inspection de mes hommes, je les fis entrer dans la salle. La fatigue et l'alcool se lisaient sur tous les visages. J'espérais vraiment que nous allions nous laisser nous reposer, car nous risquions de n'être bons à rien avec tout ce que nous avions ingurgité.

Un colonel de l'Ordre Noir était là. Il se dirigea vers moi puis après les saluts réglementaires.

- Colonel Hash de la première Légion Militaire Nord. Le général Thunder m'a déjà parlé de vous et de votre dernière excursion. Félicitations.

- Merci mon colonel, répondis-je d'une voix pâteuse.

Le général Thunder entra. Nous nous fixâmes tous au garde à vous.

- Repos, messieurs, ordonna-t-il après avoir posé un manuscrit sur la table devant lui. La Station-Météore 205 basée sur la lune War II ne répond plus depuis deux heures. Nous avons été avertis de ceci par la Station antimétéore 231. Comme la S.M205 est sous mon commandement, je suis obligé d'envoyer des hommes sur place.

Il s'arrêta de marcher dans la salle et se tourna vers moi.

- Lieutenant Fightblue, vous serez accompagnés de trois techniciens scientifiques et de deux médecins de l'Ordre Noir dépendant de la première L.M Nord. En ce moment, des munitions, des vivres et du matériel de soin sont embarqués sur une navette. Votre mission est simple : trouver des survivants et les soigner. Savoir ce qui s'est passé et me faire un rapport sur tout ce que vous découvrirez. Colonel, avez-vous quelques choses à ajouter ?

- Oui, Général. Je suis ici par ordre du Maréchal-Major Anderson pour contrôler le bon déroulement de cette mission. De plus, nous pensons que la base a subi une attaque par les mêmes bestioles que le lieutenant Fightblue et son squad ont rencontrées. Si cela s'avère exact, nous ne voulons pas que cela s'ébruite avant un nouvel ordre. Bien compris lieutenant ?

J'acquiesçais de la tête.

- Je suis garant du silence de mes wartroopers , mon colonel.

- Nous parlerons des formalités lors du voyage, continua Hasch.

C'était un homme d'une quarantaine d'années, blond, les yeux bleu très pâle. Je remarquais qu'une partie de son oreille droite manquée. Sûrement une blessure de guerre. Il était aussi grand que moi, mais plus fin. Sur sa poitrine, plusieurs barrettes de décoration m'informaient qu'il avait été des plus rudes batailles contre les pays bolcheviques. Comme tous les wartroopers d'Outrance, je savais que les soldats de l'Ordre Noir étaient à chaque fois envoyés en première ligne et que le taux de mortalité de leurs officiers étaient élevés, car ils allaient toujours en avant, affrontant les dangers et donnant l'exemple à leur squad lors des affrontements.

La navette, un transporteur spatial MACK V, décolla de la Base dans le rugissement de ses quatre propulseurs. Nous étions tous sanglés au fond de nos sièges luttant contre la force des G. À mes côtés, le colonel Hasch me présenta tout de même les trois techniciens scientifiques et les deux médecins.

Hasch nous expliqua la manoeuvre que nous allions effectuer et les différentes précautions à prendre lorsque nous serons dans la station anti-météore.

- Tout ce que votre squad doit savoir est qu'il ne faut surtout pas utiliser de grenades dans les niveaux supérieurs de la base qui donne directement sur l'espace. Même si les murs sont épais de plusieurs mètres, un trou dans l'un d'eux créerait une dépression et alors tout serait aspiré vers l'extérieur. S'il reste du courant, tous les sas que nous rencontrons seront normalement verrouillés hermétiquement. Il nous faudra énormément de temps afin de pouvoir tous les déverrouiller avant d'arriver à la salle de contrôle.

Lorsque le transporteur prit sa vitesse de croisière. Nous nous détachâmes pour pouvoir enfiler les exoarmures de combat Titan. Elles ont été conçues pour les affrontements en milieu spatial sur les différentes lunes de Warland. Comme nous ne savions pas dans quelles conditions nous trouverons la SM205, cette précaution n'était pas de trop.

Les armures Titan étaient équipées de bouteilles d'air et d'un système de filtres qui reconditionnaient celui usagé permettant ainsi une autonomie d'une dizaine d'heures. Le casque, comme celui standard des Wartroopers, possédait les différentes formes de visions allant de l'infrarouge à l'ultraviolet, couplé à la visée neuro-optique branchée sur notre armement.

Des plaques de blindages nous protégeaient le thorax, les épaules, les tibias et les genoux. Sur l'avant-bras gauche, nous avions un Radar de Détection de Vie Proche pouvant balayer une zone de vingt mètres autour de l'utilisateur. Il nous permettra de retrouver les survivants de la station.

L'armement du squad était constitué exclusivement du FAFL sauf pour Hellberg et Styper qui utilisait chacun une mitrailleuse lourde à fusion laser ou MLFL.

Le pilote nous annonça l'arrivée imminente sur l'orbite de la lune WAR II et nous ordonna de nous rattacher. Je n'eus pas la peine de dire quoi que ce soit. Après avoir enfilé les combinaisons Titan, nous nous étions de nouveau sanglés et retombé dans les bras de Morphée. Je me levais péniblement et fis un rapide tour d'inspection. Nous avions tous les yeux rougis par la fatigue. Personne ne bougea lorsque l'ordre du pilote fut donné même si certains clignèrent des yeux avant de se rendormir. Seul, Hellberg n'avait pas dormi de tout le voyage. J'appris qu'il avait une sainte horreur des vols transathmosphérique. Avant de me rasseoir, je réveillais le sergent Hunter qui se frotta vigoureusement le visage avec ses mains. Il but une gorgée d'eau par la pipette accrochée à son gorgerin après avoir avalé un cachet. Il me fit un clin d'oeil.

- Contre le mal de crâne. Chacun de nous en aura besoin avant de descendre là-dessous. Il m'en donna un avant de passer la boite à son voisin.

- En orbite, annonça le pilote. Nous survolerons la Station-Météore dans dix-huit minutes. Aucun signal radio. J'attends vos ordres colonel.

Hasch, en exoarmure Titan blasonnée de l'écusson d'épaule des officiers de l'Ordre Noir, appuya sur son communicateur.

- Veuillez rester en vol stationnaire au-dessus de la station.

- Reçu ! Colonel.

Le Squad se réveillait. Les médocs contre le mal de crâne et la gueule de bois tournaient. Le sergent Hunter se massait la nuque. Le caporal Malko affutait sa longue dague de combat avec la pierre que lui avait fourni son père coutelier. Darés rangea les écouteurs de son lecteur de puce musical. Strauss fit passer un magazine à Vonberg.

- Messieurs, vérifiez radio, lampes, radar individuel, niveau d'air,eau, ration, armes et munitions, ordonnais-je.

- Nous sommes en stationnaire au-dessus de la S.M205, mon Colonel. C'est pas beau à voir.

Hasch se débarrassa de son harnais et se dirigea vers la cabine de pilotage. Il revint quelques minutes après.

- Changement de programme. Lieutenant, divisez votre section en deux groupes. L'un pacifiera l'extérieur de la base soutenu par le transporteur. L'autre inspectera le premier niveau. Juste celui-ci et ceci tant que le premier élément n'aura pas terminé sa patrouille.

- Bien Colonel. Puis à mes hommes, Hunter, tu prends Brokk, Hellberg, Darkbug, Strauss et Vonberg. Vous formerez le premier groupe. Darés, Johnson et Malko avec moi pour la pacification du premier niveau. Johnson avec les techniciens, vous devrez trouver les connexions à l'ordinateur principal et ainsi avoir le contrôle des portes et sas de la station. Styper et Malko, vous resterez dans le couloir central. La mitrailleuse sera en batterie. Au fait, Johnson, identifiez toutes les pièces qui ne donnent pas sur l'espace et mettez-nous de l'air.

- Reçut, Lieutenant.

- Colonel, nous sommes prêts pour le débarquement, déclarais-je.

- Alors, allons-y, puis vers le pilote, débarquement.

Casque sur le crâne et verrouillé, l'air respirable arriva frais sur nos visages. La liaison radio crachota et chacun s'identifia. Les chargeurs furent enclenchés, les sûretés enlevées et les armes alimentées. Nous étions tous prêts pour la bagarre.

Les icônes de présence de mes wartroopers s'affichèrent sur mes lentilles de visée. Je savais ainsi où ils se trouvaient et dans quel état de santé, ils se trouvaient.

Le transporteur vibra lors de sa descente. Nous fûmes légèrement secoués. Lorsque les patins de la navette touchèrent le sol, nos harnais se détachèrent et l'arrière de l'aéronef s'ouvrit en grand dans un grand bruit de dépressurisation. Nous débarquâmes rapidement en nous déployant canon levé dans toutes les directions.

C'est à ce moment que nous vîmes enfin la station. L'énorme sas d'entrée de plusieurs mètres d'épaisseur était éventré. Tout le pourtour de l'imposant bâtiment était couvert de débris de toutes sortes. Les murs étaient tombés pour la plupart. En fait, tout le premier niveau était en ruines. Seules les portes blindées qui menaient au premier sous-sol étaient intactes.

Nous découvrîmes les cadavres des wartroopers qui gardaient la station. Leurs exoarmures Titan étaient déchirées par des explosions ou des tirs d'armes laser. D'autres avaient été déchiquetés. Le vide spatial avait ensuite fait le reste.

Styper avec son MLFL parti en avant suivi de Malko. Ils sprintèrent vers l'entrée principale éclairant le couloir en ruine de son projecteur d'épaule.

Les radars n'indiquaient aucune présence dans un rayon de vingt mètres.

- Il faudra ramasser les corps après l'inspection, souffla le Colonel Hasch sur la liaison radio.

- Bien entendu, Colonel.

Hunter et ses hommes s'avancèrent de couvert en couvert tout autour de la station tout en dénombrant les morts qu'ils découvraient au fur et à mesure de leurs progressions. De mon côté, nous rentrâmes dans les ruines, les doigts sur la détente de nos armes. Les radars étaient toujours silencieux. Il n'y avait aucune présence dans les alentours. Un des techniciens scientifiques fit remarquer que les ondes ne traverseraient pas le sol épais de plusieurs mètres.

Les murs délabrés protégeaient des épaves de véhicules spatiaux. Nous trouvâmes des hovercrafts de guerre entièrement calcinés. Dans l'un des cockpits, les restes d'un servant de canon bitube laser tenaient entre ses mains les commandes de tir.

Nous terminâmes le tour du premier niveau. Hunter m'annonça que l'extérieur était clair. Aucun ennemi en vue. Il avait pu dénombrer treize wartroopers et quatre techniciens.

Le pilote prévient le Colonel Hasch que les senseurs de son vaisseau n'avaient trouvé aucune personne vivante dans un rayon de cinq kilomètres. L'officier de l'Ordre Noir lui ordonna de se poser, d'attendre et d'être prêt à décoller.

Il ne manquait plus qu'à se rendre dans les niveaux inférieurs. Je fis contrôler la porte blindée pour savoir si aucun piège n'avait pas été placé. Rien ne fut découvert. Un technicien remit alors du courant dans le système d'ouverture grâce à une des batteries de sa combinaison et ouvrit le sas d'entrée.

- Il y a du jus en dessous, annonça'il.

Première bonne nouvelle, pensais-je en bâillant sous mon casque.

- Avant de descendre, regroupez tous les cadavres découverts dans les compartiments prévus à cet usage dans le transporteur, commanda Hasch.

J'ordonnais à Styper et Hellberg de mettre leurs mitrailleuses en batterie et de nous couvrir. Ils seraient appuyés par Malko. Le reste de la section aidé par les hommes de l'Ordre Noir et moi-même, nous ramassâmes tous les corps et les déposèrent prés de l'aéronef. Les deux médecins les placèrent dans des conteneurs. L'opération dura une dizaine de minutes. Lorsque cela fut fait, je demandais au Colonel Hasch le nombre de personnes qu'il nous restait à trouver.

- Si mes données ont été actualisées, sept soldats, dix techniciens, le capitaine Catcherer qui est l'officier médecin et le Colonel Artemberger, commandant la station. J'espère qu'il est encore en vie, c'est une vieille connaissance.

Je remarquais à travers la visière de son casque que son visage s'était assombri.

Tous mes hommes étaient en position devant la porte blindée. Le technicien l'ouvrit. Derrière, un escalier s'enfonçait sous le sol de la lune.

- Brokk en éclaireur, Styper en couverture.

Le soldat descendit lentement les marches et s'approcha d'une nouvelle porte blindée. Il nous fit signe qu'il n'y avait rien à signaler. Styper se rapprocha aussitôt brandissant sa lourde mitrailleuse sur bras gyroscopique.

- Derrière le sas, se trouve un couloir qui isole le deuxième niveau de l'espace. Comme il y a de l'électricité, il peut y avoir encore de l'air, annonça l'un des techniciens.

- On rentre, ordonna Hasch.

Brokk entra le code d'accès que lui dicta le colonel de l'Ordre Noir. Nous braquâmes nos armes prêtes à tirer. Le sas s'ouvrit dans un chuintement mécanique libérant du gaz. Une lumière orange clignota le temps de l'ouverture. Le sergent Hunter inspecta le petit couloir qui était éclairé.

- Tout va bien, aucun piège.

- On rentre par groupe. Celui de Hunter en avant, ordonnais-je.

Les hommes entrèrent. La porte blindée se ferma et se rouvrit deux minutes après.

- Lieutenant. Nous sommes à l'intérieur. Ça a bardé ici. L'atmosphère est respirable. Aucune présence dans un rayon de vingt mètres.

Ce fut donc à notre tour de pénétrer dans les lieux. Lorsque le sas se referma sur nous, un mélange gazeux emplit le couloir. Nous retrouvâmes le reste de la section dans une grande pièce aux murs en béton couvert de gaines et de plaques en métal. Mes hommes avaient coupé leur arrivée d'air et levé la visière de leur casque.

- L'air n'est pas vicié, Lieutenant, déclara Hunter.

Nous fîmes de même. Je sentis juste une légère odeur qui flottait dans l'atmosphère. Un mélange de plastique brûlé et de celle caractéristique de la mort.

- Bon les gars, il y a encore trois niveaux souterrains. L'ordinateur principal se trouve au troisième inférieur. Les couloirs menant aux postes de défense antiaérienne sont au deuxième inférieur. À cet étage, nous avons la salle de garde, l'armurerie secondaire, la salle de repos plus le quartier des officiers. Au troisième, les chambres du personnel de la station, le mess, les cuisines, l'armurerie principale. Au quatrième, nous trouverons des chambres, l'infirmerie, des salles de recherches scientifiques. Le dernier niveau est constitué des salles frigorifiques ainsi que des entrepôts pour le matériel divers. Notre mission : descendre au niveau trois, trouver l'ordinateur principal et le centre de commandement de la station. S'il y a des enregistrements sur ce qui s'est passé ici, nous les découvrirons là-bas. Chaque niveau sera pacifié un par un pour localiser le reste du personnel de la station. Tout en nous briffant, le Colonel Hash vérifia le chargeur de son arme.

   - Ok tout le monde, vous avez entendu le Colonel. Malko, Brokk en éclaireurs. Hellberg, Styper en couverture. Tout le reste derrière par deux. Hunter, Darkbug, vous couvrez les arrières. Tous les radars doivent être opérationnels. On y va.
   Le sol était recouvert de traînées de sang et le mur d'impacts de projectiles. Dans la salle de garde, plusieurs meubles étaient placés pour former une barricade de fortune. Elle était dévastée comme si une grenade avait explosé à l'intérieur. L'armurerie secondaire était vide. Il n'y avait plus d'arme et de munitions. Nous ne trouvâmes aucun membre de la station ou des agresseurs dans les autres pièces.
   - Lieutenant, Colonel, le sas qui mène au niveau trois est piégé, hurla Malko.
   - J'arrive, lui répondit Johnson.
   Il avança prudemment jusqu'à la porte blindée et regarda le dispositif placé à côté de celle-ci contre le mur à hauteur d'homme.
   - Qu'est ce que c'est que cette merde ? murmura-t-il en découvrant le type de piège. Reculez tous, car si ce machin explose tout le monde y passe. Cette chose projette des aiguillons énergétiques capables de percer

nos combinaisons Titan. Il est assez facile à désamorcer.

- Comment se déclenche-t-elle? demandais-je.
- Cela dépend de la personne qui la mise ici. C'est une mine antipersonnel de type AE II, répondit l'un des techniciens scientifiques de l'Ordre Noir. Soit, elle pète au moment du désamorçage, soit lorsque la porte s'ouvre, soit par tous mouvements autour d'elle.
- Tous mouvements, tempêta Hellberg, elle peut alors exploser à tout moment.
- Elle l'aurait déjà fait depuis longtemps, lorsque le caporal Malko l'a découverte.

J'interrogeais Johnson du regard. Il me confirma d'un hochement de tête.

- On se met à l'abri tout de suite. Nous avons assez perdu de temps en bavardage, ordonna Hasch.

Nous courûmes vers le dernier embranchement et nous agenouillâmes contre le mur du couloir perpendiculaire. Johnson positionna son radar sur détecteur d'énergie et le colla la fréquence de celle-ci sur celle de la mine. Je le voyais transpirer. Ses gestes étaient précis, habiles. Il ne tremblait pas malgré la peur qui se lisait sur ces yeux de se faire péter l'explosif à la gueule. Le technicien-scientifique alla vers lui. Johnson s'arrêta et l'attendit. Ils parlèrent à voix basse tout en examinant la bombe. Leur attention se porta alors sur le radar de bras du technicien puis sur la grande porte blindée.

- Merde, cria le wartrooper en posant sa pince et en courant vers nous talonner par le scientifique.

Dans un crissement métallique et un bruit de puissants vérins, le sas s'ouvrit latéralement. La mine fit un bip. Johnson était au milieu du couloir. Il sauta à terre en hurlant le début de "attention". L'engin meurtrier explosa projetant ses aiguillons mortels dans tous les sens. Les murs, le plafond et le sol en furent criblés. Le technicien fut soufflé par l'explosion de plein fouet. Les fines aiguilles énergétiques le déchiquetèrent en plein vol. Il retomba devant nous dans un bruit sourd. Le ferrocarrelage se teinta rapidement de rouge.

- Putain, pesta Darés.

Je jetais un coup d'oeil rapide. Prés de la porte ouverte, il y avait un cadavre que je n'arrivais pas à discerner à cause de la fumée. Johnson était à quelques mètres de nous.

- Il faut récupérer Johnson, hurlais-je. Hunter, Darés avec moi. Hellberg, Styper, couvrez-nous.

Je fis un bond en avant, mon FAFL pointait dans l'alignement du couloir, à côté de moi, Hunter faisait de même. Nous marchâmes prudemment vers le corps de notre camarade inanimé. Ses jambes et son dos étaient criblés d'aiguillons énergétiques. Darés posa sa main sur l'artère jugulaire.

- Il est mort, lieutenant.

Je jurais intérieurement.

- Occupez-vous de sa dépouille, dis-je à Darés. Hunter, on avance. Je fis signe au reste du squad de nous suivre.

Le deuxième cadavre était celui d'une bête semblable à celle trouvée lors de notre mission dans la forêt de Forest. Les aiguillons lui avaient traversé la tête et le corps. Ces pattes griffues étaient flasques.

- Ils étaient comme celui-là ? Lieutenant Anderson.

- Oui, mon Colonel, répondis-je. Je pense aussi qu'il y en a d'autres.

- C'est aussi mon opinion.

- Le sas du niveau trois est ouvert. Nous pouvons descendre. Déclara Vonberg.

Nous alignâmes Johnson et le technoscientifique contre le mur pour pouvoir les prendre au retour et nous empruntâmes les escaliers nous menant au prochain sous-sol.

- Radars, murmura Strauss dans son communicateur.

Des points lumineux s'éclairaient sur le bord de nos écrans.

- Direction nord-nord-ouest. Distance dix-neuf mètres, annonça Hunter.

- On ouvre le sas. Tout ce qui n'a pas le même uniforme que nous doit être éliminé, ordonna le Colonel Hasch sèchement.

Vonberg pianota le code d'accès sur le boitier de commande. La porte coulissa.

-Putain de merde ! gueula Hellberg, en levant sa mitrailleuse lourde à fusion laser.

De l'autre côté, il y avait un couloir où de nombreux cadavres d'hommes étaient éparpillés et éventrés par les griffes des monstres. Au fond de celui-ci, des créatures dévoraient un soldat disloqué. Une odeur infecte d'entrailles et de sang nous monta au nez. J'en comptais cinq. L'une d'elles nous vit. Elle hurla faisant redresser la tête aux quatre autres puis elle courut dans notre direction avec une vélocité prodigieuse.

- Feu ! commandais-je.

Un torrent de projectiles fusionnés parcourut le couloir détruisant en un instant les monstres hideux.

- En avant ! ordonna le Colonel Hasch en réarmant son fusil d'assaut après y avoir introduit un chargeur de munitions.

Nous bondîmes dans le couloir, ouvrant au passage deux portes donnant sur des chambres vides. Soudain, une créature surgit et sauta sur Malko. Ils chutèrent lourdement sur le carrelage. Darkbug, d'un bond, percuta la bête d'un coup d'épaule, dégageant ainsi le caporal de l'attaque mortelle. Styper se retourna rapidement et déchaîna sa mitrailleuse lourde à fusion laser. La bête explosa dans une gerbe d'os et de chaires.

- Un de plus ! fanfaronna-t-il.

- Dépêchons-nous, de rejoindre la salle de commandement, ordonna Hasch.

Lors de notre périple, nous éliminâmes deux autres créatures. La porte blindée était évidemment verrouillée. Hasch s'en approcha et tapa un code à l'entrée. Lorsque celle-ci s'ouvrit, nous fûmes reçus par trois tirs de lasers qui s'écrasèrent contre le mur d'en face. Toute mon escouade se plaqua contre les parois du couloir attendant les ordres.

- Allez vous faire foutre, putain de monstre. Vous ne nous aurez pas, hurla quelqu'un à l'intérieur.

- Je suis le colonel de l'Ordre Noir Hasch accompagné des wartroopers de la septième armée d'Outrance.

- Hasch, c'est toi? Les gars baissaient vos armes. Entrez ! Je croyais que c'était encore ces putains de saloperie.

La salle de commandement était sens dessus dessous. Dans un coin, trois corps étaient allongés, morts. Leur veste cachait leur visage. Une odeur de sang et de tripes mélangée à celle de l'ozone des tirs de lasers flottait dans l'air .

Derrière une barricade de fortune faite de chaises, de tables, de casiers à documents et de mobiliers informatiques étaient postés deux soldats armés chacun d'une mitrailleuse lourde à fusion laser. C'étaient des légionnaires de l'Ordre Noir. Leurs traits étaient tirés par la fatigue et la faim. À côté d'eux, ils y avaient des boites de rations et des gourdes qui semblaient vides.

Un troisième homme, un officier armé d'un FAFL se

tenait debout derrière ses subalternes. Un large pansement taché de sang recouvrait sa poitrine. Sur son bras gauche, il y avait aussi l'écusson de l'Ordre Noir. Ses cheveux ras étaient bruns et devenaient grisonnants. Son unique oeil était vert. L'autre était caché par un bandeau en cuir.

Les deux gradés se rejoignirent pour se saluer.

- Salut, Artemberger, fit Hasch en prenant son ami dans ses bras.

- Nous ne vous attendions plus les copains. Tous nos systèmes de communication, radars, caméras sont fichus. Seuls l'air et la lumière fonctionnent correctement. Si vous avez un peu d'eau, ce n'est pas de refus.

Nos gourdes jaillirent et furent distribuées aux trois personnes. Darés sortit des tablettes énergétiques de son paquetage de premiers secours.

- Vous aurez besoin de ça, mon Colonel.

Le légionnaire lui prit la nourriture après l'avoir cordialement remercié. Hasch se tourna vers moi.

- Fightblue avec vos wartroopers, pacifiez-moi cette base.

- À vos ordres mon Colonel.

Trois de mes hommes resteraient avec les gars de l'Ordre Noir dans la salle de commandement, tandis que le reste me suivrait.

Nous fîmes le tour du troisième sous-sol sans rencontrer la moindre résistance. Dans les couloirs, nous trouvâmes des cadavres de soldats et de créatures. Le mess et les cuisines avaient été dévastés par des explosions. Toutes les chambres visitées étaient vides. Nous étions dans le niveau quatre lorsque les haut-parleurs de la station hurlèrent.

- Fightblue, remontez à la salle de commandement. Nous évacuons immédiatement. La base va être attaquée de nouveau.

Je regardais le sergent Hunter indécis.

- Je crois avoir trouvé quelqu'un ici, communiqua Malko sur la liaison radio.

Hellberg et Darkbug s'approchèrent de la porte donnant sur un laboratoire. Dans le fond, derrière les plans de travail, une forme bougeait lentement.

- Hé ! Interpella Malko en entrant le doigt sur la détente. Approchez-vous ! Nous sommes des wartroopers d'Outrance.

Hunter fronça les sourcils, il avait senti quelque chose d'inquiétant.

La forme grogna et cela n'avait rien d'humain.

- Malko, sors d'ici, lui hurla Hellberg.

Une chose tomba alors derrière le caporal. Elle mesurait environ deux mètres de haut. Elle écarta ses quatre bras terminés par trois puissantes griffes et releva sa tête ouverte sur une redoutable mâchoire.

- Mince, murmura Darkbug.

Le caporal Malko resta stupéfait une demi-seconde. Il recula, trébucha sur quelque chose. L'attaque de la bête le frôla d'un poil de bras. Hellberg n'attendit pas mon ordre. Il fit feu de son arme tout en avançant et visant la tête de la créature. Darkbug entra dans la pièce par la droite, Brokk fit de même par la gauche. La deuxième bête sauta du fond de la salle en direction du caporal. Celui-ci envoya une courte rafale en plein dans la bouche de la bestiole. Elle tomba à ses pieds.

- Ok, les gars, on se tire immédiatement. Il n'y a plus rien à faire ici.

Nous courûmes, aussi vite que nous le pûmes vers les niveaux supérieurs. Avec tout ce raffut, personne n'entendit les bruits de course dans les conduites d'aération.

- Fightblue, dépêchez-vous. Nous avons besoin d'aide ici, gueula-Hasch dans l'oreillette de mon communicateur.

Devant le sas menant au troisième sous-sol, cinq créatures attendaient. Darkbug glissa dans une flaque de sang. Il poussa un hurlement de surprise. Son doigt actionna la détente de son fusil d'assaut. Une rafale partit au ras des têtes des monstres. Nous nous arrêtâmes surpris par son action. Les bêtes ne bougèrent pas, mais nous entendîmes des galopades dans les couloirs.

- Lieutenant, d'autres arrivent derrière nous, pesta le soldat Vonberg en prenant la visée sur son arme.

Devant nous, elles bavaient et leurs mâchoires s'ouvraient sur une dentition menaçante. Elles s'approchèrent lentement.

- Pulvérisez-moi tout ça, ordonnais-je. Je ferme le sas derrière nous. Il faut avancer à tout prix.

J'enclenchais la fermeture de la porte blindée bloquant ainsi les créatures à notre poursuite. Hellberg avança méthodiquement en tirant rafale sur rafale sur le flot de monstres qui déboulaient. Chacun de nous fit feu en courtes rafales. J'entendis les extraterrestres grattaient le sas. Le passage devant nous fut rapidement dégagé. De temps en temps, une bête apparaissait au détour d'un corridor. Elle était abattue en moins de temps qu'il n'aurait fallu le dire. Dans ce terrible vacarme, nous aperçûmes au dernier moment, un xénomorphe sortir d'une bouche d'aération et dans un bond, elle flanqua un furieux coup de patte à Hellberg. Son casque se détacha de sa combinaison et vola dans le couloir. Du sang jaillit de son arcade sourcilière ouverte. Il hurla qu'il ne voyait plus rien en tombant à genoux, les deux mains au visage. Son arme chuta à ses côtés. Darkbug avait fait taire la créature d'une rafale bien placée avant qu'elle ne frappe de nouveau notre camarade. Le sas menant au niveau quatre venait de céder. Des monstres arrivaient en masse. Hunter s'empara de la mitrailleuse lourde sur bras gyroscopique et fit abattre une pluie d'enfer sur elles. Je sautais sur le blessé. Darés vint rapidement à mon aide. Je sortis alors mon paquetage médical et plaça un bandage sur l'orbite vide du soldat. Darés lui injecta un mélange d'antibiotiques et d'antidouleurs. Hunter le déharnacha de sa MLFL et s'en équipa aussitôt. Strauss avait récupéré le casque d'Hellberg et lui enfourna sur le crâne.

- Tu en auras besoin dehors.

Nous le portâmes à deux pendant que tout le squad ouvrait le chemin jusque dans la salle de commandement. Celle-ci était prise d'assaut par les créatures. Lorsque nous arrivâmes, nous permîmes aux soldats de l'Ordre Noir et aux miens de sortir et de nous suivre. Un des hommes d'Artemberger avait péri lors de l'affrontement. Les monstres surgissaient de partout. Elles se déversaient dans la station. Nous ne comptabilisions pas le nombre de xénomorphes que nous tuâmes ce jour-là. Un des techniciens scientifiques se fit happer par l'une d'elles à l'entrée d'une salle qui avait été sécurisée cinq minutes plutôt. Nous jetâmes quelques grenades pour ralentir la progression rapide des monstres.

Le passage entre les niveaux deux et un, fut très stressant. Nous fûmes piégés durant deux minutes entre les deux portes blindées du sas extérieur. Nous entendions les xénomorphes qui grattaient de l'autre côté. Au niveau un, nous vîmes le transporteur en vol stationnaire à quelques minutes au-dessus du sol et tirait sans discontinuité sur des créatures extraterrestres qui arrivaient de toutes parts. Le Colonel Hasch lui ordonna d'atterrir pour que nous puissions embarquer. Hunter avait jeté la lourde mitrailleuse par terre lorsqu'il fut à court de munitions. Maintenant, il lançait des grenades qui pulvérisaient les monstres dans un nuage de viscères et d'os qui dérivaient dans l'espace. Styper finit son chargeur au pied de l'appareil. Il s'empara de son pistolet et fit feu deux ou trois fois avant de monter dans le transporteur.

Au moment où nous fûmes tous à l'abri dans le vaisseau spatial, les portes se fermèrent. Avant la fermeture définitive, Darés coucha quelques créatures qui avaient réussi à s'accrocher au transporteur. « Plus de cartouches ! » ragea-t-il en se posant sur un des strapontins latéraux.

Dès que la pression atmosphérique et la gravité furent installées dans le compartiment, le médecin de bord s'occupa de la plaie d'Hellberg et lui administra un puissant sédatif qui le fit dormir aussitôt. Nous enlevâmes nos casques de protection et respirâmes l'air froid et stérile produit par le vaisseau.

Le retour sur Warland fut ordonné par Hasch. Personne ne parla durant le voyage. Les visages étaient graves, tristes, fatigués. Chacun devait être en train de se remémorer ce qui s'était passé. J'avais perdu mon premier homme et j'avais un blessé grave selon Darés et le médecin. Hunter sortit une boite de chewing-gums d'une de ces poches et en proposa à tout le monde. Je fus le seul à en prendre un.

Artemberger s'était endormi emporté par la fatigue accumulée de plusieurs jours. Sa tête ballotait de droite à gauche au rythme des à-coups de l'appareil. Lui par contre avait perdu quasiment tous ces hommes. Il ne restait qu'un seul gars sur tout le personnel de la Station Météore 205. Le Colonel Hasch revint du poste de pilotage. Son regard était encore plus sombre que d'habitude. Il s'assit à mes côtés.

- Je n'arrive pas à joindre les autres stations de nos alliés. War II est tombé aux mains de ces monstres.

- Ça pue vraiment la merde, tout ça ! fut ma seule réponse et aucune autre parole ne fut prononcée pour le reste du voyage.

LIVRE 2 :
Légionnaires de l'Ordre Noir

Röhm : « Est soldat celui qui se voue à une cause jusqu'à son dernier souffle. »

devise SS : Mon Honneur s'appelle fidélité

chapitre 11 : l'Ordre Noir

Cela faisait deux semaines que nous étions revenus de notre mission sur la lune War II. Je passais souvent à l'hôpital rendre visite à Hellberg qui se remettait petit à petit de sa blessure. Lors du voyage de retour, il avait sombré dans le coma. Celui-ci avait duré deux jours. Les médecins m'avaient annoncé que son cerveau n'avait pas été touché, mais que son oeil droit était irrémédiablement perdu.

Je visiophonais les parents de Johnson et leur apprit la terrible nouvelle. La mort de leur fils cadet les bouleversa énormément, deux ans auparavant, l'aîné, un pilote de l'Ordre Noir avait été abattu par les chasseurs bolcheviks larciens.

Son corps fut incinéré et les cendres furent enterrées dans la nécropole militaire d'Outrance. Celle-ci se trouvait à une centaine de kilomètres de la capitale Waroon. La cérémonie fut triste. Mes gars prononcèrent, un discourt, sur le courage, le dévouement ainsi que de la forte amitié qui les reliait à leur camarade et frère d'armes.

Des torches de résines furent allumées au-dessus de la plaque funéraire commémorative. Nous chantâmes alors « Ton dernier combat ». Les paroles se répercutèrent dans les hautes voûtes de marbres décorées d'anges armés qui pourfendaient des démons tandis que d'autres tenaient les âmes de soldats morts et les emmenaient vers un paradis accueillant. Nous nous retirâmes en laissant les parents de Johnson près de la tombe de leur fils. Notre rôle, sur place, était terminé.

Je rencontrais le Colonel Artemberger. Il avait un pansement au front et était habillé de l'uniforme de l'Ordre Noir, bien repassé et bottes vernies. Il fut heureux de me revoir. Je fus informé que le Maréchal-Major Anderson avait envoyé un corps de garde composé de cinquante légionnaires de l'Ordre Noir Outrancien sur War II. Ils nettoyèrent la station météore 205 de toutes traces xénomorphes et ennemies. Nos alliés Raichien et Nordackien désinfectèrent de même leur base lunaire. Ces opérations militaires prirent moins d'une semaine avant que l'État-Major pût dire que War II n'était plus souillée.

Pendant ces deux semaines, je retrouvais Stélina Klaus. Je lui laissai un message sur son visiophone, me présentant et m'excusant de ne pas avoir donné de mes nouvelles plus tôt. Elle m'appela le soir même et m'invita à manger chez elle. Elle m'indiqua qu'il y aurait d'autres invités. Je regardais mon planning. Tous mes hommes étaient partis en permission dans leur famille. Un rendez-vous fut pris devant un petit centre commercial. Elle devait y effectuer quelques courses.
Le colonel Artemberger qui devait aller en ville me déposa à mon rencard et me laissa après m'avoir fait un signe amical de la main.
Je n'attendis pas longtemps, car je vis déboucher du coin de la rue Stélina Klaus. Je la trouvai resplendissante. Elle portait une robe légère blanche décorée de fleurs rouges. Après un tendre bonjour et une

bise sur chaque joue, nous rentrâmes dans le centre commercial. Je ne pus à quelques reprises, détacher mon regard de son décolleté qu'elle avait admirable. Nous bavardâmes de choses et d'autres pendant les emplettes. J'étais en admiration devant son sourire et ses yeux noisette.

Je lui payais une partie de ses courses puis nous rejoignîmes son domicile. Les rues étaient bondées de monde. Sur les murs, de grandes affiches proclamaient que l'ennemi bolchevik essayait de s'infiltrer parmi la population commandée par les jewishs. Ce peuple du désert qui se revendiquait être la race élue. À côté de celle-ci, des panneaux lumineux annonçaient à grand renfort de musiques, l'arrivée sur le marché des derniers produits fabriqués par les usines de l'état. Les employés des usines ou des chantiers de l'état étaient constitués en grande partie par les jeunes qui avaient préféré faire leur service national de cinq ans comme ouvrier au lieu de faire leurs trois ans de militaire. À la fin du service national, ils acquéraient les droits du citoyen d'Outrance. Ceux qui n'étaient pas trop manuels, mais qui étaient plus intellectuels le faisaient dans l'administration.

Nous arrivâmes enfin chez elle. C'était une petite chambre d'étudiante qu'elle louait à un couple de retraités dont le mari était un ancien pilote d'hélicoptère de guerre plusieurs fois médaillé.

La piaule était aussi grande que la mienne. Dans un coin, son bureau et des étagères étaient recouverts de livres de droits et d'une chaîne hifi. Il y avait aussi un placard et un lit. La cuisine était dans le couloir et était constituée d'une plaque chauffante et d'un four. Stélina concocta un petit repas pour quatre personnes. Nous discutâmes des cours qu'elle prenait. Elle était en faculté de droit et gestion. Elle avait décidé de faire dans un an, son service national dans l'administration pénale.

Je l'aidai à placer sa table près de son lit, car elle n'avait que deux chaises. Ces deux amis arrivèrent. Un jeune couple qu'elle avait connu lors d'une réunion des Jeunesses Ouvrières et Paysannes d'Outrance. C'étaient des jeunes fort sympathiques. Durant le repas, ils me racontèrent des anecdotes sur Stélina qui nous firent rire. Par la suite après avoir fini de manger et ranger la petite chambre, nous partîmes en boîte de nuit.

Nous dansâmes ensemble toute la nuit. Nous nous désaltérâmes assis dans de grands fauteuils autour d'une petite table basse en plastoverre bleu. Une lumière filtrait par en dessous et éclairait nos cocktails. Notre conversation dévia sur les wartroopers et nos missions. Je ne m'étendis pas trop et ne parlai pas des créatures extraterrestres.

Lorsque la série des slows commença, décidé, je posai mon verre et lui demandai si elle pouvait m'accorder ces danses. Elle se tourna vers moi, ses yeux étaient pétillants de bonheur. Un grand sourire s'était dessiné sur ses lèvres. Elle accepta.

Nous nous retrouvâmes enlacés sur la piste. Mes mains étaient sur ses hanches, les siennes autour de mon cou. Mon coeur battait à tout rompre. J'espérais que c'en était de même pour elle. Timidement, je lui déposais un baiser dans son cou. Elle ne dit et ne fit rien. J'en déposais un autre. Elle leva alors la tête. Je lus sur son visage qu'elle avait aussi les mêmes sentiments à mon égard. Lorsque nos lèvres se rencontrèrent, je crus que la musique s'était arrêtée et qu'il n'y avait plus que nous deux sur la piste. Ses lèvres avaient un goût délicieux et étaient d'une douceur exquise.

Plus tard, je la raccompagnai chez elle. Je n'y restai pas longtemps, car elle voulait être sûre du bien-fondé de notre relation avant d'aller plus loin.

Je repartis donc en direction de la base après l'avoir longuement embrassé, le coeur léger.

J'étais déjà sorti avec plusieurs filles, mais là, j'avais découvert autre chose. Cela se concrétisera dans les années à venir lorsqu'elle deviendra ma femme.

Pendant deux semaines, nous nous retrouvâmes tous les soirs. Allant au cinéma ou dans des bars pour boire un verre. Nous nous promenions à travers les rues de la ville ou dans les somptueux parcs de Baldur jusqu'au jour, où je fus convoqué par le Général Thunder.

C'était un matin et ma permission se terminait deux jours plus tard. Je pestais, car je devais retrouver Stélina le soir même. Revêtu de ma tenue de combat, j'allais en direction de la salle de briefing de ma compagnie. Le sergent Hunter était déjà là et m'annonça que le 38° squad avait était rappelé.

Encore une mission, pensais-je. J'aurais voulu pouvoir faire quelques entrainements pratiques avec mes hommes avant la prochaine. De plus, nous étions en permission et la base d'infanterie 2157 possédait au moins une bonne dizaine d'autres sections de combat en alerte.

Alors que diable, nous voulait le Général Thunder. Sa secrétaire ne nous en dit pas plus et nous fit entrer dans le bureau.

L'officier était en pleine discussion avec le colonel Hasch. Ils étaient installés dans les somptueux cabriolets en cuir. Ils se levèrent lorsque nous les saluâmes réglementairement, puis ils nous serrèrent la main après nous avoir rendu notre salut.

- Nous vous attendions, lieutenant Fightblue, commença le Général Thunder.

- Encore un problème avec des créatures extraterrestres, insinuais-je au garde-à-vous.

-Repos et asseyez-vous. Vous aussi sergent, continua-t-il en nous montrant les fauteuils à côté du colonel.

- Voilà. Il y a quarante-huit heures, le Maréchal-Major Anderson a réuni les généraux de quelques bases d'infanterie comme moi et certains officiers de l'Ordre Noir, comme le Colonel Hasch, Artemberger et le capitaine qui sont allés nettoyer la station S.M 205 sur War II. En fait tous les officiers qui ont lu les rapports ou qui ont combattu ces créatures. Elles ont été appelées gurmacs, les créatures de l'enfer qui selon les légendes ont envahi Warland et ont été défaites par les dragons dieux.

- Oui, je me rappelle de cette légende, déclarais-je. Plusieurs films ont été tournés pour représenter ces grandes batailles légendaires où des chevaliers chevauchant des dragons pourfendaient sans pitié ces démons immondes. Ceci faisait la joie des petits et des grands.

- Le Maréchal Otto Scars chef de la SSIEO (Service de Sécurité Intérieure de l'État d'Outrance) a proclamé la création d'une unité spéciale qui combattra ces gurmacs.

Je commençais à comprendre la raison de notre convocation. Je jetais un bref coup d'oeil à Hunter qui fronçait les sourcils d'interrogation. Hasch de son côté souriait. Il connaissait la suite.

- Cette unité dépendra de l'Ordre Noir. Le Colonel Hasch a beaucoup plus de renseignements sur celle-ci que moi. Lors de cette réunion, le Maréchal-Major

Anderson voulait une unité qui avait déjà rencontré ces créatures pour qu'il y ait le moins de fuites possible avec l'extérieure. Les citoyens d'Outrance auront l'information bien assez tôt. Je me suis porté garant que vous et votre section étiez les mieux placés sur ce sujet. Le Colonel Hasch m'a appuyé sur cette décision.

- Le seul problème, Lieutenant Fightblue, interrompit Hasch est que le Maréchal-Major voulait que cela soit une unité de l'Ordre Noir. Nous en sommes venus à ce que l'on vous demande.

- Que l'on rentre dans l'Ordre Noir? coupais-je voyant où ils voulaient en venir.

Le Colonel Hasch et le Général Thunder acquiescèrent d'un mouvement de la tête.

- C'est cela même, continua l'officier à l'uniforme noir et au brassard rouge à crâne noir sur une roue solaire blanche. Mais comme il faut être volontaire pour entrer dans l'Ordre Noir, je suis dans l'obligation de vous demander à vous et à vos hommes lesquels le sont.

- Normalement, les tests d'entrée dans l'Ordre sont très durs et très stricts. Serions-nous obligés de les passer? questionna Hunter.

- J'y arrive. Vous n'aurez aucun test à passer. Vos actions militaires récentes valent largement les tests. Le seul impératif étant de suivre les différentes formations qui vont avec votre grade. Comme tous ceux qui sont entrés avant vous.

- Normal, acquiesçais-je.

- Vos hommes rentreront ce soir. Nous vous laissons jusqu'à demain matin pour leur en parler et connaitre vos décisions. Si certains d'entre eux ne veulent pas faire ce pas vers l'Ordre Noir, nous leur demanderons de ne jamais divulguer l'existence des créatures et de l'unité spéciale qui sera créée.

- J'ai bien compris, mon colonel, répondis-je.

- Vous avez une chance de faire partie des meilleurs, intervint le général Thunder. Si vous y entrez, l'Infanterie perdra un bon jeune officier qui ne le sera pas pour autant pour tout le monde. Je souris à cet éloge. Nous n'allons pas vous retenir plus longtemps. Nous vous attendrons demain matin à huit heures zéro zéro. Réfléchissez à tout ça et faites-en part à vos hommes.

- Quand est-ce que nous serions mutés? demandais-je.

- Demain soir, si vous acceptez le marché. Répondit le colonel Hasch. Vous partirez pour la base de Tôtstrupp qui se situe dans le Landtôt.

Une nuit. Nous avions une nuit pour réfléchir. Avec le sergent Hunter, nous avions quitté le bureau du Général Thunder plongé dans nos pensées. Les miennes étaient extrêmement confuses. Stélina, Tôtstrupp, l'Ordre Noir, les gurmacs.

L'Ordre Noir regroupait l'élite des différentes professions qu'elles soient civiles et militaires. C'était l'organisation la plus crainte et respectée de Warland.

Cette institution avait créé un état dans l'état qui logeait la majorité de son personnel dans la province fortifiée du Landtôt où le Maréchal-Major Anderson vivait dans un château bunker qui abritait l'école des officiers généraux de l'Ordre. Sa capitale Tôtstrupp se trouvait non loin de la chaîne montagneuse qui séparait Outrance de la république de Bargol. Le Landtôt possédait plusieurs écoles, lycées, universités pour les enfants des militaires et des civils. Elle avait ses propres laboratoires scientifiques et militaires, ses propres canaux de télévision et radios. Les hôpitaux détenaient le dernier cri en matière de technologie et les meilleurs médecins. Il y avait aussi des gymnases et des salles de sport immenses pour que chacun puisse entretenir sa forme.

Je songeais à Stélina Klaus. Je ne savais pas ce qu'elle pensait de l'Ordre Noir. Nous n'en avions jamais parlé.

Le peuple respectait, enviait, mais craignait tout autant le personnel de l'Ordre noir, car ces soldats, les Légionnaires, les meilleurs des wartroopers étaient dans les plus grandes batailles, les plus durs des combats. Ils étaient toujours devant, offrant leur chair et leur sang pour protéger leur pays et ses occupants. Ils comblaient souvent les brèches dans des lignes de front au risque de se voir exterminer par l'ennemi. Ce qui était déjà arrivé à maintes reprises. Leurs soldes étaient supérieures à celle des autres unités d'Outrance grâce à des primes conséquentes.

Les médecins qui étaient pour beaucoup les meilleurs faisaient de nouveaux prodiges médicaux.

On enviait les gens de l'Ordre Noir, car eux avaient de nombreux privilèges : logements offerts gracieusement, réductions sur les transports, éducation gratuite et suivie pour les enfants jusqu'à l'âge adulte, voyages organisés dans les entreprises et bien d'autres choses.

Mais l'Ordre Noir était aussi la machine de guerre la plus crainte de Warland. Dans ces rangs existaient les différentes organisations spéciales de l'état. Les services de sécurité intérieure et extérieure et les grands services de renseignements qui protégeaient le peuple et l'état des attaques terroristes et de l'espionnage divers.

Le SSIEO ou Service de Sécurité Intérieure de l'État d'Outrance du Maréchal Otto Scars était le plus redouté de tous. Il comprenait des troupes d'élite qui s'occupaient des ennemis d'Outrance : terroristes, preneurs d'otages, espions, manifestants, détracteurs, opposants... Certains étaient arrêtés d'autres, purement et simplement éliminés. Et ceux-ci dans n'importe quel pays de Warland qu'il soit ennemi ou ami.

Nous savions aussi que le personnel de l'Ordre Noir malgré tous leurs privilèges devait avoir un comportement exemplaire. Dans le Landtôt, le système judiciaire alourdissait toutes les peines de prison ou des punitions corporelles comme les coups de fouet sur la place publique, chose qui était interdite dans de nombreux pays soi-disant démocratiques. Il valait mieux se faire condamner par un tribunal autre que celui de l'Ordre. Mais toute personne en faisant partit passait obligatoirement devant celui de l'Ordre.

Il y a longtemps, lors de sa création, le Maréchal-Major Templar avait dit que chaque individu voulant entrer dans le cercle de l'Ordre Noir devait le faire de son plein gré après avoir mûrement réfléchi. Car l'Ordre voulait des personnes qui seraient comme les anciens chevaliers, honnêtes entre eux, braves devant le combat, fidèle à ses idéaux, respectueux du peuple, des traditions, de la famille et de la nature. Honneur et fidélité étaient brodés sur tous les uniformes sur la manche droite de ceux qui en faisaient partie.

L'engagement ne se fait pas à la légère. Il se fait dans le sang lors d'une grande cérémonie. On en ponctionne une dose à l'engagé qui est ensuite mélangée à tous ceux présents ainsi qu'à celui de son chef direct, le Maréchal-Major Anderson pour les soldats, le docteur Golsteiner pour le corps médical, et ainsi de suite.

En entrant dans ma chambre, il me restait deux heures avant que ma section soit au complet. Je m'étendis sur mon lit et me mit à réfléchir.

S'engager dans les légions de l'Ordre Noir sans passer les tests était une aubaine de taille. C'était une chance unique. Personne avant nous n'avait dû avoir cette chance. Je sais que j'aurais pu réussir les examens d'entrée, mais je n'étais pas assez investi politiquement et j'avais voulu suivre la voie de mon père qui était entré dans les wartroopers en tant que sous-officier. Il avait été dans la cavalerie lourde à la tête d'un puissant char. Il avait pris sa retraite au bout de trente ans de bons et loyaux services et de quatre batailles contre l'armée larcienne. Ayant de meilleures notes à l'école et réussit les tests d'entrée, je fus accueilli par l'École Nationale des Cadets d'Outrance pour devenir officier.

L'Ordre noir me faisait rêver et m'impressionner. Si j'y entrais, je gardais normalement mon grade selon ce qu'avait dit Hasch et de plus le commandement de ma section ou du moins ceux qui oseraient me suivre. Nous serions une unité spéciale qui combattrait ces monstres que l'on nommait maintenant gurmac. Nous aurions du nouveau matériel et bien d'autres choses.

Le temps passa et j'avais failli oublier Stélina Klaus. J'activais le visiophone et l'appelais.

Elle était là, en train de travailler sur un devoir à rendre deux jours plus tard. Elle fut ravie de me voir. Je lui demandais s'il était possible de se rencontrer le soir même et je lui parlais enfin de l'offre du général Thunder.

Elle me dit que c'était une superbe proposition et que je devais l'accepter. Elle me posa différentes questions sur ma future formation ainsi que celle sur la durée de mon séjour dans le Landtôt. Je lui répondis que cela allait durer longtemps, mais que je viendrais la voir le plus souvent possible. Une idée me traversa l'esprit.

- Veux-tu me suivre là bas?

Quelqu'un frappa à ma porte.

- Lieutenant Fightblue! Les hommes de votre section sont tous là, ils vous attendent ainsi que le colonel

Hasch.

- Bien, j'arrive, criais-je. Puis à Stélina qui me regardais avec un grand sourire, as-tu besoin de réfléchir?

- Non, c'est tout vu, je te suivrais où tu iras.

Ils étaient tous alignés devant moi au garde-à-vous et en tenue réglementaire impeccablement repassée et les bottes cirées. Hunter était à leur tête. Je sus qu'à leur arrivée, le sergent leur avait laissé cinq minutes pour se changer et deux minutes pour se rassembler dans cette salle.

Le colonel Hasch était présent dans un coin de la pièce. Il me fit signe de commencer. Après les avoir salués et mis au repos, je pris la parole.

- Voilà; les gars, à partir de maintenant, nous sommes tous, vous et moi, dans un carrefour de notre vie militaire. Je m'explique : le Maréchal-Major Anderson, chef de l'Ordre Noir et de l'état-major des armées d'Outrance a réuni, il y a un peu plus de quarante-huit heures, tous les chefs d'armées du pays et ceux de la sécurité interne et externe. L'ordre du jour a été les créatures extraterrestres qu'ils ont nommées Gurmacs ainsi que la création d'une unité spécialisée dans la recherche et la destruction de ces xénomorphes. Ce qui m'amène à notre carrefour. Le général Thunder et le colonel Hasch nous ont mis en avant pour constituer cette unité. Nous avons rencontré ces créatures et personne ne veut qu'il y ait des fuites vers l'extérieure tant que le gouvernement ne possède pas assez d'information. Cette unité appartiendra à l'Ordre Noir. Les volontaires voulant y intégrer iront sur la base militaire de Tôtstrupp dans le Landtôt sans avoir à passer les tests d'entrées. C'est une nouvelle aventure, les gars, qui sera faite de combats et de gloires. À Tôtstrupp, nous aurons des renseignements supplémentaires sur cette unité spéciale. Pour le commandement, il ne leur faut que des volontaires. Je vous laisse jusqu'à sept heures et cinquante-neuf minutes de ce matin pour y réfléchir et pour vous décider. Je dois faire un rapport à huit heures au général Thunder. Sachez que nous partirons demain matin. Des questions?

Brokk leva la main. Je lui donnais la parole.

- Nous ferions donc partie de l'Ordre Noir.

- Oui, soldat, répondit le Colonel Hasch, ce que n'a pas encore dit votre lieutenant, c'est que vous ferez vos classes comme tous les légionnaires de l'Ordre Noir, sur la base de Licht et votre officier à l'école de Dakfarmer. Vous avez les capacités pour réussir et je ne pense pas que vous soyez recalé.

- Et la 38° section, mon lieutenant? demanda Hellberg un bandeau noir sur son oeil droit.

- S'il y a plus de la moitié d'entre vous qui se décide à partir avec moi, alors la 38° sera dissoute.

- Mon lieutenant, je n'ai pas besoin de réfléchir, c'est une nouvelle aventure qui s'offre à moi et je veux être le premier soldat à y entrer, déclara solennellement Vonberg.

- Moi le second, poursuivit Brokk.

- Nous n'allons pas laisser les copains s'amuser sans nous, continuèrent le caporal Malko et le second classe Styper.

Le reste de la section suivit les premiers. Je me tournais vers le colonel et lui signifiais au garde-à-vous après avoir mis mon escouade dans un fixe total.

- Mon Colonel, je suis fier de vous annoncer que la totalité de la 38° section de la 7° armée d'Outrance est volontaire pour intégrer les troupes de l'Ordre noir.

- Bien lieutenant Fightblue, je vais de ce pas communiquer la nouvelle au général Thunder ainsi qu'aux autres autorités concernées ; je pense que maintenant vous avez la dissolution de la 38° à fêter. Demain, vous aurez votre barda à préparer ainsi que les papiers habituels. Nous nous retrouverons dans le Landtôt. Repos et bonne nuit.

Il nous salua, claqua des talons dans un demi-tour réglementaire et quitta la pièce.

- Bien, les gars, nous avons une journée pour ranger, nettoyer les piles, et faire la paperasse réglementaire. Tout ceci avant de fêter la dissolution de l'escouade. Brokk, Styper, Vonberg et Hellberg, corvées de piaules. Malko, Darkbug, Strauss et Darés, dans un quart d'heure avec moi pour la paperasse et la réintégration armement, vous ferez votre sac à l'issue. Rompez!

Les ordres du sergent Hunter fusèrent rapidement et la section rompit les rangs et se dispersa. Je me tournai vers Hunter dès que nous fûmes seuls dans la pièce.

- Je dois m'entretenir d'une dernière chose avec Hasch, on se retrouve tout à l'heure.

- Bien, mon lieutenant.

Je retrouvais le colonel Hasch dans le centre de communication de la base. Il venait de voir le Général Thunder et allait envoyer son rapport au Maréchal-Major Anderson.

- Colonel, excusez-moi de vous déranger.

- Un problème, Fightblue?

- Presque rien. Voilà, depuis quelques semaines, je suis en relation avec une personne à qui j'ai demandé de me suivre dans le Landtôt pour que nous soyons ensemble.

- Une affaire de coeur. Un sourire se dessina sur le visage sévère de Hasch.

- Oui, mon Colonel. J'aurais aimé vous en faire-part avant, mais je ne l'ai pas pu. Peut-elle me suivre dans le Landtôt?

- Vous l'aimez?

- Oui, mon Colonel.

Hasch respira profondément. Il semblait réfléchir à quelques choses d'important.

- Je demanderais à l'administration de la section de L'Ordre Noir qui est stationné sur cette base s'ils ont un formulaire d'admission et de logement pour un couple. Cela vous permettra de bénéficier d'un hébergement pour elle et vous. Elle vous suivra dans une ou deux semaines avec toutes ces affaires. L'administration s'occupera de lui trouver un travail.

- Elle fait encore ces études, coupais-je.

- Vous savez qu'il y a les meilleures écoles, s'exclama-t-il. Je vous ferais parvenir un formulaire cet après-midi, s'ils en ont un ici, grogna-t-il.

- Je vous remercie mon Colonel.

Je le saluais et repartis. J'appelais immédiatement après Stélina et lui annonça la nouvelle et le programme de la journée.

Le soir, nous étions tous dans le bar de Catherine situé en face de la base. Il y avait une petite salle enfumée où s'entassaient de nombreux soldats en uniforme ou en civil. Les boissons plurent sur notre table, car chacun paya sa tournée de bière. La dissolution avait été prononcée une heure avant par le Général Thunder.

Nous étions assis au fond du troquet. J'avais prévenu Stélina que l'on ne risquait pas de se voir ce soir. Mais elle apparut. Je ne la vis que lorsque Hunter me fit un signe de la tête dans sa direction. Stélina Klauss venait d'entrer et les nombreux regards des soldats avinés convergèrent vers elle.

- Votre amie. Mon lieutenant, déclara Strauss éméché.

Je m'approchais alors rapidement de l'entrée. Dés qu'elle me vit, elle me sauta au cou. Je la présentais ensuite aux autres membres de la section et nous finirent la soirée ensemble.

Chapitre 12 : Landtôt

Le voyage jusqu'au Landtôt, se fit grâce à un petit transporteur de troupe de classe Mach IV de l'Ordre Noir. Nous avions pris le minimum d'affaire civile et militaire avec nous, car nous allions recevoir les uniformes de l'Ordre. Le trajet se déroula dans le silence. La fatigue de la soirée passée nous avait submergées.

Par les hublots, peu de temps avant notre arrivée, je vis les grandes montagnes couvertes de neige et de forêts de conifères. Nous y voilà enfin. De nombreux villages entouraient l'immense mégalopole fortifiée de Tôtstrupp. Ceux qui furent réveillés par l'appel du copilote à boucler leur ceinture pour l'atterrissage furent émerveillés par la vue de cette ville militaire magnifique.

Tôtstrupp s'étendait sur une centaine de kilomètres, protégée par d'immenses remparts bardés de canons laser, de lance-missiles anti-météore et de protection antiaérienne standard. Des hélicoptères de combat et des drones de surveillance patrouillaient telles des abeilles au-dessus d'une ruche.

Les immeubles beaucoup moins hauts de plusieurs étages que dans les mégalopoles d'Outrance ou du reste du monde étaient d'un blanc immaculé non taché par la pollution.

Celle-ci était au plus basse dans la région du Landtôt où la politique de l'Ordre Noir était la préservation constante de l'environnement animal et végétal.

Les barres d'habitations étaient entourées d'immenses parcs arborés où l'on pouvait trouver une multitude de fleurs et des étangs dans lesquels venaient nager des cygnes et des canards et lorsque le temps était chaud, la population de Tôtstrupp.

Sur les murailles et sur les murs des bâtiments, le symbole de l'Ordre Noir flottait, inscrit sur de gigantesques banderoles, oriflammes, fanions, étendards. Le seul drapeau aux couleurs d'Outrance battait au vent sur un des immenses donjons du château-bunker du quartier général où siégeait le Chancelier du Landtôt, Grand Chef de l'Ordre Noir : le Maréchal-Major Anderson.

Avant de quitter la base, j'avais pu fournir à Stélina le formulaire donné par le secrétaire du Colonel Hasch. Celui-ci dûment rempli, je le remis à l'administration de l'O.N. Ils me confièrent que mon amie pourrait me rejoindre dès que l'on m'aurait attribué un logement dans un des quartiers de Tôtstrupp. J'appelais mes parents pour leur signalait mon départ des Wartroopers d'Outrance pour m'engager dans les légions de l'Ordre Noir, sans leur précisais le service auquel mes hommes et moi étions affectés.

Nous fûmes accueillis par le Colonel Artemberger qui attira mon attention sur sa nomination en tant que chef de la Section Spéciale Anti-Gurmacs. Deux jeunes légionnaires de deuxième classe étaient présents et nous aidèrent à transporter nos sacs jusqu'à un petit véhicule de transport terrestre.

- Je vous attendais avec impatience, Hasch m'a prévenu que tout votre squad s'était porté volontaire.

- Exact, mon colonel.

- C'est très bien comme ça. Vous pourrez mieux expliquer aux autres soldats de la SSAG ce que vous avez combattu.

Nous arrivâmes devant un grand immeuble bleu clair. L'entrée était gardée par un planton en arme. Au-dessus de la porte, le visage d'un homme était sculpté. Son nom en lettre gothique était inscrit : Sergent-chef Tielsen, héros de la guerre contre le bolchevisme.

Me voyant intrigué, le colonel Artemberger me raconta alors la mort tragique et héroïque de ce légionnaire. Celui-ci avait détruit un char ennemi pour sauver sa section. Il était arrivé à poser une mine antichar sur la tourelle lorsqu'un de ces adversaires lui tomba dessus pour l'en empêcher. Ils se battirent ensemble. Le sergent-chef Tielsen plaqua enfin le bolchevik sur l'explosif qui détonna en pulvérisant le tank et grillant dans le même temps tous ses passagers. Seule sa plaque d'identité fut retrouvée.

Nous arrivâmes, après avoir traversé plusieurs couloirs, à un guichet. Deux jeunes femmes et un homme nous attendaient. Pantalon ou jupes noirs et chemise blanche. Au bras, ils avaient un brassard aux couleurs de l'Ordre Noir, au-dessus était brodé : Administration 102.

Ils nous distribuèrent les clés de nos appartements et des cartes de Tôtstrupp. Puis, Artemberger nous accompagna au mess où se retrouvaient soldats, sous-officiers et officiers. Les personnes présentes nous regardèrent en souriant. Le repas fut assez frugal. Le Colonel Artemberger nous laissa là et nous donna rendez-vous pour le lendemain à huit heures.

Les deux légionnaires restés avec nous conduisirent

jusqu'à nos logements.

Le véhicule s'arrêta devant un immeuble de quatre étages vert pomme. Le héros qui surmontait la porte d'entrée était l'adjudant Stevenson.

L'appartement était composé d'une chambre, d'un petit salon, d'une cuisine, d'une salle de bain et d'un bureau qui pouvait faire office de piaule supplémentaire.

Par la fenêtre, je vis des jeunes gens appartenant aux Jeunesses Blanches du Landtôt rentraient d'une marche en forêt.

Le soleil se coucha. Des soldats, un flambeau à la main traversait la citée aux pas cadencés. Ils se regroupèrent devant le monument aux morts et y déposèrent leur torche.

Toutes ces flammes marchant dans chaque rue, partant de chaque bâtiment, montraient que les wartroopers morts pour la cause national-socialiste, défendant leur famille et la patrie de l'ennemi Jewishs et bolcheviks n'étaient pas oubliés.

J'éteignis la lumière et me couchai, je m'endormis rapidement en pensant : Bienvenue dans l'Ordre Noir.

- La formation d'officier des légions de l'Ordre Noir dure un an. Vous y peaufinerez celle de l'école des Cadets d'outrance. À la fin, une cérémonie de clôture vous intronise intégralement dans l'Ordre Noir.

Ces mots revenaient souvent dans ma tête. Ils furent prononcés par le Colonel Artemberger lors de mon départ pour l'école des officiers de Darkfarmer.

Le jour d'avant, il nous avait fait visiter le lieu où nous allions travailler. Un immeuble de cinq étages, avec ses propres laboratoires en sous-sol, son administration, son armurerie, ses bureaux. Il y avait aussi un entrepôt ultra protégé par de grands sas où les cadavres des gurmacs étaient entreposés et frigorifiés. Ils avaient été ramenés par le corps de garde qui avait nettoyé la station-météore 205.

Artemberger nous montra que tous les bâtiments de la ville étaient reliés entre eux par des souterrains renforcés qui constitués une protection supplémentaire contre les armes chimiques ou nucléaires de nos ennemis. Certains immeubles, comme la forteresse-bunker du Maréchal-Major Anderson, descendaient sur plusieurs étages sous terre. Dans les niveaux les plus bas se trouvaient des usines d'armement, des entrepôts de nourriture et de munitions, des serres hydroponiques où étaient cultivés toutes sortes de fruits et légumes, des systèmes de purification des sources d'eau et d'air ultra performant.
Les anciens chefs de l'Ordre Noir avaient prévu la protection des soldats et de leur famille contre les attaques nucléaires ou des pluies d'énormes météores.

J'arrivais devant la caserne-école de Darkfarmer située en plein milieu des montagnes campagnardes du Landtôt en début d'après-midi. Un officier aspirant m'attendait et me conduisit à travers la caserne des bureaux de l'administration jusqu'au service habillement où je reçus ma nouvelle tenue aux couleurs de l'Ordre Noir et enfin ma chambre. Une pièce contenant trois lits, trois chaises, trois armoires, une table. Les murs étaient blancs et nus. Au plafond, deux gros néons éclairaient la piaule d'une lumière vive et jaunâtre. Le petit luxe était le meuble de chevet placé à côté de chaque plumard et où était posée une minuscule lampe.
Des draps et une couverture étaient pliés sur chaque lit. Je vis aussi que mon nom était inscrit sur plusieurs meubles, dont une armoire et un pieu.

- Vous devriez vous changer mon lieutenant. Il y a un rassemblement à dix-sept heures en tenue de combat.

Je regardais ma montre, j'avais une heure et trente minutes pour vêtir mon uniforme et ranger mon paquetage.

- OK, merci, vous pouvez disposer.

Le jeune officier quitta les lieux.

Mes deux autres camarades de chambrée arrivèrent cinq minutes après.

Le lieutenant Muller, ancien chef du 20° corps de garde de la Première armée d'Outrance. Celui-ci était composé d'unités motorisées blindées telles que des tanks et des chasseurs de chars. C'était un homme roux aux yeux verts. Il parlait avec un cheveu sur la langue, mais il avait une carrure impressionnante qui empêchait tout le monde de rire de son problème d'élocution. Je le voyais être à l'étroit dans un blindé. Il avait passé les tests d'entrée dans les légions de l'Ordre après son retour du front de la campagne de Nograd contre les Golaciens. Son corps de garde avait été envoyé en renfort aux Nogradiens qui avaient été attaqués par le chef religieux Abdul ben Shirk et ses fidèles. Ceux-ci voulaient récupérer des mines d'or et d'uranium qui se trouvait à une trentaine de kilomètres de la frontière. La bataille ne dura pas longtemps, car des assassins jewishs renversèrent le gouvernement d'Abdul Ben Shirk et proclama cette terre sainte comme étant la leur.

Le deuxième était un jeune aspirant qui était encore dans l'école des cadets d'Outrance lorsqu'il avait passé et réussit les tests d'entrée. Il se nommait Leforestier. C'était le plus petit de nous trois et le plus fin, mais il était redoutable, car ancien champion de close-combat international dans sa catégorie.

Il fut à peine dix-sept heures lorsqu'un appel sono appela tous les futurs engagés à se réunir dans les plus brefs délais.

Nous courûmes rapidement sur la place de rassemblement. J'entendis Muller grognait derrière mon dos, car il avait glissé et avait failli se casser la figure.

Nous nous mîmes tous en ligne dès que nous arrivâmes dans la cour. Nous étions une trentaine au garde-à-vous. Des officiers et des sous-offs venant des différentes branches armées d'Outrance et dont l'âge était de vingt à trente ans.

Face à nous, se tenaient un colonel, un capitaine et six adjudants. Tous appartenaient à l'Ordre Noir.

Le colonel, grand, fin, dans une tenue impeccable s'avança vers nous. Sa casquette était rivée sur son crâne. De petites lunettes fines accentuaient son regard perçant. Les traits de son visage étaient acérés. À sa hanche, dans un holster, dépassaient la crosse qui avait été nacrée d'un pistolet laser modèle SV5. Il nous dévisagea un instant, attendit les retardataires et commença d'une voix forte et puissante.

- Messieurs, je suis le Colonel Grass, commandant la caserne-école de Darkfarmer. Vous vous êtes porté volontaire pour intégrer les légions de l'Ordre Noir. Si vous êtes ici, c'est que vous avez réussi à passer les tests d'admission. En entrant dans l'Ordre Noir, vous constituerez le bras droit du parti, vous serez l'épée qui tuera tous ces ennemis. Ici, nous formons l'élite, les meilleurs officiers du monde. L'Ordre Noir veut les meilleurs et seuls les meilleurs restent. Vous aurez pour mission de donner l'exemple à vos soldats, à vos familles, à votre peuple, car tous. Je dis bien, tous les regards seront fixés sur vous. Je vous préviens que pendant un an, vous allez en baver, mais vous deviendrez des êtres supérieurs. J'ai aussi le devoir de vous annoncer que ceux qui ne pensent pas arriver au bout de cette formation, ceux qui songent à arrêter, car ils pensent qu'ils se sont trompés de voie et c'est leur droit, il leur suffira de remplir le formulaire O.N 13, ici présent.

Là, il nous montra un terminal surmonté d'un écran géant et marqué O.N 13. Il y avait un emplacement pour qu'une personne puisse y mettre la main. Après l'identification palmaire, l'attestation de fin de contrat s'imprimait.

- Je m'occuperais du reste et cette personne ira rejoindre son ancienne unité; il ne pourra plus réintégrer l'Ordre noir même en temps que soldat ou sous-officier. Ce qui veut dire que vous possédez une seule cartouche, une seule chance dans cette aventure à partir du moment où l'adjudant Leipzik prendra le commandement de cette section. Si vous nous quittez maintenant, vous aurez le droit d'être déclassé et de commencer en tant que deuxième pompe dans les légions des wartroopers de l'Ordre noir. Y a-t-il des prétendants? hurla-t-il. Une fois. Deux fois...

Personne ne bougea.

- Adjugé, à vous Leipzik.

Le colonel Grass se remit au garde-à-vous, nous salua et quitta la cour suivie par le capitaine.

L'adjudant Leipzik, une brute épaisse, d'un mètre quatre-vingt-dix taillé dans une armoire à glace. Une fine moustache lui barrait le visage. Il avait un microcommunicateur à l'oreille, relié à un très petit, mais puissant haut-parleur accroché à sa poitrine . Ses yeux étaient d'un bleu à glacer les flammes d'un lance-flamme. Sa tenue de combat était moulée sur lui. Je distinguais une large cicatrice qui partait de la commissure des lèvres jusqu'au-dessus de son oreille gauche.

Sur son bras droit, il y avait « instructeur-chef » brodé en or sur une bande rouge.

Les cinq autres instructeurs avaient plus ou moins le même gabarit sauf un plus petit d'une tête et portant une grosse moustache blonde. Sa main gauche était une prothèse biomécanique. Leipzik passa à travers les rangs, nous dévisagea un à un. Son regard avait l'air de chercher quelque chose au plus profond de notre âme. Le haut-parleur de sa poitrine beugla pour que tout le monde puisse entendre, je pense que même les sourds auraient de nouveau retrouvé l'ouïe.

- Mes petits chéris, nous allons passer un an ensemble. Douze mois de labeur, de pleurs, de sueur et de sang. Nous vous transformerons en officier de l'Ordre Noir. Les meilleurs. Vous vous dites que faire partie des wartroopers était déjà physique. Ici, cela tient du surnaturel. Vous deviendrez des dieux. Mais? Oui il y a un "mais", mes petits chéris. Son regard se fit d'une méchanceté sans borne. Pour l'instant, vous n'êtes rien.

Il se mit devant la section.

- Vous venez de différentes unités et vous n'avez donc pas le même uniforme. Ici, c'est L'O.N. Alors mes petits chéris, vous virez veste et galons tout de suite. Si vous n'avez pas le même tee-shirt, vous le virez aussi. Tous, dans la même tenue et au même niveau. Vous n'êtes plus des capitaines, lieutenants ou autres sous-offs. Vous n'êtes même pas des cadets.

Dés que l'on fut tous torse nu et au garde-à-vous, Leipzik eut un sourire carnassier en coin.

- Nous allons faire le tour du propriétaire. Allez bande

de feignasses, bougez-vous.

Tous les autres instructeurs nous encadrèrent et hurlèrent aussi.

- Bougez-vous, au pas de course, allez, allez, allez plus vite que ça!!!

À cette heure de l'après-midi, le temps était doux. Nous parcourûmes trois fois le tour de la caserne à vitesse soutenue entrecoupée de mouvements au sol ou debout. J'étais en nage comme tout le monde et à la fin de notre footing, je sus que nous avions fait plus de vingt kilomètres. Nous avions les jambes lourdes, les bras endoloris et surtout très soif.

- C'est pas mal. On croirait presque voir des hommes, gueula Leipzik, lorsque nous fûmes de nouveau en section devant le bâtiment où nous logions.

- Alors mes petits chéris, vous voulez toujours rester, déclara-t-il un léger sourire en coin. Heinkel, faites-les doucher et après à la soupe.

Le plus petit des instructeurs à main d'acier s'avança encadré d'un grand balaise engoncé dans son uniforme impeccablement repassé.

- Allez, hurla-t-il. Direction les douches. En avant.

Celles-ci étaient situées sous un vaste préau, carrelé de marbre blanc. Des pommeaux de douches en cuivre tombaient du plafond. L'un des instructeurs, l'adjudant Jardin, tenait une lance à incendie.

- D'abord l'eau.

Jardin enclencha la lance. Le liquide sous pression et très froid en sortit et fut dirigé sur nous.

- Frottez-vous, bon sang. Je ne veux pas voir une trace de merde sur vos corps.

Nous gueulâmes que l'eau était glacée.

- S'il y a des problèmes, mes petits gars, vous pouvez vous tirer et dire bonjour au terminal 13.

L'eau s'arrêta.

- Savonnez-vous, bande de cochons.

Nous eûmes droit à trente secondes puis le jet glacé revint nous cingler le corps.

- On se rince maintenant.

Une minute d'eau froide.

- On reste sous la flotte et vous vous nettoyez. Je ne veux plus voir de mousse.

De la mousse, il y en avait plus depuis longtemps. Nos corps étaient tétanisés et notre souffle coupait. On se tortillait tous sous l'effet du jet. Puis ce fut fini. On nous ordonna de renfiler notre pantalon. Toujours torse nu et mouillé, nous partîmes en direction du mess sous les hurlements de deux autres instructeurs qui étaient venus en renfort.

Le dîner était composé d'un bol de soupe hypervitaminée et protéinée où flottaient cinq morceaux de viande, d'un petit pain, de quelques gâteaux, de la purée et d'un fruit. Nous dûmes manger debout, dehors. La nuit tombait. Des projecteurs s'allumèrent au fur et à mesure dans toute la caserne. L'air se rafraîchissait et nous étions toujours torse nu. Nous commencions sérieusement à nous les geler.

Le repas ne dura que cinq minutes.

Leipzik était de nouveau présent et ordonna de jeter nos restes dans les poubelles.

Nous reprîmes le pas de course sous les ordres et les injures criaient par les haut-parleurs portables des six instructeurs qui nous encadraient. Nous arrivâmes enfin à notre bâtiment-dortoir.

- Bien, mes petits chéris, vous allez rentrer dans vos piaules et revêtir la tenue de combat des légionnaires de l'Ordre Noir. Vous n'êtes plus des wartroopers d'Outrance. Vos anciens uniformes resteront dans vos armoires. Elles n'y sortiront que pour deux raisons. La première, si vous remplissez le formulaire ON-13 et la seconde pour les mettre aux rebuts, car vous aurez rempli votre part de contrat et que vous serez devenus des officiers de l'Ordre. Deux minutes pour vous changer! Qu'est-ce que vous attendez? Bande de larves! hurla-t-il.

Nous rompîmes les rangs sous ses injures et courûmes le plus rapidement possible nous changer.

- On dirait des femmes, vous vous êtes pomponnés ou quoi? Direction le circuit C-III. Cela vous apprendra à être en retard.

Toujours au pas de course, nous dirigeâmes vers le C-III.

C'était une sorte de parcours du combattant. Nous devions partir par groupe de trois personnes et franchir les obstacles. Cela devait être très facile pour nous, tous anciens wartroopers, mais nous étions dans la Légion de l'Ordre Noir et de plus dans l'école des officiers. Nous apprîmes rapidement que nous rampions sous du grillage barbelé et électrifié. Du gaz lacrymogène était dispersé de temps en temps. Et ce fut les yeux en pleurs et les poumons en feu que nous finîmes le circuit C-III avec trente secondes en trop. Muller et Leforestier qui composait mon groupe pestaient contre les gaz. À l'arrivée, des infirmiers étaient là et nous mirent du sérum physiologique dans les yeux pour calmer la douleur.

Comme le règlement interdisait les montres, je ne savais pas l'heure qu'il était.

Après nous avoir engueulé pour notre retard et sous prétexte de nous nettoyer les bronches, nous fîmes un tour au pas de course de cinq minuscules kilomètres avec pour seule lumière celui des lampes des instructeurs qui flanquaient des coups de pied au cul aux derniers.

Ce fut exténué, que nous arrivâmes devant notre bâtiment.

Leipzik sortit d'une camionnette qui transportait cinq troncs d'arbres énormes. Il les fit tomber sur le sol lorsqu'il manoeuvra la plateforme du camion, puis il s'approcha de nous.

- Maintenant, mes petits chéris, un pur moment de détente. Sur chacun de ces troncs, aie inscrit : Honneur, Courage, Fidélité, Patrie, Famille.

Je devinais intérieurement ce qu'il allait nous demander.

- Allez bande de trous du cul, que tous ces troncs soient levés, allez, allez!

Trois instructeurs nous hurlèrent de nous partager en cinq groupes de six et de tenir le morceau d'arbres au-dessus de nous à bout de bras tendu. Ils voulaient nous entendre crier les cinq mots, maximes des légionnaires de l'Ordre Noir.

Le chef instructeur Leipzik passa dans nos rangs, il ne gueulait pas. Il parlait d'une voix douce, mais forte pour que tous puissent entendre.

- Un total sacrifice de soi-même est la source d'où jaillissent toutes les capacités. Messieurs, retenez bien ça. Ce que vous soutenez est la base de la nation de l'Ordre Noir. Flanchez et la nation s'écroule. En devenant officier de l'Ordre Noir, vous avez le devoir de protéger l'état et la famille qui vous soutiendront dans votre combat. Ceux qui ne tiennent pas ont le droit de remplir le formulaire 13. Ils pourront combattre parmi les wartroopers, s'ils s'en sentent encore capables.

Cela faisait maintenant au moins dix minutes que l'on portait ces troncs. Mon dos était en nage. Mes jambes étaient flageolantes. Je commençais à ne plus sentir mes bras qui se raidissaient. La douleur et les crampes tiraillaient mon corps. La fatigue devenait de plus en plus forte au fil du temps. Devant moi, l'aspirant Leforestier tremblait, il disait qu'il en avait marre de toutes ces conneries. Je l'encourageais tant que je le pouvais. Qu'il devait tenir coûte que coûte ! Qu'il était maintenant dans l'Ordre Noir et que cela n'allait pas être une partie de plaisir, mais que tous ensemble nous arriveront à surmonter les épreuves.

Tous les instructeurs sauf un étaient partis dans leur baraquement qui était situé face au nôtre.

Un des wartroopers du deuxième tronc s'en alla. Muller qui était à un des bouts lui gueula de revenir immédiatement. Il avait dû fléchir lorsque le poids du billot s'était fait plus lourd. Il fut accompagné par les encouragements de nous tous.

Mais, les yeux hagards, le bidasse avança vers le terminal 13. L'instructeur, le sergent-chef Maxime Rico, l'encourageait avec insistance et souhaitait que d'autres suivent leur camarade.

Personne ne bougea.

Au moment où le soldat mit sa main dans l'emplacement prévu à cet effet. Une sirène semblable à un carillon sonna fortement. Le nom et le grade du wartrooper apparurent sur l'écran.

Leipzik sortit de son baraquement. Il regarda l'infortuné partir puis il fit un signe de tête au sergent-chef.

Il nous fit lâcher les troncs doucement au sol et on nous intima l'ordre de nous doucher et de nous coucher.

Nos cantines avaient été transférées dans une grande pièce où se trouvaient trente lits de camp. Un instructeur prit les affaires du soldat qui avait démissionné. Je découvrais mon pieu à côté de celui de Muller et de Leforestier. Sous la douche tiède et bonne, je fis la connaissance des autres mi-linaires. La majorité était officier dans les différentes armées d'Outrance. Les autres étaient des sous-officiers de l'Ordre noir. Leur ancien officier les avait prévenus de ce qu'ils allaient subir. Les échos étaient que le plus difficile était avenir.

Pour eux, s'ils échouaient, ils repartaient dans leur unité propre et ne quittaient pas l'Ordre Noir.

Personne ne savait l'heure qu'il était et tous, nous tombâmes sur nos lits et dormîmes rapidement.

Pas longtemps. Des haut-parleurs hurlèrent des bruits de combats. Se suivirent dans un vacarme assourdissant, de tanks qui roulaient, des hélicoptères qui passaient à basse altitude, des missiles et des bombes qui chutaient et explosaient. Puis ce fut des cris de guerre ennemis, des hurlements de douleurs des blessés et des agonisants, des appels à l'aide, des tirs de mitrailleuses et de fusil d'assaut à fusion laser. On pouvait nettement entendre des soldats larciens parlaient dans leur langage. Je jurais comme tout le reste du peloton et mis mon oreiller sur ma tête.

Le calme revint une heure après. La bande sonore fut tout de même repassée trois autres fois durant la nuit avec une heure d'intervalle.

Le silence absolu se fit jusqu'au réveil fait à grand coup de gueule par l'instructeur Heinkel qui entra suivi de deux aides instructeurs munis de cors de chasse.

- Debout bande de faignasses ! Il est cinq heures du mat'. Une grande journée se prépare, je veux vous voir dehors dans deux minutes avec votre serviette et votre savon.

Dehors, deux minutes après, nous trouvâmes cinq énormes tonneaux contenant de l'eau. J'aperçus Leipzik devant son baraquement et tenant un quart en métal fumant du café du matin.

- C'est de l'eau du torrent qui traverse le camp, mes petits gars. Elle provient d'une source plus pure que votre esprit et votre corps. Elle va vous laver et purifier de toutes les conneries que vous avez apprises dans votre vie.

- Vous avez cinq minutes pour vous laver! hurla un instructeur.

Nous nous jetâmes sur les tonneaux, plongeant nos mains et nos bras nus dans le liquide gelé, avant de nous en asperger le corps. Cela eut comme effet de nous réveiller instantanément.

- J'espère que la petite musique de nuit ne vous a pas trop dérangé, mes petits chéris. La guerre et le combat seront votre pain quotidien. La mort sera votre amie. Elle vous accompagnera tout le temps de votre putain de vie. Le sang que vous verserez pour protéger l'état et vos familles cimentera davantage votre camaraderie qu'il ne vous dispersera dans la crainte et l'angoisse, rugit l'instructeur-chef Leipzik en tournant autour de nous et en sirotant sa tasse chaude.

- Je vous donne cinq minutes pour aller chercher votre barda de combat et pour vous regrouper devant votre baraquement.

Lorsque nous fûmes tous rassemblés en tenue de combat, casque à la ceinture et sac d'assauts contenant une partie du paquetage de campagne sur le dos, nous dûmes soulever de nouveau les cinq troncs, mais cette fois-ci sur les épaules. Je me retrouvais dans le groupe de cinq wartroopers.

Pendant toute la journée, nous parcourûmes la base avec les billots de bois. Différentes épreuves nous furent concoctées par nos instructeurs. Tous les exercices étaient effectuaient avec les cinq grumes. La première était la traversée d'une rivière dont l'eau était très froide. Si le tronc chutait, le groupe recommençait la traversée.

Les différentes activités étaient séparées de moment calme consistant à une marche où nous devions chanter des hymnes militaires. La première était celle-ci :

« Contre le représentant typique de la décadence,
Nous nous lèverons.
Contre les ennemis de notre l'État,
Nous nous lèverons.
Dressant fièrement l'étendard noir et sanglant,
Symbole de nos combats.
Nous combattrons, toujours en avant
Nous ferons trembler nos ennemis où qu'ils soient. »

Pendant toute la journée, les instructeurs nous encourageaient à nous dépasser physiquement ou à compléter ce fichu formulaire 13 si nous étions incapables de tenir la route.

Le soir, quatre bidasses nous quittèrent. Le plus jeune d'entre nous, l'aspirant Leforestier tint bon. Muller, moi-même et deux autres soldats l'exhortâmes à tenir et à ne pas se barrer avec les autres. Sa détermination de réussir fut très grande. Avant la douche sous le préau, nous dûmes porter par groupe de cinq au-dessus de nos têtes et à bout de bras les cinq billots, cinq minutes de plus que la veille.

J'eus le temps de réfléchir à une question simple, mais assez tordue : est-ce que nous serions toujours obligés de porter la totalité des cinq troncs s'il y avait plus de départs ?

Nous ne savions pas encore de quoi étaient capables nos instructeurs. Leur imagination semblait sans borne et ils nous assuraient que nous étions qu'au début de l'enfer qu'ils allaient nous faire subir.

La nuit fut écourtée par l'arrivée dans la chambrée par deux instructeurs qui lancèrent une grenade éclairante dans la pièce et tirèrent à blanc avec leurs armes.

- Tous dehors en tenue! Bande de larves ! Et avec votre barda.

Un des soldats, trop lents à se lever, eut le droit à un retourné de lit magistral. Il se releva en gueulant, mais s'habilla rapidement.

Dehors, Leipzik nous attendait dans une tenue parfaitement repassée et les bottes entièrement cirées.

- Tous au C-IV au pas de course ! Allez, allez, allez ! Bande de trous du cul.

Le parcours quasiment identique au C-III avait une petite subtilité. À certains moments, il y avait des flammes qui étaient crachées sur certains obstacles. Des fosses avaient été creusées pour pouvoir s'y planquer le temps que le feu passe, mais seulement trois personnes pouvaient s'y installer.

Nous eûmes alors notre premier blessé. Un capitaine de la troisième armée d'Outrance. De la fumée dans les yeux, il ne vit les flammes qu'au dernier moment. Il eut le réflexe de se jeter à terre. Le jet incandescent lui lécha son sac et l'enflamma en moins de cinq secondes. Deux instructeurs et un médecin furent sur lui, extincteur à la main et l'aspergèrent de neige carbonique. Il fut transporté immédiatement en dehors du parcours puis dirigé vers le centre médical. Je sus plus tard qu'il ne voulait pas quitter pour autant l'Ordre Noir et qu'il allait être dans la prochaine promotion.

- La vigilance et la rapidité ! fut la morale de l'adjudant Leipzik lors de notre retour dans notre baraquement.

Nous eûmes droit à un repos de deux heures. À cinq

heures, Heinkel était là. Les journées qui passèrent se ressemblaient. Nous commencions à nous habituer au manque de sommeil, à la nourriture insuffisante en quantité, mais qui était hyperprotéinée et bourrée d'éléments énergétiques et de vitamines. C'est ce que nous allions souvent rencontrer dans notre future vie de Légionnaire de l'ordre Noir.

J'avais ressenti les mêmes effets lors de mon incorporation dans l'École des Cadets d'Outrance, mais ici, c'était beaucoup plus rude et spartiate. Nous avons tous maigri et notre musculature était beaucoup plus voyante. Nos vêtements flottaient sur nos corps. La fatigue se lisait sur nos visages, mais le feu du courage et de la détermination était dans nos yeux.

La nuit, il nous passait sans arrêt les bruits de combats et d'explosion, fatigués, nous n'y faisions plus attention.

Au bout d'une semaine, nous n'étions plus qu'une vingtaine et nous le restâmes jusqu'à la fin. Même, le jeune Forestier tint bon.

Nous parcourûmes les dix différents parcours du combattant, les uns plus dangereux que les autres. Ils étaient destinés à faire connaître au wartrooper les diverses sortes de terrains qu'il allait rencontrer dans sa carrière longue ou courte. À force de les faire, nous apprîmes rapidement les astuces pour gagner du temps et nous les appliquèrent.

Le dixième était une compilation de tous les autres parcours : lance-flamme, trous d'eau ou de boue, rafales de balles réelles, explosions, gaz lacrymogène ou fumé, épaves de véhicules, tirs sur cibles. Les exercices s'effectuaient de jour comme de nuit, par équipe de deux à cinq avec ou sans barda de campagne, certaines fois l'un de nous devait faire le blessé et les autres devaient le transporter.

Le plus dur était sans conteste, le C-X, de nuit, avec une victime par personne, le barda de campagne et le Fusil d'Assaut à Fusion laser pour tir sur une trentaine de cibles.

Leipzik nous fit la morale lorsque nous fûmes tous passés deux fois de suite sur le C-X dans cette configuration.

- Je vous ai tous regardés avec attention, mais il y a un truc qui m'échappe ou vous êtes tous des cons ou bien vous êtes des nuls. Qu'est-ce qui vous fait tant chier que ça pour ne pas être dans le barème sur ce parcours ? Celui qui s'en approche est le grand Muller. Il lui manque cinq pauvres secondes. Alors, mes petits chéris, vous allez le faire et le refaire jusqu'à ce que l'un de vous atteigne les limites du barème. Fightblue, tu portes Muller. C'est parti!

J'étais de nouveau sur la ligne de départ. J'évitais le premier jet de flamme et cassa mon visage lors d'une explosion sur ma droite. Sous le rideau de fer barbelé et électrifié, je rampais en tirant Muller qui grognait sans arrêt. Putain, ces cent vingt kilos étaient durs à tirer ou à soulever.

Lorsque nous sortîmes, j'en ai eu tellement marre que je laissais tomber mon sac à dos et le reste de mon équipement. Je gardais juste mon FAFL avec trois chargeurs pour les différentes cibles qui allaient arriver. Je savais que je n'aurais besoin que d'un seul pour les réduire en charpie. Je pris Muller sur mon dos qui ne broncha pas. Il toussait de temps en temps à cause des gaz lacrymogènes. J'avais moi aussi les yeux en pleur et mes poumons en feux.

Le barda ne m'encombrant plus, j'avançais plus

rapidement. Grâce à cela, je pulvérisais notre temps à tous.

- Fightblue! Pourquoi t'as lâché ton sac? gueula Heinkel à mon attention tandis que je crachais mes poumons et qu'un infirmier me mettait des gouttes de sérum dans les yeux.

- Chef-Instructeur, la vie de mon camarade est plus importante que mon matériel, hurlais-je.

- Au moins un qui a appris quelque chose du C-X, aujourd'hui, félicita Leipzik. Nous privilégions dans les légions de l'Ordre Noir : la Mission et l'Individu. Mort, vous n'êtes plus rien. Vous devez donc être rapide, dangereux et avoir votre propre initiative et surtout, gardez toujours votre arme et des munitions. La leçon de ce jour est de ne jamais laisser tomber un camarade. Vous l'avez déjà apprise parmi les wartroopers. Ici, elle est encore plus forte. Vous avez été des frères d'armes et de bataille. Vous serez des frères de sang, combattant pour l'idéal de l'Ordre Noir.

Quelques années plus tard, je revis l'adjudant Leipzik qui était devenu major. Il me fit savoir que le temps qui lui servait de repaire lors de nos passages était le sien et que très peu de personnes réussissaient à le dépasser avec tout le barda de campagne et une victime. Moi-même, je n'y suis arrivé qu'une seule fois, et de quelques microsecondes.

Six mois étaient passés et cela faisait aussi deux semaines que nous avions fini le stage en Enfer comme le surnommait Heinkel.

J'eus des nouvelles de Stélina par visiophone. Deux femmes de l'Ordre Noir étaient venues chez elle et l'avaient aidé à déménager son appartement de Baldur et s'étaient occupées de toute la paperasse administrative.

Ma compagne avait emménagé dans un grand logement de la citée militaire du Landtôt où j'allais plus tard habité avec elle. Elle fut intégrée dans l'université de droit du Landtôt. Elle me raconta qu'elle s'était faite de nouvelles amies.

Ensemble, elles se rendaient au restaurant de temps en temps. Une fois par semaine, sa promotion effectuait un entrainement au stand de tir au pistolet laser T50 et au Fusil d'Assaut à Fusion laser ou FAFL. Elle m'expliqua que les séances étaient intéressantes même si elle n'aimait pas ça. Elle me parla des autres cours de combat au corps à corps, de géopolitique, de sciences. Le sport à l'université était une matière importante après le droit. Tous devaient être dans une forme et avoir un physique olympique.

J'étais heureux de la voir sur le visiophone et sa voix me faisait battre mon coeur rapidement. Je savais qu'il ne me restait que six mois à faire et j'allais tenir jusqu'au bout.

Je dus raccrocher. Mon temps imparti était terminé. Nous avions droit à une heure de communication par semaine avec l'extérieur. Le courrier arrivait par contre tous les jours. Les instructeurs, malgré leur passion à nous en mettre plein la figure, nous le distribuaient avec plaisir. Ils savaient que notre moral grandissait à la vue des lettres et autres colis.

Lors d'un rassemblement, l'instructeur-chef Leipzik nous annonça que les six derniers mois seraient totalement différents des six premiers.

Cela était vrai. Le lever était à six heures même si on nous réveillait dans la nuit pour des tours de base ou d'exercices mineurs. Nous reçûmes des cours de balistiques, de commandement, de gestion du matériel et humains, de sciences naturelles, d'histoire, de géographie, de topographie, d'idéologie qui était l'une des matières qui prenait une grande place dans le planning, de combat, tactique ou stratégique, de radio et communication, d'armement de toute sorte allant du revolver à poudre aux missiles MAN (Missile d'Attaque Nucléaire qui annihilait tout sur un large secteur) et MADEH (Missile d'Assaut et de Destruction d'Énergie Humaine qui ne détruisait que les cellules vivantes). Ces deux missiles ne sont plus utilisés depuis longtemps, car extrêmement dangereux et instables. À part cela, nous marchions sur de nombreux kilomètres à travers la campagne environnante.

La nourriture s'était améliorée et nous avions un peu plus à manger.

Nous étions sans cesse notés sur des devoirs écrits et oraux, les exercices physiques, notre tenue et bien d'autres choses. Avec Muller, nous nous suivions dans le classement général. Je le dépassais d'un demi-point. Pour moi, les cours de l'École des cadets d'Outrance n'étaient pas trop loin. Par contre au niveau combat, son expérience sur les différentes campagnes effectuées le plaçait largement devant moi.

La dernière semaine fut celle du grand exercice. Une chose me surprit le plus, ce fut le temps. Pendant deux mois, nous avions eu un soleil magnifique parsemé de petites douces averses. Mais là, un déluge de trombes d'eau nous accompagna durant le cycle hebdomadaire.

Nous étions tous en section avec notre poncho et comme tous les soirs, nous portions notre tronc d'arbre. Les cinq à quatre soldats.

Leipzik gueulait dans son microcommunicateur.

- Bientôt, vous serez, peut-être, des officiers des

légionnaires de l'Ordre Noir. Un officier doit être un chef complet. C'est-à-dire un camarade et un exemple. Il ne doit rien commander qu'il ne soit capable de faire. C'est votre dernière semaine ici, et vous allez sérieusement en baver. Finis le temps des réjouissances et du repos. Vous recevrez un plan et être divisés en deux sections; chacune d'elle sera ensuite héliportée dans la zone d'exercice. Premier squad aux ordres de Muller. Deuxième aux ordres d'Artenfark. Départ dans une heure avec votre barda et votre arme. Les vivres et les munitions vous seront données avant votre départ. Déposez les troncs. Rompez!

Leforestier et moi, nous étions dans le groupe de Muller. Je fus son second et Leforestier notre éclaireur et tireur d'élite. Il nous avait tous surpris lors des différents tests de tir. Avec n'importe quel flingue, il mettait tous les impacts dans un rayon de cinq centimètres à vingt, cinquante, cent et deux cents mètres.

Chaque section prit place dans un hélicoptère. Nous fûmes héliportés à plus de dix kilomètres de l'autre groupe.

Notre objectif était le même : prendre un bunker tenu par des robots télécommandés et armés de puissantes mitrailleuses. Le blockhaus se trouvait sur le flanc d'une montagne au fond d'une forêt dense.

Nous avions tous pensé que cela allait être du gâteau. Nous avions tous tort.

La forêt était truffée de pièges, de mines et de robots mitrailleurs. Les pièges non mortels pouvaient blesser gravement une personne. Nos armes et celles des robots tiraient des cartouches électroparalysantes. Ces munitions faisaient tomber en panne les robots et paralyser pendant une bonne heure un humain.

Nous eûmes tout de même trois blessés. L'un avait eu

le visage brulé par une mine éclairante. Un autre une jambe fracturée lorsqu'il chuta dans un trou. Le dernier s'était pris une écharde dans le bras qui lui avait traversé le biceps.

Il nous restait une journée de marche pour atteindre le bunker et nous avions largement assez de provisions. Muller nous ordonna de monter le camp en hérisson pour couvrir tous les flancs, en attendant le retour de notre éclaireur.

Leforestier qui marchait à mes côtés me fit savoir qu'il avait la nette impression que nous étions suivis. Je me rapprochais de Muller pour lui en faire part. Il me grogna qu'il avait eu cette sensation depuis un bon moment.

Nous n'avions pas eu de nouvelles ou de contacts de l'autre équipe. Le médecin de notre section soigna les trois blessés en leur refaisant leurs bandages avec du matériel stérile. Muller appela par le biais de son micro émetteur l'éclaireur et lui ordonna de nous rejoindre. Celui-ci accusa réception de l'ordre.

Soudain, à une centaine de mètres de nous, nous nous redressâmes en entendant un hurlement et quelques tirs de laser.
-Merde, gueula Muller. Debout tout le monde! À tous, en avant, et faites gaffe à votre cul.

Nous arrivâmes à l'endroit où devait se trouver l'éclaireur. Il y avait une flaque de sang. Le corps sans vie du soldat gisait contre un arbre. Il était ouvert de l'épaule à l'aine.
- Putain de merde, jura un des élèves officiers. Je croyais que c'était un exercice, mais là...
- Il s'est fait buter par un animal.

Je regardais par-dessus l'épaule du wartrooper devant moi. L'homme avait été déchiqueté et ce que je vis m'inquiéta beaucoup plus. Il y avait aussi des traces de pattes avec d'énormes griffes. Un seul nom me vint à l'esprit.

- Un gurmac, murmurais-je.

L'aspirant Leforestier se tourna vers moi.

- Qu'est-ce que tu as dit Érik ?

- Les gurmacs, des créatures extraterrestres que j'ai combattues avec mon squad dans la forêt de Forest et sur la lune War III. L'état-major avait reçu un message de détresse d'une des stations-météores. La quasi-totalité des wartroopers qui composaient la station a été tuée par ces créatures.

- J'en ai entendu parler, fit Muller en regardant tout autour de nous guettant le moindre mouvement dans la forêt environnante.

- C'était donc vrai ! murmura un des soldats.

- Ils sont dans Outrance. Je préconise que l'on rejoigne le bunker sans trainer pour avertir Leipzik et l'état-major de leur présence.

- Bien entendu ! me jeta Muller puis à tout le monde. Nous allons progresser en colonne de deux avec une distance de cinq mètres entre nous. Soyez sur vos gardes. Tir à vue sur tout ce qui ne ressemble pas à un être humain. Leforestier, quinze mètres devant, pas plus, fais gaffe où tu poses les pieds, gamin.

- Pas de problème Muller.

Le jeune aspirant lui fit un sourire, arrangea son paquetage et son casque, arma son fusil et quitta la clairière.

- Fightblue avec Rodolfus, derrière nous à dix mètres.

J'approuvais d'un signe de tête. Nous partîmes alors en direction du bunker. Nous marchâmes durant trois heures sans nous faire agresser.

Le bunker était protégé par plusieurs robots armés sur tourelles. Ce ne fut plus le cas à notre arrivée. Ils avaient tous été détruits, mais ils avaient fait leur travail. Six créatures étaient au sol en état de choc, criblé de balles électroparalysantes.

Muller nous ordonna de les tuer en les égorgeant et d'en ficeler une avec nos cordes. L'ordre fut exécuté et cela nous prit un bon quart d'heure. Cinq xénomorphes furent décapitées à la baïonnette et les têtes enfournées dans un sac. Le dernier gurmac fut entièrement ligoté et un lien lui tenait la mâchoire fermée.

- Muller, la radio est là et fonctionne, déclara Leforestier en sortant du bunker.

Le temps se gâta et un déluge d'eau s'abattit de nouveau sur nous.

Après nous être brièvement concertés avec Muller, nous décidâmes de rentrer dans le blockhaus et d'appeler rapidement Leipzik pour lui annoncer la victoire de notre section et la prise que nous venions de faire.

Le gurmac s'éveillait de temps en temps. Il gigotait pour casser ses liens, mais l'un de nous lui tirait une balle électroparalysante derrière la tête. Ce qui fit sombrer l'animal dans un profond sommeil.

Ce fut moi qui appelai le Chef-Instructeur Leipzik. Celui-ci attendait les appels des chefs de squad. Je lui présentais la situation et la prise que nous avions effectuée. Je lui demandais de relier urgemment l'information au colonel Hasch. Celui-ci devait être averti de la présence des gurmacs dans la région. Il ne me crut pas jusqu'à ce que je lui annonce que nous en avions un vivant et cinq autres décédés. Je lui fis part de la mort de notre camarade.

Je l'entendis jurer puis il nous ordonna de rester sur

place jusqu'à l'arrivée des secours.

Nous attendîmes dans le bunker et aucune créature ne vint nous déranger. Le bruit sourd des pales de l'hélicoptère de type Éléphant H-IV, armé au niveau du nez de deux mitrailleuses lourdes à fusion laser et équipé de pods latéraux contenant divers missiles air-sol, nous fit sortir de notre repaire. Lorsque tout le monde et les xénomorphes furent à l'intérieur, le véhicule reprit de l'altitude et nous ramena à la caserne-école.

Le gurmac capturé fut transporté dans un caisson blindé et étanche par des scientifiques de l'Ordre Noir en dehors de la caserne-école de Darkfarmer vers une destination qui m'était encore inconnue à ce moment-là.

Le briefing fut long. Nous étions dans une grande pièce. Le groupe d'Artenfark était absent et aucun corps n'avait été retrouvé pour l'instant. De nombreuses questions nous furent posées sur les événements passés. Leipzik nous félicita de la façon dont nous nous étions acquittés de l'exercice et de la capture du Gurmac.

Quelques jours plus tard, nous fûmes convoqués par le colonel Grass, commandant l'école des officiers de l'Ordre Noir. Lorsqu'il arriva et après nous avoir salué, il nous informa que la deuxième légion de wartroopers avait dépêché cinq mille hommes pour ratisser la forêt où nous avions effectué nos manoeuvres militaires. Tous nos camarades furent retrouvés mutilés par des combats ou en partie dévorés. Mis à part ceux trouvés près du bunker, aucune autre créature ne fut découverte.

Un soupir de dégoût et de grande peine parcourut notre section à l'annonce de la mort de nos amis.

Une cérémonie eut lieu deux jours après pour l'enterrement de tous nos camarades. Nous avions pendant une journée et une nuit et par groupe de quatre élèves officiers, gardé les cercueils. Nous étions au garde-à-vous en tenue d'apparat noir et portant avec honneur les étendards de l'Ordre noir et ceux de la caserne de Darkfarmer.

Les obsèques furent célébrées le matin. Notre intronisation dans le corps des officiers se fit l'après-midi.

La première partie de la cérémonie s'effectua dans une grande salle voûtée semblable à la nef d'une cathédrale soutenue par de gigantesques colonnes de marbre gris veinées de noir. Des oriflammes noir blanc et rouges aux couleurs de l'Ordre étaient suspendues à ceux-ci. Une assemblée restreinte composée du Maréchal-Major Anderson et des commandants de toutes les légions combattantes de l'Ordre nous attendait.

Nous nous avançâmes un par un encadrer par deux officiers qui par leur présence faisait office de parrain. Ils tenaient chacun une torche de résine enflammée qui diffusait sous la voûte une odeur enivrante de conifère. Un gigantesque drapeau rouge à tête de mort noire sur roue solaire blanche était fixé au-dessus du Maréchal-Major Anderson, grand commandant de l'ordre Noir, chancelier du Landtôt et chef d'état-major des armées d'Outrance. Devant celui-ci, sur un autel, se trouvait une coupe en or ciselée de motifs runiques et incrustée de magnifiques pierres précieuses. Elle contenait du sang. Celui du Maréchal-Major en personne et de certains officiers présents dans la salle.

Je m'avançais encadré par mes parrains : les colonels Hasch et Artemberger. Je mis un genou à terre devant Anderson.

Il prononça lentement quelques mots et leva une épée frappée de l'insigne de l'Ordre Noir et la montra à tous.

- Érick Fightblue, veux-tu être des nôtres? demanda-t-il d'une voix retentissante.

- Oui, je le veux, répondis-je d'une voix assurée et forte. Il posa la fine lame sur mon épaule droite.

- Veux-tu appartenir à l'Ordre Noir?

- Oui je le veux. Il posa alors l'épée sur mon épaule gauche.

J'avançai mon avant-bras droit au-dessus du calice doré. Le grand commandant de l'Ordre noir m'entailla la paume. Mon sang coula dans la coupe.

- Par le sang mélangé, te voilà, maintenant Officier des légions de l'Ordre Noir. Tu obéiras à tes supérieurs. Tu encourageras tes hommes en leur montrant la voie du wartrooper : celle de l'honneur, de la discipline, de la fidélité, de la fraternité et de la tradition. Maintenant Lieutenant Fightblue, te voici, notre frère d'armes et de sang.

Artemberger sur ma gauche, attacha à mon bras le brassard rouge à tête de mort noire sur roue solaire blanche. Hasch accrocha sur ma poitrine mon insigne : la tête de mort transpercée d'une épée et d'un éclair signe des légions combattantes de l'Ordre Noir.

Chacun de nous passa devant l'officier supérieur. Puis la suite de la cérémonie se déroula à l'extérieur sur la place d'armes en présence des nombreuses familles des élèves et du président d'Outrance, Monsieur Hildar. Là, celui-ci nous remit nos galons de lieutenant.

Le président Hildar prononça un discours que poursuivit le Maréchal-Major Anderson. Chacun parla de l'honneur que nous faisait l'Ordre noir de participer à sa grande aventure parmi des camarades exceptionnels.

Ils remémorèrent à tout le monde quelques dates historiques et le nom de prestigieux héros vivants ou morts de ce corps d'élite. Sous les hourras et les applaudissements de la foule, nous les saluâmes lorsqu'ils quittèrent l'estrade, le bras levé à hauteur du visage dans le salut des wartroopers.

Des jeunes recrues de différentes légions défilèrent devant nous pour nous rendre hommage. Comme nous n'étions plus que dix nous formions qu'un seul rang. Nous étions droits et fiers d'appartenir au corps des légionnaires de l'Ordre noir. Un soupçon d'orgueil emplissait mon cœur. Deux heures auparavant, nous avions appris notre classement : j'étais passé devant Muller d'un petit point et je devenais ainsi major de promotion. La note qui m'avait permis de le dépasser était celle de l'aptitude militaire.

Le défilé terminé,nous rendîmes les honneurs aux drapeaux puis nous rejoignîmes nos familles. Seule Stélina Klauss avait pu venir. Mes parents avaient eu un empêchement dû à la santé de mon père. Mon amie était arrivée le matin par une navette en même temps que les colonels Artemberger et Hasch. Lorsque je la vis, mon coeur se mit à battre follement. Je l'attrapais dans mes bras pour l'embrasser. Elle s'y blottit chaleureusement. Enfin de nouveaux ensembles après cette année éprouvante.

Les colonels Artemberger et Hasch vinrent me féliciter. Je leur présentais Stélina.

- Bravo, major de promotion! déclara Artemberger en me serrant la main.

- J'étais sûr que vous arriveriez au bout, continua Hasch en me tapotant l'épaule.

- Toute votre section vous attend à Tôtstrupp. Vous faites tous partie de la SSAG sous mon commandement, poursuivit Artemberger.

- Je pense que vous avez beaucoup de choses à vous dire. On se retrouvera ce soir lors du bal de promotion.

- Bien entendu colonel. À ce soir.

Je les saluais puis en prenant Stélina par la taille, nous nous éloignâmes d'eux. Elle m'accompagna jusque dans ma piaule où je récupérai mes formulaires et mon sac. Un quart d'heure plus tard, nous étions dans la ville de Darkfarmer à la recherche d'un hôtel.

Nous en trouvâmes un et dès que nous fûmes dans la chambre, nous nous enlaçâmes et nous couvrîmes de baisers avant de tomber sur le lit.

Nous arrivâmes au bal dans la soirée. Stélina était vêtue d'une somptueuse robe en velours pourpre. Un châle noir était jeté sur ses épaules dénudées. Un joli pendentif constitué de perles et d'or brillait sur sa peau, à la naissance de son décolleté.

Moi, j'étais dans la tenue de bal militaire noire et repassée avec une extrême précision, les bottes d'apparat cirées et impeccables.

Au bras gauche, j'avais accroché le brassard aux couleurs de l'Ordre Noir. Sur le droit, j'avais l'écusson de la nouvelle unité commandée par le Colonel Artemberger où il était brodé « SSAG,1°Section ». À mon col à droite le sigle de l'Ordre noir, à gauche mon grade de lieutenant. À ma ceinture pendait la dague d'apparat. Une courte lame ciselée de motifs runiques et enchâssée dans un fourreau en ébènes.

Dans le vestibule, Stélina laissa son manteau au vestiaire. J'y déposais ma casquette puis nous nous dirigeâmes ensuite vers la salle de bal. Je présentai Stélina à tous mes amis de la promotion. Muller et Leforestier en premiers. Ils étaient à côté du buffet et mangeaient des toasts tout en buvant une coupe de champagne.

- Vous avez raté le petit discours d'Artemberger,

déclara Muller en tendant une coupe à Stélina puis une autre à moi-même.

- Ce ne devait pas être trop important.

- Il nous a juste parlé des mutations qui étaient affichées là bas. Il me montra du doigt une affiche accrochée près de l'entrée. Puis il nous a souhaité une bonne soirée, un bon apéritif, un bon repas et il a ajouté quelques citations du Maréchal-Major Templar et du président Adolfus, fondateur de la démocratie d'Outrance.

Un maître d'hôtel vint prévenir tout le monde de prendre part au dîner. Nous entrâmes dans une immense salle, parquée, richement décorée de tentures et de tableaux représentant des portraits ou des champs de bataille, comme celle où nous étions pour prendre le vin d'honneur.

De grandes tables étaient dressées où de beaux couverts et vaisselles en porcelaine blanche et bleu étaient posés. Du plafond, plusieurs volumineux lustres en cristal pendaient et diffusaient une lumière ténue. Nos noms étaient inscrits sur des petites plaquettes en bois. Nous nous installâmes. J'étais face à Muller et de Banister un ancien sous officier de l'Ordre noir. Il était avec sa femme et ses enfants.

À notre table, il y avait aussi le Colonel Artemberger et son épouse. Une jolie rousse d'une quarantaine d'années. Elle était assise au côté de Stélina et discutait ensemble de choses et d'autres.

Lors du sompteux dîner, Stélina me jetait des yeux doux et je lui souriais affectueusement.

Au fond de la salle, des musiciens jouaient des airs gais, des valses et autres danses de salons.

L'adjudant Leipzik se leva de table et porta un toast à tous les nouveaux officiers et entonna une chanson de corps que tous les militaires reprirent en coeur. Le repas se déroula bien, car les mets étaient succulents et les vins fameux.

Juste avant le dessert, le Maréchal-Major Anderson et sa femme se levèrent, se dirigèrent vers la piste de danse puis sous les accords des musiciens, ouvrirent le bal sur une valse intitulée « marche de l'aube ».

Avec Stélina, nous nous joignirent à eux, accompagner par d'autres couples. Cette première danse, le regard de ma future épouse dans le mien est l'un de mes plus grands souvenirs de cette dernière journée sur la base-école des officiers de l'Ordre Noir de Darkfarmer.

CHAPITRE 13 : les envahisseurs

- Voilà, Lieutenant, le spécimen que vous avez capturé à côté de Darkfarmer.

Le docteur Heinard était un homme grand et sec, brun aux yeux cachés par des lunettes rondes en acier. Comme tous les chercheurs de la Section Spéciale Anti-Gurmacs, il portait une blouse blanche avec l'écusson de l'Ordre Noir cousu sur le col. À son ceinturon, il y avait son mémo-ordinateur et un étui d'où dépassait la crosse d'un pistolet électrique de type vulkain.

Il lui manquait deux doigts à sa main droite, souvenir d'une expérience qui a mal tourné.

La créature que l'on nommait maintenant Gurmac était une sorte de reptile possédant une gueule ronde et allongée et contenant deux rangées de dents en scies comme celle de nos requins. Son crâne était surmonté d'une protubérance osseuse et deux cornes partaient de part et d'autre de celui-ci, allant de derrière la tête et se terminant non loin de la bouche.

Ses yeux étaient tellement minces que l'on ne les distinguait qu'avec grande peine.

Le monstre avait quatre bras qui se finissaient par des griffes d'une bonne dizaine de centimètres. Une queue fine, courte et cartilagineuse terminait son arrière-train. Des plaques osseuses protégeaient ses avant-bras, ses jambes, son torse et son dos. La peau était huileuse et semblait avoir un aspect mou et était d'une couleur allant du noir au vert. Des veines passaient entre les plaques d'os faisant circuler un liquide foncé verdâtre.

Le gurmac était enfermé dans une grande pièce dont les parois étaient constituées d'un acier hautement résistant sur plusieurs couches, intercalées avec des barreaux électrifiés. Nous pouvions le regarder grâce à des caméras dissimulées dans la structure des murs. La salle était de plus équipée de propulseur de gaz et d'un système de crémation. Au moindre danger, on évacuait et il était incinéré.

Le docteur Heinard qui était fier de cette créature me fit son rapport.

- Bon. Nous avons ici, un spécimen qui ne provient pas de notre planète.

- ça, je le savais professeur. Je voudrais savoir surtout ce que vous avez trouvé sur eux.

Heinard hocha la tête plusieurs fois avant de continuer. Il avait dû répéter la même chose à de nombreuses reprises avant moi et tout cela commençait sûrement à l'agacer.

- Oui, c'est vrai. Vous, vous avez vu leurs navettes météores. Bon , que puis je dire sur le gurmac. Sa taille est de deux mètres trente pour un poids d'une centaine de kilos. Je n'ai pas pu déterminer son âge. Les xénomorphes que nous avons étudiées étaient mortes. Elle ne mange que de la viande. Sa mâchoire avec ces deux rangées de dents en est la preuve. Nous ne savons pas pour l'instant à quoi lui servent les deux cornes situées sur le côté de la tête. Nous pensons que ces créatures les utilisent comme toutes les autres espèces d'animaux. Mais les siennes ne permettent pas d'embrocher quelqu'un, car elles sont trop rapprochées du crâne. Après plusieurs tests, nous avons pu constater que la plaque osseuse située sur la tête est hautement résistante. La créature a défoncé une porte en acier de cinq centimètres d'épaisseur à coup de tronche et ces griffes ont tranché une plaque de blindage d'un centimètre. Il peut tenir dans l'eau pendant au moins une vingtaine de minutes. Il supporte beaucoup de gaz nocif mineur; nous n'avons pas pu tester tous nos échantillons bactériologiques et chimiques, car nous n'avons que ce spécimen de vivant. Il possède un système digestif lui permettant de consommer et de digérer tout type de nourriture qui lui tombe sous les dents. Une particularité, il n'a pas d'organes de reproduction.

- Alors comment font-ils pour se reproduire?

- Je songe à des animaux ou insectes comme les fourmis ou les abeilles.

- Avec une reine pondeuse.

- En quelque sorte, oui, répondit-il en réajustant ses lunettes sur son nez.

- Son moyen de communication?

- Il pousse des cris ou plutôt des sifflements assez stridents, ma foi. Certains de ces sifflements arrivent sur la plage de fréquence des ultrasons. Nous pensons qu'il doit aussi communiquer avec ses congénères avec des phéromones comme les insectes.

Je hochais la tête en signe de compréhension. Une chose vint tout de même m'interpeller.

- Et ça? C'est quoi? demandais-je en indiquant du doigt des monticules organiques solides qui montaient du sol le long du mur.

- Ceci est une chose bien curieuse. Au départ nous avons cru à des excréments, mais en fait c'est une matière bio-organique que la créature produit. Celle-ci sécrète des sucs avec sa queue qu'elle façonne par la suite.

- Comme un nid ou une ruche?

- Exactement et comme vous pouvez le voir, elle en a mis partout.

La moitié de la salle était envahie par cette matière grisâtre et luisante. Le gurmac tournait en rond puis se roula en boule comme un chien qui s'apprête à dormir.

- Nous avons pensé que nos ennemis bolcheviks étaient la cause de ce problème. Vous savez des expériences génétiques ou autre . Allez savoir ce qui se passe dans leur cerveau malade. Bon, la thèse était que les communistes auraient créé ces monstres, les auraient transportés au niveau des ceintures d'astéroïdes qui encerclent Warland et nous auraient bombardés avec des vaisseaux déguisés en météorites contenant ces créatures. Celles-ci lorsqu'elles étaient assez nombreuses pouvaient attaquer les bases militaires.

- Mais cela aurait été un massacre s'ils avaient approché une mégapole.

- C'est vrai. Mais ce que nous avons trouvé et les données recueillies dans certains rapports nous ont dirigés vers autre chose. Veuillez me suivre, Fightblue, vous allez comprendre.

Nous laissâmes les écrans de contrôle à d'autres chercheurs et quittâmes la pièce. Nous traversâmes de nombreuses salles et arrivâmes dans un laboratoire où trois scientifiques regardaient différentes choses dans des microscopes et compilaient toutes les données qu'ils récoltaient sur de puissants ordinateurs.

Le professeur Heinard s'approcha d'une grosse armoire. Il tapota un code après avoir placé sa carte dans un lecteur. La porte glissa sur le côté dans un chuintement pneumatique. Il prit un bocal, l'ouvrit et déposa le contenu devant moi sur une table.

Je me rapprochai de l'objet. C'était un tube de trois centimètres de long d'où sortaient plusieurs micros-filaments. Dessus, il y avait des glyphes que je ne sus traduire et que personne du laboratoire ne sut déchiffrer.

- Qu'est-ce ? Demandais-je curieux à Heinard qui attendait ma question avec l'envie de me répondre.

- Un appareil ultra perfectionné que nous avons découvert dans le cou en dessous du crâne de chaque créature. Il est composé d'un matériau inconnu. Les microfilaments produisent des ondes d'une très grande fréquence. Ils étaient branchés sur le système nerveux de chaque bestiole. Pour l'instant nous ne savions pas à quoi cela pouvait-il servir, mais il y a une chose dont nous étions sûrs : cela ne provenait pas de notre planète.

- Quelque chose veut envahir Warland.

- C'est bien cela. J'ai déjà prévenu le colonel Artemberger au sujet de notre nouvelle thèse.

- Vous m'avez dit qu'ils n'avaient pas d'organes de reproduction.

- Oui c'est cela, ils doivent fonctionner comme dans une ruche, avec une mère pondeuse, mais cela est une hypothèse.

- Qui risque d'être juste.

- C'est juste mon point de vue, il y a d'autres hypothèses tout aussi farfelues.

Le SSAG, ou Section Spéciale Anti-Gurmac, fut rendu public deux semaines après ma discussion avec le docteur Heinard.

Nous ne pouvions pas cacher l'apparition des gurmacs aux citoyens d'Outrance plus longtemps.

Plusieurs rapports du Service de Sécurité Intérieur de l'État d'Outrance avaient atterri sur mon bureau. Ils affirmaient la découverte de ces extraterrestres dans d'autres pays alliés et ennemis.

Le dossier le plus important à mes yeux ces derniers jours fut celui du Lieutenant de police Catherine Annuiel :

Extrait du rapport N° X-A 3542B56 du SSIEO, audition de témoin : Lieutenant Catherine Annuiel, inspectrice de police de la zone B56, bloc quartier Tüdorf de Waroon :

Notre enquête portait sur des disparitions inquiétantes de personnes dans le block-quartier Tüdorf. Voir les procès-verbaux numérotés 567980 à 568012.

J'étais le chef de patrouille, mon coéquipier était le lieutenant Anahorn. Nous procédâmes à une enquête de voisinage qui n'apporta aucune donnée supplémentaire à notre procédure. Des investigations de police technique et scientifique furent effectuées sur tous les lieux d'enlèvements. Les appartements étaient saccagés et emplis de traces de sang. Aucun corps des propriétaires, des locataires ou des agresseurs ne fut découvert.

Les indices découverts sur place nous firent songer à deux choses. La première était que les assaillants étaient nombreux, bien entraînés, armés et cuirassés. Nous avons trouvé l'arme d'une de leurs victimes : un fusil laser mark II de guerre. Les agresseurs devaient être munis de moyen d'intrusion important : des portes et des murs étaient déchiquetés ou enfoncés.

La seconde chose était que seuls les appartements se situant au plus bas du bloc quartier avaient été visés. Pas plus de trois étages.

Au lendemain de notre enquête de voisinage et de notre police technique, nous découvrîmes que le block-quartier Elvic, voisin à celui du Tüdorf avait eu des cas similaires de kidnapping meurtrier.

Les deux block-quartiers sont situés prés de l'enceinte Est de Waroon.

Nous trouvâmes un témoin. Il était gravement blessé lorsque les secours arrivèrent. Je pus enregistrer son témoignage. Il décrivit ses agresseurs comme étant des créatures possédant quatre bras et une gueule garnie de dents acérées. Il s'interroge encore à savoir comment il a réussi à leur échapper.

Le rapport du légiste annonce clairement que l'homme était dans un état d'ivresse avancée, mais il ne détermine pas le type d'arme qui a causé les blessures. Il suppose qu'elles ont été faites avec de grandes lames.

Le soir même, notre intervention était demandée au bloc-quartier Tüdorf pour un vol à main armée dans un entrepôt du centre commercial Achtkinson. Il était vingt-trois heures quarante-deux.

Nous sommes sur les lieux à vingt-trois heures cinquante-six avec un renfort de dix autres agents.

L'alimentation électrique avait été coupée plongeant le block-quartier dans le noir. Des techniciens furent sollicités pour remettre tout cela en ordre. Nous sommes entrés par binôme dans le magasin par l'entrée fracturée. Les lieux étaient vides. Du bruit provenait des entrepôts à l'arrière. Nous avançâmes prudemment jusqu'à la porte. Les bruits cessèrent lorsque nous étions devant. Anahorn voulut pénétrer, mais la grande porte s'ouvrit brutalement et le percuta. Mon collègue tomba à la renverse et bouscula un rayon. Ce que je vis par la suite me terrifia. Il y avait devant nous une créature monstrueuse qui se jeta sur mon ami et le tira dans le dépôt par les jambes. Une seconde apparut et s'élança sur moi. J'ouvris le feu au moins quatre fois. Mes balles ricochaient sur ce qui ressemblait à des plaques de blindages sur son crâne.

Je dois ma vie sauve à l'agent Karl Munzkowicth qui stoppa l'avancée du monstre avec son fusil Riot Laser Force ou RLF qui pulvérisa deux des bras de la créature qui recula en poussant un cri strident.

La première créature avait emporté mon ami. Je récupérai son arme, un Pilonneur 47 qui était supérieur à mon cobra 75. J'enclenchais les balles perforantes et explosives et après avoir demandé des renforts de toute urgence nous entrâmes dans l'entrepôt. Des bruits de course au loin nous indiquèrent leur direction de fuite. Nous parcourions l'immense salle avec prudence lorsque l'agent Carla Bonnaire fut attaqué par une créature tombée du plafond. Carla fut sectionné en deux et le monstre fut tué par le tir groupé de trois agents.

Plusieurs tirs de laser ou de quelques choses équivalentes barrèrent notre chemin. Les rafales ennemies pulvérisaient tous ceux qu'ils touchaient. Le béton et l'acier fondaient. Nous dûmes nous mettre à couvert. Une fusillade s'engagea entre nous et nos assaillants.

Les renforts, des agents de sécurité de l'Ordre noir, arrivèrent avec de l'équipement lourd composé de lance-grenades lacrymogènes et mitrailleuses antiémeute modèles 45.

Nous pûmes rapidement en venir à bout. Nos agresseurs prirent la fuite dans un tunnel creusé au fond de l'entrepôt. Celui-ci rejoignait le système d'égout de la ville et les niveaux inférieurs. Je voulus y aller avec les agents de l'Ordre Noir. On nous intima cependant l'ordre de rester sur place.

Le corps de l'inspecteur Anahorn, ou du moins ce qu'il en restait fut découvert tout en haut d'une pile de conteneurs. Les voleurs et les agresseurs avaient emporté du matériel électronique, plusieurs caisses de nourriture, surtout de la viande en boîte.

La suite du rapport mentionne que le Colonel Artemberger envoya quatre sections commandées par le lieutenant Hearl pour enquêter sur les lieux. Elles étaient fortes d'une quarantaine d'hommes et étaient puissamment armées.

Ils pénétrèrent dans les égouts par l'ouverture faite par les gurmacs dans l'entrepôt et par une autre deux rues plus loin.

Les canalisations des blocs quartiers Tüdorf et Elvic furent ratissées et ils y découvrirent plusieurs cadavres en état de décomposition avancée. Tous les bunkers souterrains situés à proximité n'avaient pas été touchés. Par contre, les protections du système d'évacuation des eaux usées se trouvant au niveau de la muraille est de la ville avaient été détruit par des tirs qui ressemblaient à des lasers, mais en plus puissant. Ici, tout était fondu.

Ils trouvèrent enfin le tunnel creusé par les gurmacs. Celui-ci était tapissé de matière bio-organique. Selon Hearl, le nid fut facile à découvrir, il fallait suivre le boyau. Sur le chemin, ils éliminèrent une quinzaine de créatures. C'est prés de leur tanière qu'ils essuyèrent les rafales ennemies. Le Lieutenant Hearl faillit perdre son bras gauche. À ses côtés, un soldat s'effondra le crâne emporté par un tir. Ils répliquèrent dans un déluge de feux et de laser. Les Fusils d'Assaut à Fusion Laser crachèrent leurs projectiles fusionnés dans un barrage mortel en direction de l'ennemie. Les agresseurs fuirent une fois de plus.

Les quatre sections arrivèrent dans une énorme grotte où ils furent assaillis par des vingtaines de gurmacs d'une taille supérieure à ceux connus. Leurs cornes dépassaient d'une cinquantaine de centimètres de leur crâne. Un soldat vola dans les airs après avoir été embroché.

Trois wartroopers furent blessés lors de cet affrontement. Les hommes d'Hearl employèrent tout l'arsenal à leur disposition. Lance-flamme, grenades et FAFL ou les Mitrailleuses lourdes à Fusion laser montées sur bras gyrostabilisateur.

Le nettoyage fut total.

Ils repérèrent une issue qui menait à la surface, de l'autre coté de la muraille Est de Waroon. Aucune créature n'avait pu fuir.

Ce qu'ils découvrirent dans la grotte fut surprenant. Celle-ci était tapissée de cette matière Bio-organique. Elle était creusée de nombreuses niches où devaient se coucher les bestioles.

Au centre, un campement avait été installé. Il était composé des caisses de vivres volées dans l'entrepôt sur lesquels étaient entreposés des matériels électroniques, des armes et des munitions inconnues. Le plus important dans tout cela fut la présence au sol de trois cadavres humanoïdes.

Ils étaient vêtus d'une combinaison renforcée par des plaques aux bras, au torse, aux jambes. Ils étaient d'une taille humaine. Deux des dépouilles portaient un casque. Ils purent voir la tête du troisième.

Le crâne était allongé vers l'arrière. Sa mâchoire était protubérante où l'on pouvait voir une dentition presque similaire à la nôtre. Le nez était une protubérance percée de deux trous. Ses yeux étaient entièrement noirs même si en ce moment ils étaient vitreux. La peau était grisâtre et une plaque osseuse allait du front jusque derrière le crâne.

Plusieurs symboles étaient dessinés sur les manches et sur les épaules de la combinaison.

Certains avaient une sorte de pistolet à la ceinture. Les deux à l'entrée de la grotte avaient des armes semblables à nos FAFL, mais en plus compactes et l'ouverture de feu était plus grande .

Un des hommes d'Hearl filma tout ce qu'il y avait dans la caverne.

Les ossements de nombreuses personnes disparues furent découverts ainsi que d'autres objets extraterrestres.

Toutes les découvertes furent rapatriées dans le Landtôt au SSAG pour que les scientifiques du Docteur Heinard puissent les étudier.

Les corps des civils furent rendus à leur proche pour être inhumés. Dès que tous les tunnels furent inspectés, une équipe de sapeur fit exploser le nid.

Les wartroopers morts furent incinérés et enterrés dans le grand mausolée de Tôtstrupp où les restes de tous les légionnaires de l'Ordre noir sont placés.

Le docteur Heinard me présenta ainsi plusieurs rapports sur ce que le Lieutenant Hearl et ses hommes avaient trouvé.

J'en informais rapidement le colonel Artemberger qui alla directement voir le Maréchal Otto Scars, chef du SSIEO et le Maréchal-Major Anderson de la situation et des risques futurs.

-Capitaine Fightblue, vous aurez l'honneur de m'accompagner pour une conférence de presse.

Capitaine. Oui, c'est vrai, j'ai gagné un galon lors de mon entrée au SSAG. J'ai retrouvé tous les gars de mon ancienne section de la septième armée d'Outrance.

Maintenant au SSAG, je suis à la tête comme le lieutenant Hearl d'une quarantaine de soldats.

Le sergent Hunter était passé sergent-chef et était toujours mon second. Il commandait deux sections nommées "groupe Alpha". Malko promut sergent eut droit aux deux autres appelées "groupe Bravo". Les autres anciens membres furent dispatchés dans les deux groupes.

J'accompagnais donc, le Colonel Artemberger à Waroon. Celui-ci eut une longue conversation avec le Maréchal-Major Anderson, le Maréchal Scars et le Président d'Outrance, monsieur Hildar.

Artemberger sortit soucieux et en colère de la réunion.
-Alors? demandais-je.
-Scars, ce moins que rien, m'a caché de précieux renseignements au sujet des gurmacs. J'ai été pris pour un polichinelle.
Et tout en marchant jusqu'à la salle de conférence, il me raconta ce qu'il s'était passé dans le bureau du président, ce qu'il avait appris et ce que j'allais devoir exposer aux journalistes.
Pour moi, cela ne changeait pas grand-chose. Je parlerai de la SSAG et de la découverte de nos scientifiques. La population connaitra bien assez tôt la création de groupes comme le nôtre dans d'autres pays.

L'immense salle était bondée de journalistes et de caméramans des différentes chaînes télévisuelles et radiophoniques du Parti. Nous rentrâmes dans la pièce et saluâmes toute la foule d'un geste de la tête. J'avais le trac avant d'arriver. Il disparut en montant sur l'estrade, ce n'était que des journaleux et je m'étais déjà trouvé devant plus de monde même si c'était que des wartroopers. Je m'éclaircis la gorge et commençais avec assurance après avoir placé un disque de donnée dans le rétroprojecteur holographique qui se situait prés de moi.

- Mesdames et messieurs, bonjour. Je me présente Capitaine Fightblue, chef du premier Corps de Garde du SSAG, voici, à mes côtés le Colonel Artemberger, commandant en chef du SSAG. Suite à de nombreux événements qui se sont produits dernièrement comme les disparitions dans les blocs quartiers Tüdorf et Elvic, l'Ordre noir a décidé de créer le SSAG ou Section Spéciale Anti-Gurmacs. Cette section est composée de militaires et de scientifiques. Elle assure la défense des citoyens d'Outrance contre cette nouvelle menace. Elle est basée dans le Landtôt.

Je pris un temps d'arrêt pour boire une gorgée d'un verre d'eau.

- Les gurmacs. C'est le nom que nous leur avons donné. Selon nos légendes, les gurmacs étaient de terribles et malfaisantes créatures venant de l'enfer et qui furent terrassées par les dragons-dieux. Mais ces créatures existent vraiment.

Je projetai la photographie holographique de l'un d'eux. Les journalistes eurent du dégoût en voyant ce que pouvait être ce monstre.

- Ces bestioles ne proviennent pas de l'enfer. Le professeur Heinard et son équipe de chercheurs ont réussi à démontrer qu'elles sont de nature extraterrestre et non pas d'une expérience ennemie. Le Lieutenant Hearl, chef du deuxième Corps de garde du SSAG, a découvert avec ses hommes d'autres entités étrangères qui semblaient commander les gurmacs. Ils étaient d'une taille humaine et d'une morphologie humanoïde. Ils ont une tête dont la boîte crânienne est allongée vers l'arrière. Une photo holographique remplacera les paroles.

Je fis apparaître la représentation en trois dimensions de l'extraterrestre.

- Ils étaient équipés de matériels sur lesquels nos scientifiques font des recherches pour comprendre leur fonctionnement. Nos découvertes sur ces extraterrestres nous ont permis de déterminer certaines choses. Les gurmacs vivent en groupe de cinq à plus. Nous pensons qu'ils sont chaperonnés par les entités extraterrestres dont aucun nom ne leur a été encore donné. Nous pensons que leur mission est d'infiltrer les mégapoles de tous les pays et de terroriser la population. Leur système d'infiltration est simple. Ils arrivent avec des vaisseaux de transport camouflé en météorites. Lors d'une grande pluie de météorites sur Warland, ils se mélangent à eux et atterrissent en dehors des citées pour ne pas être détruit par nos puissants canons et champs de protection anti-météores. Les gurmacs creusent des tunnels et créent un nid en profondeur semblable à celui-ci.

Je leur passais alors des images filmées par les hommes du lieutenant Hearl tout en leur expliquant les principaux points que nous voyons à l'écran.

- Lorsqu'ils sont installés, ils effectuent des raids contre la population locale.

Je devais parler maintenant de la Section Spéciale Anti-Gurmac.

- Le SSAG est constitué de groupes de combat et de scientifiques. Notre mission est de rechercher, détruire ou capturer vivant ces extraterrestres pour les analyser. Je pense que vous avez des questions.

Je pris mon verre et bus une gorgée d'eau. Pendant ce temps, un journaliste d'une grande chaîne de télévision s'était levé et se présenta avant de poser la première question.

- Est-ce qu'Outrance est le seul pays touché par cette invasion ?

- On ne parle pas encore d'invasion. Je compare les actes isolés de ces créatures comme étant les mêmes que ceux des terroristes bolcheviks. Mais pour répondre à votre interrogation : non, Outrance n'est pas le seul pays touché par les gurmacs. Plusieurs pays alliés nous ont fait part de leur découverte et des différentes actions qu'ils ont effectuées contre eux.

- Quels sont ces pays alors?

- je peux affirmer que la République de Nograd, le Royaume de Balnos, celui du Raich, la République Fédérale de Norgad et de Nordack ont découvert une présence extraterrestre sur leur terre.

- Cela ne pourrait-il pas être quand même une arme de nos ennemis communistes? demanda un journaliste du magazine Stomper.

- Je vous l'ai déjà dit et je vous le répète. Non, ce n'est pas une arme bolchevik, mais bel et bien des extraterrestres et je ne pense pas qu'ils soient alliés, car certains de nos rapports signalent que des attaques ont été effectuées contre des casernes de la démocratie de Fôrest, contre des villes des Républiques Soviétiques de Tarle et de Larc. Mais ces rapports doivent être tout de même confirmés dans les jours qui viennent.

D'autres questions fusèrent. J'essayais d'y répondre pour le mieux. Le Colonel Artemberger m'aida pour certaines. Puis le temps que nous pouvions leur concéder arriva à la fin. Nous quittâmes la pièce sous une foule de demandes qui ne restera pas sans réponse quelques mois plus tard.

Lors de notre retour dans la province du Landtôt, le Colonel Artemberger me montra les différents rapports du service de sécurité du Maréchal Otto Scars.

Je les ai lus rapidement et ainsi je fus informé que dans quasiment tous les pays de Warland, des groupes de combat comme le SSAG avaient été crées. Ce qui voulait dire que les extraterrestres étaient par tout.

- Mon colonel, je demande à rencontrer nos homologues alliés dans les plus brefs délais. Pour mettre en place une cellule de crise avec eux. Peut-être connaissent-ils des choses que nous ne savons pas?

-Ne vous inquiétez pas pour cela, Fightblue. Dans deux jours, en compagnie du Docteur Heinard, nous rejoignons le Duc Gardner, chef de la sécurité intérieure du Royaume de Raich et nos homologues nordackiens et Nogradien.

- Quand est-ce que vous avez eu le temps de programmer tout ça? Demandais-je curieux.

- Hier. Avant de partir pour la capitale. J'étais au courant pour tous les pays de l'alliance occidentale, mais pas pour les communistes et les autres démocraties. J'en veux à Otto, car il aurait dû me prévenir beaucoup plus tôt.

Le reste du voyage se déroula sans aucune autre discussion et nous arrivâmes le soir dans le Landtôt où nous attendaient nos femmes.

La nuit même, mes pensées ressassaient sans cesse tout ce que j'avais entendu et vu ces derniers jours.

Mes réponses à toutes ces questions arrivèrent deux jours plus tard

Un matin, Artemberger fit appeler le lieutenant Hearl et moi-même. Il nous fit un compte rendu sur la réunion avec nos alliés.

Nous pensions que les gurmacs étaient regroupés en groupe d'une dizaine d'individus à travers le monde. Nous nous étions trompés.

Un colonel nordackien signala la destruction d'un nid où vivaient plus d'une centaine de créatures. Les militaires de l'Empire Théocratique de Balnos débusquèrent cinq repaires autour de leur capitale contenant entre cinquante et deux cents monstres. Il y avait d'autres exemples de ce type dont certains venaient des pays ennemis communistes.

Je partis soucieux de tout cela. Nous allions avoir énormément de travail et ce n'était pas deux corps de garde composés de cinquante légionnaires chacun qu'il nous fallait. Je songeais à un régiment de cinq cents wartroopers.

Le Maréchal-Major Anderson ordonna la création de la Division Spéciale de Combat et de Recherche sur les Extraterrestres qui était aussi appelée DSCRE. Elle était constituée de cinq mille hommes, répartis en dix régiments de cinq cents, divisés en dix corps de garde de cinquante soldats qui étaient ensuite partagés en section de dix légionnaires de l'Ordre noir.

Il fallut plusieurs mois de structuration, d'entrainements, de recherches intensives pour être fin prêt pour la chasse aux gurmacs.

À la moindre alerte ou présomption de présence, un corps de garde était dépêché sur place pour enquêter et détruire toute trace de xénomorphe. Je fis partie de plusieurs nettoyages.

Artemberger devint Colonel-major et ne le resta que quelque mois, car après plus d'une dizaine de succès et d'une bonne gestion de ses troupes, il passa Général, commandant la division et remplaça le général Bonislas qui partait à la retraite.

Durant ces mois, je me mariais avec Stélina Klauss. Elle fut mon plus grand soutien moral et affectif. La cérémonie fut simple et se déroula avec nos familles respectives et quelques amis. Hunter qui était maintenant Adjudant et chef instructeur sur les techniques de combat contre les gurmacs fut mon témoin.

Nous reçûmes les voeux du Maréchal-Major Anderson en personne. Ce fax estampillé du tampon officiel est de nos jours, encadré dans un coin de notre salon.

Le voyage de noces se déroula dans une station balnéaire de la cote d'Outrance où nous pûmes nous la couler douce durant un bon mois et s'occuper pleinement de l'un et de l'autre.

C'est aussi pendant ces mois qu'un jour de retour de mission, Stélina m'annonça qu'elle était enceinte d'un fils qui se nomma par la suite Aldric.

J'avais alors vingt-sept ans, j'étais capitaine du premier corps de garde du premier régiment de la DSCRE surnommé aussi division « chasseur blanc » j'espérais que mon fils ne connaitrait pas un conflit plus terrible que la Guerre Sainte contre le Bolchevisme.

Je me trompais fortement. Celle contre les extraterrestres fut plus monstrueuse.

Chapitre 14 : offensive ennemie

La sonnerie du visiophone posé sur ma table de nuit me réveilla en sursaut et fit grommeler Stélina qui dormait à mes côtés. J'allumai ma lampe de chevet et pris la communication. Le bruit n'avait pas éveillé notre fils qui sommeillait dans une pièce voisine.

- Capitaine, le général Artemberger vous demande immédiatement au Quartier Général. C'est un code rouge I cinq.

C'était le sergent-chef Weiss, son secrétaire. Je lui répondis que j'arrivais le plus rapidement possible.

Un code rouge I cinq, c'est une alerte d'intrusion et du type national. Tout le Landtôt allait se retrouver réveillé dans les heures à venir. Qu'est-ce qui se passait? Mes réponses vinrent à mon arrivée dans le poste de commandement de la DSCRE.

Des techniciens et des soldats couraient dans tous les sens. Je trouvais sur place les officiers des autres corps de garde de la division. Artemberger, en sueur, regardait les écrans de contrôle au côté d'un opérateur qui lui montrait des signes du bout d'un stylo tactile.

Un contrôleur annonça : -Station météore I, II, III, ne répondent plus.

Un second poursuivit : -Nous avons perdu les communications avec les stations situées sur la lune War II.

- Cinq vaisseaux spatiaux d'une taille supérieure à

celle de nos destroyers viennent d'apparaître derrière les autres.

- Capitaine Fightblue , au rapport, mon Général. Déclarais-je en m'approchant de mon ami et chef.

Il se retourna vers moi après avoir jeté un dernier coup d'oeil sur les écrans.

- Salut Fightblue. La nuit a dû être courte et la prochaine sera longue. Des vaisseaux spatiaux ont émergé d'une espèce de vortex et attaquent toutes les défenses antimétéores alliées et ennemis des deux ceintures d'astéroïdes de Warland.

- Que dit l'état-major?

- Ils regardent la même chose que nous. Ils nous ont ordonné de nous mettre en alerte maximale et de faire sortir du lit tous les wartroopers et légionnaires disponibles. Nous avons perdu toutes les communications avec le corps de garde « Centurie » basé sur War II. Maintenant nous attendons les ordres.

La sirène d'alarme nationale qui est enclenchée à partir du château-bunker du chancelier du Landtôt, se mit à gémir et à être entendue dans toute la province et la mégapole. Il y eut ensuite un message sonore prononcé par le Maréchal-Major Anderson, chef de l'Ordre Noir.

- Ceci est une Alerte de niveau rouge Intrusion de niveau cinq, ceci est une alerte de niveau maximal, ceci n'est pas un exercice. Ici, le Maréchal-Major Anderson, chancelier du Landtôt. Nos bases sur les lunes War I et War II ont été attaquées par des vaisseaux extraterrestres. J'ordonne à tout le personnel militaire de réintégrer son unité. J'ordonne à tout le personnel civil de rejoindre les bunkers souterrains.

Le message fut prononcé de nombreuses fois.

Je rejoignis mon unité. Tous mes wartroopers s'équipaient rapidement et préparaient leur armement et munition.

La Division « Chasseur Blanc » avait pour mission de trouver et d'abattre ou de faire prisonnier tous les extraterrestres qui seraient visibles dans la mégapole. Elle servait de réserve aux cinq légions de soldats qui protégeaient Tôtstrupp.

Mon corps de garde et moi-même étions dans la rue, accroupie derrière des barricades de sacs de sable empilés. Nous attendions les ordres.

Nous apprîmes que les stations météores avaient été prises par l'ennemi. Maintenant, celui-ci concentrait son action sur l'invasion de Warland. Un redoutable bombardement traversait les cieux et s'écrasait sans relâche sur les puissants champs de force de notre cité.

Nous vîmes dans le ciel, de terribles duels aériens entre chasseurs alliés et ennemis. Le ballet était beau, lumineux et mortel. Des appareils touchés venaient finir leur course dans le bouclier s'il n'avait pas explosé entre temps. Toutes les batteries antiaériennes de la ville faisaient feu sans discontinuité. Les puissants canons laser anti-météore sectionnaient d'immenses croiseurs en plusieurs morceaux avant même leur entrée dans l'atmosphère. Le ciel était ainsi obscurci par la fumée des débris de vaisseaux qui périssaient.

J'attendais anxieux avec mes hommes, pensant à Stélina et notre fils qui devaient être dans le bunker souterrain situé sous notre block-quartier.

- Attention, premier corps du DSCRE de PC Division. Capitaine Fightblue, est-ce que vous me recevez ?

- Fort et clair, PC Division.

- Rejoignez, le BQ 50 « Olaf » où cinq tanks lourds Warrior et dix tanks hyperlégers Fourmis vous attendent.

Ils vous serviront de moyen de transport et de couverture.

- Bien reçu. Je me retournai ensuite vers ma troupe composée de cinq sections de dix soldats et je leur parlais via mon communicateur pour que tous puissent m'entendre. On se tire vers le block Olaf où on sera par la suite véhiculé. Allez tout le monde au pas de course.

Nous courûmes aussi vite que nous le pûmes. Les chars commandés par le lieutenant Hammer étaient au rendez-vous.

Je saluais d'un geste de la main le chef d'escadron et fis monter mes hommes sur les blindés. Nous attendîmes la suite des événements en regardant le ballet aérien mortel.

Cela faisait maintenant quatre heures que les ennemis extraterrestres avaient débuté les hostilités. Nous fûmes enfin déplacés dans le block-quartier « Ivan ». Des gurmacs étaient sortis des égouts et avaient été aperçus par les systèmes de sécurité avant que ceux-ci ne soient détruits par des tirs précis.

Les tanks lourds Warrior se mirent en branle les uns derrière les autres dans un immense nuage de fumée âcre et sombre. Leur blindage, leur armement et leur grande taille offraient un très bon couvert pour mon infanterie. Les chars Fourmis étaient quant à eux, montés sur huit pattes mécaniques leur offrant ainsi une rapidité et une manoeuvrabilité excellente sur quasiment tous les champs de bataille. Ils étaient armés de deux batteries de mitrailleuses lourdes à fusion laser ou de lance-flamme selon le modèle. Leur mission première était de servir d'éclaireur aux escadrons d'engins blindés mécanisés. Deux étaient d'ailleurs cinquante mètres devant nous.

Notre arrivée fut reçue par une pluie de plasma qui tua ou blessa plusieurs de mes soldats. L'embuscade détruisit trois chars Fourmis qui basculèrent lorsque leur cockpit explosa. Nous nous mirent le plus rapidement possible à couvert dans le bâtiment voisin pour répliquer de tout notre arsenal. Des gerbes de revêtement volèrent sous l'impact des tirs ennemis. Les Warriors s'alignèrent sur l'immense avenue en un barrage d'acier et de mort à l'instant où tous leurs canons tirèrent. Ils rendirent aux extraterrestres un feu nourri et puissant de projectiles fusionnés au laser.

L'accrochage dura une dizaine de minutes. Des pans de mur entiers s'effondrèrent sous les impacts de plasma et de lasers découvrant l'intérieur de bâtiment administratif. Des incendies se déclarèrent un peu partout. Lorsque j'eus la confirmation que tous les xénomorphes étaient morts, je regroupais mes wartroopers.

Je rendis compte au poste de commandement de la division que des gurmacs et des unités ennemis s'étaient infiltrés dans la citée. J'appris alors par le colonel Artemberger que plusieurs bunkers où la population était terrée, étaient en ce moment attaqués. Le deuxième corps de garde Chasseur Blanc était déjà sur le coup.

En sueur et recouvert de poussières, mes troopers et moi-même, nous nous cramponnions aux chars qui nous menaient vers un nouveau secteur à nettoyer. Sur le chemin, je comptais les hommes qui me restaient. J'avais perdu pour une section entière de soldats. Les blessés furent amenés au centre hospitalier le plus proche. Un régiment de l'Ordre Noir assurait la protection et aidait aux soins. Je regroupais les autres en unités de combat tactique.

Un ordre me vint via mon communicateur. Nous allions

être escortés par des hélicoptères. Ceux-ci nous effectueraient le soutien aérien qui nous avait fait défaut lors de notre première altercation grâce à leurs détecteurs d'énergie et de présence en trois dimensions.

Nous entendîmes puis vîmes peu de temps après surgirent au coin d'un bloc-quartier, trois d'hélicoptères de type « Tigre de guerre ». Le chef de l'escadrille était un jeune lieutenant de l'Ordre Noir nommait Erickson. Il était l'un des meilleurs pilotes au monde que je connus de toute ma vie. Il m'aida souvent par la suite dans les missions les plus ardues.

Soudain, au nord de la ville, un éclair foudroyant nous aveugla, suivi de la puissante déflagration d'une explosion. Une tempête de cendres et de poussières arriva sur nous tel un immense tsunami. Elle fit tanguer les chars fourmis sur leurs longues pattes mécanisées. Je n'eus pas le temps de hurler un ordre. Nous nous accrochâmes à tout ce que nous pouvions. Le souffle nous passa dessus avec une effroyable force. J'eus la sensation de décoller du tank. Puis tout s'arrêta en un instant. La poussière et la cendre volaient lentement dans les airs autour de nous comme des flocons de neige.
- Merde, qu'est-ce que c'était? demanda un wartrooper à son camarade.
Je songeais aussitôt à une arme nucléaire.

Une communication nous parvint du centre de commandement de la Division.
« Les block-quartiers nord de Tôtstrupp ont été détruits par un puissant tir extraterrestre. »
Je hurlai dans mon communicateur.
- 1° corps de garde, en avant, nos camarades ont

besoin de nous.

En effet, lorsque nous arrivâmes au niveau des block-quartiers, nous ne trouvâmes que des ruines. Cinquante block-quartiers avaient été vaporisés. L'horreur était à son comble. La huitième légion de l'Ordre Noir « Offback » de plus de cinquante mille hommes avait péri. La population civile cachée dans les bunkers souterrains sous les quartiers était morte. Des milliers d'êtres humains étaient morts en un seul tir. Le champ de force juste au-dessus de nous tenait bon. Je sus plus tard comment cette destruction avait pu être aussi efficace.

La 124 éme division blindée composée d'une cinquantaine de chars lourds de types Tigre de combat et de tanks légers de type Tïe arriva. Ils se mirent en ligne attendant l'assaut ennemi. Nous dûmes repartir vers une autre mission : protéger des bunkers familiaux qui étaient attaqués par des gurmacs. Je pensai instinctivement à Stélina et à mon fils. Mes tanks partirent de plus belle aux coordonnées que je leur donnai.

Avant de quitter les lieux, nous vîmes plusieurs barges de troupes se poser dans les ruines sous le feu nourri de toutes les forces alliées présentes.

Au-dessus de nous, comme je l'ai dit le champ de force tenait bon face aux tirs de bombes, missiles de l'ennemi.

Sur le chemin, nous croisâmes la cinquième légion blindée de l'Ordre noir qui arrivait en renfort toutes machines à fond. Le grondement des chenilles était effarant. Comme ma section de char appartenait à cette légion, ils se saluèrent au passage à grand coup de sirène.

Nous arrivâmes enfin aux bunkers souterrains concernés. Nous débarquâmes devant le block-quartier.

Les hélicoptères nous signalèrent de quels côtés étaient présents les gurmacs.

Le bloc-quartier en question est constitué d'une tour d'une trentaine d'étages larges de plusieurs centaines de mètres et longs d'autant. À l'intérieur, on pouvait y trouver des magasins, les habitations, des bureaux de société, des salles de gym ou de sport et dans certains, des piscines et des discothèques. En fait, une personne pouvait y vivre sans en sortir de sa vie, car il avait tout à porter de main, sauf les parcs. Ceux-ci entourent les immenses bâtiments.

J'envoyais trois sections dans le premier bloc. Le reste du corps de garde était avec moi. Les chars prirent position dans les différents carrefours tandis que les hélicoptères patrouillaient en tirant à vue sur tous les extraterrestres qui sortaient des bâtiments.

Accompagné de mes wartroopers, je pénétrais dans le second. L'électricité était toujours activée. Nous avançâmes rapidement dans les larges couloirs. Aucun ennemi ne se présenta.

- Capitaine, ici, groupe II, nous avons un visuel sur les gurmacs...

- Combien sont-ils ?

- Bon sang, ils ont des exp..

Sa phrase se termina au moment où le bloc-quartier n°32 « Lieutenant Hydos » explosa.

Nous ressentîmes la déflagration.

- Merde, jurais-je.

Je venais de perdre trois sections soit une trentaine d'hommes. Je n'étais entouré que de la dernière.

Le lieutenant Erickson dans son hélicoptère ouvrit le feu avec ses deux mitrailleuses lourdes laser pulvérisant des blocs de béton. Nous étions au rez-de-chaussée et les secousses des impacts faisaient tomber des plaques de plâtres.

Il avait ordonné à son escadrille de tirer sur tous les points ennemis que leur radar et leurs scanners détectaient.

Dans mon communicateur, j'entendis qu'un groupe de combat qui protégeait les générateurs de champs de force principaux de la mégalopole était depuis trois heures aux prises avec des attaques de gurmacs. Ils attendaient des renforts, et ils ne savaient pas combien de temps ils allaient tenir.

J'appris que ceux-ci arrivèrent un quart d'heure après.

Nous descendîmes dans les sous-sols en nous frayant un passage à travers les ennemis à coup de FAFL et de grenades.

Six wartroopers de l'Ordre Noir, derrière des guérites et armés de mitrailleuses lourdes laser et d'un lance-flamme, repoussaient les assauts des xénomorphes. Notre arrivée les sauva de leur situation précaire. Ce bunker était sauf.

Nos missions suivantes furent de parcourir les égouts, les sous-sols et les tunnels de nombreux quartiers de Tôtstrupp, allant de bunker en bunker pour endiguer les gurmacs ou effectuer des têtes de pont avec la surface afin de faire passer le ravitaillement

C'est lors d'un de nos transferts d'un bunker à un autre que le lieutenant Erickson eut la plus grande peur de sa vie. Un croiseur extraterrestre de plus de six cents mètres de long, touché gravement par des destroyers de la flotte Outrancienne vint s'abattre sur-le-champ de force antimétéore dans une explosion gigantesque de feux et d'acier. Le bouclier plia énormément dans des crépitements d'étincelles électriques, mais il tint bon.

Erickson a retenu son souffle, serré les dents, crispé ses mains sur les commandes puis a hurlé sur les ondes. L'idée lui était apparue que le vaisseau traverse le bouclier et s'écrase sur nous tous.

Le deuxième corps de garde avait eu plus de chance que nous. Son effectif était complet et on m'envoya une section de dix wartroopers pour nous aider à purger les égouts de Tôtstrupp de la présence ennemie.

Nous fûmes, tout de même et dans tous les sens du terme dans une belle merde. Il y avait des couloirs et des canalisations sur des kilomètres et des kilomètres carrés. La tache allait être ardue.

Nous longions, selon les plans que nous avions, les murailles qui entouraient la mégalopole. Nous trouvâmes ainsi d'innombrables galeries creusées par des gurmacs. Nous les détruisîmes rapidement après les avoir signalés au centre de commandement. Dans les égouts, les affrontements furent considérables et sanglants. L'ennemi s'infiltrait de partout et je perdis de nombreux hommes. Vu l'ampleur du travail à fournir, un détachement de deux cents wartroopers vint nous prêter main-forte sous les ordres du colonel Dubois.

Cela faisait maintenant plus d'une dizaine d'heures que nous pataugions dans la boue et la merde dans des tunnels puants. Les gurmacs se cachaient dans l'eau et surgissaient au dernier moment en attrapant un soldat. Les lance-flammes furent mis à contribution.

Pendant que le détachement du colonel Dubois s'occupait du nettoyage des égouts. Mes sections et moi même, durent servir de voltigeur en allant défendre certains points névralgiques ou en prêtant main-forte à aux bunkers souterrains qui subissaient les assauts des gurmacs. Toute la division était ainsi divisée et utilisée.

Dans le nord de la mégalopole, les régiments blindés tinrent bon. Les chars s'étaient retranchés et tiraient sans discontinuité sur l'ennemi. Tandis que des véhicules légers de liaison leur amenaient des munitions. Les envahisseurs n'avançaient plus. À certains endroits, ils reculaient.

Le ciel fut soudainement éclairé par de puissantes explosions nucléaires. Selon les données recueillies par le pilote Erickson, elles avaient eu lieu dans l'espace.

J'appris par la suite ce qui s'était passé, mais pour le moment, nous étions dans l'ignorance. Des chasseurs et des bombardiers de la base aérienne de Tolbuk survolèrent la mégalopole et aidèrent les troupes qui se battaient à l'extérieur des grandes murailles, dans les bunkers et les tranchées.

Le lieutenant Erickson dut faire à plusieurs reprises le plein de munitions et de carburant.

Une escarmouche nous fit perdre trois chars. Des gurmacs sortirent d'un bâtiment alors que nous étions en train de contenir un assaut d'ennemis à l'opposé. Elles se faufilèrent jusqu'aux tanks et pénétrèrent à l'intérieur de ceux-ci après avoir arraché l'écoutille à coup de griffes. Ils massacrèrent les occupants. Des wartroopers n'attendirent pas qu'ils ressortent. Ils s'élancèrent sur les véhicules blindés et en sautèrent par la suite après y avoir jeté des grenades dégoupillées. Ils eurent juste le temps de se mettre à l'abri. Il y eut, alors, une formidable gerbe de feux et d'acier.

Le lieutenant Hammer était fou de rage d'avoir eu autant de pertes dans ses rangs.

Les accrochages dans les rues se faisaient de moins en moins souvent, l'ennemi avait été contenu sur les pourtours. Des unités commençaient à se rapprocher du front au Nord. La mégalopole était jonchée de débris de toutes sortes et d'épaves de véhicules. Nombreux étaient les quartiers blocs qui étaient sous l'emprise des flammes. Les sapeurs pompiers ne pouvaient pas intervenir si le bâtiment n'était pas sécurisé par l'armée.

Une fumée épaisse et noire s'étendait au-dessus de Tôtstrupp et était retenue par le champ de force anti-météores. Nous ne voyions plus le ciel et les combats aériens.

Partout autour de nous, nous entendions des tirs de lasers, des explosions, les râles des nombreux blessés qui étaient dirigés vers les hôpitaux et des cris des mourants. Dans le nord de la ville, la bataille était de plus en plus rude et sanglante, car des barges de débarquement se posaient sans cesse amenant de nouvelles troupes fraîches. Les chars de l'Ordre Noir explosaient les uns après les autres dès qu'un tir de canon à plasma ennemi les touchait.

Les wartroopers étaient retranchés derrière des pans de murs en ruine et tiraient sans discontinuité sur les vagues de gurmacs qui arrivaient. Le moral descendait en flèche à chaque explosion de tanks.

Je me trouvais avec mes deux sections. Nous étions exténués comme tous les soldats de Warland.

Nous avions investi un bloc-quartier et étions entrés dans un supermarché. Nous courrions entre les rayons, courbés pour ne pas être touchés ou vus par l'ennemi. Nous rampions, sautions par-dessus des congélateurs renversés. Des tirs de plasma de couleur bleu traversaient sans peine les étagères et vaporisaient les victuailles. Le sol était devenu glissant avec tout ce qui avait été rependu par terre. Nous avancions progressivement par binôme et nous les fîmes reculer dans l'entrepôt arrière.

Des grenades incendiaires furent jetées sur les tireurs xénomorphes. Des gerbes de feux couvrirent plusieurs caisses. Les systèmes anti-incendies se mirent en marche nous trempant davantage que notre sueur de la journée.

Soudain, il y eut une coupure de courant. La lumière fut coupée. Pendant un laps de temps qui résulta de la surprise générale, aucun tir ne fut échangé. J'ordonnais de mettre les lentilles infrarouges.

Nous ne vîmes rien. L'eau froide diffusait par les systèmes anti-incendies, empêchait les la vision infrarouge de fonctionner correctement. C'est avec l'éclairage des lampes de nos armes et de nos épaules que nous avançâmes doucement de caisse en caisse.

- Capitaine, ici, Erickson. Sur mes scanners et mes radars, je détecte de multiples plots qui se rapprochent de vous. Putain ! Ils sont nombreux ! Cassez-vous. Ils tentent un encerclement. Cassez-vous, cassez-vous !

C'était vrai. Les gurmacs montaient sur les murs et les plafonds. D'autres sortirent de plusieurs bouches du système de ventilation.

- Ouvrez le feu. Hurlais-je dans mon communicateur.

Tous les Fusils d'Assaut à Fusion laser crachèrent un déluge de projectiles fusionnés sur les gurmacs. Mais les tireurs extraterrestres couvrirent leurs monstrueuses créatures qui se préparaient à nous tomber dessus. Une pluie de plasma s'abattit tout autour de nous. Je dus me recroqueviller au sol en me tenant mon casque pendant que des débris de béton, de bois et autres me retombaient dessus. J'entendis plusieurs de mes gars hurlaient de douleur. Les gurmacs foncèrent à l'assaut.

Le combat s'intensifia. Nous répliquâmes tant que nous le pouvions en lançant le reste de nos grenades.

Soudain, une explosion.

Des morceaux de bétons et d'acier de coffrage volèrent dans tous les sens.

- Ennemis localisés, cria Erickson sur la ligne de communication. Tigre un , tigre deux. Feu, feu! ordonna le pilote.

Les xénomorphes explosèrent dans sous les coups des mitrailleuses lourdes laser.

Les gurmacs chutèrent parmi nous. Ce fut alors une grande et terrifiante mêlée. Les créatures étaient rapides et leurs griffes extrêmement tranchantes. Je vis le bras d'un wartrooper volait dans les airs, suivi peu de temps après par le reste du corps. Ce fut un carnage, mes hommes tombaient les uns après les autres. La Mort arrivait à grands pas fauchant les vies alliées et ennemis à chaque seconde qui passait, mais nous n'allions pas nous laisser faire.

L'escadrille d'hélicoptères d'Erickson avait localisé les tireurs extraterrestres. Il n'y avait que nos armes qui crachaient la mort jusqu'aux dernières cartouches.

Mon FAFL à sec, je dus sortir mon couteau de combat et mon pistolet laser. J'abattis une créature d'un coup bien placé de ma lame entre la jonction de deux plaques de protection sous le crâne, mais je vidai mon chargeur sur un autre sans lui infliger la moindre blessure.

Un des murs du supermarché trembla puis s'écroula devant la force motrice et blindée du char lourd de commandement Warrior commandé par le Lieutenant Hammer. Le reste du peloton s'engouffra dans la brèche et l'agrandissait dans un torrent de fureur motrice et de tirs. De plus, et ce qui donnait un effet hallucinant à l'oeuvre de destruction des tanks, leurs haut-parleurs hurlaient une chanson de heavy métal. Leurs projecteurs éclairèrent l'intérieur de l'entrepôt alors que les servants des mitrailleuses lourdes à fusion laser tiraient rafale sur rafale éliminant chaque monstre qui s'approchait de nous.

Les trois chars hyperlégers Fourmis avancèrent. Leurs immenses pattes écrasaient les gurmacs qui passaient à leur portée tandis que les armes de bord rafalaient sans discontinuité.

C'est alors que j'entendis dans mon communicateur un appel du centre de commandement : « Dernière station spatiale détruite. »

Là, la chose la plus étrange arriva. Les gurmacs hurlèrent en se secouant et en se tenant le crâne. Je vis celui qui était devant moi, contre qui je me débattais à grand coup de baïonnette, s'effondrait sur le sol. Ses membres tremblèrent puis des microdécharges électriques parcoururent sa nuque avant de disparaître.

- Tranchez-leur la tête. Je veux être sûr de leur mort.

CHAPITRE 15 : bataille dans l'espace

La première bataille planétaire était enfin finie.

J'ai lu les nombreux rapports de l'affrontement et voici ce qui s'est passé sur Warland pendant que nous, nous étions en train de combattre nos ennemis au sol.

La première alerte fut déclenchée par une station anti-météore de la ceinture d'astéroïdes entourant Warland lorsqu'une centaine de vaisseaux spatiaux apparurent.

Ils étaient d'une taille gigantesque, supérieure de trois fois nos navires qui mesurent pour le plus long trois kilomètres de long.

Ils sortirent d'une sorte de Vortex-Warp comme le nomma le Professeur Kouslov peu de temps après.

Des multitudes d'escadrilles de chasseurs et de bombardiers s'extirpèrent de leur flanc et passèrent à l'attaque. Certains se pulvérisèrent sur les ceintures d'astéroïdes, d'autres le furent par les batteries de canons anti-météores. Ces armes, comme je l'ai déjà noté, sont capables de réduire en plusieurs débris un météore de la taille d'une citée. Le tireur, aidé par un système de visée assistée informatiquement, trouvait les points faibles de chaque rocher. L'ordinateur calculait alors rapidement la destination des fragments et leurs tailles. Les plus gros étaient réduits en plus petits qui s'écrasaient ensuite sur les champs de force qui protégeaient les différentes mégalopoles.

Les alarmes sur toute la planète retentirent. L'ordre fut donné pour ouvrir le feu sur les destroyers extraterrestres qui pendant le largage des escadrilles, lançaient des missiles sur les différentes stations anti-météore des deux lunes de Warland.

Un autre Vortex-Warp se forma et deux cents vaisseaux plus petits que les précédents apparurent. Ils déversèrent une pluie d'obus et de plasma tandis que des barges de débarquement sortaient de leur flanc et atterrissaient sous un déluge mortel sur les lunes et lâchaient leur contenu xénomorphe.

Les wartroopers des bases lunaires se battirent du mieux qu'ils le purent, mais ils reculèrent petit à petit avant de périr face à l'envahisseur.

Les vaisseaux ne se posèrent pas tous sur les lunes ou à proximité des stations basées sur les plus gros astéroïdes qui se trouvaient dans les ceintures autour de Warland. Elles essayèrent de passer à travers la tempête de projectiles provenant des puissantes flottes de guerre des différents pays stationnés au plus haut dans la stratosphère.

À ce moment-là, les armées et les populations de tous les pays étaient en alerte maximale. Les batteries de canons qui protégeaient les mégalopoles tiraient sans discontinuité sur l'envahisseur.

Les champs de force tenaient bon sous les coups des missiles ennemis.

Lorsque celui-ci avait conquis une station-antimétéore, il ne pouvait plus utiliser les canons destructeurs contre les flottes Warlandiennes, car comme le prévoyait le règlement, les installations devaient être sabotées à tout prix avant qu'elle ne tombe entre les mains de l'ennemi.

Une troisième vague de vaisseaux apparut par un

nouveau Vortex-Warp. La flotte était constituée d'une armada de destroyers et d'engin, que l'on nomma Station de Combat Orbital. Ces appareils étaient aussi gros qu'une mégalopole. Il y en avait dix. Elles crachaient un flot continu d'escadrilles de chasseurs, de bombardiers, de barges de débarquement et de transports de troupes.

Le ciel de Warland s'embrasa de toutes parts. Dans tous les pays, les duels aériens eurent lieu.

Nous comprîmes une chose, un peu tardivement : l'utilité des gurmacs.

Tous les monstres que les unités spécialisées de chaque pays n'avaient pas exterminés entrèrent dans la danse. Par une de leurs techniques d'infiltration qui nous est maintenant connue, ils pénétrèrent dans les centrales électriques qui alimentaient les champs de force. Lorsque les protections tombaient. Les Stations de Combat Orbital ou SCO firent un carton en tirant sur les gigantesques cités avec des torpilles à fusion réduisant des quartiers-blocs en gravats et en cendre.

Les capitales des nations situées dans l'hémisphère sud de Warland tels que Dorlac, Nergath, Balnos, Forest, Lardos furent entièrement détruites.

Sur le continent Ouest, celles de Montisque, Sescar et Isle furent à moitié rasées. Nous faillîmes perdre Waroon, mais les wartroopers du général Fist arrêtèrent les gurmacs à temps. Nos ennemis bolcheviks eurent de lourdes pertes. Deux mégalopoles larciennes et ardomilardiennes furent, elles aussi, touchées grièvement.

Le président d'Outrance visiophona les chefs d'État de nos pays alliés et proposa alors l'utilisation des missiles MEDA. Ces missiles énergétiques de destruction et d'assaut étaient plus puissants que ceux nucléaires d'assaut de type MAN II. Ils étaient capables de vitrifier une surface de trois cents kilomètres de rayon. Un traité avait été signé par tous les dirigeants pour une non-utilisation de ceux-ci.

Ils approuvèrent à l'unanimité, car le sort de tous les peuples de la planète était en jeux.

À ce moment-là, tous les pays avaient perdu un quart ou la moitié de sa flotte aérienne. La république de Derse, elle, avait vu périr les trois quarts de ses citoyens.

Le ciel était saturé de tirs, d'explosions, de fumées. Des débris tombaient des cieux dans des trainées ardentes avant de s'écraser sur les restes de boucliers anti-météores ou les ruines des cités.

Au sol, les wartroopers de toutes les contrées combattaient avec la seule rage de tenter de protéger la vie des populations civiles. Beaucoup y laissèrent leur vie dans des actes héroïques.

Les pertes étaient cependant considérables dans chaque camp. Les ennemis extraterrestres débarquaient sans discontinuité sur le sol de Warland sous des barrages de feux et de projectiles. De nombreuses barges s'écrasaient dans des torrents de flammes et de fumées. Les vaisseaux astéroïdes s'abattaient dans les ruines. Des gurmacs en sortaient rapidement pour submerger les avant-postes.

J'appris que les civils se battaient à l'entrée des bunkers pour que les gurmacs n'y pénètrent pas.

Les missiles furent donc tirés. Selon les différents rapports que je lus, une centaine évoluèrent dans le ciel saturé de débris, d'épaves et de vaisseaux en plein affrontement. Leur forte vélocité leur permit de ne pas être arrêtés par les tirs antimissiles des stations orbitales.

Sous l'impact et l'explosion extrêmement puissante, les SCO ne tinrent pas. Quatre explosèrent dans une gerbe de feu gigantesque emportant avec eux plusieurs de leurs destroyers, croiseurs, et autres chasseurs d'escortes.

La fédération rouge, l'alliance rassemblant par un traité les pays communistes, fit de même. Trois SCO subirent le même sort que les premières. L'ordre fut alors donné de tirer les derniers missiles nucléaires de type MAN II. Beaucoup n'atteignirent pas leur but. Mais celles qui le firent mirent hors d'état deux autres stations. Il n'en restait qu'une. La flotte ennemie se regroupa autour d'elle, afin de la protéger pour que les torpilles à plasma continuent de pleuvoir sur Warland. Chaque tir décimait des portions de ville dont les champs de force avaient été désactivés par les gurmacs.

C'est alors qu'un nouveau tunnel Vortex-Warp s'ouvrit. Une armada composée de destroyers, de croiseurs et de vaisseaux de transports, d'un autre modèle que les précédents apparurent. Beaucoup d'entre eux étaient endommagés et portaient sur leur coque les traces de batailles passées. Toutes leurs batteries de canons et de missiles ouvrirent le feu sur la flotte ennemie et surtout contre la Dernière Station de Combat Orbital. L'un des croiseurs nouvellement arrivés et terriblement délabrés et en proie aux flammes vint s'écraser contre celle-ci dans un terrible acte de bravoure suicidaire. Le résultat fut une nouvelle explosion gigantesque. La nouvelle flotte lâcha ses chasseurs qui entrèrent dans le ballet aérien mortel.

La première bataille planétaire avait duré environ vingt-trois heures. Le lendemain, le ciel et l'espace warlandien étaient occupés par la flotte humaine et leur nouvel allié.

Au sol, le combat continuait contre de nombreuses poches de résistances ennemies.

CHAPITRE 16 : restructuration

J'eus une chance incroyable de ne pas être blessé. J'avais, certes, quelques égratignures et des bleus sur tout le corps, mais aucune blessure légère ou grave. De mes amis de l'ancienne trente-huitième section de la septième armée d'Outrance, seuls Styper, Hellberg, Darkbug et l'adjudant Hunter étaient encore en vie.

Mais le bilan mondial de cette bataille fut désastreux.

Sur Warland, les vingt-cinq capitales furent soit rasées de la carte, soit en partie ou totalement en ruines.

La population civile souffrit énormément. La majorité des victimes mourut lors des explosions des torpilles des S.C.O. Les autres, lorsque les gurmacs pénétrèrent dans les bunkers et tuèrent les occupants qui étaient très peu armés. Ma femme Stélina m'apprit qu'elle était au fond de l'un d'eux, tenant notre fils Aldrik dans un de ces bras et un pistolet laser Thunder type 47 de l'autre. Elle vit des gurmacs entrer dans l'abri souterrain après avoir écharpé les wartroopers qui gardaient l'entrée. Ils massacrèrent les familles, les unes après les autres sous les tirs des quelques fusils laser que possédaient certains citoyens. Stélina avait tué trois xénomorphes. Aldrik hurlait dans ses bras. Ils durent leur vie sauve à la destruction de la dernière station de combat orbital, car les monstres moururent sur-le-champ.

Même maintenant, elle se réveille en sueur revoyant

les effrayantes créatures, gueule ouverte sur ses deux rangées de crocs prêts à la dévorer.

Après cette journée d'horreur, tous les pays pansèrent leurs plaies.

Le président Hildar malgré la décision d'utiliser les terribles missiles MEDA contre les extraterrestres démissionna. Il ne pouvait supporter toutes les morts que son pays avait endurées. Il laissa sa place au Maréchal-Major Anderson qui devint alors Président d'Outrance et Chancelier du Landtôt.

Hildar se suicida trois jours plus tard. Sa famille annonça à la presse qu'il avait été victime d'une grave dépression. Paix à son âme.

Le maréchal Radl passa Maréchal-Major ainsi que chef de l'état-major des armées d'Outrance.

Le Maréchal-Major Anderson ne resta pas inactif. Il y avait énormément de choses à faire. Avec le Roi Alexander III , seigneur du royaume de Raich et les chefs d'État alliés, ils créèrent le Pacte de l'Alliance Blanche qui devait unifier tous les pays sous un même commandement afin de combattre les extraterrestres et les bolcheviks.

La coopération était économique et militaire. Elle permit la reconstruction de toutes les villes touchées par la terrible bataille planétaire.

Le Pacte de l'Alliance Blanche comprenait, au départ, les pays fondateurs qui étaient Outrance et le Royaume de Raich ainsi que leurs alliés comme Norgad, Nordack, Nograd et la République de Bargol.

Les démocraties de l'archipel d'Isle, de Faltor, de Derse les rejoignirent une semaine après. La chose la plus surprenante pour ces démocraties fut un grand soulèvement des peuples contre la tyrannie du système démocratique libéral dirigé par les jewishs et leurs lobbies. Les membres des partis nationaux-socialistes interdits dans certains pays avaient saisi l'opportunité de contrôler des positions essentielles gouvernementales et militaires et ainsi ils expulsèrent ou arrêtèrent les jewishs. Ils le furent par la force lorsque des troupes armées entrèrent dans les bunkers sous terrain affecté essentiellement à leur famille alors que les populations étaient cachées dans les caves de leur block-quartier à la merci des gurmacs et des ennemis extraterrestres. Les soldats nettoyèrent alors toute la racaille qui avait était fiché par le Parti.

Le cheik Abdul Ben Shirk, chef religieux de la terre sacrée de Gorlac et anti jewish proclamé, rallia ses fidèles au pacte de l'alliance Blanche et ordonna la guerre sainte contre les démons extraterrestres. Je sus par la suite que le choix de le prendre au sein du Pacte fut très controversé.

Celui-ci fut écrit, présenté, signé par tous ces pays en un temps record de trois semaines. Il réunissait alors dix pays sur vingt-cinq.

Le royaume de Dorlac, le Duché de Balnos, celui religieux de Nergath qui avait subi le plus de perte lors de cette bataille demandèrent à rallièrent le Pacte, une semaine après.

La démocratie populaire Forestienne, après un coup d'État contre le dictateur bolchevik Joseph Hébron, réclama elle aussi son rattachement au Pacte.

Après une certaine réticence face à un ancien pays bolchevik, Le Pacte accepta la venue de la nouvelle République Forestienne.

Le chef suprême du Pacte de l'Alliance Blanche n'était autre que le Maréchal-Major Anderson en personne. Le

189

vice-président était le Roi Alexander III. Celui-ci devait lui succéder si le Maréchal-Major quittait le commandement ou lorsque la guerre serait terminée.

Chapitre 17 : les Vinx

Je peux maintenant vous parler de nos alliés venus de l'espace.

Depuis la nuit des temps, nous pensions être les seuls à vivre dans l'univers. En l'espace de moins d'une année, nous connûmes trois races extraterrestres, dont deux intelligentes.

La conquête interstellaire avait toujours été un grand problème pour les Warlandiens.

La première capsule spatiale s'était emplâtré un nuage de météorite. Dix ans après, une navette avec équipage était en orbite autour de Warland. C'était une équipe de chercheurs de l'archipel d'Isle. La même année, des scientifiques communistes foulaient War I, la lune qui se trouve sur le premier anneau de roches cosmiques.

Des astronautes de L'Ordre Noir et du Royaume de Raich arrivèrent sur War II et y installèrent une première base.

Vingt ans après, les premières stations-météores faisaient leur apparition, permettant ainsi de repérer les rocs voyageurs présents dans le système et de les détruire avant leur arrivée sur Warland. Les deux épais champs de météores autour de Warland empêchaient le passage de tous les gros engins qui auraient permis le voyage dans l'espace et ainsi prévoir la colonisation d'autres planètes. Des chercheurs de tous les pays se rencontraient dans d'immenses colloques pour trouver une solution à ce problème.

Des militaires avaient pensé que la destruction de chaque météorite aurait résolu l'équation. Les scientifiques proclamèrent alors que les deux lunes War I et War II pourraient changer de trajectoire créant de cette façon des conséquences d'une très grande gravité sur Warland.

Warland comme chacun le sait, est la troisième planète du système de Sordol, nom donné à l'étoile autour de laquelle gravitent tous les autres astres. Elle est une des plus grandes avec son rayon de quinze mille kilomètres.

La première planète de Sordol se nomme Dergoth. Elle est de taille moyenne avec un rayon de six mille kilomètres autour de laquelle gravite une lune appelée Tar. Dans notre ciel, Dergoth est d'une couleur jaunâtre, car truffée de petits volcans toujours en irruption.

Vulgan est la seconde. Elle possède deux lunes Mac et Tar II. Elle est très proche de Warland et a une couleur bleu pâle. Certains scientifiques approchent l'hypothèse qu'elle pourrait être recouverte d'eau.

Taror, la quatrième, d'une petite taille et d'un rayon de deux mille kilomètres, est vide et criblée de cratères énormes. Certains pensent qu'elle aurait subi une très grosse pluie de météorite qui aurait détruit toutes traces de vie s'il y en avait eu.

Cinq lunes Don I, Don II, Kanor, Eldor, Fornol, gravitent autour de Donkan, la cinquième. Elle est légèrement plus petite que Warland et possède des reflets bleus et vert. Elle pourrait être habitée ou être habitable comme Tarnor, la dernière planète du système de Sordol qui est de la taille de Vulgan.

Beaucoup de rêves et d'espoir avaient porté l'humanité à penser que peut-être sur une de ces planètes, la vie était possible ainsi que la colonisation. Mais les voyages auraient été trop longs et trop dangereux. Le système de Sordol étant sans cesse parcouru par des nuages de météores et de météorites.

Le général Artemberger grièvement blessé lors de la défense du poste de commandement principal, le rôle d'intermédiaire auprès de notre allié extraterrestre, me fut promu, car le Maréchal-Major Anderson voulait un total contrôle par l'Ordre Noir sur cette relation inhabituelle. La Division Spéciale de Combat et de Recherche sur les Extraterrestres ou DSCRE avait été créée dans cette éventualité.

La flotte xénomorphe était constituée d'un destroyer de commandement, de trois croiseurs de guerre, de trois énormes transports de troupes et d'un navire porte-engins. Autour d'eux gravitaient deux cent trente chasseurs et trente-cinq bombardiers. Tous les gros vaisseaux spatiaux étaient dans un triste état. Les trois quarts de leur armement étaient hors d'usage. Le porte-engins n'avait plus que quatre pistes de décollages sur les vingt-six qu'il possédait. Le destroyer de commandement fonctionnait qu'à la moitié de sa puissance, car une partie de ses réacteurs étaient morts. Tous les vaisseaux étaient quasiment à court d'énergie. Ce peuple était en sursis.

Le destroyer *Amiral Schubert* vint accoster le navire de commandement dans le ciel non loin de Waroon. J'étais accompagné du professeur Heinard, de l'adjudant Hunter et de sa section de wartroopers du DSCRE. Dix hommes lourdement armés.

Avant l'accostage, je demandai à tout le monde de mettre les armes sur leur sûreté. Les FAFL en bandoulière sur l'épaule. Les servants des mitrailleuses Lourdes à Fusion Laser devraient nous attendre sur notre vaisseau et nous retrouver au moindre coup dur.

Un tunnel-sas se détendit du destroyer extraterrestre et se colla à notre ouverture. Il s'ouvrit et nous entrâmes. Le sol était caoutchouteux, lisse et parcouru de plaques lumineuses éclairant l'endroit d'une lumière blanche et blafarde.

Dès que nous arrivâmes près de leur sas, celui-ci coulissa vers le haut sur un couloir aux parois noircies par des traces de combats.

Neuf individus humanoïdes étaient présents. Ils étaient d'une grande stature et assez fins. Ils portaient une armure de bataille d'une couleur noir et marron. Les plaques de celle-ci étaient usées et cabossées par de nombreuses campagnes. Des symboles rouge et blanc étaient dessinés sur leur bras. Leur taille était ceinte d'une grosse ceinture d'où pendaient diverses sacoches, dont un étui pour une arme de poing. Ils tenaient dans leur main une grande hallebarde à longue et fine lame noire comme l'ébène.

Ils ne portaient pas leur casque et nous pûmes ainsi voir leur visage.

Les extraterrestres avaient une tête ovoïdale, des yeux fins d'une couleur très claire, pas de sourcils ni de cheveux. Des petites excroissances osseuses comme des cornes parcouraient leur crâne, de leur front à la nuque. Ils ne possédaient pas d'oreilles, mais des trous en forme de branchie. Leur nez était quasiment enfoncé dans leur visage. Leur mâchoire était avancée et lorsque l'un d'eux nous parla, nous pûmes distinguer que leur dentition était presque semblable à la notre à part quatre canines supplémentaires. La couleur de leur peau était un mélange plus ou moins prononcé de marron et de vert.

L'un d'eux s'avança vers nous. Il portait une décoration autour du cou. Il ne possédait pas de hallebarde, mais une épée à la ceinture ainsi qu'une écharpe rouge et jaune autour de la taille. Il posa sa main sur sa poitrine et présenta sa paume dans notre direction. Puis, il porta un appareil à sa bouche et parla. Sa voix était calme et grave. Je compris par la suite que l'appareil était un traducteur vocal. Il se mit à clignoter deux ou trois secondes puis il traduisit ses paroles.

- Bienvenue. Nous. Amis. Ici. Destroyer de commandement *Goldérianne*. Je. Ambassadeur Vigan de l'empire vinx du Roi Shax II. Lui voir vous pour demander aide.

Puis sans que je puisse placer un seul mot, il se retourna et nous invita à le suivre. Les soldats nous encadrèrent et nous nous dirigeâmes vers la passerelle de commandement du navire.

Pendant ce temps, sur Warland et sur le destroyer *Amiral Shubert*, les autorités pouvaient voir ce que nos microcaméras installées sur nos casques leur transmettaient.

Sur la passerelle de commandement, il y avait un trône équipait d'écrans de différentes tailles et de commandes diverses.

Un Vinx y était assis. Il était très âgé. Son armure était noir et rouge. Il portait autour de la taille, une écharpe dorée où plusieurs symboles de couleur azur étaient brodés. À ses côtés, accrochés à l'accoudoir du trône, il y avait une splendide épée finement ciselée de motifs en or et argent sertis de pierres précieuses. Sa tête était ceinte d'une fine couronne en or. Une grande cicatrice barrée son visage du front au menton. Son bras gauche avait été coupé au-dessus du coude. Il posa sa main droite sur sa poitrine et nous la présenta comme l'avait fait l'ambassadeur Vigan. Nous nous fixâmes au garde-à-vous et le saluâmes de façon réglementaire le bras tendu dans sa direction.

- Bienvenue à bord, dit-il derrière son traducteur.

Un soldat vint vers moi et m'en tendit un après l'avoir mis en marche.

- Merci, répondis-je, un peu embarrassé par l'appareil. Je suis le Capitaine Fightblue des wartroopers de l'Odre Noir, chef du premier corps de garde du DSCRE et je vous souhaite la bienvenue sur notre planète Warland. Je vous remercie de nous avoir aidés à repousser l'attaque ennemie.

Ma voix transformée par le traducteur les fit sourire.

- Je suis le roi Shax II de l'empire vinx. Je suis venu vous donner notre aide contre les Lornoriens.

Ainsi, c'était comme cela que nos ennemis se nommaient, pensais-je.

- Nous, les Vinxs, avons perdu beaucoup face aux lornoriens et leurs terribles créatures de guerre. Ils éradiquèrent une grande partie de notre population. Nous avions pu fuir de notre planète avec ce qui restait de notre flotte. Quelques destroyers et croiseurs pilotés par nos vétérans et les personnes les plus âgées de mon peuple tentèrent un dernier baroud d'honneur pour protéger notre retraite. Mon père, le vénérable roi Shax, fut à leur tête. Ils firent tout ce qui était en leur pouvoir et sont morts en héros. Pendant plus de dix ans, nous avons voyagé en nous faisant sans cesse harceler par leurs chasseurs. La fuite a duré jusqu'à dernièrement où nos éclaireurs ont découvert votre planète qui allait être leur proie. Nous sommes fatigués de nous cacher et fuir et j'ai décidé avec l'accord du grand conseil vinx de nous unir à vous à une seule condition.

Il attendit que je pose la question qu'il voulait entendre.

- Laquelle? Traduisit mon translateur.

- C'est de pouvoir accueillir sur votre sol, la totalité de mon peuple qui se trouve à bord de ces vaisseaux. Dans les croiseurs qui transportent habituellement des troupes, il y a des femmes et des enfants.

- Je ne peux pas et je pense que vous le comprenez, vous donner une réponse immédiatement, mais j'estime que celle-ci arrivera rapidement et sera favorable à vos attentes. En ce moment même, les membres des états qui ont signé le Traité que nous appelons sur Warland : Pacte de l'Alliance Blanche, vous regardent et ils doivent sûrement discuter de tout ceci. Pouvez-vous me laisser cinq minutes que je puisse m'entretenir avec mon supérieur?

- Bien entendu, Capitaine.

Je pris la radio portable que possédait un des soldats. Je connectais le câble à mon casque et demanda à voir le général Artemberger. Dans le coin gauche de ma visière, la connexion en visioconférence apparue. L'officier était en compagnie du Maréchal-Major Anderson. Ils étaient dans une salle ovale où étaient présents tous les autres chefs d'État. Tous regardaient, depuis le début, ce que mes hommes et moi-même filmions.

Le Maréchal-Major fixa un à un les dignitaires se trouvant autour de la table. Chacun fit un signe d'acceptation de la tête ou de la main.

- Capitaine Fightblue, visionnez-moi en projection

holographique.

- À vos ordres, Maréchal-Major.

J'appuyai sur le bouton correspondant. La radio projeta alors l'image holographique du chef suprême du pacte de l'Alliance Blanche à un mètre de moi.

- Roi Shax II, je vous salue. Je me présente Maréchal Major de l'Ordre Noir d'Outrance Anderson, président de la République National-Socialiste d'Outrance et Chancelier du Landtôt. Je suis également le chef suprême du Pacte de l'Alliance Blanche.

L'hologramme salua le roi vinx avec le salut réglementaire des wartroopers de l'Odre Noir.

- Je vous salue, répondit Shax II en posant sa main droite sur son thorax et en la tendant vers l'image projetée.

- Nous acceptons volontiers votre aide contre les extraterrestres que vous avez nommés Lornoriens. Nos systèmes ont décelé que vos vaisseaux sont très endommagés et ne possèdent plus beaucoup d'énergie. En ce moment même, des ordres sont donnés pour que des bases aériennes se préparent à accueillir vos navires qui seront escortés vers les différents lieux que nous vous indiquerons. Comme vous devez vous en douter, tous nos médecins sont débordés par les derniers événements; nous vous demanderons une coopération absolue. Nous ferons tout ce qui est en notre pouvoir pour soigner et nourrir votre peuple. Accepteriez-vous cette condition que l'on vient de me faire part : celle du partage de nos connaissances scientifiques, médicales, militaires de telles façons a créé une alliance entre nos deux peuples qui soit la plus forte possible.

-Nous attendions cette requête, Maréchal-Major. Mon peuple est en grande difficulté et c'est mon devoir d'accepter... Vous avez ma parole, répondit le Roi Shax II en se levant.

- Je vous attends pour signer avec vous cet accord d'alliance et je vous souhaite la bienvenue sur votre nouvelle planète, Roi Shax II. Nous sommes heureux de vous accueillir et de vous considérer comme des Warlandiens.

Plusieurs soldats investirent les passerelles de commandements des navires de la flotte. Ils donnèrent aux Vinxs les différentes coordonnées des bases aériennes afin d'y faire atterrir leurs engins spatiaux.

Le destroyer de commandement vinx, *Goldérianne*, se posa non loin de Linderf où les chefs d'État du pacte l'attendaient.

La multitude de transporteurs de troupes déposa leurs flots de réfugiés dans plusieurs casernes nordackiennes. Les trois croiseurs de guerre avec leur équipage eurent leurs places sur la base aérienne 101 de Fistbull qui est située dans le Landtôt.

Les cent trente-cinq chasseurs et les cent dix bombardiers furent dispersés par escadrilles dans plusieurs forts.

Je me trouvais encore dans le *Goldérianne* lorsqu'il se posa sur la base Raichienne à côté du Destroyer Duc Amiral Archibald. Le navire vinx était plus long de trois cents mètres, mais en beaucoup plus mauvais état.

Devant le *Goldérianne*, une armada de mécaniciens alla à la rencontre de leurs homologues vinx qui grâce à leur translateur, demandèrent les outils, le matériel et les ressources dont ils avaient besoin.

Dans tous les endroits où les extraterrestres étaient,

les humains les aidaient en les remerciant d'avoir été de leur côté lors de la bataille contre les Lornoriens.

Les réfugiés vinx qui sortaient des gros transports de troupes étaient accueillis par ce qu'il restait de médecins, infirmiers et bénévoles qui étaient venus par centaines pour proposer leur aide.

Le roi Shax II fut reçu à l'atterrissage du *Goldérianne* par le Maréchal-Major Anderson et le Roi Alexander II. Ils se dirigèrent vers un bâtiment et durant plusieurs heures, ils discutèrent des accords qu'ils signeront.

Tout d'abord, il fallait trouver une terre d'accueil pour eux. Le président Dorlacien annonça que son pays avait été entièrement détruit par les Lornoriens, que les pertes de la population montaient à quatre-vingt-dix-neuf pour cent. Il était prêt à les accueillir si les Vinxs et les autres nations du pacte étaient d'accord. Tout serait à reconstruire.

Le Roi Shax II fut heureux de l'offre que venait de faire le dirigeant Dorlacien. Il lui offrit avec la plus grande générosité sa propre écharpe royale dorée. Cette écharpe était un des symboles de la puissance des seigneurs vinx. Elle était passée de roi en roi comme la couronne qui ceignait leur tête.

Je ne vais pas énumérer ici toutes les clauses de l'accord qui fut nommé Traité de Linderf, car tout cela a été étudié pendant plusieurs mois.

Cependant, une des clauses me concernait, ainsi que le Général Artemberger. C'était la création de la Légion de Coopérations Humain Extraterrestre ou LCHE qui intégrerait la DSCRE. Pour cela, je rencontrais le fils de Shax II, le Prince Garix. C'était un Vinx de forte stature mesurant deux mètres vingt et qui devait bien peser son quintal. La couleur de sa peau portait beaucoup plus sur le vert que le marron et ses yeux étaient bleu acier comme son père. Son front était ceint d'une cordelette en or où était incrusté un rubis, symbole de son rang. À sa taille, il y avait une écharpe argentée où des motifs azur étaient brodés.

Sa voix était très rocailleuse et déformée par le translateur. Je fus très honoré de travailler avec lui et notre amitié dure encore de nos jours.

Pendant plus de trois mois, sous les ordres du Général Artemberger, nous écrivîmes les bases solides de cette nouvelle unité affectée de cinq cent mille individus dont la moitié était Vinx.

La légion fut basée à Bargol de l'autre côté du massif montagneux que longeait le Landtôt.

Les Vinxs qui s'installèrent à Dorlac étaient composés de cinq cent mille hommes et de quatre cent cinquante mille femmes. Parmi eux, ils y avaient trois cent mille soldats, cinq cents pilotes de chasse et conducteurs de véhicules légers ou lourds, six cent cinquante membres d'équipage des divers bâtiments spatiaux, cent mille soldats d'élite de la garde du Roi Shax , cinq cents médecins, infirmiers et aides-soignants, le corps scientifique comptait une centaine de chercheurs. Les autres personnes appartenaient à la classe ouvrière ou paysanne et enfin, les enfants, qui avaient aidé du mieux qu'ils le pouvaient le reste des membres d'équipage.

Les Vinxs soutenus par les pays du Pacte de l'Alliance Blanche, construisirent petit à petit une nouvelle cité qu'ils nommèrent Zirrinch, nom qui traduit dans notre langue, voulait dire « cité de la nouvelle chance ».

Maintenant que j'ai parlé de la reconstruction de Warland après ce premier jour de bataille, je vais faire ici, état des Lornoriens.

L'équipe de technoscientifique du professeur Heinard aidé par des confrères vinx, nous fit parvenir de nombreux rapports sur leurs recherches sur les Lornoriens et leurs bêtes de guerres : les gurmacs.

Nous apprîmes comment les Lornoriens contrôlaient les gurmacs.

Les scientifiques vinx expliquèrent que les Lornoriens malgré la nature belligérante de leur empereur, possédaient de grands chercheurs scientifiques et militaires. Ils avaient créé entre autres choses, le microémetteur qui se branchait sur le système nerveux et permettant d'asservir les individus. Trois pelotons de troupes d'élite avaient réussi après de nombreuses pertes à capturer une reine pondeuse. Grâce à elle et aux implants neurologiques, les Lornoriens avaient en leur possession une arme qui leur servait la majorité du temps de chair à canon.

Grâce à l'implantation du minuscule microémetteur dans le cou de la créature, elles ne les attaquaient pas et ils pouvaient leur ordonner de faire tout ce qu'ils voulaient. Leurs champs d'action allaient de la destruction pure et simple de champs de mines en les envoyant dessus, de l'infiltration et de l'élimination d'objectif, aux vagues d'assaut contre l'ennemi.

Nous avions vu la majorité des cas lors des derniers mois passés et surtout lors de la première bataille planétaire.

Le Prince Garik me fit part de plusieurs chasses sur la planète d'origine des gurmacs.

Elle était composée d'un côté d'une forêt vierge et de l'autre d'un désert. Ce phénomène était étrange et devait être dû à sa rotation sur elle-même et autour de son triple soleil.

Les gurmacs fonctionnaient comme une ruche. Il y avait une reine mère, des soldats et des ouvriers. Ceux-ci ne possédaient pas de corne et produisaient beaucoup plus de substance bio-organique. Nous avions combattu plus de guerriers qui étaient plus puissants et plus résistants.

Le problème, pour les Lornoriens, était que si l'émetteur de contrôle était supprimé, les implants déversaient un fort courant électrique détruisant ainsi le cerveau de la créature. Pour nous ce fut un petit soulagement de connaitre leur petit point faible même si celui-ci était dur à atteindre.

Les Lornoriens étaient des xénomorphes humanoïdes dont la tête s'allongeait vers l'arrière. Ils possédaient de petites oreilles pointues, deux trous pour le nez, de grands yeux noirs enfoncés au fond de profondes orbites oculaires. Leur mâchoire proéminente contenait une rangée de dents effilées et acérées. Leur ossature était très lourde tandis que leurs organes internes étaient sensiblement semblables aux nôtres.

Leur planète d'origine se nomme Lornor. Elle est située à plus de cinq systèmes solaires du nôtre. Elle était identique à la nôtre dans sa taille, sa température ambiante et la composition atmosphérique.

D'immenses mégalopoles couvraient le sol de Lornor. Elles étaient dirigées d'une main de fer par l'Emperor Chestiiss. Un chef despotique qui était plus grand et plus fort que les autres.

Toutes ces informations nous furent données par des Vinx qui avaient été fait prisonniers sur Lornor.

Depuis l'accession au pouvoir de Chestiss, de colossaux usines et chantiers spatiaux furent construits. Il

colonisa ensuite les planètes de son système par la force de ses puissantes et immenses armadas spatiales.
Grâce au voyage en Vortex-Warp, il annexa les systèmes alentour grandissant ainsi la domination des Lornoriens.

Les armes lornoriennes usaient de la technologie au plasma. Elles étaient plus redoutables que les nôtres qui utilisaient la fusion laser. Par contre, elles étaient beaucoup plus lourdes et nécessitaient beaucoup d'énergie. Elles étaient très bien en affut sur un de nos véhicules, mais trop encombrant pour nos fantassins. Celles capturées allaient être utilisées pour des tirs de soutiens de nos unités spéciales d'infanteries.

Le point positif du matériel lornorien était la facilité d'utilisation. Une poignée, un bouton, viser, appuyer et il y avait un trou large comme un plateau à viande dans un char léger de type fourmi IV.

Les Vinxs forment un peuple de chasseur. Ils voyageaient dans l'espace pour capturer ou chasser d'autres créatures dans un esprit très sportif. Ils ne virent pas le danger arrivé. De retour sur leur monde après une grande chasse, plusieurs frégates furent anéanties. Puis trois vagues de croiseurs et destroyers de guerre lornoriens apparurent par un tunnel Vortex-Warp et bombardèrent sans relâche la planète vinx.

Les Vinx ne possédaient pas de système de bouclier de protection ou de mesures défensives planétaire comme nous.

La bataille fut rude, violente et sanglante, mais avec l'arrivée des stations de combat spatiales, ce fut un massacre.

Le roi Shax II ordonna la fuite. De nombreuses troupes combattirent jusqu'au dernier pour protéger l'évasion de la population. Un baroud d'honneur chargea la flotte ennemie et explosa la planète grâce à une arme extrêmement puissante anéantissant ainsi les Lornoriens.

Le prince Garik me signifia que la totalité des plans de cette arme a été détruite durant la bataille pour qu'elle ne tombe pas entre des mains ennemies.

De tous les prisonniers vinx présents sur Lornor, seuls cinq en sortirent vivants après de terribles et éprouvantes aventures.

Ils racontèrent que l'Emperor Chestiiss entra dans la plus grande de ces colères à l'annonce de la destruction de la flotte en voyer combattre les Vinxs. Il ordonna le massacre de tous les autres détenus.

Les technoscientifiques apprirent beaucoup plus en parlant avec les scientifiques vinx qu'en travaillant sur les chasseurs lornoriens qui avaient été abattus. Seules des carcasses calcinées avaient été trouvées.

Le système de propulsion que nous appelions Vortex-Warp était complexe chez les Lornoriens. Celui des Vinxs était beaucoup plus simple et c'est celui-ci qui fut pour l'instant adopté.

Le Maréchal-Major Anderson, président d'Outrance, ordonna à un groupe de scientifiques de l'Ordre Noir de travailler avec des ingéniomécaniciens et chercheurs vinx pour créer et construire un destroyer de combat spatial warlandien possédant le système de propulsion Vortex-Warp ou VW.

Les Vinxs nous aidèrent aussi dans la construction de prototype de chasseurs spatiaux qui était presque semblable aux leurs, mais avec des commandes de vols adaptés aux humains.

Ils nous apportèrent une immense aide médicale comme la nanochirurgie capable d'opérer le système nerveux et le cerveau.

Certains scientifiques parlèrent de l'ouverture vers les éléments cybernétiques.

Leurs soldats qui étaient aussi de remarquables chasseurs complétèrent l'entrainement des nôtres dans les combats silencieux et les techniques de camouflage.

Nous les aidâmes à réparer toute leur flotte en leur ajoutant des boucliers de défense. C'était une des sciences que ni les Lornoriens et ni les Vinxs ne connaissaient.

Le champ de force fut la première technologie appliquée au niveau planétaire sur Warland. La cause était les nombreuses pluies de météorites qui s'abattaient sur la planète. Ils ont prouvé cette fois-ci leur grande efficacité face aux bombardements lornoriens. Ajoutons à ceux-là, les batteries de canons antimétéores capables de réduire en poussières un caillou spatial avant qu'il ne touche le sol.

Nos ennemis se souviendront longtemps de cette première bataille.

Les Vinxs n'étaient pas de nature belligérante. Ils n'avaient pas de pluies de météorites ou d'adversaires dans leur système planétaire, ils possédaient ainsi de très faibles défenses galactiques.

Leurs forces militaires furent anéanties sous l'avancée lornorienne puis totalement écrasées sous les bombardements des stations de combats spatiales. Ce fut grâce à l'arrivée de nombreux navires interstellaires revenants de différentes missions et alertés en catastrophe qu'une partie de la population put prendre la fuite. Le reste des habitants resta sur place et protégea les transporteurs et leur escorte qui s'envolaient vers une nouvelle planète d'accueil. Le duc Shadax, oncle du Roi Shax III, utilisa l'Arme Suprême et fit exploser la planète vinx sur la décision héroïque du Roi Shax II.

Durant les trois mois qui suivirent la bataille, où il y eut la création du pacte de l'Alliance Blanche, la reconstruction de toutes les installations de défenses planétaires, l'alliance avec les Vinxs et leur implantation sur les terres Dorlaciennes, la création de la LCHE et la coopération scientifico-médicale extraterrestre humaine, le combat contre l'ennemi lornorien n'était pas terminé sur Warland.

Dans chaque état, des troupes militaires recherchaient et détruisaient les dernières poches de résistance ennemie.

Le seul point noir au tableau était la prise par les Lornoriens de Banislas et de Lardos, deux pays constituant une gigantesque île. Tous les humains présents avaient été faits prisonnier. Nous n'avions aucun moyen de savoir combien d'habitants étaient en coré en vie. Banislas était dirigé par l'assemblée bolchevik du président Fon-Long, un homme rondouillard qui cachait derrière de petites lunettes et une épaisse moustache, un massacre qui aurait fait glapir de plaisir les créateurs du Bolchevisme.

Maintenant, ce n'était plus qu'une tête en train de pourrir à l'entrée d'un camp de prisonniers.

Tous les dirigeants des pays libres bolcheviks se réunirent et créèrent une alliance semblable à la nôtre : le Traité de la Force Rouge.

La Force Rouge réunissait les armées de Larc, Tarle, Ranor, Ardomilard, Uranie, Siscar et celle du Royaume d'Artiqua qui tomba aux mains des jewishs bolcheviks qui firent fusiller la famille royale. Ils lancèrent avec ce qui leur restait de force militaire, plusieurs assauts héroïques et suicidaires contre les troupes lornoriennes basées sur la grande île. Sans aucun succès.

Plus tard, le maréchal Otto Scars m'annonça qu'aucun de ses espions n'avait pu quitter l'île vivant.

Le dirigeant du Pacte de l'Alliance Blanche organisa une réunion avec tous ses conseillers et ils cherchèrent le moyen de bouter les extraterrestres hors de Banislas et de Lardos. L'île faisait une admirable et inadmissible tête de pont pour les envahisseurs, leur permettant de grignoter petit à petit les terres de Warland.

La Force Rouge lançait par vague successive ce qui lui restait de ces puissants et derniers destroyers et bombardiers. Ils tapissèrent la moindre parcelle de terre de bombes. Ils détruisirent tout ce qui aurait pu se trouver dessous. Mais les extraterrestres protégeaient dans la capitale par les puissants champs de force de la mégalopole, tinrent bon et ripostaient tout aussi furieusement.

Les soldats de la Force Rouge ne voulurent plus débarquer sur l'île même sous les ordres des kommissaires politiks qui firent plusieurs exemples en abattant des officiers.

Le Pacte de l'Alliance Blanche commença à chercher plusieurs plans d'action. Des Maréchaux proposèrent un débarquement sur plusieurs fronts et des parachutages. Nom de code de l'opération "SAUVETAGE".

Les armées du Pacte se préparèrent pour l'assaut, mais l'opération sauvetage n'eut pas lieu. Les Lornoriens étaient de retour.

Chapitre 18 : nouvelle offensive ennemie

Toutes les stations météores avaient été de nouveau conquises par les troupes Warlandiennes et nettoyées de toute présence extraterrestre.

L'espace autour des deux ceintures de météorites qui entouraient Warland était sillonné par une flotte constituée des vaisseaux vinx réparés, de destroyers, frégate de guerre, de croiseurs escorteurs, de canonnières warlandiennes dont les réacteurs avaient été modifiés en réacteur Vortex-Warp grâce à la conjugaison d'effort des technoscientifiques humains et Vinx.

Ce furent les radars vinx qui détectèrent les premières fluctuations d'énergie dans l'espace. Elles correspondaient à la création d'un tunnel Vortex-Warp ennemi.

L'alerte fut, immédiatement donner dans tous les pays qui était encore apte à affronter une nouvelle fois, l'envahisseur.

Le gouvernement du Pacte de l'Alliance Blanche contacta la Force Rouge pour qu'ils puissent prendre part à la bataille. Comme on le dit un peu partout : Plus on est de fou, plus on rigole.

Les divisions qui devaient prendre part à l'opération "sauvetage" furent redirigées pour la protection des mégalopoles.

Les populations civiles descendirent rapidement dans les bunkers souterrains et se préparèrent à leur défense.

Les Lornoriens pouvaient arriver. Le comité d'accueil composé de tous les canons antimétéore, la DCA et missile de tout calibre scrutait le ciel prêt à embraser l'espace de tirs mortels.

J'étais à bord d'un des croiseurs porte-vaisseaux dans un transporteur de classe garde de type pénétrator. Ce vaisseau pouvant transporter mes cinquante hommes, dont dix Vinxs, possédait un éperon et de surpuissants boucliers à l'avant. Cela lui permettait lorsqu'il était lancé à grande vitesse de transpercer la coque d'un navire et de pouvoir ensuite livrer un combat à l'intérieur. Le point faible d'un tel plan était qu'il fallait pénétrer les défenses ennemies et essuyer des tirs puissants et mortels. C'est là que les champs de force jouaient leur rôle et entraient en jeux.

Il nous offrait une très grande protection pendant cinq minutes puis surtout dans les dernières trente secondes avant l'impact. Après le sas s'ouvrait et les troupes pouvaient descendre.

Notre mission était d'investir une station spatiale de combat et d'en prendre le contrôle.

Je passais en revue le corps de garde que j'avais sous mon commandement. Lors de la défense de Tôtstrupp, j'avais perdu plus de la moitié de mes gars. Ils étaient certes morts en héros, mais ils étaient tout de même morts et pour moi, c'était une défaite morale. Pendant plus d'un mois, je n'avais pas eu le temps d'y penser, car je travaillais avec le Prince Garik sur la création de la Légion de Coopération Humain-Extraterrestre.

C'est dernièrement lorsque je reçus les dossiers des

nouveaux promus que j'eus le coeur serré, des problèmes de sommeil et de stress. Stélina était là et me réconforta. Son soutien est la source de ma force. Lorsque je vois notre fils grandir, parler et m'appeler papa, alors je me dis qu'ils ne sont pas morts en vain.

Sous mes ordres, j'avais toujours l'adjudant Hunter et Darkbug. Brokk et Hellberg vinrent rejoindre mon corps de garde. Styper avait été muté dans l'équipe scientifique du LCHE. Une dizaine de soldats qui était présente dans le transporteur était déjà sous mes ordres lors de la bataille sur Warland. Les autres étaient des volontaires d'autres légions. Certains avaient fait de sacrés coups d'éclat face aux Lornoriens.

Tous voulaient en découdre en première ligne, car tous avaient perdu quelqu'un lors des puissants et meurtriers bombardements des stations orbitales. J'apprenais que certains avaient fait des paris sur celui qui arriverait à l'objectif en premier ou qui tuerait le plus d'ennemis.

Moi-même, j'en fis un avec le Capitaine Muller qui avait été affecté dans la troisième armée de l'Ordre Noir et qui se trouvait sur un autre croiseur dans un transporteur de troupe comme le mien avec ses cinquante hommes.

Le pari était simple : le dernier qui contrôlait une station spatiale paierait son coup à boire.

Sachant le nombre de vaisseaux et d'individus que pouvait transporter une station spatiale lornorienne. Le Pacte de l'Alliance Blanche avait mis en orbite la totalité de la flotte qu'elle possédait pour frapper au coeur du problème une bonne fois pour toutes.

Nous attendions l'arrivée des Lornoriens à la sortie de leur tunnel Vortex-Warp. Le compte à rebours résonnait dans la carlingue. Tous faisaient leur dernière prière ou chantonnaient doucement.

- Arrivé dans une minute de l'ennemi. Largage des pénétrator numéro un, deux, trois, quatre.
Nous entendîmes les crochets de fixation s'ouvrirent et le transporteur glissa vers le vide spatial. Le pilote reprit le décompte.

- Ouverture du tunnel Vortex-Warp dans trente secondes. Démarrage des fusées dans trois secondes.

Les Vinxs nous avaient dit que l'on pouvait connaitre la sortie d'un tunnel, mais que le type de vaisseau qui l'empruntait serait toujours inconnu.
Donc cela allait être une grande surprise aussi bien pour eux que pour nous. En tout cas, nous savions que s'il n'y avait pas de station spatiale, nous nous rabattrions sur les destroyers, croiseurs et autres frégates lornoriennes.
- Vingt secondes. Déclara le pilote.
Je ne sais pas qui a lancé le premier couplet, mais nous le reprîmes tous en coeur : « Contre les Rouges, contre l'ennemi.
Partout, où le devoir fait signe.
Soldats de Warland, Soldats du pays
Nous remontons vers les lignes.
- Dix secondes!
Je regardais une dernière fois la photographie de Stélina qui était resplendissante et de notre enfant.
- Cinq, quatre, trois, deux, un ! Ouverture du Vortex Warp.
Je ne le vis pas, mais on me le raconta.
L'espace se tordit dans une grande spirale de lumière et s'ouvrit comme un trou noir et d'un seul coup la flotte

lornorienne apparut. C'était un spectacle magnifique et mortel.

Vingt destroyers, une dizaine de frégates de guerres, de corvettes de combat, plus d'une trentaine de croiseurs de transports et autres canonnières et il y avait nos cibles : trois stations spatiales de guerres.

Les escadrilles de chasseurs commencèrent à sortir des ventres monstrueux des vaisseaux adverses.

Dès l'apparition de la flotte ennemie, tous les canons ouvrirent un feu nourri sur ce qui se présentait.

Notre pilote avait déjà lancé les moteurs à pleine puissance avant même l'acquisition d'une cible. Il fallait gagner les quelques secondes de surprises que nous avions sur les Lornoriens.

Notre cible était la première station. Neuf autres transporteurs fonçaient sur celle-ci. Les autres filaient sur les destroyers.

- Pour l'Ordre Noir, pour nos familles, pour notre patrie, Hail! hurlais-je en tentant de couvrir les réacteurs tonitruants.

Certains levèrent la main tendue, mais tous rugirent : Hail! : cri de salut, de guerre et de victoire face à l'ennemi commun. Nous étions tous, sanglés. J'avais vérifié chaque homme avant le décollage. Le pilote vociféra dans le micro.

- Cible acquise, pénétration dans quinze secondes.

Des gouttes de sueur coulaient de mon front. Je réajustais mon casque, tint mon arme fermement.

Toute la carlingue vibrait de toutes parts. Des tirs de lasers percutèrent les puissants champs de force du transporteur.

- Augmentation des boucliers au maximum. Pénétration dans sept secondes.

Mentalement, je comptais avec le pilote.

- Cinq, quatre, trois, deux...

Ce fut le plus redoutable fracas de toute mon existence que je pus entendre. Le transporteur de type pénétrator s'enfonça dans la structure de la station spatiale avec une puissance inouïe. Nous fûmes effroyablement secoués. Nous avions maintenant un peu moins d'une heure avant qu'il ne soit à porter avec son gros canon de tir orbital et avant que les forces du pacte tirent les puissants Missiles d'Assaut Nucléaire. Les sangles se détachèrent, le sas s'ouvrit. Nous devions nous remettre du choc rapidement. De toute façon, nous n'avions pas le choix. Il fallait y aller même si j'avais un haut-le-coeur et que cela devait affecter aussi certains de mes hommes.

- En avant, en avant, vite vite, criais-je en sortant.

Nos combinaisons de classe Titan nous protégeaient du vide spatial.

Devant le sas, je m'arrêtai un instant, découvrant le désastre que nous avions fait. Tout autour de nous, des milliers de débris d'acier et autres flottaient. Le pénétrator n'était enfoncé que de la moitié. Il devait bloquer un couloir et là, nous étions dans un petit entrepôt contenant plusieurs caisses blanches et vertes. Le reste d'air qui était dans cette partie de la station était parti dans l'espace. Nous mîmes tous en action nos bottes magnétiques pour adhérer au sol métallique.

Par radio, j'appris que seulement un autre transporteur avait passé les défenses de la station où nous nous trouvions.

Le temps nous était compté et j'ordonnais de nous remettre en mouvement vers la passerelle de commandement. Les Vinxs nous montrèrent le chemin. Je séparais mon corps de garde en trois sections pour pouvoir arriver à notre point de rendez-vous par plusieurs endroits.

Cinq hommes avec un Vinx passèrent par le système de ventilation.

Les lornoriens furent surpris par la soudaineté de l'attaque de notre flotte et surtout par les éperonnages des transporteurs de type Pénétrator.

Pendant que nous nous frayâmes un chemin à travers les couloirs de la station spatiale, les deux flottes ennemies s'affrontaient sans relâche. Nos destroyers empêchaient toutes les tentatives d'approches des vaisseaux lornoriens au-dessus de Warland. Ceux-ci subissaient de plus les tirs destructeurs des canons anti météores des stations météorites reprises par les humains.

Un acte héroïque parmi tant d'autres fut exécuté par le pilote du transporteur de type Pénétrator numéro XF 556 nordackien. Celui-ci avec une très grande audace et un maniement exceptionnel de sa navette passa les défenses d'un destroyer et pénétra dans celui-ci par la piste d'envol des chasseurs.

Les wartroopers nordackiens sortirent d'un seul coup et pulvérisèrent tous les non humains qui se présentaient devant le canon de leurs armes. Ils bloquèrent ainsi le tarmac avec les épaves calcinées de chasseurs et bombardiers.

Un bombardier vinx fortement endommagé par les tirs ennemis et prêt à exploser parvint tant bien que mal à foncer sur la passerelle de commandement d'un croiseur de combat lornorien. L'explosion fut impressionnante. Le vaisseau géant n'ayant plus de pilotes dériva et percuta une station spatiale. Ils terminèrent leur existence dans une gerbe de feux qui se vit du sol.

Les stations de combat poursuivaient inexorablement leur course en direction de Warland sous le feu nourri des vaisseaux les plus proches. Elles ouvraient le feu sur nos destroyers, les éventrant à chaque tir. Ceux qui n'avaient pas explosé répliquaient avec toute la rage de ces canonniers.

Nous ressentions les terribles coups au but. La structure immense vibrait sous les tirs. Tous les sas de sécurité étaient verrouillés par les extraterrestres. Nous traversâmes la passerelle d'équipage où se trouvaient les lits et les sanitaires.

Dans mon communicateur, le capitaine T. et son corps de garde avaient investi la piste d'envol et avaient neutralisé plusieurs chasseurs sur celle-ci empêchant tout décollage et atterrissage. Une de mes sections avait réussi à atteindre un des canons mortels et le maintenait hors d'usage jusqu'à ce que nous soyons maitres de la passerelle de commandement. Nous détruisîmes systématiquement tous les sas que nous rencontrions faisant petit à petit le vide dans le vaisseau. Les extraterrestres qui n'avaient pas de combinaison spatiale mourraient d'asphyxie et de la décompression en quelques secondes. J'espérais gagner mon pari face à Muller.

- En avant; vite. Si on ne veut pas cramer là-dedans, il faut qu'on prenne le contrôle de ce vaisseau rapidement.

Nous avancions dans les couloirs en tirant, criant, jetant des grenades, frappant et tuant tout ce qui passait à notre portée.

- Capitaine Fightblue, nous avons atteint la machinerie

de conditionnement d'air et de ventilation du vaisseau, déclara l'adjudant Spatz. Un petit et bourru que j'avais envoyé avec un Vinx et quatre autres gars .

- À vous de jouer, ordonnais-je.

Peu de temps après, il y eut une explosion. L'air allait devenir irrespirable dans toute la station.

C'est alors que les gurmacs attaquèrent. Ils ne craignaient pas le vide spatial et n'avaient pas besoin de respirer. Nous en croisâmes sur notre chemin et un sacré paquet.

Nous apprîmes par la suite que les Lornoriens possédaient peu d'unité combattante dans les stations orbitales de combat. Il y avait beaucoup de techniciens, pilotes, tireurs et tout ce qui avait trait avec la maintenance et la logistique d'invasion.

Ils avaient par contre des gurmacs. Ces bestioles étaient destinées à un bombardement orbital sur Warland. Ils les avaient libérés pour leur défense.

Il n'y avait plus d'atmosphère dans le vaisseau. C'était le vide complet. Le moindre trou dans nos combinaisons et c'était notre mort assurée.

Le corps de garde du Capitaine T. avait bloqué leur arsenal empêchant les troupes à bord de s'approvisionner. Ils ne l'avaient pas détruite ayant eu peur de causer un dommage trop important à la station pouvant nous annihiler en même temps.

Une de ces sections avait atteint la centrale d'énergie et tint sa position éliminant toutes les menaces ennemies. Ils couperaient le courant du vaisseau sur mon ordre.

Je ne perdis que trois hommes sur les vingt-cinq qui m'accompagnaient sur le chemin qui nous menait à la passerelle de commandement. Les Vinxs se battaient comme des enragés. Ils manipulaient leur hallebarde avec dextérité dans les coursives étroites. La hampe de leurs armes pouvait tirer des projectiles électriques qui pouvaient percer la plus grosse de nos armures. Dans un souci de vengeance, ils étaient toujours de l'avant et massacraient consciencieusement tous les ennemis qui croisaient leur route. Avec eux, pas de prisonniers, pas de quartiers.

Nous allions pouvoir les prendre à revers. Nous perdîmes l'un d'eux lorsqu'il resta à l'arrière pour retenir un flot de gurmacs. Nous avançâmes plus rapidement dans les couloirs étroits. Avant de mourir, il enclencha une grenade thermique qui pulvérisa toutes les bestioles autour de lui.

Honneur aux héros.

Hunter annonça qu'ils étaient en position de l'autre côté de celle-ci. Je lui transmettais que nous étions à notre place.

J'ordonnais la coupure de courant. Toutes les armes dévastatrices de la station spatiale de guerre furent désactivées lorsque la section du capitaine T. coupa les générateurs, plongeant aussi toute l'installation dans le noir. Nous allumâmes nos lampes sur nos épaules et nos casques.

- Nous sommes prêts ! hurla Hunter dans mon communicateur.

De mon côté, un de mes gars arriva en courant.

- ça va péter ! gueula-t-il en se mettant à couvert dans le couloir à mes côtés.

Le sas de la passerelle de commandement explosa vers l'intérieur.

- Allez, allez, on y va, ordonnais-je en me levant mon FAFL à bout de bras et dirigé vers la zone ennemie.

Nous pénétrâmes dans l'immense pièce en tirant sur tous les Lornoriens présents. De l'autre côté, la section de Hunter forte de cinq hommes entra et nous prîmes ainsi les extraterrestres dans un feu croisé qui ne laissa que peu de survivants.

- Capitaine T. ! Nous tenons, la passerelle de commandement. Mettez le jus, commandais-je dans mon communicateur.

Dix secondes après, le courant fut remis. La centrale d'énergie se lança de plus en plus vite. Les transformateurs électriques suivirent au fur et à mesure de l'arrivée de l'électricité puis les routeurs s'activèrent un à un. La station de guerre orbitale s'éveilla de nouveau. Tout autour de nous, les consoles s'allumèrent annonçant en langue lornorienne, les différents dégâts subis sur la structure externe et interne. Deux opérateurs ennemis furent découverts cachés sous un pupitre. Ils se rendirent immédiatement et furent placés contre un mur et tenus en joue par deux de mes hommes.

Les Vinxs de ma section s'activèrent rapidement sur les consoles les plus importantes. Je les avais embauchés dans ma troupe à cause de leur connaissance de la technologie lornorienne .

- Radio! annoncez-la prise de la passerelle de commandement. Vite.

L'opérateur radio se posa dans un coin et envoya promptement sur tous les canaux prioritaires et en message urgent notre position ainsi que notre objectif avait été atteint.

Les Vinxs assis devant certains pupitres commencèrent tout d'abord à griller les cerveaux des gurmacs présents dans la station. L'un d'eux expliqua rapidement le fonctionnement des batteries de défense et surtout l'utilisation des puissants canons de destruction de tir orbitale.

Tout le monde se mit en position. J'installais deux hommes à la garde de chaque entrée de la passerelle. Ils étaient prêts à ouvrir le feu sur tout ennemi qui se présentera.

L'opérateur radio m'annonça que Muller avait lui aussi pris sa passerelle de commandement.

Mais c'était trente secondes après nous. Par contre, seul son transporteur avait réussi à passer les défenses ennemies. Je lui donnais la victoire sur ce coup-là. J'allais devoir lui offrir à boire.

- Le capitaine T. est tombé, hurla son radio sur la ligne de communication. Les ennemis sont nombreux ici, et ils attaquent toujours.

Les Lornoriens voulaient s'emparer de l'arsenal se trouvant à bord. Si la position tombée, ils pouvaient le faire sauter et peut-être détruire entièrement la station.

J'ordonnais à toutes les sections restantes de convergeaient vers nos camarades en difficultés. Hunter et les siens me quittèrent et se ruèrent dans les couloirs étroits. Sans leur arsenal , les extraterrestres ménageaient leurs munitions.

Les wartroopers sur place employèrent les armes lourdes entreposées et déchaînèrent le feu de l'enfer. Cela calma longuement les xénomorphes permettant ainsi à tous mes troopers restants d'arriver et de les prendre à revers. Ils coincèrent de la sorte une vingtaine de Lornoriens. Le second du Capitaine T. leur fit déposer les armes et les amena dans une grande salle qui devait être le réfectoire.

Quelques hommes gardèrent l'arsenal tandis que le restant parcourut le reste de la station pour une mission de recherche et destruction de toutes poches de résistances ennemies regroupant les prisonniers avec les autres.

Dans l'espace, les combats avaient augmenté d'un niveau. Les croiseurs lornoriens voulaient percer la défense warlandienne ou essayaient de contourner la flotte.

Les vaisseaux devaient passer le blocus pour pouvoir parachuter de l'équipement aux troupes xénomorphes basées sur Banislas et Lardos.

Un seul passa tout de même dans une incroyable et admirable manoeuvre de son pilote et de son équipage. Sa course fut freinée néanmoins, par les attaques d'une multitude de chasseurs et se termina par une explosion dans l'espace aérien de Banislas. Seuls des débris incandescents de navette tombèrent sur la grande île à la déception des soldats ennemis au sol.

Lorsque les stations orbitales de guerre prises par les wartroopers du pacte de l'alliance Blanche furent de nouveau opérationnelles, les Lornoriens subirent le feu des puissants canons destructeurs. Les destroyers se firent éventrés, éradiqués.

Suite à la perte dramatique de nombreux navires, les survivants s'enfuirent par un tunnel Vortex-Warp.

L'Amiral Adolfus voyant la déroute lornorienne et le passage ouvert, ordonna la curée et lança le destroyer de guerres *Stoneaxe* à la poursuite de l'ennemi extraterrestre malgré les ordres radio de ses supérieurs. De la passerelle de commandement, j'observai la chasse du *Stoneaxe* et sa disparition lorsque le tunnel se referma derrière lui. Nous apprîmes bien plus tard ce qui arriva à ce grand navire.

Une nouvelle bataille spatiale fut gagnée.

Le Roi Shax II dira que les Lornoriens ne lâchent pas facilement prise et tenteront une percée plus tard pour détruire Warland. Leur flotte réunie est dix fois plus importante que celle que nous avions et leurs chantiers de construction travaillent toujours à plein rendement.

Mais pour l'instant l'heure était au bilan. Aucune mégalopole ne fut atteinte par un tir d'une des stations spatiales. Aucun déploiement orbital n'avait eu lieu sur la planète.

Notre flotte avait subi de lourdes pertes. Elle avait été réduite de moitié. Une agression plus conséquente des Lornoriens et s'était fini de nous. Notre butin était immense.

Nous avions capturé deux destroyers ennemis et deux stations de guerres orbitales.

Les scientifiques et techniciens humains et vinxs nous expliquèrent que celles-ci étaient plus petites que celles de la première attaque. Elles ne pouvaient transporter qu'une escadrille de chasseurs et ne possédaient aucune troupe. Cependant, elles étaient armées de deux puissants canons destructeurs pour le bombardement orbital et d'une multitude de batteries de canons lasers pour sa protection antiaérienne.

Je compris mieux maintenant pourquoi tant de transporteurs de type Pénétrator ne purent atteindre leur objectif et qu'il n'y ait pas grand monde à bord.

Les vaisseaux ennemis après avoir été nettoyés de toutes présences hostiles furent mis en réparation. Ils furent visités par une flopée de militaires, scientifiques, techniciens pour collecter le maximum d'information utile.

L'Ordre Noir privilégia l'étude des canons destructeurs.

Les prisonniers ne furent pas exécutés comme

l'auraient souhaité les Vinxs, mais ils furent parqués dans des prisons où nourriture et soins leur furent administrés.

Ils furent questionnés par des spécialistes sur tout ce qui avait trait à leur culture, le niveau militaire, leur entraînement, leur politique et bien d'autres choses encore.

CHAPITRE 19: Nouvelle politique

Lors de la dernière bataille spatiale contre les Lornoriens, beaucoup de choses se sont passées sur Warland; surtout au niveau de l'Alliance des pays communistes.

Lorsque l'assaut fut donné contre la flotte ennemie, la première, troisième et quatrième armée de l'ancien royaume d'Artika se rebellèrent contre le gouvernement bolchevik. Ils furent soutenus par une grande partie de la population et plusieurs légions nationalistes Nogradiennes. Tous les dirigeants bolcheviks et les personnes travaillant pour eux furent pendus sans aucune autre forme de procès.

La moitié de l'armée Ardomilardienne et les trois quarts de celle de Ranor se rendirent aux armées du pacte de l'Alliance Blanche. Ils avaient pris le temps d'éliminer minutieusement les soldats et officiers jewish ainsi que les Kommissaires Politiks bolcheviks ou plus communément appelés K.P.B.

Une grande partie de la population suivit leur soldat.

Un jour le Maréchal Otto Scars, chef du Service de Sécurité Intérieure de l'état d'Outrance, m'informa que son bureau de propagande y fut pour quelque chose et que surtout ils avaient extrêmement bien travaillé à saper les profondeurs du monde politique bolchevik de ces pays.

Il écrivit dans un de ces livres : « Cela avait pris du

temps, des hommes, de l'argent, mais tout de même beaucoup de temps. Mais ma satisfaction était là. Je connus la destruction des régimes bolcheviks gouvernés par les rats jewishs. Il y eut des morts, beaucoup de morts, mais au moins maintenant, la paix était là sur Warland. »

La paix. Oui, toutes les nations étaient en paix, car toutes les nations étaient sous l'égide du pacte de l'Alliance Blanche où chaque peuple vit en étant fier de sa race et de sa couleur sans les doctrines égalitaires et avilissantes des porcs Jewishs.

Uranie et Sescar, deux pays bolcheviks de l'autre continent entrèrent en guerre civile : Blanc contre Rouge. La septième armée d'Outrance et la deuxième armée du Royaume de Balnos furent dépêchées sur place pour aider les blancs nationalistes. La victoire fut célébrée deux semaines après l'extermination ou l'arrestation de tous ceux qui avaient été fichés. Les républiques bolcheviks larciennes et taliennes voulurent contrer l'avancée nationaliste. Ils ne purent rien faire à cause de toutes les pertes militaires qu'ils avaient eues lors de la première bataille contre les Lornoriens.

Plusieurs Légions de l'Ordre Noir nordackiennes envahirent Larc, récupérant les sympathisants au Pacte de l'Alliance Blanche qui se trouvaient sur leur route et éliminant tous les rouges et jewishs reconnus.

Ainsi lors de la deuxième bataille contre les Lornoriens, tous les alliés au P.A.B avaient fait le pas pour nous rejoindre. Il y eut une grande purge comme celle effectuée, il y a longtemps dans mon pays, où tous les traîtres à la race blanche, les jewishs et leurs acolytes négroïdes avaient été éliminés.

Les comtes électeurs de Rondh, le grand théocrate de Montisque et l'Empereur de Balnos joignirent leur pays au Pacte de l'Alliance Blanche.

Les membres du Conseil du Pacte se réunirent pour savoir s'il était possible d'intégrer ces contrées. Les discussions durèrent moins d'un mois. Le Maréchal de l'Ordre Noir Otto Scars leur fit un discours et une présentation de chaque État ainsi que les informations collectées par son service sur celui-ci. Des unités de propagande et d'inspection avaient été implantées dans chaque pays demandeur.

Le Maréchal-Major de l'Ordre Noir Anderson, président du Pacte de l'alliance Blanche eut un entretien avec chacun des représentants gouvernementaux. Il était clair que tout pays qui voulait rejoindre le P.A.B devait suivre à la lettre les nouvelles lois en vigueur. Tous acceptèrent.

Durant les mois suivants, il y eut un grand travail bureaucratique, législatif et économique. Puis un jour, le président Anderson passa sur tous les écrans de télévision et fit un discours mémorable. Il se trouvait dans le Hall des Commémorations avec tous les chefs d'État présent devant lui assis dans un hémicycle. Seuls les Rois Alexander III et Shax II étaient assis à côté de lui. Anderson était vêtu de l'uniforme de cérémonie de l'Ordre Noir. Ses traits étaient tirés par une immense fatigue. Cependant, il parla d'une voix claire et alerte et avec une gestuelle énergique.

- Peuple blanc de Warland. Aujourd'hui est un grand jour, car nous sommes enfin tous réunis. La guerre contre le Bolchevisme et ses maîtres Jewishs est terminée. Elle a coûté trop de morts, trop d'hommes et de femmes sont morts dans cette guerre. Les jewishs, ce peuple diabolique qui pour dominer le monde nous faisait entre tuer, sont en train de disparaître avec leur suppôt libéral et leur système soi-disant égalitaire où seuls l'argent et le crime étaient devenus maîtres. Maintenant tous les peuples blancs sont unis sous une même bannière. Le Jewish court encore dans les rues et se cache entouré de leurs acolytes. Ils sont toujours prêts à reprendre le combat pour vous dominer. Ils peuvent courir, mais ils ne pourront plus se cacher longtemps, car comme vous l'avez fait pour vous libérer de leurs jougs mentaux, vous les pourchasserez impitoyablement pour les exterminer.

Effectivement, pensais-je, c'est ce qui s'est passé lors des grandes purges des derniers mois.

- Maintenant, poursuivit le Maréchal-Major Anderson en embrassant du regard son auditoire. Maintenant, nous sommes libérés de la menace intérieure. Le bolchevisme ne sera plus. Seul le National Socialisme sera. Aujourd'hui, nous scellons la fin du Pacte de L'Alliance Blanche et la naissance de la Fédération de Warland. Une nouvelle ère démarre pour Warland. Une nouvelle ère où l'homme renaît pour un nouveau départ. Durant ces derniers mois, après les deux batailles spatiales contre les Lornoriens, vous avez perdu des membres de votre famille ainsi que vos maisons. Maintenant, l'heure est à la reconstruction et à la vengeance. La guerre contre le bolchevisme est terminée, mais celle contre les Lornoriens ne fait que commencer. Je demande à chacun de fournir l'effort qu'il faudra pour redonner à Warland, le visage d'une planète fière et libre où toutes les femmes et les hommes de notre race vivront heureux où nos enfants pourront vivre tranquillement sans une menace extraterrestre... »

Le discours dura une bonne heure. Elle fut

retransmise dans chaque pays sur chaque poste de radio, sur chaque écran visible ainsi par tous.

La création de la Fédération de Warland bouleversa la planète entière. Toutes les armées de Warland furent restructurées. Environ deux cent cinquante millions de wartroopers furent divisés en armée, légion, division et ainsi de suite, dans chacune des différentes forces terrestres, maritimes, aériennes et la toute nouvelle crée : la force maritime spatiale.

Les wartroopers de l'Ordre Noir eurent droit à des restructurations internes avec l'arrivée de nouveaux volontaires. Des légions virent le jour : La deuxième et troisième Légion de Coopérations Humain-Extraterrestre, la première et deuxième Légion de Forces Colonisation spatiale et la Légion de Combats spatiaux.

La force de police de l'Ordre Noir fut augmentée par l'arrivée d'escadron de chasseur d'homme qui avait pour mission de trouver et d'éliminer les jewishs cachés à travers le monde. À ma connaissance, ils furent sans pitié.

Le nouveau drapeau que nous présenta le Président Anderson représente un aigle bicéphale qui tient un joyau entre ses pattes. Une de ces têtes est couronnée et elle symbolise le Royaume du Raich. L'autre est Outrance : les deux pays fondateurs du Pacte de l'Alliance Blanche. Chaque aile possède douze plumes désignant tous les autres États de Warland. La dernière est enflammée de sept flammes et incarne les Vinx entourés par les sept vertus qui sont les fondations de leurs lois. Le joyau qui est protégé par l'aigle entre ses griffes est identique à celui de la couronne du Roi Shax II et est le symbole de ce peuple que nous avons sauvé.

Tout le monde était dans une tonne de paperasse. Mon corps de garde et moi-même eûmes la chance de partir en permission après une courte cérémonie où je reçus la croix de guerre d'argent pour avoir mené à bien ma troupe et avoir capturé la station spatiale ennemie.

Je rejoignis Stélina et mon fils Aldrik à Tôtstrupp où la reconstruction des bâtiments endommagés par la première bataille se terminait. Tout le quartier nord qui avait été balayé par le tir d'un missile provenant d'une station de guerre lornorienne avait été déblayé. De nombreux block-quartiers prenaient forme.

Je passais de très bons moments avec ma famille. Aldrik commençait à marcher et baragouinait papa et maman. Nous fûmes conviés par mon ami, le Prince Garik à venir à Zirrinch pour passer quelques jours. Nous en fûmes ravis. Stélina qui est une femme très curieuse voulait voir les coutumes et les lois de ce peuple. Surtout les lois, car son côté avocat prenait le dessus et elle avait quelques idées dans sa tête bien remplie.

L'Adjudant Hunter nous suivit et nous arrivâmes tous les quatre dans la nouvelle citée en début de matinée.

L'architecture vinx est très gothique par rapport à celle humaine qui est plutôt composée de tour ronde ou carrée, compacte sans fioriture diverse.

Les industriels et militaires de Warland aidaient du mieux qu'ils le pouvaient, ce peuple. Les techniciens et ingénieurs militaires étaient surtout présents pour monter les défenses anti-météorites. Les premières grosses installations furent les terribles et redoutables canons anti-météores à fusion et les puissants champs de force sous lesquels grandissaient les constructions vinx.

À notre arrivée, le Prince Garik nous attendait sur la

piste. Il fut heureux de nous revoir. Il énonça différents éloges sur la beauté de ma femme et sur la grandeur de notre fils. Puis sur le chemin qui nous menait au palais, il complimenta le peuple de Warland pour les aides matérielles et morales qu'il avait concédées au sien.

Le destroyer de commandement vinx, le Goldérianne, était posé sur la piste qui jouxtait l'immense édifice royal en pleine construction. Il avait été entièrement réparé et équipé par de nouvelles armes et bouclier de défense. Il était opérationnel pour une future bataille ou son prochain voyage galactique, mais en ce moment, il servait surtout de palais royal de substitution.

Lorsque nous entrâmes dans le grand vaisseau, je remarquais tout de suite que toutes les coursives avaient été nettoyées repeintes et des tapis tissés sur la planète d'origine des Vinx avaient été placé sur le sol. Des tableaux avaient même été accrochés au mur.

Nous allâmes saluer le Roi Shax II qui discutait autour d'une carte du palais avec son conseiller l'ambassadeur Vigan.

Ce fut mon tour de faire des éloges sur les soldats qu'il avait mis sous mon commandement dans la L.C.H.E, surtout à ceux qui avaient été avec moi lors de la dernière bataille spatiale.

Le Prince Garik nous conduisit dans un salon dans lequel plusieurs pans de mur étaient recouverts de tapisseries représentant des anciens dieux vinx, des scènes agricoles ou de chasses. Il nous offrit un verre d'alcool et nous parlâmes longuement de choses et d'autres et surtout de ces lointains souvenirs sur sa planète d'origine.

Après un repas qui était très simple, un de ses serviteurs nous montra nos chambres pour la nuit. Nous pûmes ainsi pour le reste de la journée nous balader dans Zirrinch en construction.

Comme à travers tout Warland, tout le peuple vinx travaillait. Des enfants aux vieux, ouvriers et soldats, hommes et femmes. Tous avaient une occupation. Ils étaient heureux d'avoir une nouvelle terre d'accueil et un soleil qui brillait sur celui-ci.

Le soir, nous fûmes conviés à un grand gala sur le Goldérianne. Hunter et moi-même avions revêtu notre uniforme de parade de l'Ordre Noir. J'avais ma décoration flambant neuve qui pendait sur ma poitrine.

Stélina avait trouvé une très jolie robe lors d'un de ces voyages à Waroon. Nous étions avec notre fils, assis à une table non loin de celle d'honneur où trônaient le roi Shax II et Garik.

À mes côtés, j'avais le lieutenant vinx Irsaac, qui avait combattu auprès de Muller dans l'autre station spatiale. En y pensant, il me doit toujours une bouteille pour notre pari.

Tout autour de nous, des ambassadeurs des différentes nations de Warland et des nobles Vinxs étaient attablés.

J'aperçus le Général de l'Ordre Noir Artemberger avec son épouse. Il discutait avec un officier vinx qui travaillait dans le secteur technoscientifique du LCHE.

Nous nous levâmes tous lorsque la famille royale arriva. Le roi était en tête, habillé d'un costume traditionnel. Son fils le suivait accompagné d'une charmante Vinx que je n'avais jamais vue et ainsi, je ne pus répondre à ma femme qui me questionna à ce sujet.

Le repas commença alors. Il fut agrémenté de musique et de petits spectacles. Je remarquais qu'aux murs de grandes toiles avaient été accrochées. Elles représentaient les anciens dirigeants du peuple extraterrestre.

Le vin était fameux et les mets excellents. Irsaac était de bonne compagnie et sa philosophie du combat était exemplaire. Du coin de l'oeil, je vis Stélina et Hunter se chuchoter des choses en souriant. Je me retournais vers eux lorsque Hunter éclata d'un rire fort et sonore.

- Qu'est ce qu'il y a?
- Votre femme me demande de vous chaperonner durant nos prochaines missions pour qu'il ne vous arrive rien. Puis vers Stélina, vous le savez très bien : votre mari est un homme extraordinaire et valeureux. Je vous l'ai déjà promis lors de votre mariage et je te prête à nouveau serment pour les prochaines fois.

Stélina devint rouge de confusion. J'expliquais à notre camarade extraterrestre ce qui nous avait fait rire.

Le repas se déroula sous les airs musicaux vinx. Des serviteurs vinxs débarrassèrent les tables et servirent les desserts. Ils placèrent une coupe devant chacun de nous et versèrent un alcool que nous ne connaissions pas. Irsaac nous expliqua que c'était du vindrax : une boisson alcoolisée à base des plantes de la planète vinx. Certains de leur biologiste ont ramené des graines et espèrent les faire pousser sur Warland et pouvoir faire du vindrax d'ici quelques années.

Le breuvage devait correspondre à un de nos meilleurs champagnes. Il était pétillant. Il avait une couleur rosâtre et un parfum exquis tirant sur la framboise et la cerise. Lorsque tout le monde fut servi, le Roi Shax II se leva et demanda le silence. Il déclara qu'il avait une grande chose à nous dire et que cela concernait son fils unique le Prince Garik. Celui-ci se leva à son tour. Il nous présenta la jeune vinx se trouvant à ses côtés. Il s'agissait de la duchesse Estrella qui appartenait à une des plus grandes familles nobles vinxs. Il nous fit alors part de leur mariage.

Tonnerre d'applaudissements.

Nous levèrent tous le verre de vindrax et le portèrent aux lèvres.

WHAAA!! C'était fort. Bon, mais très fort. Même Hunter qui était pourtant habitué à boire des verres d'eau-de-vie comme du petit lait lorsqu'il faisait un concours avec nos hommes eut le souffle coupé. Stélina s'assit aussitôt.

Je crois d'ailleurs que tous les Warlandiens présents eurent le même choc culturel. À l'odeur, la boisson semblait douce, mais on le sentait descendre dans le gosier dès la première gorgée.

Le lieutenant Irsaac éclata de rire en nous disant que cela lui était arrivé la première fois que son père lui en avait fait goûter à ces dix ans.

Le Roi Shax II s'excusa auprès de tous ces amis warlandiens et aurait dû nous prévenir que cet alcool était plus que fort. Après ce toast, il nous demanda de passer dans la salle de bal où des musiciens vinx jouaient des airs enjoués.

Chapitre 20 : opération « rescapé sanglant »

Après un "léger" bombardement par le destroyer « Quick axe », les hélicoptères de transport me déposèrent avec les cinquante gars de mon corps de garde. Le premier de la L.C.H.E. Deux jours après les fiançailles du Prince Garik et de la duchesse Estrella, la Fédération a décidé de reprendre Banislas et Lardos.

Le Maréchal-Major Anderson a déclaré que cela faisait trop longtemps que la grande île était restée sous contrôle ennemi.

L'opération "rescapé sanglant" fut lancée.

Les mégalopoles étaient toujours protégées par les multiples défenses anti-météores et par le champ de force. Tous les gros engins de combat volant comme les destroyers et croiseurs stationnaient à bonne distance de tirs ennemis et effectuaient des salves longues portées pour empêcher le repli des unités lornoriennes dans certaines zones. Seuls les hélicoptères furent utilisés pour approcher l'île.

Des escadrilles de chasseurs et de bombardiers protégeaient nos zones de largage et d'accostage.

Le front s'étendit ainsi sur toutes les plages Nord, Ouest et Est de la grande île.

Nous fûmes déposés dans la région la plus boisée de Banislas. Deux Vinx étaient partis en éclaireur suivi par la section de Hunter. Le reste du corps de garde marchait sur quatre colonnes espacées chacune de cinq mètres dont chaque wartrooper était à trois mètres de celui de devant. Nous parcourûmes une végétation qui n'avait rien de tropical comme celle de l'ancienne République de Forest. Ici, il y avait de grands feuillus où vivaient des cervidés et autres espèces animales.

Tous les bombardements avaient causé d'innombrables incendies et surtout beaucoup de fumée. Nous avancions avec notre masque respiratoire sur le visage. Tous les RIDEP étaient en marche. Ils étaient sur la fonction détection être vivant. Nous marchions rapidement sans rencontrer la moindre résistance. Nous découvrîmes de nombreux bunkers banislins détruits et des petits villages complètement rasés. Les habitants avaient été sortis de leurs abris et exécutés sur place.

Tous les cinq kilomètres, je faisais tourner mes sections pour se remplacer en première ligne.

Sur notre droite, il y avait le deuxième corps de garde du L.C.H.E et sur notre gauche, le régiment blindé des Wartroopers de Rondal. Il avançait méthodiquement sur les voies d'accès accompagné d'un régiment d'infanterie.

Plusieurs motojets de guerre sillonnaient la forêt à la recherche des avant-postes ennemis.

Le premier soir, nous avions fait quarante kilomètres sans rien trouver. Nous avions rejoint notre premier point de rendez-vous.

Nos forces pouvaient débarquer sur plus de deux cents kilomètres dans les terres de Banislas et de Lardos. Les communications me firent savoir la découverte d'un camp de prisonniers à plus de cinquante kilomètres de notre position. Nous sûmes qu'ils étaient dans un état déplorable.

Durant la nuit, les Lornoriens firent pleuvoir une pluie d'obus de mortier sur les positions du régiment blindé rondalien.

Des ordres plurent dans mon communicateur. Le haut commandement nous ordonnait d'avancer et de nous arrêter que sur leur ordre ou si nous entrions en contact avec l'ennemi.

Les combats s'intensifièrent sur notre gauche.

Un escadron de motojets de guerre nordackien passa au-dessus de nous en direction des affrontements.

Soudain plusieurs explosions se firent entendre et nous furent éclairés comme en plein jour.

- Attention, planquez-vous, hurlais-je dans mon communicateur.

J'étais à peine couché derrière un tronc d'arbre que plusieurs obus s'abattirent autour de nous. Je criais au radio d'avertir le commandement de notre position. J'entendis la réponse dans mon oreillette. Je lançais à mes hommes :

- On fonce ! Hunter et les armes de soutien en avant. Deuxième et troisième section par la gauche. Quatrième et cinquième par la droite. Prévenez-moi de toute présence ennemie proche. Il faut que l'on fasse taire ces canons.

Les obus plurent derrière nous barrant le passage aux unités alliées qui nous suivaient.

Les artilleurs lornoriens avaient mal calculé leurs tirs. Je ne leur laisserais pas le temps de le corriger contre nous. Un des Vinx m'annonça l'approche d'entités vivantes sur son radar. Plusieurs centaines d'ennemis arrivaient dans notre direction.

Nous ne pouvions pas reculer à cause des obus et devant nous il y avait l'ennemi qui nous fonçait dessus.

- À tous. Position hérisson. Chaque coup doit tuer.

Chaque section se regroupa dans les trous d'obus nouvellement formé ou derrière les troncs d'arbres tombés. Tous les canons couvraient chaque direction possible.

Un incendie se déclara derrière nous. Nous dûmes remettre nos masques respiratoires.

- Attendez qu'ils soient proches de nous.
- Gurmacs, hurla un de mes soldats.

Les fusées éclairantes nous permirent d'apercevoir des tas de bestioles en mouvement qui avançaient vers nous à travers l'épaisse végétation.

- Oeilleton infrarouge. Commandais-je.

Ainsi, nous vîmes les créatures chitineuses courir et sauter d'arbre en arbre et de buisson en buisson. Leur corps était légèrement plus chaud que le reste de la forêt.

- Attention à tous. J'avais un des monstres dans mon oeilleton de visée de mon fusil d'assaut à fusion laser. J'étais sûr de le réduire en bouillie. Plus que quelques mètres. Feux! Feux à volonté ! Détruisez-moi cette vermine.

J'appuyais sur la détente. La tête de la créature explosa dans une gerbe de chitine et de sang.

Tout autour de moi, un nuage de feu et de fer s'abattit sur les extraterrestres sans discontinuité. Ils arrivaient de partout. Je fis avertir le poste de commandement de notre accrochage.

Hellberg, la rage dans ses yeux que l'on pouvait voir à travers son masque, défouraillait avec sa mitrailleuse lourde à fusion laser montée sur bras gyroscopique.

Une jeune recrue utilisait un lance-grenades à

répétition. Il dispersait en morceaux plusieurs créatures à la fois.

Malgré leur nombre, aucune bestiole ne put s'approcher de nous à moins de cinq mètres. Leur vague d'assaut était à chaque fois balayée par nos tirs. La pluie d'obus derrière nous s'arrêta soudainement.

Le calme revenu, je ne déplorais aucun blessé parmi mes hommes. Nous reprîmes alors notre marche en passant à côté des cadavres puant des gurmacs. Par radio, on m'annonça qu'un escadron de motojet d'attaque tarlien avait fait taire les canons d'artillerie. Nous vîmes des hélicoptères de guerre de type Tigerwar foncés vers une direction qui m'était alors inconnue.

J'appris que le commandant de cette escadrille était le capitaine Erickson qui nous avait soutenus lors de la défense de Tôtstrupp. Il avait reçu la médaille de la défense de l'Air de deuxième et de première classe. Nous nous élançâmes en avant sur cinq kilomètres croisant de temps en temps des gurmacs isolés.

Nous arrivâmes enfin sur une grande route où plusieurs canons d'artillerie et des mortiers étaient en feux. Plusieurs Lornoriens et humains étaient allongés sur le sol, mort.

Nous fûmes rejoints par le troisième corps de garde du L.C.H.E commandé par le Capitaine Hearl puis par la cinquième division blindée de Nergath. Nous inspectâmes les positions ennemies. Il n'y avait aucun survivant, mais une chose était sûre : les soldats banislins avaient combattu avec les extraterrestres. Nous attendîmes plus de trois heures avant l'arrivée des véhicules de ravitaillement en munitions et en vivres.

Nous utilisâmes les trois heures pour le repos. Chacun de mes hommes après avoir entassé les cadavres dans un fossé s'endormit dans un coin. J'organisais les tours de garde et je m'assoupis sur mon FAFL, casque sur le nez.

On me réveilla à l'arrivée de la logistique. Aux dernières nouvelles, le front avançait très rapidement. Les Lornoriens offraient peu de résistance et il y avait très peu de gurmacs.

Plusieurs camps de prisonniers furent trouvés. Des bruits coururent que les Lornoriens s'en servaient comme garde-manger et qu'ils plantaient des puces électroniques pour contrôler des soldats humains.

Un doute m'assaillit. Avec Hunter, nous tirâmes un des cadavres banislins. Nous le mîmes sur le ventre. Tout le monde nous regardait. Après lui avoir enlevé son casque, je lui tâtais son cou du bout des doigts. Je détectai une cicatrice derrière la nuque. Avec le bout de mon poignard, j'incisai doucement et nous découvrîmes la puce électronique avec ses multiples branchements neurologiques.

La preuve était là. Nous eûmes alors à ce moment-là un dilemme. Si nous détruisons le centre de commandement lornorien, nous tuerons aussi bien les gurmacs que des soldats et civils banislins qui avaient été pucés. Le chiffre de leur mort pouvait chiffrer en milliers de victimes.

J'essayais durant deux heures d'entrer en contact avec le Général Artemberger sans aucun résultat.

Des transporteurs de troupes arrivèrent et se posèrent sur la route. Les informations commencèrent alors à affluer. La capitale de Banislas, Nict-Tudal, était assiégée par les forces de la troisième armée de la fédération composée de Sécariens, Artiquiens et Dorlaciens. La première légion de l'Ordre Noir sous les ordres du général Hasch avait pénétré dans le secteur sud de la mégalopole qui était de loin plus petite que Tôtstrupp.

Durant les trois jours suivants, la Légion de Coopération Humain Extraterrestre ratissa avec la première et deuxième armée de la Fédération ainsi que les deuxième et troisième Légions de l'Ordre Noir, toute la région au nord de Nict-Tudal. La citée fut libérée pendant ce laps de temps.

La capitale de Lardos fut libérée une semaine plus tard. Les Lornoriens ayant très peu de troupes et n'ayant pas pu insérer un grand nombre de puces sur les soldats communistes ne purent arrêter la formidable machine de guerre de la Fédération de Warland.

Durant les deux mois suivants, nous fûmes utilisés pour éliminer les poches de résistance ennemies. Ces engagements firent d'innombrables morts et blessés des deux côtés. Les wartroopers de la Fédération firent de nombreux prisonniers lornoriens.

C'est dans le cours de cette période que je fus grièvement blessé au ventre par un gurmac lors de la prise d'un bunker du système de défense antimétéore de Nict-Tudal. Je fus rapatrié vers l'arrière des lignes puis acheminé dans un des hôpitaux de Tôtstrupp où les médecins de l'Ordre Noir s'occupèrent de moi.

Ma convalescence dura deux mois. Le général Artemberger se présenta un jour à mon chevet et solennellement me décora de la croix de Sang de deuxième classe et me remit une citation à l'ordre des blessés de guerre de la Fédération de Warland.

La Grande Île fut libérée du joug des ennemis lornoriens. Maintenant, nous devions nous préparer et prévoir une contre-attaque face à Lornor. Je laissais ce problème aux dirigeants militaires de la Fédération de

Warland, car j'avais droit à quelques jours de permissions que j'allais passer avec ma délicieuse femme.

LIVRE 3: Le système Sordol

Joseph Goebbels :Le sang versé cimentait davantage notre union qu'il ne nous dispersait dans la crainte et l'angoisse

Proverbe : C'est bêtise de déprécier son ennemi avant le combat et bassesse de l'amoindrir après la victoire.

Chapitre 21 : voyage et conquête.

Pendant plus de deux ans, il n'y eut pas de bataille à grande échelle contre les Lornoriens.

Cependant, ils n'avaient pas lâché le morceau. De temps en temps, un vaisseau éclaireur sortait d'un tunnel Vortex-Warp et survolait Warland. Il se retrouvait rapidement sous le feu des défenses de la planète et des bâtiments de guerre de la première flotte spatiale de la Fédération de Warland.

Certains passaient le mur de feu et repartaient par un autre tunnel Vortex Warp. La majorité disparaissait dans un nuage de débris fondus qui tournoyait avec les épaves des batailles précédentes.

Certains officiers de ma connaissance m'ont rapporté que cela devait être un bizutage pour leurs cadets pilotes. La supposition était convaincante. Mais en tout cas, il ne devait pas avoir beaucoup de pilotes qualifiés, car soixante-quinze pour cent de leur sortie au-dessus de Warland étaient couronnés d'un échec.

Pendant ce temps, le grand conseil de la Fédération de Warland s'était donné plusieurs grands objectifs. Le premier qui n'était pas le moindre était la conquête du système de Sordol. Ceci devait se faire grâce à notre collaboration avec les Vinxs.

Le programme commençait par la colonisation de Vulgan qui au dire des scientifiques devait être habitable.

C'était la seconde planète du système. Elle était d'une taille plus petite que Warland. Ces deux lunes Mac et Tar II devaient être utilisés comme celles de Warland, comme base de protection planétaire.

Le cinquième astre planétaire se nommait Donkan, semblait viable et faisait partie du programme. Elle figurait sur les plans comme étant un futur poste avancé contre les flottes ennemies qui ne passeraient pas par un tunnel Vortex-Warp.

La technologie vinxs nous fut d'un grand secours pour effectuer ce formidable bond en avant spatial. Elle permit de construire deux nouveaux types de navires spatiaux : le super destroyer de type conquistador et le super croiseur de type éclaireur spatial.

Le super destroyer était un vaisseau mesurant pas moins de quatre kilomètres huit cents de long. Il est équipé de cinq canons destructeurs semblables à ceux des stations orbitales lornoriennes et d'une multitude de batteries de canons lasers jumelés, de lance-torpilles et missiles multiples. Son emport était de trois escadrilles de vingt chasseurs et de cinq régiments de wartrooper qui correspond à deux mille cinq cents soldats.

Les croiseurs beaucoup plus petits servaient de transports de troupes ou de matériels et étaient armés de batteries de canons de type antimétéores.

Tous ces vaisseaux spatiaux étaient pourvus de la technologie Vortex Warp qui était maintenant beaucoup plus opérationnelle que celle construite sur la première flotte spatiale de la Fédération et qui provoquait souvent des erreurs de trajectoire dans les déplacements lointains.

C'était une des causes du retour très tardif du destroyer *Stone Axe* de l'Amiral Adolfus. Celui-ci devait rentrer à quai dix ans plus tard à Warland.

En un an et demi, deux super destroyers et quatre super croiseurs furent appareillés.

Les régiments qui constituaient l'équipage de ces nouveaux vaisseaux spatiaux avaient été nommés Régiments de Wartroopers Coloniaux. Ils avaient été recrutés parmi les soldats volontaires non mariés sans distinction de sexe.

Des légionnaires de l'Ordre Noir étaient aux commandes du super destroyer *Maréchal Major Anderson*. Ils devaient coloniser Donkan.

L'équipage de l'*Alexander III* devait aller sur Vulgan. Des wartroopers des autres armées y étaient affectés.

Des Vinxs étaient à bord de chaque vaisseau. Les membres de la passerelle de commandement étaient composés d'un officier technoscientifique, dix militaires, un navigateur pour les trajets Vortex Warp et d'un amiral humain.

Le deuxième objectif du programme du conseil était l'amélioration des systèmes de défense de Warland. Sur le modèle des Lornoriens, plusieurs stations orbitales furent construites. Elles étaient deux fois plus grosses que celles des extraterrestres, mais ne possédaient pas de propulsion Vortex Warp. Leurs seuls réacteurs permettaient de se maintenir en orbite autour de notre planète.

Cinq stations furent mises en chantier. Deux ans après, trois étaient en état de marche. À l'intérieur de celle-ci, plusieurs escadrilles de chasseurs spatiaux de type faucon intercepteur étaient en stand-by, prêt à décoller à la moindre alerte.

Ces stations étaient armées des canons à fusions de

type destructeur et de plusieurs batteries de canons lasers de type antiméteores. Elles généraient de plus un champ de force qui devait être optimale lorsque toutes les stations seraient opérationnelles. Plus rien ne pourrait entrer dans l'atmosphère de Warland sans une autorisation. Tous météorites et vaisseaux ennemis seraient immanquablement réduits en cendres.

La grande quantité d'énergie était fournie par des panneaux solaires et des usines géothermiques disposés sur Warland. Elle était par la suite renvoyée aux stations par un système assez complexe de réflecteurs.

Tout ce système de défense ne devait être opérationnel que dans cinq ans si aucun accident, incident ou attaque ne dérangeait les projets de construction.

Durant les deux ans passés, le programme du conseil prévoyait la reconstruction des mégalopoles et villes détruites lors des batailles contre les Lornoriens. Toutes les personnes aptes au travail avaient été réquisitionnées. Tous devaient se serrer les coudes pour rebâtir les cités dévastées.

Cela faisait tellement longtemps que les Warlandiens se tiraient dessus au plus fort des grandes guerres politiques que ce grand calme de labeur surprit tout le monde. La population de la planète était enfin unie dans l'effort face à un ennemi commun.

Lorsque je patrouillais avec ma section dans les rues de Waroon, la capitale d'Outrance, je ne vis que des personnes joyeuses et fières de faire partie de cette reconstruction. Les champs étaient de nouveau travaillés sans la peur d'une pluie de météorites ou d'une attaque d'extraterrestre.

J'eus le droit avec Stélina de participer à la

dégustation de la première cuvée de vindrax, le vin des Vinxs. Nous fûmes in vite par le Prince Garik.

Ma plus grande fierté. Mon fils était maintenant dans une école maternelle de Tôtstrupp. Je l'emmenais avec moi où que j'aille aussi souvent que je le pouvais. J'avais peur de ne pas m'en occuper assez. Je lui promulguais alors tout l'amour que je pouvais.

De temps en temps, nostalgique, je relisais les dossiers des hommes du trente-huitième squad de la septième armée d'Outrance que j'avais eu sous mon commandement. Très peu était encore vivant maintenant. Nous en discutâmes souvent avec Hunter autour de plusieurs bières. Mes erreurs de jugement des forces de l'ennemi me revenaient. J'avais perdu les trois quarts de mon corps de garde lors de la première Bataille Planétaire ou 1°BP. Les Lornoriens nous avaient certes pris par surprise lançant leurs gurmacs bardés d'explosifs contre nous.

J'aurais dû faire beaucoup plus attention. Ils étaient maintenant morts et ma famille et moi, nous étions vivants. Leur sang n'a pas été versé en vain. Il a permis de cimenter l'unité des rescapés face à l'adversaire extraterrestre.

Voilà, deux ans étaient passés. Ma blessure n'était plus qu'un mauvais souvenir. L'entrainement de mon corps de garde était toujours rigoureux. Les recrues devaient arriver au niveau des vétérans. Mes hommes affrontaient souvent ceux du capitaine Hearl du deuxième corps de garde. Nous avions de nombreux terrains de manoeuvre ce qui agrémentait notre quotidien. Les Vinxs de notre légion étaient friands de ces épreuves. Ils nous apprenaient ou amélioraient de nouvelles techniques d'assaut ou d'infiltration.

Le troisième corps de garde de la LCHE était commandé par le capitaine de l'Ordre Noir, le Baron Van Dotch. Il avait subi un dur entrainement en milieu spatial et avait ensuite embarqué sur le super destroyer *Maréchal Major Anderson*. Il devait escorter les colons de la planète Donkan.

Il y eut une grande cérémonie lorsque les deux super destroyers spatiaux quittèrent l'orbite de Warland en direction de leur objectif.

Le roi Alexander III prononça un discours de bon voyage et tous virent les énormes vaisseaux escortés par des croiseurs créer un tunnel Vortex-Warp dans un flot de lumière tourbillonnante. Nous entendîmes le compte à rebours. Les deux couloirs furent aussi grands que les deux flottes qui s'y engouffrèrent lorsque chaque navigateur vinx déclara que la trajectoire était correcte.

Le dernier navire passé, les tunnels se refermèrent dans un iris multicolore.

La conquête spatiale avait recommencé.

Deux semaines après, nous apprîmes que le super destroyer Alexander III était arrivé en vue de Vulgan et s'était mis en orbite autour de celui-ci.

Le Duc-Amiral Olaf de Gunther commandant l'*Alexander III* fit un rapport élogieux sur le voyage en Vortex Warp.

Le programme se déroulait sans encombre. Des barges de débarquement avaient été lancées sur les deux lunes de la planète. Des avant-postes furent construits en une dizaine de jours sur la surface constellée de cratères. C'étaient de petites stations antimétéores. Trois personnels étaient à l'intérieur pour la maintenance et l'utilisation de deux canons antimétéorites.

Durant ce temps, le super destroyer en orbite autour de l'astre prenait des clichés vidéo de la surface. Des chasseurs sillonnaient le ciel pour collecter des données des renseignements sur l'atmosphère et sur la présence éventuelle de civilisation ou d'être vivant.

Vulgan était constitué à quatre-vingt-dix pour cent d'eau comme les scientifiques l'avaient prévu. Un continent occupait une immense partie de l'hémisphère nord. Il était entouré d'une multitude d'archipels qui rejoignaient le pôle Sud.

La végétation était luxuriante. Une section de wartrooper colonial descendit en éclaireur sur un des points notés et acceptés par le Duc-Amiral.

Ils posèrent le pied dans une vaste clairière assez grande pour l'atterrissage d'un transporteur de garde de classe Elephant H4. Les premiers prélèvements de la faune, de la flore et des minéraux commencèrent. Les résultats furent rapides. Les soldats virent de temps en temps des volatiles et quelques mammifères parcourir des troués. Mais aucune civilisation ne fut découverte.

L'air étant respirable sans aucune trace de pollution. La terre était fortement cultivable. La conclusion donnée par les scientifiques était que la planète était habitable et que la colonisation de Vulgan pouvait enfin débuter.

La seule chose étrange était la présence à certains points du globe, sous l'eau d'un léger rayonnement radioactif.

À travers tout Warland, ce premier pas vers la colonisation fut applaudi dans toutes les maisonnées. Le rapport du destroyer Maréchal-Major Anderson était attendu avec impatience.

Ce fut alors un ballet incessant de barges de débarquement et de transporteur de fret afin de permettre la création de plusieurs bases d'infanterie et de plusieurs avant-postes sur tout le continent.

Tous les hommes du croiseur spatial se retrouvèrent sur le sol de Vulgan. Plus de mille wartroopers coloniaux aux commandes de véhicules de chantier se mirent au travail, bâtissant des bâtiments en dur là où il n'y avait rien.

Au dernier rapport reçu que je pus lire, une base accueillant un astroport ainsi qu'une dizaine d'avant-postes avait été construite.

Des scientifiques pourvus d'une escorte militaire sillonnaient les forêts pour répertorier la faune et la flore existante.

Le super destroyer *Maréchal-Major Anderson* envoya enfin son premier rapport.

Il s'était perdu dans le Vortex-Warp et s'était retrouvé au-delà de Tarnor. Un problème de communication ne leur a pas permis de rendre compte de la situation plutôt.

Lorsqu'elles furent rétablies, nous apprîmes que les lunes de Donkan avaient été colonisées. Plusieurs batteries anti-météores étaient en place et attendaient leur fortification.

Sur Donkan, soixante-dix pour cent de l'astre étaient habitables. L'atmosphère était respirable avec une teneur en oxygène supérieure à Warland. Sa taille était légèrement plus petite que notre planète. La gravité y était la même.

L'équateur était entouré d'une épaisse et imposante forêt de conifères. Autour, d'immenses plaines d'herbe semblable à la toundra de Larc et de Norgad étaient parsemées de lacs et bassins de toutes grandeurs reliés entre eux par des cours d'eau. Quatre grandes chaînes montagneuses étaient visibles de l'espace. Elles surplombaient en majorité le nord de la planète.

Les wartroopers coloniaux découvrirent une race d'herbivore de grandes tailles. Ils étaient massifs comme un éléphant avec un long cou et une puissante mâchoire. Ils vivaient en troupeau de plusieurs centaines d'individus et migraient en fonction des saisons.

De la faune locale, un félin se distingua des autres espèces. Surnommé, le tigre de Donkan, celui-ci était aussi haut qu'un poney. Il possédait une dentition de requin et il pouvait courir aussi vite que certaines de nos motos. Ils ne vivaient que par petit groupe d'individus et attaquaient que s'ils étaient en supériorité numérique. Des accidents survinrent lors de la capture de ce type de spécimens. Ils furent laissés tranquilles, car leur chasse était interdite selon les ordonnances écologiques de l'Ordre Noir.

Les deux premières choses découvertes sur Donkan étaient la différence de température entre le jour et la nuit. Celles-ci allaient de moins vingt-cinq degrés, la nuit et à plus de quarante le jour selon l'endroit. La seconde, c'était la présence d'immenses marais à côté des lacs qui empestaient fortement lors des fortes chaleurs.

En deux mois, il y eut le même ballet aérien que sur Vulgan. Plusieurs avant-postes furent construits entourant une base d'infanterie. Tous les wartroopers coloniaux de l'Ordre Noir avaient retroussé leurs manches et érigeaient des bâtiments de vie, des postes de combat, des hôpitaux et un astroport.

Donkan étant l'astre le plus proche des limites du système, elle fut mieux armée et prête à affronter une force ennemie.

Les super-destroyers patrouillèrent autour de leur planète respective tandis que des croiseurs effectuaient les aller-retour avec Warland pour récupérer des matières premières et y déposer les découvertes scientifiques.

Il y eut alors la construction de nombreux vaisseaux spatiaux cargos de type cachalot capable d'avoir un emport de plusieurs milliers de tonnages supérieur aux croiseurs. Ces navires n'étaient équipés que de quelques batteries de défense. Ils devaient être escortés sur le trajet par une petite flotte.

Comme je l'ai déjà écrit, il faut un minimum pour l'instant, de deux semaines pour aller sur Vulgan et environ deux de plus pour Donkan.

Pendant plus d'un an, les laboratoires de la LCHE de Warland s'employèrent à disséquer et étudier les espèces animales et végétales reçues des différentes planètes.

Les chantiers navals spatiaux fonctionnaient à plein régime. La flotte de combat s'agrandissait tous les jours. À la fin de l'année, deux autres super-destroyers de classe conquistador furent opérationnels. Plusieurs escadrilles de chasseurs et bombardiers spatiaux purent enfin être déployées autour de Vulgan et de Donkan.

Tout le monde était prêt à en découdre avec les Lornoriens.

Ceux-ci n'étaient pas restés oisifs. Ils effectuaient des raids sur nos chantiers spatiaux ou les cargos de ravitaillement.

La Fédération de Warland préparait petit à petit de puissants moyens de combat contre les Lornoriens; du moins, c'est ce que je pus lire sur un rapport destiné au général Artemberger.

Lors de mon passage au grade de Commandant, je pris le commandement du dixième corps de légion de la légion de Coopération Humain Extraterrestre. Elle devait s'occuper des Opérations Spéciales en collaboration avec le Service de Sécurité Intérieur de l'État d'Outrance.

Je devins alors, le chef d'une section avec sous mes ordres les sergents-chefs : Brokk, Hellberg, Darkbug et Styper. Hunter avait réussi le concours des Officiers de l'Ordre Noir et revint comme mon second en tant que Lieutenant. Le squad comptait cinq Vinxs qui avaient été intégrés lors de la création de la LCHE.

Le Capitaine-pilote de L'Ordre Noir Erickson fut également incorporé sous mon commandement sur ma demande. Je savais que pour nos missions, nous aurions besoin d'un excellent pilote comme lui.

Le rôle de cette unité était l'infiltration dans les installations ennemies, la reconnaissance, la recherche et la récupération de matériels ou de créatures extraterrestres.

Notre entrainement était aussi rude que possible, mais différent du 1° corps. Une frégate stellaire était affrétée en permanence pour nos opérations. Elle mesurait quatre cents mètres de long et était capable d'accueillir un transporteur de troupes spatial Mack V et d'un hélicoptère de combat Tigre de Guerre. À son bord, il y avait aussi des capsules de déploiement orbital.

Le navire nommé « *Général Lance* » était équipé de six batteries de canons à ions à chaque bord et de cinq batteries lance-missiles sur le haut de la coque.

Le Général Lance était un ancien commandant d'une compagnie de char super lourd, mort lors d'une bataille face aux bolcheviks larciens. Il avait dans un geste héroïque protégé avec son équipage et la moitié de son peloton, la retraite d'une demi-division d'infanterie. Son tank embourbé avait servi de cible à ses ennemis.

Nous avions un équipage très restreint à bord. Ceux-ci savaient manoeuvrer avec merveille et célérité le vaisseau spatial.

Durant cinq mois, nous nous entraînâmes aux déploiements orbitaux à partir de notre frégate essayant d'être plus rapide et plus opérationnelle. Chaque geste devait devenir instinctif. Nous attendions avec impatience que le haut commandement nous envoie en mission.

Durant ce temps-là, des frégates stellaires furent construites pour l'exploration des planètes dans les autres systèmes autour du nôtre.

L'équipage était limité et composé de wartroopers coloniaux et de quelques scientifiques. Leurs destinations n'étaient connues que des membres à bord et du Président de la Fédération de Warland. Ceci pour éviter des fuites vers les Lornoriens.

En l'espace de quelques années et avec l'aide de nos alliés extraterrestres, les Warlandiens avaient fait un bon extraordinaire vers la conquête spatiale. Plusieurs livres furent écrits et des chansons chantées sur l'héroïsme et le travail des wartroopers coloniaux. Nous dûmes attendre deux ans le feu vert du gouvernement pour que des colons civils puissent aller cultiver les terres de Vulgan. Mais je n'en suis pas encore là.

CHAPITRE 22 : FAMILLE ET AMIS

Jusqu'à présent, je ne me suis exprimé que sur moi des différents bouleversements de Warland dans lesquels j'ai été impliqué. D'autres, par le biais de leurs écrits ou de leurs vidéos, témoigneront des événements dont je n'ai pas parlé. Il y en a eu tellement en si peu de temps.

Maintenant, je vais parler de ma famille qui m'a suivi et qui a toujours été avec moi. Mes parents, Marcus Fightblue et sa femme Isabelle. Ils vivaient dans une petite ville campagnarde non loin de Waroon, à exactement cinquante-trois kilomètres.

Mon père, après avoir passé dix ans de sa vie dans une division blindée de la troisième armée et appris deux campagnes contre la République Bolchevik Larcienne, retrouva son épouse pour s'occuper d'une grande librairie. Je fus leur fils unique.

Ils regardèrent d'un drôle d'oeil mon entrée dans l'Ordre noir, mais furent tout de même heureux de ma condition et de celle que j'apportais à ma famille.

Lors de la première bataille planétaire contre les Lornoriens. Ils eurent de la chance que leur localité n'a pas eu plus d'importance militaire. Mon père repris les armes dans une unité de réserve de défense civile afin de protéger l'un des abris bunker de la ville face à des assauts de gurmacs. Ils n'avaient quasiment plus de munitions lorsqu'un régiment de la cinquième armée arriva pour nettoyer l'infection extraterrestre. Marcus Fightblue fut grièvement blessé à la jambe et perdit beaucoup de sang. Sans les soins de ma mère et l'arrivée des secours. Il serait mort.

Ils virent tous les deux la deuxième BP sur un écran. Le combat spatial était commenté par le service de télévision militaire et civil d'Outrance.

Ils furent heureux de faire la connaissance de ma femme Stélina et d'être présents à notre mariage. La naissance de nos deux enfants fut les plus grandes joies de leur vie. C'étaient eux qui les gardaient le plus souvent lorsque nous partions chacun de notre côté pour nos affaires respectives.

J'ai souvent parlé des manoeuvres que j'effectuais avec mes hommes, mais j'ai été aussi régulièrement auprès des miens apportant ainsi l'amour paternel à mes enfants qui grandissaient au fil des années. Mon fils Aldric qui avait maintenant six ans allait en cours préparatoire dans une école de l'Ordre Noir située dans Landtôt. Il y apprit tout ce qu'un petit homme de son âge devait savoir des connaissances générales, morales et disciplinaires.

L'école devenait la complémentarité de l'éducation que nous lui fournissions. Il rêvait d'être Officier comme son père ou ambassadeur ou pilote de chasse ou de tank. Tout dépendait du moment où nous lui posions la question.

Hirwen, notre fille, ne se posait pas encore la question de savoir ce qu'elle allait faire dans l'avenir. Elle avait le temps vu qu'elle n'avait qu'un an et quelques mois. Elle grandissait rapidement. Au retour d'une mission, Stélina fut heureuse de me montrer qu'Hirwen marchait. Ce plaisir simple de voir s'épanouir mes enfants était fort rare. Je profitais de ces instants du mieux que je le pouvais. Ils étaient aussi beaux que leur mère et avaient son regard.

Stélina fut ravi lorsque nous emménageâmes à Landtôt après ma sortie de l'école des officiers de Darkfarmer. Elle dut tout de même attendre notre mariage pour faire partie intégralement de l'Ordre.

La cérémonie eut lieu dans le Bunker-forteresse du Chancelier du Landtôt. Le Maréchal-Major Anderson nous unit dans le sang. Hunter et une amie de Stélina furent les seuls témoins de ce mariage sous l'égide de l'Ordre Noir. Je n'ai pas le droit de décrire cette cérémonie, mais elle fut d'une remarquable simplicité dans une immense pièce voutée et décorée de nombreuses statues et peintures. Plusieurs sapins et chênes dans de grands pots cachaient la voûte de la salle. Nous aurions pu penser être dans une forêt si le sol n'avait pas été dallé de marbre blanc et noir.

Le mariage avec les familles fut beaucoup plus solennel et il y avait tout autant d'émotion. La plus grande fut de voir pour la première fois Stélina dans sa robe blanche de mariée. Celle-ci avait des teintes bleu pâle et ivoire.

La cérémonie fut fabuleuse ainsi que le reste de la soirée.

Stélina travailla durant un certain temps dans un cabinet d'avocats de Tôtstrupp. Elle passa un concours de politique sociale et de communication et devint alors adjointe à l'ambassadeur de l'Ordre Noir à Zirrinch. Ma relation privilégiée avec le prince Vinx Garik, fils du Roi Shax II et commandant en second du LCHE avec le Général de l'Ordre Noir Artemberger, permit à Stélina d'avoir le poste plus facilement.

Elle travaillait à l'ambassade vinx de Tôtstrupp. De temps en temps, elle voyageait à Zirrinch pour aller dans celle de l'Ordre Noir.

En dehors de ces heures de travail, elle faisait du sport avec des amies ou faisait des promenades avec nos enfants.

Elle s'occupait beaucoup de son physique et de son apparence tout en n'étant pas matérialiste. Elle adorait les beaux vêtements et avec notre situation, elle aurait pu se permettre d'en acheter beaucoup, mais elle préférait utiliser notre argent pour le confort de nos enfants et du nôtre. Bien que des fois, elle se faisait une petite gâterie qui n'était pas pour me déplaire.

Elle était ravissante et le restera jusqu'à la fin. Stélina avait été mon plus grand réconfort lors des rentrées de missions dangereuses où j'avais ou aurais pu perdre un homme. Je la soutenais aussi dans des décisions politiques ou dans son travail.

Ma famille était là et m'offrait la joie et la bonne humeur dont j'avais besoin lorsque je partais en opération. Elle me donnait le courage et la hargne pour vaincre les Lornoriens. Je m'étais créé un but : gagner cette guerre pour que mes enfants et peut-être mes petits enfants puissent voir et vivre dans un monde en paix.

Comme je l'ai déjà écrit, les Lornoriens ne restèrent pas inactifs. Ils lançaient de petits raids contre Warland. Sortant d'un tunnel Vortex-Warp, deux ou trois navettes larguaient toutes les bombes et missiles qu'ils possédaient sur les chantiers spatiaux ou les stations orbitales en constructions puis fuyaient dans un autre tunnel Vortex-Warp en sachant que nous ne les poursuivrions pas.

Vulgan ne fut pas touché par les attaques. Les Vinx nous apprîmes que les voyages en Vortex-Warp étaient limités par un coefficient de distance et de temps. Les machineries actuelles ne permettaient pas d'effectuer de longs trajets avec une grande précision. C'étaient pour cela que les navires exécutaient des bonds allant jusqu'à trois voir quatre semaines. Les navigateurs confirmaient alors à l'arrivée le statut du vol, recalculaient le saut et relançaient les vaisseaux dans le tunnel. Dans le même temps, cela permettait aux réacteurs Vortex-Warp de décharger l'énergie accumulée. Tout ceci était du charabia de technoscientifiques. Je n'y comprenais rien. J'avais confiance dans mes pilotes. Chacun sa spécialité.

Au début de leurs voyages spatiaux, les Vinx perdirent de nombreux vaisseaux dans le vide galactique. Forts de cette expérience, nous essayâmes de ne pas faire les mêmes erreurs.

Mais revenons aux Lornoriens. Ceux-ci découvrirent que nous avions colonisé deux planètes de notre système. Ils formèrent de petites flottes constituées d'un ou deux croiseurs et d'un porte-vaisseaux contenant trois escadrilles de chasseurs. Ils attaquaient tels des pirates, sans relâche, les cargos transportant les cargaisons pour les colonies.

La Fédération dépêcha plusieurs croiseurs et destroyers. Ils sillonnaient l'espace du système de Sordol et protégeaient les convois. Mais dans une guerre d'usure, les assaillants peuvent vite gagner. Nous ne savions pas les limites des forces ennemis, leur nombre leur possibilité. Eux, par contre, connaissaient les nôtres. Nous commencions tout juste à conquérir l'espace et notre flotte était pour l'instant très limitée malgré les chantiers spatiaux qui avaient un fort rendement.

Les assauts contre les convois ne duraient jamais plus de quinze minutes. Les radars et les senseurs annonçaient l'ouverture d'un tunnel Vortex-Warp puis les porte-vaisseaux arrivaient en déversant dans le vide sidéral leurs escadrilles de combats sous les tirs de couvertures des croiseurs. Les chasseurs et les bombardiers essayaient d'effectuer le maximum de dommage aux vaisseaux cargos tandis que les imposants navires s'occupaient des unités de guerres.

Les accrochages se faisaient à l'arrivée ou au départ des convois, car aucun combat ne pouvait se dérouler dans un tunnel Vortex-Warp. Il y eut toute foi, une exception. Nous l'apprîmes par la suite. L'Amiral Adolfus et son destroyer *le Stone Axe* s'étaient engouffrés dans un tunnel Vortex-Warp ouvert par les Lornoriens. Ayant abattu dans le tunnel le vaisseau qui avait créé celui-ci, ils se retrouvèrent alors dans le vide spatial, perdu.

Nos forces n'engageaient pas de poursuite de peur de tomber dans un piège. Nos connaissances dans le voyage spatial malgré l'expérience des Vinxs étaient faibles. Mais une section de chercheurs était sur un projet qui allait devenir une arme très dangereuse pour nos ennemis. J'en parlerai en temps voulu.

Chapitre 23 : DONKAN

Avec la deuxième section du X° corps de légion de la Légion de Coopération Humain-Extraterrestre, nous devions rejoindre la planète Donkan avec notre frégate stellaire *Général Lance*.

Nous devions présenter les techniques de déploiement orbital des unités de combat dans les lignes ennemies, aux forces en présence. Les capsules de largages étaient très petites et de couleurs noires. La nuit, elles ne se voyaient pas à part au moment de leur entrée dans l'atmosphère. Là, il y avait un échauffement dû au frottement de l'air contre le fuselage. Elles permettaient , si le tir avait été correct de placer des fantassins à des endroits stratégiques.

Nous montrâmes des largages de matériels, puis ceux des sections de combats. Avec mon unité, nous exécutâmes de nombreuses démonstrations par tous les temps.

Les wartroopers coloniaux de l'Ordre Noir de Donkan furent heureux de participer à ces manoeuvres intéressantes. Surtout que cela les changeait de la construction des bâtiments qu'ils effectuaient depuis quelques mois. Je formais plusieurs officiers aux calculs de trajectoires et aux différentes techniques de déploiement. Tandis que mes subordonnés instruisaient les sous-officiers et les soldats à la récupération des capsules de matériels et de munitions ainsi que le sauvetage de celles tombées dans les marais de Donkan.

Il n'y eut pas d'accident à déplorer pendant les manœuvres. Les deux mois d'instruction étant terminés, nous embarquâmes sur notre frégate pour rejoindre Warland. Trois mois plus tard, nous devions être sur Vulgan pour enseigner une version plus légère des manœuvres de déploiement orbital aux Wartroopers Coloniaux de la Fédération qui se trouvaient sur place.

Nous étions tous à notre poste à bord de la frégate *Général Lance*, prêt pour un voyage en tunnel Vortex-Warp de deux semaines et demi lorsque les Lornoriens entrèrent en action.

Nous suivions les différents protocoles de lancement sous la protection du super destroyer de l'Ordre Noir Maréchal-Major Anderson.

Le major Difus dictait la procédure au pilote vinx qui enclenchait les boutons et autres interrupteurs au fur et à mesure des ordres. Le contrôleur du super destroyer annonça que nous pouvions y aller et nous souhaita un bon voyage. C'est alors qu'un de nos opérateurs vinx leva la main et déclara.

- Turbulences spatiales, création d'un tunnel V-W.

Les radios hurlèrent un appel venant du super destroyer.

- Alerte! code rouge! code rouge ! approche ennemie!

J'ordonnais l'alerte maximale sur la frégate. Le commandant de bord appuya sur un bouton de son pupitre en imposant à tous de rejoindre leur poste de combat.

Trente secondes après, l'espace se contorsionna et l'entrée du tunnel Vortex-Warp apparut.

Sur Donkan et ses lunes, tous les avant-postes et les

stations météores étaient en alerte prêts à ouvrir le feu sur l'ennemi.

C'est alors que les Lornoriens émergèrent. J'avais pensé à un simple acte de bombardements comme ils avaient coutume de faire, mais je me trompais.

Trois grands destroyers suivis par cinq transporteurs de vaisseaux jaillirent accompagnés par deux croiseurs de guerre. Les chasseurs lornoriens sortirent en escadrilles des flancs des immenses navires et foncèrent sur les stations météores et les intercepteurs de la Fédération de Warland.

- Ils vont se faire détruire, prédit le capitaine Erickson en regardant les écrans de contrôle.

- canons à ions, batteries de canon laser bitube, lance-torpilles multiple, en position!ordonna le commandant de bord Jefft dans son micro.

Tous les canonniers lui rendirent compte que l'armement était opérationnel.

- Ouvrez le feu, dés que vous êtes à porter de tir.

La seule fonction que je possédais à bord était le commandement de tous les soldats lorsque nous étions au sol. Je laissais donc faire Jefft et restais derrière mon pupitre regardant l'emplacement de mes hommes grâce aux moniteurs de contrôle.

Deux croiseurs de l'Ordre Noir contournèrent Donkan pour venir à portée de tir. Des différentes lunes, les stations antimétéores tiraient sans relâche. Nous pouvions voir, à travers la verrière et sur nos écrans, les chasseurs, de petites taches de lumière qui tournoyaient autour des lunes. De celles-ci, les batteries de canon laser répondaient aux bombardements.

Les destroyers lornoriens ouvrirent le feu avec leurs armes longue portée. Ils pulvérisèrent les défenses lunaires. Les xénomorphes commencèrent un débarquement massif. Une à une, les stations tombèrent entre leurs mains.

- Alerte! Ouverture Tunnel Vortex-Warp, lança le Major Difus, le navigateur de la frégate.

- Confirmé par la base de Donkan, poursuivit le radio Tackenbower.

- Où ça? demandais-je.

- Derrière nous!

Le major Difus s'était tourné dans ma direction pour me le dire. Je regardais le Commandant Jefft.

Nous sommes pris en tenaille, pensai-je.

- virer de bord à cent quatre-vingts degrés, ordonna Jefft.

J'avertissais l'équipage et ordonnais d'ouvrir le feu de toutes nos armes dés l'apparition du portail Vortex-Warp.

- Confirmation! Nouvelle attaque lornorienne, continua le radio.

Le pilote tira sur le manche et nous nous accrochâmes. La poussée des réacteurs fut mise à fond. La frégate trembla de tout son corps et pivota dans l'espace. Il y eut une contre-poussée des gaz. Nous nous retrouvâmes dans l'axe du prochain tunnel Vortex-Warp.

- Trois escadrilles au tapis, lança le radio. J'ai plus de contact avec l'Anderson.

Le major Difus scrutait ses strobes radar.

- Merde, un croiseur au tapis. C'est le Caligula, jura Difus.

D'où nous étions, nous ne pouvions voir qu'une partie de la bataille spatiale. Un porte-chasseur lornorien explosa après avoir subi quatre coups au but par une station météore de la dernière lune de Donkan.

De la base d'infanterie et aérienne de l'Ordre Noir de Donkan, plusieurs missiles sol-espace furent lancés. Ils disparurent sous les tirs de barrage des vaisseaux lornoriens.

Des vibrations terribles et impressionnantes secouèrent la coque.

- Je n'ai plus de contact avec l'*Anderson*, cria Difus. Son front était perlé de gouttes de sueur.

Je déglutis péniblement. Nous venions de perdre le super destroyer de guerre de l'Ordre Noir *Maréchal-Major Anderson*. Je voyais difficilement comment nous allions nous sortir de là.

- Ouverture portail tunnel Vortex-Warp. Flotte ennemie en approche.

- Champs de force à fond, ordonna le commandant de frégate.

- Champs de force à fond, répéta Skrix, le pilote vinx.

Je contrôlais les niveaux carburant et oxygène du transporteur de troupes que nous possédions ainsi que des capsules de déploiement orbital. J'en informais Jefft.

- J'espère que nous n'en arriverons pas là, fit-il. J'acquiesçais de la tête.

- Prêt à ouvrir le feu, ordonna-t-il.

- Approche de cinq chasseurs lornoriens sur bâbord, déclara Difus. Arrivé de la flotte lornorienne par le tunnel V-W.

Comme précédemment, nous vîmes, le portail se crée dans l'espace, dans une féerie de lumières.

Plusieurs tirs au but ébranlèrent le champ de force. Les chasseurs étaient maintenant à portée de tir.

Devant nous, l'ennemie apparut. La flotte était composée d'un destroyer de commandement lornorien reconnaissable à ses nombreux pods radars et de communication et d'une dizaine de corvettes de guerre lornoriennes.

- Feu sur le destroyer, hurla Jefft dans son micro.

Toute la frégate s'illumina de mille feux. Toutes les

batteries de canon laser bitube entrèrent en action. Les torpilles spatiales et les rayons bleutés des canons à ions traversèrent l'espace en direction de leur cible.

Le destroyer supporta de nombreux impacts et nous vîmes plusieurs explosions parcourir sa coque.

Les chasseurs ennemis furent sur nous.

- Missiles par bâbord. Six, hurla le major Difus.

- Plein gaz, ordonna le commandant Jefft.

Le pilote vinx appuya sur ces différentes manettes et manoeuvra la frégate dans le vide spatial qui était illuminé par les tirs des canons lasers et à ions.

Les corvettes lornoriennes se séparèrent. La majorité fonça à la curée sur les croiseurs de l'Ordre Noir, d'autres volèrent en direction de Donkan et les derniers sur nous.

Le destroyer de commandement tira plusieurs fois. Dans un miracle incroyable et grâce à l'habileté de notre pilote, nous ne fûmes pas touchés par ces tirs, mais ceux des corvettes firent mouche.

Sur mes écrans de contrôle, je vis que notre champ de force faiblissait.

- Impact missiles dans dix secondes. Nouvelles torpilles tirées par le destroyer.

- J'ai plus de contact avec le dernier croiseur allié.

Je pense qu'à ce moment-là, tous les soldats présents sur la passerelle de commandement eurent la même réflexion: « on est dans la merde! »

Le Vinx essayait de nous dégager des différents tirs et tentait de contourner Donkan pour pouvoir fuir vers Warland. Rester aurait été une pure folie.

- Impact dans cinq, quatre, trois, deux.

- Que tout le monde s'accroche, commanda Jefft.

- Un!

De formidables déflagrations secouèrent la frégate. Sur mes écrans de contrôle, je n'avais plus de champs de force. Ils avaient subi une surcharge de dommage qui les avait arrêtés. Plusieurs voyants d'alarme s'allumèrent. Ils allaient mettre du temps à redémarrer et à être à pleine puissance.

- Contact torpilles dans trois minutes.
- Impossible de passer dans un tunnel Vortex-Warp, annonçai-je. Moteur deux touché.
- J'ai un problème aux commandes! gueula le pilote vinx.
- Radar brouillé, hurla le Major Difus.
- Communication brouillée, continua le radar Tackenbower.
- C'étaient des missiles à impulsions électromagnétiques, murmura le commandant de bord.

Ici, la soute. J'ai dû condamner plusieurs sas. La coque a été percée à plusieurs endroits. Six compartiments sont fermés.

Je pouvais confirmer ses dires sur mes écrans de contrôles. Le Commodore de bord Jefft empoigna son microphone et ordonna :

- À tous, déploiement orbital engagé. À tous, rejoignez les transporteurs et les capsules de largages.

Le pilote vinx enclencha les commandes automatiques après avoir entré les coordonnées de Donkan. Par la verrière du pont principal, je vis les chasseurs lornoriens arrivaient en tirant sans discontinuité. L'armement de la frégate fut réduit à néant dans de nombreuses explosions qui secouèrent le vaisseau et qui propulsa à terre le personnel qui ne s'était pas accroché aux parois.

Nous courûmes dans les coursives aussi vite que possible pour gagner le transporteur. Les sirènes de contact et d'urgence hurlaient partout alors que les gyrophares d'alarmes plongeaient le navire dans un éclairage rouge étrange.

Le soutier avait déjà lancé trois capsules remplies de matériels et de munitions. Il entra en même temps que moi à l'arrière du vaisseau de transport. Le capitaine de l'Ordre Noir Erickson s'était mis aux commandes et effectuait sa check-list d'urgence. Difus annonçait le compte à rebours du contact des torpilles ennemies. Une série d'explosions nous secoua de nouveau. De ma place, je fis le compte de mes hommes et de l'équipage. Hunter avait déjà fait la distribution des armes. Le commandant de la frégate entra en dernier et verrouilla les portes derrière lui. Je le sanglais rapidement et me réinstallai à ma place. Tout le monde était prêt.

Trente secondes avant impact selon le major Difus.

J'ordonnais le départ même si je savais que cela ne servait à rien. Le sas s'ouvrit en coulissant devant le vide de l'espace.

Quinze secondes.

Les réacteurs arrivèrent au bon régime.

Dix secondes.

Les câbles et les crochets de sécurité et de maintien se décrochèrent dans des claquements métalliques qui se répercutèrent dans l'habitacle. Les trains d'atterrissage se rétractèrent.

Cinq, quatre.

- Go! hurla Erickson.

Toute la coque du transporteur de type Mack V vibra lorsqu'il s'enfonça dans le vide spatial à pleine puissance entre trois chasseurs lornoriens.

- Impact, murmura le Major Difus.

La frégate fut touchée à cinq endroits. Les explosions furent telles qu'elles vaporisèrent le navire stellaire en millier de fragments.

Du coin de l'oeil, je vis que le commodore avait une

larme sur la joue qu'il essuya du revers de sa veste. Erickson lança des brouilleurs électromagnétiques sur le trajet de notre vaisseau et fonça en direction de Donkan. Les trois chasseurs étaient à notre poursuite. Un Vinx était au canon laser lourd arrière. Il ouvrit aussitôt le feu sur l'ennemi lorsqu'ils se trouvèrent dans sa ligne de mire. Il en toucha un qui virevolta dans l'espace privé de son stabilisateur.

Nous sentîmes la rentrée dans l'atmosphère de la planète. Nous pénétrâmes dans une épaisse couche nuageuse qui annonçait la saison des pluies sur Donkan. Des éclairs frappaient la coque du transporteur. Le capitaine Erickson lança des contre-mesures électromagnétiques et vira dans une autre direction. Un missile ennemi explosa dans le nuage. Un des chasseurs nous poursuivit tandis que son camarade remonta vers l'espace. Notre pilote évita de nombreux tirs grâce à sa très grande maîtrise. Il nous fit survoler la toundra de Donkan à très grande vitesse en tentant d'échapper à son poursuivant. Le chasseur lornorien était hautement plus manoeuvrable que notre transporteur. Nous ne pouvions compter que sur le canonnier arrière qui essayait de ralentir l'ennemi en ne lui permettant pas de se retrouver dans notre alignement afin de nous tirer dessus avec ses armes.

Cependant, une des gouvernes explosa en éclat en même temps que le canonnier vinx détruisit le chasseur.

- À tous, crash imminent, déclara le pilote.

Je repensais à Stélina et à mes enfants. J'espérai avoir été un bon père.

Nous entendîmes le cri strident des moteurs du transporteur. Je regardais mes hommes qui avaient la même angoisse que moi.

Ce dont j'étais sûr, maintenant, c'était que les

Lornoriens tenaient l'espace autour de Donkan.

L'état major de l'Ordre Noir avait planché sur la défense de la planète qui était la plus lointaine du système. Toutes les constructions n'étaient pas terminées. Il manquait les stations orbitales qui nous auraient permis de créer un champ de force autour de Donkan et d'avoir un support aérien hautement avantageux. Les Lornoriens avaient été plus rapides.

Je pris la photo plastifiée de ma famille que je gardais au fond de mon casque. Je la tins fermement.

- Crash dans trente secondes, vingt.

Le Capitaine de l'Ordre Noir Erickson faisait tout son possible pour garder l'assiette de l'engin spatial. Il cherchait sur les cartes vidéos en trois dimensions un lieu pour se poser en catastrophe en ayant le moins de dommages.

- Dix secondes.

Nous l'entendions jurer tout ce qu'il savait. Chacun récitait sa prière ou une chanson ou tout simplement se taisait en attendant la suite.

- Cinq... quatre... Trois... Deux...

Le transporteur spatial de troupe de type Mark V percuta le sol avec une effroyable violence. Nous fûmes secoués dans tous les sens. Des affaires volèrent dans l'habitacle. Je reçus en pleine figure un fusil d'assaut à fusion laser qui s'échappa des mains de quelqu'un. Je sombrai alors dans le noir.

Lorsque je me réveillai, j'avais la tête lourde, poisseuse de sang. Mes vêtements étaient humides. Je vis de nombreuses ombres bougeaient autour de moi dans une grande agitation. Quand les images devinrent nettes, j'aperçus Hellberg et Erickson qui sortaient le Major Difus du vaisseau spatial qui était aux trois quarts dans de l'eau. Le soutier, le sergent Drex, était au-dessus de moi et me nettoyait le front en me disant de tenir bon. À côté de moi, deux Vinx étaient couchés, évanouis ou morts. Un des leurs s'occupait d'eux. Je sombrai de nouveau dans l'inconscience.

Je me réveillais encore une fois. Nous étions sur une petite île au milieu des marais. J'avais un terrible mal au crâne. Le lieutenant Hunter, à côté de moi, me donna un analgésique et à boire. Il faisait nuit. Nous étions tous autour d'un feu de fortune. Lorsque j'allais un peu mieux, Hunter me fit un rapport sur l'effectif, le matériel et sur ce qui s'était passé lors du crash.

Ma section était au complet : mes dix hommes, dont les cinq Vinx. L'un d'eux, Krrix avait son bras gauche en écharpe. Un morceau de tôle lui avait sectionné le biceps. Le capitaine Erickson était encore en vie. Plus tard, il m'apprit qu'il avait failli mourir noyé lors du crash. L'équipage de la frégate était sain et sauf. Bien que le Major Difus, un gars bien portant, ait eu une très légère entorse à la cheville. Les harnais de sécurité et nos diverses protections avaient fait leur oeuvre. Heureusement, comme me l'a dit par la suite le Commodore Jefft, que le transporteur n'a pas explosé lors de l'impact avec le sol.
Le capitaine Erickson avait fait son possible pour se rapprocher des capsules de déploiement que le soutier avait lancé avant l'évacuation générale. Le pilote avait fait le maximum pour ralentir le vaisseau avant le crash. L'engin allait droit sur des marais. Il percuta une petite île une première fois où il perdit les trains d'atterrissage arrière. Il continua sa trajectoire à travers de grandes herbes et des arbres morts qui arrachèrent de la tôle et

un des réacteurs de flancs. Il glissa sur une étendue d'eau pour heurter une autre île où il pauma le train avant.

L'engin se retrouva à effectuer des tonneaux et termina alors sa course en sombrant dans la vase du marais.

Erickson ouvrit alors les portes d'évacuation, tout en libérant les attaches des harnais des wartroopers. Les plus prêts des issues de secours et les moins étourdis sortirent en premier.

Les sergents-chefs Hellberg et Brokk furent les premiers dehors. Ils virent alors le transporteur aux trois quarts ensevelis dans la vase. Le dernier quart reposait sur du sable. Brokk trouva rapidement une place au sec. Il se débarrassa de son barda et repartit chercher ses camarades de combat. Helleberg épaulait un Vinx tandis que Hunter et le Commodore Jefft m'extrayaient de mon harnais. Styper, Tackenbower et trois Vinx débarquèrent un maximum de matériel utilisable avant que notre engin spatial ne coule définitivement au fond du marais.

Au niveau de l'armement, nous avions tous un Fusil d'Assaut à Fusion Laser avec plusieurs chargeurs de cartouches. Les Vinx, à part le pilote, avaient leur hallebarde de guerre. Darkbug, notre sniper avait pu récupérer une carabine à impulsion I40. Hellberg eut le droit d'emporter un lance-grenades en plus de son FAFL. Le matériel ramassé était : deux caisses de grenade incendiaire, une caisse de fumigènes, deux trousses de soins complètes, une radio portable planétaire, trois filets de camouflage, une corde et des mousquetons. Il y avait aussi quinze sacs à dos comprenant le duvet de campagne et une couverture de survie, des rations d'eau et de nourriture pour une semaine, des comprimés pour désinfecter l'eau.

Le sergent Drex, le soutier de la frégate ouvrit deux conteneurs renfermant deux tentes pour trois personnes et une balise de détresse planétaire. Il m'énuméra la liste des objets que nous trouverons dans les autres capsules qu'il avait larguées avant notre fuite du vaisseau.

Dans l'une d'elles, il y avait des munitions et des vivres ainsi qu'une balise de détresse spatiale dont le signal pouvait être capté sur Warland. L'autre contenait de l'armement lourd tel qu'une mitrailleuse à fusion laser sur bras gyroscopique et du matériel de soin.

Les systèmes de communications de nos casques fonctionnaient. Nos lampes étaient chargées. Je demandais à tous de couper leur batterie portative. Nous n'avions pas besoin de gâcher inutilement de l'énergie, car nous n'allions pas nous disperser.

Le commodore Jefft m'annonça qu'ils avaient tenté d'entrer en contact avec la Base d'Infanterie numéro 1 de Donkan. Sans résultat. Il avait tout de même démarré la balise de détresse.

Je pris tous les renseignements en compte. Je réfléchis à toutes nos possibilités, nos avantages et inconvénients, notre mission. J'avisai enfin tout le monde de ce que nous allions faire par la suite.

Le ravitaillement et l'équipement transportable furent distribués à chacun. Le sergent Tackenbower, radio sur la frégate, eut comme cadeau, la radio portable planétaire. Il connaissait mieux que tous les autres les différentes fréquences utilisées ainsi que les mots de passe.

Des tours de garde furent organisés pour la nuit.

Drex m'annonça que notre île se trouvait à environ trois jours de marche de la première capsule de déploiement orbital qui était à une seule journée de la seconde.

Ce que j'appelai une île était en fait un petit terre-plein

de sable bordé de roseaux gigantesques au milieu d'un des marais du nord de Donkan. Celui-ci, à ce dont je me souviens, entourait un grand lac qui était alimenté en eau par les nombreuses rivières provenant des montagnes de l'est. Nos lampes ne traversaient pas l'eau croupie et nous ne pouvions pas savoir exactement la profondeur. L'odeur, un mélange de vase et de décomposition, était très forte.

Le ciel était chargé de lourds nuages nous empêchant de voir les étoiles. De temps en temps, des chasseurs lornoriens par escadrilles de trois sillonnaient les cieux en direction du nord. La température tomba doucement et les moustiques arrêtèrent de nous piquer. Tout au long de la nuit, les cris des animaux sauvages et des oiseaux nous accompagnèrent dans notre sommeil ou notre tour de garde. Je m'emmitouflai dans mon duvet et m'endormis profondément.

Ce fut l'odeur du café qui me réveilla.

Darkbug, le soldat du dernier quart de garde, réchauffait de l'eau sur un petit réchaud de campagne et distribuait du café à ceux qui sortaient des bras de morphée.

Je vis que Jefft dormait encore. Je regardais ma montre. Nous avions prévu un réveil général un quart d'heure plus tard. Une nappe de brouillard recouvrait les marais. Nous entendions de nombreux meuglements de bantâts venant de l'Est. C'étaient des animaux herbivores de la taille d'un éléphant possédant un long cou et vivant en troupeau allant d'une dizaine à plus d'une cinquantaine d'individus. Selon la race et l'endroit sur le globe, ils pouvaient avoir les poils longs ou courent et allant du noir au beige. Ils possédaient de petites défenses courbes avec lesquels ils trouvaient leur nourriture dans les marais en retournant la terre comme font les sangliers dans nos forêts.

Les grillons des marécages se réveillèrent avec l'arrivée du soleil et entamèrent leur sérénade.

- Ne bougez pas, Commodore, fit le lieutenant Hunter en s'approchant doucement de Jefft. Tout le monde se retourna sur l'officier de la frégate général Lance qui sortait de son sommeil.

Sur son duvet, était posée confortablement, une araignée grosse comme la main. Elle était velue et possédait au bout de son abdomen une petite queue avec un aiguillon.

Hunter s'approcha doucement son couteau de combat à la main. Le commodore ne bougeait pas. Des gouttes de sueur perlaient sur son front. Je pouvais voir à travers ses yeux qu'il était terrifié. Le lieutenant se positionna au côté de l'officier. La bestiole sentit sa présence et se tourna vers lui son aiguillon dressé. Hunter esquissa un sourire et bougea un chiffon avec son autre main. L'araignée détourna son attention en direction du nouveau mouvement. Le lieutenant de l'Ordre Noir en profita. Sa lame plongea dans le corps de l'arachnide et la projeta au loin. Elle termina sa course sous la botte de Hellberg.

Rizak et Lasdar, deux des Vinxs de la section prirent la créature morte avec des pincettes et rangèrent l'aiguillon et sa poche à venin dans une petite boîte. Rizak m'expliqua que les échantillons seraient étudiés lorsqu'ils rentreraient à Zirrinch. Nous ne connaissions pas l'étendue du venin, mais il valait mieux trouver un antidote. J'acquiesçais de la tête.

La collation terminée, j'ordonnais le rangement du camp pour le départ. Je conseillais à chacun de faire attention à ne pas mettre une saloperie du marais dans son sac pour ne pas avoir de mauvaises surprises plus tard.

La chaleur commençait à se faire sentir alors que le jour était là que depuis deux petites heures.

Nous étions à trois jours de marche de la première capsule, quatre de la seconde et selon mes calculs à une dizaine du premier avant poste de l'Ordre Noir. J'espérais qu'il n'avait pas été détruit par les Lornoriens. Certains étaient très bien camouflés, mais... lorsque tout le monde fut prêt.

- Darkbug en éclaireur ! Hellberg et Styper en couverture! L'équipage au milieu de la formation! Pour tous, distance de cinq mètres par colonne de deux et ouvrez l'oeil. Ce n'est pas des Lornoriens dont on doit se méfier pour l'instant, mais des bestioles du marais. En avant!

Les marécages de Donkan qui s'étendent sur une centaine de kilomètres autour des lacs étaient infects. Certains endroits sont boueux, d'autres sont sablonneux, mais la plupart du temps ce n'était que de la vase. Durant notre séjour sur la planète lors des séances d'entrainement, nous les avions juste survolés nous empêchant de sentir l'odeur de décomposition permanente qui nous triturait en ce moment le nez.

La végétation était constituée de nombreuses plantes diverses, mais nous trouvâmes essentiellement des roseaux. De temps en temps, sur des îlots isolés, il y avait de petits bois d'une vingtaine d'arbres torturés par le climat. C'était les seuls endroits secs.

Nos bottes de combat recouvertes de renfort en céramique qui nous protégeaient les tibias et les genoux étaient souvent sous le niveau de l'eau. Celui-ci nous arrivait dans certains cas au niveau des épaules.

Heureusement que nos sacs et nos armes étaient étanches.

Lorsque le courant qui sillonnait les cours d'eau des marais était plus fort, nous marchions sur du sable ou des cailloux. Mais le plus souvent, la vase collait aux semelles.

À chaque pause, nous vidions l'eau que nous avions dans les bottes et séchions nos pieds du mieux que nous le pouvions.

Si nous avions porté nos combinaisons Titan, nous aurions eu les pieds au sec.

De nombreuses fleurs s'épanouissaient au fur et à mesure que le soleil montait au zénith et que la température augmentait. La flore n'était pas à priori dangereuse, mais la faune, si. Nous contournions les troupeaux de bantâts. Une mère de plusieurs tonnes aurait pu nous charger si elle sentait que ces petits étaient en danger. Elle aurait été suivie par le reste de la harde qui comporte pour certaine, une cinquantaine de bêtes.

Les Vinx, Rizak, Lasdar, Klas, Krixx, Essicr, furent envoyés en éclaireur loin devant nous. Ils me rendaient compte toutes les dix minutes et m'informaient de tous les faits nouveaux ou des difficultés rencontrées.

La chaleur était insupportable. Nous transpirions à grosses gouttes. Nos vêtements nous collaient à la peau. L'odeur des marais devenait pestilentielle. Nous avions mis nos écharpes de camouflage devant notre bouche et notre nez. J'avais interdit l'usage de nos masques à gaz. Il pourrait nous servir dans des moments plus graves.

Les sangsues tournaient autour de nos corps lorsque nous étions plongés dans l'eau. Certaines s'accrochaient à nos bras dénudés. Nous essayâmes de rester le moins longtemps dans l'eau et préférions marcher dans la boue en prenant un petit détour.

De nombreuses araignées à aiguillon furent écrasées sur notre route. Le soutier eut la peur de sa vie en découvrant dans son sac une de ces bestioles à huit pattes qui avait réussi à s'y faufiler lors d'une pause. Elle n'a pas eu le temps de lui faire du mal : Brokk la crama d'un tir précis de son fusil d'assaut.

Nous avions à peine marché huit heures et nous étions exténués. J'avais ordonné de mettre sa baïonnette sur son FAFL. Ceci nous permis de piquer les fourrés et de ne pas tomber sur un nid de reptiles venimeux comme le fit l'expérience, le radio Tackenbower.

Il voulut à un moment donner, pisser dans un coin. Malheur à lui, il le fit sur plusieurs serpents rouge sang strié de lignes vertes et jaunes, possédant des crocs fins et longs. Les jambières en acier céramique le protégèrent des deux morsures qu'il subit.

Nous le vîmes arriver en courant avec l'un d'eux encore accrocher à sa botte. Ces serpents sont grands d'une cinquantaine de centimètres et ont un venin extrêmement corrosif. Là, où Tackenbower avait été mordu, se trouvaient quatre trous aussi gros que le diamètre d'une cartouche de neuf millimètres. L'acier céramique avait fondu. Durant la première journée, nous aperçûmes plusieurs chasseurs lornoriens volaient au-dessus de nous, en direction du crash de notre transporteur. Ils devaient être maintenant à notre recherche.

Dans nos écouteurs, nous eûmes un appel à l'aide. Essicr avait été attaqué par un tigre de Donkan. Ces bêtes de la taille d'un cheval, mais plus souvent d'un gros poney possédaient plusieurs rangées de crocs. Sa dentition s'apparentait alors à celle d'un requin.

Nous arrivâmes aussi vite que nous le pûmes. Casdar était déjà là. Il arrachait les dents longues de la mâchoire du cadavre du félin pour en faire un trophée.

Rizak recouvrait la dépouille de son camarade avec son duvet. Essicr avait été surpris par la bête qui avait bondi hors d'un taillis. Son corps avait été labouré par les puissantes griffes de l'animal.

Dans le lointain, nous entendîmes d'autres rugissements.

J'ordonnais que nous nous éloignassions le moins possible de chacun. Nous allions avancer à vue. Les munitions et les rations du défunt furent ramassées et partagées.

Casdar nous raconta comment, il avait tué le tigre avec sa hallebarde sans avoir à tirer un seul coup de laser.

Je savais que les chasseurs vinx étaient des maîtres dans le maniement de leurs armes d'hast. Au corps à corps, ils pouvaient démembrer avec une extrême rapidité, un adversaire sans qu'il ait conscience qu'il soit déjà mort. Lorsqu'ils devaient ouvrir le feu, c'était avec une très grande précision.

Je les avais incorporés dans ma section pour leur grande technique de pistage, de discrétion et de camouflage très utile lors des attaques et d'infiltration de campement adverse.

Lorsqu'ils étaient équipés de notre RIDEP, ils devenaient de remarquables éclaireurs pour des missions de patrouille.

Je fis faire une croix de l'Ordre Noir avec des roseaux et des branches mortes. Nous le plantâmes au-dessus du duvet avec son casque où était inscrit dessus son nom, sa section et son appartenance à la L.C.H.E de Warland.

Rizak entonna une courte prière pour l'esprit du défunt dans sa langue natale. Je dis un dernier hommage et nous reprîmes la route.

Nous trouvâmes pour la nuit, un grand îlot couvert d'arbres et de bosquets. Je décidais que les feux ne devraient être utilisés que pour chauffer les rations. Dans la journée, nous avions vu de nombreuses patrouilles ennemies et je ne voulais pas que l'on nous découvre facilement.

Je pris le deuxième tour de garde. Il faisait très frais.

Ma tête me lançait de temps en temps. Un reste du choc lors du crash. Je n'avais pas envie de prendre un antalgique pour faire passer la douleur.

Je restais assis dans un coin, guettant le moindre son, le moindre mouvement. Mon arme était entre mes jambes. J'avais branché les micros batteries de mon équipement électronique et ainsi je pouvais utiliser les lentilles infrarouges de mon casque de combat.

Dans le ciel étoilé, les cinq lunes de Donkan étaient presque alignées. De temps en temps, des lumières clignotaient. Un croiseur ou destroyer, pensais-je. Peut-être celui qui avait descendu notre frégate.

J'ignorais s'ils nous avaient déjà détectés avec leurs senseurs. Une grande partie de la technologie lornorienne nous était encore inconnue.

La nuit comme la précédente était parsemée de cris d'oiseaux nocturnes et d'insectes divers. J'écrasais vivement une araignée-aiguille sous ma botte. Lorsque je vis, grâce à mes lentilles infrarouges, plusieurs formes se rapprochaient. J'armais mon FAFL et allais discrètement réveiller mon escouade. Hunter était déjà en alerte et tira du sommeil Darkbug qui pionçait à ses côtés.

Une dizaine de choses avançaient. Certaines étaient immergées en partie dans l'eau du marais. Elles étaient encore loin, mais je pus distingués que ce n'était ni des humains ni une race humanoïde. Ce n'était pas non plus des Gurmacs. Leur système vital était beaucoup plus froid que les bêtes qui approchaient. Là, nous avions affaire à des mammifères. Je me retournais, à droite, à gauche. Il y en avait partout et plus ou moins éloignés de nous. C'était une meute. Une meute de tigres de Donkan.

L'escouade était réveillée, lentilles infrarouges activées. Tous avaient compris que le danger était proche.

Les oiseaux de nuit s'arrêtèrent de piailler. Les félins avançaient doucement sans bruit. Ils pensaient avoir affaire à des proies sans défense. Ils se trompaient cela était sûr.

Plusieurs volatiles s'envolèrent dans un brouhaha. Chaque soldat avait armé et épaulé son fusil. Ils attendaient mon ordre d'ouvrir le feu. Les tigres étaient à une quinzaine de mètres de nous. Ils étaient largement à distance de tirs. Notre position en hérisson nous permettait de couvrir toutes les directions.

- Feu ! commandais-je dans le micro de mon communicateur, tout en appuyant sur la détente de mon fusil d'assaut.

Deux félins tombèrent devant moi. Trois sur ma droite, une sur ma gauche. Les bêtes rugirent et chargèrent.

L'une d'elles apparut devant le Sergent Drex. Elle s'était cachée dans l'eau froide. Seuls son museau et ses yeux étaient émergés. Dans les lentilles infrarouges, la forme avait la taille d'un gros crapaud.

Elle bondit ses deux pattes en avant à ras du sol. Drex hurla de peur. Sa rafale passa au-dessus de la tête du prédateur. Le tigre planta ses griffes dans la jambe droite du soldat puis ses crocs dans la botte. Elle le tira alors vers le marais.

Krixx, le Vinx, enfonça de son bras valide sa hallebarde dans le dos du félin et lui tira deux décharges de lasers. L'animal s'effondra, mais sa mâchoire tenait toujours la jambe de Drex. Le commodore Jefft, ayant un problème avec son FAFL, dégaina son pistolet laser et ouvrit le feu sur les tigres comme au stand de tir. Ce fut la grenade de Hunter qui dispersa en morceaux deux félins et effraya les autres. Nous les entendîmes une bonne partie du reste de la nuit, feuler autour de nous. De dépit, ils partirent ensuite chasser une proie moins dangereuse.

Nous dénombrâmes au petit matin les cadavres d'une vingtaine de félins. Les Vinx arrachèrent avec une grande minutie de chasseurs, les dents longues des bêtes. Ils partagèrent ces trophées avec l'ensemble de l'escouade.

Drex avait eu le mollet ouvert. La plaie béante laissait voir l'os. Les premiers soins furent donnés au plus vite. Il fut recousu et pansé. La seule chose qui pouvait empirer était la future infection.

Une civière de fortune fut montée avec les branches des arbres du bosquet alentour. Hellberg et Darkbug furent les premiers porteurs.

Après avoir mangé, nous nous remîmes en marche. Nous n'étions pas reposés, mais il fallait y aller. Styper et Rizac partirent devant nous en éclaireurs.

La section déambula péniblement à travers les marais. Nous vîmes au loin, un transporteur de troupes lornoriennes volait au-dessus de la végétation en direction de notre dernier lieu de halte. L'explosion de la grenade avait été détectée par les senseurs thermiques de la flotte lornorienne. Loin d'être bêtes, les Lornoriens savaient que seuls les humains ou les Vinxs possédaient des explosifs sur cette planète. La partie risquait d'être rude si eux aussi s'en mêlaient. Dés que l'engin se fut éloignés, j'ordonnais d'accélérer le mouvement.

Drex serrait les dents et n'osait pas se lamenter. Sa jambe lui faisait atrocement mal. Il fut piqué à plusieurs reprises de tranquillisants, mais une bactérie des marais avait contaminé sa blessure.

Nous avions tous nos propres problèmes. Les morsures des sangsues s'infectaient et devenaient purulentes. Le soir, nous nettoyâmes toutes nos plaies et blessures. Les derniers comprimés antibiotiques furent distribués.

Nous attendîmes alors le lever du jour. La section tétait disposée une fois encore en hérisson, parée à toute éventualité.

Normalement, au cours de notre prochaine journée, nous devions trouver la première capsule et le surlendemain la seconde. Il nous fallait surtout la seconde, car elle contenait tout le matériel de soin.

Rizak, Lasdur et Klas me demandèrent de rebrousser chemin pour savoir si les Lornoriens ne nous suivaient pas. Rizak avait remarqué que le transporteur était parti en direction de notre dernier campement. Les Lornoriens trouveraient les cadavres des tigres et se lanceraient alors à notre poursuite.

Nous devions connaitre le nombre des ennemis que nous avions à nos trousses pour ainsi leur préparer une embuscade. J'approuvais le plan des Vinx après avoir concerté le Commodore. Hunter voulait être de la partie. Étant lui aussi officier, il en fallait un pour les commander.

Krrix, le bras en écharpe allait devoir rester avec nous comme le pilote vinx qui n'était ni un commando ni un chasseur.

Hellberg, Malko, Styper recherchèrent les bonnes planques pour le guet-apens. Dés que nous fûmes à couvert, nous attendîmes les appels radio.

La nuit tomba. Les lunes alignées dans le ciel étaient

pleines et éclairaient les marais. Au loin, nous entendîmes les rugissements et les feulements des tigres de Donkan. Plus tard, ce fut les barrissements des bantâts. Au bruit qu'il y avait, nous conclûmes à un gros troupeau.

Les communicateurs grésillèrent enfin.

- Ici, Hunter. Nous les avons localisés. Dix Échos sans chiens de guerre et transport. Échos lourdement armés et en mouvement dans votre direction. Le transporteur ne doit pas être loin. Avec Klas, nous partons à sa recherche. Rizak et Lasdur suivent les Échos.

- Je confirme, dix Échos sans chiens de guerre et sans véhicule. Rizak et Lasdur sur le dos des Échos.

- Exact. Terminé.

- Fin de communication. Terminé.

Voilà, nous étions enfin fixés sur l'ennemi. Seulement dix soldats lornoriens sans Gurmacs et sans véhicule. Nous pouvions les attendre de pied ferme. J'expliquais à mes hommes de n'utiliser aucune grenade. Leur utilisation la nuit précédente nous avait fait remarquer par l'ennemi. Darkbug était en position, sa toile de camouflage sur le dos. Seul le bout du canon de son long fusil à Impulsion I40 dépassait de celle-ci.

Drex avait été caché dans des fourrés avec Krrix et le major Difus.

Rizak nous informait de l'avancée des Lornoriens. Un contact pouvait être établi dans moins d'une heure.

Il nous signala enfin qu'ils s'étaient arrêtés pour monter un camp. Ils n'étaient qu'à un quart d'heure de marche. Si les Lornoriens étaient lourdement armés alors ils devaient effectivement se fatiguer beaucoup plus vite.

Un nouveau plan se dessina dans ma tête. Darkbug avec son fusil à impulsions pouvait aligner trois cibles en même temps. L'arme était équipée d'un silencieux amortissant ainsi le bruit au départ des coups. Avec la surprise, nous pouvions sûrement en venir à bout en un rien de temps.

Je me lançais sur leur trace avec Darkbug. Jefft commandait maintenant le reste de la section. Ils devaient garder la position jusqu'à notre retour. Si dans les trois heures nous n'étions pas revenus, ils devaient se diriger vers les capsules.

Nous fonçâmes aussi rapidement que nous le pouvions dans le marais. Nos lunettes amplificatrices de lumière nous permettaient de voir à travers la nuit.

Lasdur nous attendait. Rizak arriva une minute après. Nous avançâmes alors précautionneusement en direction du camp ennemi. L'eau du marécage se rafraîchissait.

Les Lornoriens étaient sur un îlot. Deux soldats montaient la garde. Leur chef était assoupi contre un arbre près d'une grosse caisse. Les sept autres dormaient autour d'un petit brasier.

Darkbug se mit en position et visa une sentinelle, la seconde et le chef. Les cartouches furent programmées pour atteindre leur future cible. Il ne manquait plus qu'à les tirer.

Je rampais sur sa gauche à une quinzaine de mètres de la première sentinelle. Un des Vinx se positionna à l'opposée et le dernier était près de moi.

Tous attendaient mon ordre.

Il y eut soudain un hurlement qui réveilla tout le monde. Un des Lornoriens se releva en braillant. Un serpent aspic était accroché à sa main. Il s'effondra ensuite d'un coup terrassé par le puissant poison.

Une des sentinelles tua le reptile d'un coup de son arme.

- Feu ! ordonnais-je dans le communicateur.

Darkbug tira. Les trois coups firent mouche. Des morceaux de cervelles giclèrent sur leur camarade. Je rafalais de mon côté fauchant à cette courte distance trois ennemis. Rizak bondit en avant en canardant dans la mêlée.

Un Lornorien eut la poitrine éclatée par le projectile énergétique. Un second par celui de Lasdur. Le dernier ouvrit le feu, rata Rizak de peu. Celui-ci lui trancha son bras droit avec sa hallebarde. Lasdur lui faucha la tête avec la sienne.

« Mission accomplie ». J'appelais le Comodore Jefft de notre réussite.

L'attaque fut si rapide que les Lornoriens n'eurent pas le temps d'appeler qui que ce soit. Les cadavres furent alignés sur l'îlot puis fouillés. Leurs armements, munitions, radios et rations de viande furent ramassés. Les poches du chef renfermaient des papiers divers sous emballages étanches. Sur Warland, au quartier général du L.C.H.E, il y avait des spécialistes vinxs qui pouvaient traduire la langue lornorienne. Je décidais de les garder et les mis dans mon sac.

Une grosse caisse contenait selon Lasdur un appareil de prélèvement scientifique ainsi que des échantillons d'eau et végétaux. Avant de quitter les lieux, nous piégeâmes les corps et le campement avec les grenades ennemis.

Nous regagnâmes ensuite notre îlot où nous attendait le reste du squad.

Jusqu'au petit matin, nous n'eûmes aucune nouvelle du Lieutenant de l'Ordre Noir Hunter et du sergent Klas. Drex dormait. Deux doses de tranquillisant et d'analgésique lui avaient été injectées. Avec le Comodore Jefft nous le portâmes sur une partie du chemin. Nous devions trouver la première capsule avant la tombée de la nuit.

En l'espace de trois jours, les marais nous avaient transformés. Sur Warland, dans le Landtôt, nous n'en avions pas de comme ça. De plus, je ne me rappelais pas avoir été entraîné à patauger dans une telle merde. En mon for intérieur, je pensais que les marécages de Donkan pouvaient devenir un très bon coin d'entrainement pour les Wartroopers de l'Ordre Noir. Mais cela était une autre histoire. Nos tenues étaient déchirées par les ronces et les branches. Nos corps étaient couverts de bleus et de plaies qui s'infectaient rapidement malgré le soin que l'on prenait à les désinfecter et à les nettoyer. L'eau saumâtre et les sangsues n'arrangeaient rien. Notre peau nous démangeait horriblement et les nuages de moustiques pullulaient dès que la température passait la barre des vingt degrés. Nous commencions à en avoir ras le bol de ces foutus marais.

Ce fut Darkbug en éclaireur qui nous déclara avoir découvert la capsule de déploiement orbital. Nous accélérâmes alors notre allure. Hellberg était en retrait et surveillait nos arrières.

Elle se trouvait au bord d'un petit étang marécageux. Elle était enfoncée dans la terre glaise. Heureusement pour nous, il y avait plusieurs portes pour pénétrer à l'intérieur et l'une d'elles était à l'air libre.

Le seul problème était que le sas était verrouillé électroniquement par un code contenant des lettres et des chiffres et c'était le sergent Drex, notre soutier, qui le connaissait. Il était sous tranquillisant. Sa jambe était bleue et malgré nos soins, sa blessure restait infectée.

Le Comodore Jefft trouva dans les poches de Drex, son carnet de notes plastifié où étaient inscrits les codes.

J'ordonnais la sécurisation du site avant de

s'approcher de la capsule. Ce fut Brokk qui vérifia si celle-ci n'était pas piégée. Il nous fit signe que tout était OK.

L'étang était profond et puait énormément la vase. Styper tapa le code d'ouverture du sas. Nous entendîmes le mécanisme intérieur se mettre en branle puis Styper tourna une poignée. Hellberg et Brokk étaient en appui autour de lui. Ils ouvriraient le feu au moindre truc louche. Il n'y avait rien. Brokk entra en premier, suivi de Styper. Le reste du squad était caché à couvert prêt à intervenir. Brokk sortit le premier en annonçant que tout était sécurisé et clair. Nous nous approchâmes. Une capsule d'assaut orbital mesure huit mètres de long avec une circonférence intérieure de trois mètres. Un homme d' un mètre soixante-quinze pouvait y tenir debout sans problème. Au départ, elle était conçue pour le déploiement d'un squad d'une dizaine de wartroopers armés léger. Sinon, c'était juste cinq soldats en exoarmure Titan. L'armement lourd comme les mortiers, bazookas, mitrailleuse lourde à fusion, était entreposé dans des conteneurs avec seulement trois ou quatre servants. Lorsqu'elle servait à stocker du matériel comme l'avait fait Drex dans notre cas présent, elle était lancée non loin du lieu de projection des troupes. Dans celle-ci, nous trouvâmes des munitions pour nos FAFL, des rations pour une dizaine de jours et une balise de détresse spatiale. Celle-ci possédant une très longue portée, nous pourrions envoyer un signal codé toutes les minutes pendant trois mois. La Fédération devait être au courant de l'attaque contre Donkan et elle devait sûrement tout organiser pour venir secourir les wartroopers stationnés ici. Avec cette balise, nous allions pouvoir leur faire savoir que nous étions encore libres et que nous combattions toujours. J'entrais le message à l'intérieur et ordonna au capitaine Erickson et à Hellberg de la planquer loin de nous. Pendant ce temps, nous mîmes à profit le temps qui nous restait avant la nuit pour camoufler la capsule et désengluer la porte de sortie arrière. Celle à l'avant était entièrement recouverte de sable, de vase et de terre.

Dès que ce fut possible, le sergent Drex fut allongé sur le fond de la capsule. Les systèmes électriques encore fonctionnels nous permîmes d'avoir du chauffage pour la nuit. La prochaine capsule devait se trouver à moins d'une journée de marche de notre position et selon les documents de Drex, elle devait contenir les médicaments qui nous faisaient défaut depuis quelques jours.

Deux questions me taraudaient l'esprit.

La première était : où se trouvaient Hunter et Klas et est-ce qu'ils étaient encore vivants ? La seconde était : est-ce que les Lornoriens pouvaient bloquer les émissions de la balise de détresse spatiale ?

Avec les nombreuses patrouilles vues dans le ciel de Donkan, je supposais que les Lornoriens s'étaient inquiétés de la disparition de leurs soldats et qu'ils essayaient sûrement de nous retrouver.

Nous étions tous installés dans la capsule. Certes ce n'était pas confortable, mais au moins nous avions chaud. Darkbug sur le toit faisait le premier quart de garde. Hellberg devait le remplacer deux heures plus tard.

À l'aube, Tackenbower parla doucement dans son communicateur. Il nous demanda de nous réveiller en gardant un silence absolu.

Erickson éveilla tous les hommes qui se préparèrent alors pour le combat. En passant la tête par le sas, je vis le sergent Tackenbower à plat ventre entre les roseaux et les branchages qui recouvraient la capsule de déploiement orbitale. L'air était très frais et humide. Le wartrooper grelottait sous sa couverture de survie camouflée.

Tout autour de nous, un épais brouillard empestant la charogne recouvrait le marécage.

D'un signe de tête, je lui demandais ce qui se passait. Il mit un doigt à son oreille puis m'indiqua par la suite un endroit qui se situait de l'autre côté de l'étang. J'activais mes lentilles infrarouges. À cause de cette purée de pois, je n'eus aucun résultat, juste un gros flou artistique de différents tons de rouge. J'entendis alors du bruit. Quelque chose venait de tomber dans l'eau du marécage. Je m'extrayais de la capsule et me mis en position, le doigt sur la détente.

Darkbug sorti suivit par Styper, Hellberg et les chasseurs vinx. Installés sur le toit de l'astronef, nous scrutions le brouillard dans toutes les directions.

Le silence était complet. La faune locale pourtant si bruyante d'habitude ne bronchait pas comme si la mort rôdait dans les parages. Seul le clapotis discret de l'eau se faisait entendre. Puis, de nouveau, quelque chose tomba dans la mare.

Nous retenions notre souffle. Nous perçûmes alors de nombreux chuintements, sifflements et grognements. Ils étaient trop caractéristiques. Nous les avions tous entendus lors de la première Bataille Planétaire. Les Vinx les appelaient Chuinteurse, nous : des Gurmacs. Les chiens de guerre des Lornoriens étaient non loin de nous et nous recherchaient et ils nous avaient, semble-t-il, retrouvé. Des frissons me traversèrent l'échine. J'essuyais d'un revers de la main la sueur froide qui coulait sur mon front.

Les chuintements se rapprochaient. Ils devaient se

trouver à une quinzaine de mètres de notre position. Le brouillard se levait doucement en même temps que la température. Nous commençâmes à apercevoir tout autour de nous les roseaux bougés. Puis nous entendîmes clairement le craquement des branches mortes sous les pattes de ses monstres sanguinaires.

Je les ai combattus et je les combattrais encore. La L.C.H.E avait été créée dans ce sens sur la Division des Chasseurs Blancs dont j'avais été un point clé.

Avec un RIDEP, nous aurions su tout de suite le nombre de créatures qui nous entouraient.

- A tous, préparez-vous à ouvrir le feu, murmurais-je dans mon communicateur.

Hellberg et le major Difus firent sortir les blessés. Je leur avais donné l'ordre dans le cas d'une évacuation d'urgence. Aucun de mes hommes n'allait se retrouver derrière moi.

Les Gurmacs attaquèrent. Le premier monstre bondit de l'eau saumâtre et s'accrocha à la coque de la capsule. Dans un hurlement de terreur, le Comodore Jefft chuta à la renverse, mais il eut le temps de lancer une rafale qui décalotta le xénomorphe.

À genoux, j'ouvris le feu sur celles agrippées à la paroi de la C.D.O. Les gurmacs surgirent de partout. Tous déchaînèrent une pluie d'enfer sur ces animaux hostiles.

Non loin de moi, le Sergent Drex, malade, geignait.

Un gurmac sauta et arriva sur ma droite. Je n'eus pas le temps de me tourner pour faire face. Il déploya ses griffes en direction de ma tête. Rizak lui planta sa hallebarde dans le ventre et le repoussa vers le bord en tirant. La créature se retint à la hampe et tous les deux tombèrent par-dessus bord.

Helleberg lança une grenade dans un taillis, tuant deux gurmacs. Rizak était en bas du C.O.D. Quatre monstres surgirent d'un fourré. Je sautais en bas en tirant une longue rafale. Deux s'écroulèrent. Le troisième fut grillé par Tackenbower. Le quatrième par Rizak.

Je rechargeais rapidement. Le capitaine Erickson nous tendit la main et nous aida à remonter sur la capsule. Je poussais Rizak en premier.Le Major Difus protégea nos arrières en sulfatant les buissons les plus proches et l'eau saumâtre du marécage.

Les monstres nous encerclaient de toutes parts. La brume s'éclaircissait totalement et le soleil commença à taper chaudement.

Ce fut Rizak qui m'aida à grimper grâce à sa hallebarde. Les Lornoriens avaient lâché beaucoup de gurmacs dans les marais pour nous pister. Heureusement que nous avions fait le plein de munitions la veille.

Darkbug canardait ses trois coups à intervalles réguliers tuant net trois créatures à la fois.

Trois grenades volèrent vers l'étang. Lorsqu'elles explosèrent. Nous reçûmes une pluie composée de vase, de boue et de reste de monstres. Styper riait aux éclats comme un dément dans un champ de foire.

Un tir, un mort.

- Il en arrive par-derrière, hurla Lasdar en tirant avec sa hallebarde vinx. Les rayons à fusion transperçaient, tuaient, découpaient les chiens de guerre des Lornoriens.

Styper gueula. Je me retournais. Son bras gauche gisait par terre tranché à la hauteur du biceps. La plaie était cautérisée. Les Lornoriens étaient là.

Une pluie de feu s'abattit sur nous. Nous plongeâmes derrière la coque de la Capsule de Déploiement orbitale.

- Repli, vers l'Ouest, braillais-je à mes hommes.

Drex était étalé sur le ventre sur le sol boueux. Je fis signe à Hellberg de le prendre sur ces épaules. Darkbug,

Rizak et Lasdar ouvrirent le chemin à travers le marécage et défouraillèrent à l'approche d'un gurmac.

Avec le capitaine Erickson et le sergent Tackenbower, nous fermions la marche. Brokk aida Styper qui était blessé. Il lui administra un puissant calmant au-dessus de son bras ensanglanté.

L'Ouest était la direction où se trouvait l'autre capsule. Avec un peu de chance, nous pourrions l'atteindre et récupérer la mitrailleuse lourde à fusion laser qui augmentera grandement notre puissance de feu.

Le Commodore Jefft fut projeté en avant. Il avait marché sur un gurmac caché dans la boue. Celui-ci s'était redressé à son passage. Jefft, le visage dans la gadoue, se retourna vivement sur le dos et rechercha son arme. Il ne la trouva pas assez rapidement. Avec célérité, le xénomorphe se jeta sur lui toutes griffes sorties.

Kkrix à deux mètres de là, fut plus rapide. La hallebarde fit une courbe dans l'espace. La tête du gurmac se détacha du corps et vint s'écraser dans la boue à côté du Comodore. Le cadavre chuta lourdement sur le wartrooper qui hurla d'horreur. Armé du lance-grenades d'Hellberg, je canardais copieusement les alentours. Les roseaux s'enflammèrent. Puis, une grenade tomba dans la capsule. J'eus une seule pensée : si j'avais voulu le faire, je n'y serais jamais arrivé.

La formidable explosion me renversa ainsi que tous les autres camarades encore debout.

Lorsque nous nous relevâmes, nous entendîmes les cris inhumains d'agonie.

Skrix tira sur le côté. Un serpent aspic donkanien filait vers le Major pour le mordre. Il n'en eut pas le temps. Le reptile fut sectionné en deux.

Difus grimaçait. Son entorse s'était aggravée avec la chute. Je le pris par dessous le bras et l'aida à marcher.

Les Gurmacs arrivèrent.

- Bordel, mais ils en avaient amené combien avec eux dans le coin.

Les flammes attisées par les vents du marais se propageaient dans les hautes herbes sèches. Il allait falloir se barrer d'ici et au plus vite. Les senseurs des croiseurs lornoriens allaient avoir du travail.

Le Major, malgré son entorse, essayait de claudiquer rapidement. Le Capitaine Erickson et Skrix couvraient notre retraite. Je marchais sur une branche humide et je chutais avec Difus. Je plongeais la tête la première dans la boue gluante. Je me relevais à quatre pattes en reprenant mon souffle et en crachant de l'eau saumâtre. J'avais perdu mon casque et je n'avais pas le temps de le retrouver. Je soulevais Difus par l'épaule et nous poursuivîmes notre route. Autour de nous, il y avait des bruits de courses couchant les roseaux du marais.

Le Sergent Tackenbower, debout, visait, tirait, tuait. Il s'arrêta un instant et porta sa main à l'oreillette de son communicateur. Il vint vers moi en courant tout en lâchant une rafale au-dessus de sa tête.

Commandant, j'ai une liaison avec Hunter. Il rapplique !

Le Lieutenant de l'Ordre Noir Hunter était encore vivant. Comment allait-il nous retrouver et où, me demandais-je.

Nous rejoignîmes le reste du squad sur un îlot de sable. Hellberg avait posé Drex par terre. Ils s'étaient postés en hérisson et défouraillaient. À la lueur des tirs, nous vîmes de nombreux gurmacs qui arrivaient. Ces créatures, aux corps chitineux ressemblant à des mantes religieuses avec une gueule de crocodile, se cachaient dans les fourrés. Ils s'approchaient insidieusement tel un Jewish désirant voler de l'argent à un citoyen et voulaient bondir au dernier moment sur l'un de nous pour l'occire.

Malgré les cours et les entrainements de la légion de Coopérations Humain extraterrestre sur ces terribles monstres et la façon de les combattre, nous n'en menions pas large.

Nous avions eu beau les affronter plusieurs fois sur Warland, là, la différence était que nous étions les proies comme dans une chasse à courre. Ces créatures nous acculaient en attendant l'arrivée de leurs maîtres qui allaient nous occire. Nous ne pouvions plus avancer. Un large et profond cours d'eau nous bloquait le passage. Le traverser avec les blessés aurait été suicidaire. Les gurmacs nous tueraient beaucoup plus facilement.

Il fallait faire un détour. J'optais pour le Nord. Sans mon casque, je dus gueuler fortement pour que l'on puisse m'entendre. Nous devions décrocher et rapidement. Hellberg s'harnacha encore une fois de Drex. Le Capitaine Erickson aida le Major Difus. Le Comodore Jefft, Styper qui était en état de choc.

Le Sergent Tackenbower avec sa radio essayait d'entrer en communication avec Hunter. Sans aucun résultat.

Je tirais trois grenades vers le Nord pour nous ouvrir un chemin. Les Vinxs foncèrent en avant. Des rayons de plasma fusèrent et atteignirent les arbres rabougris autour de nous. Des chasseurs hostiles arrivaient pour la curée. Je fermais de nouveau la marche, épaulé par Darkbug et son fusil de sniper. Je tirais mes dernières cartouches explosives en direction de l'ennemi espérant faire mouche. C'est une pluie plasmatique qui me répondit. Je jetais mon lance-grenades qui maintenant ne m'était plus d'aucunes utilité et épaulais mon Fusil d'Assaut à Fusion Laser. Darkbug se replia pendant que je le couvrais en lâchant deux courtes rafales. Je le suivis dès qu'il fut en position.

L'air déjà pestilentiel devint insupportable à cause de la fumée provoquée par le feu de broussailles. Ceux qui avaient encore leur casque mirent leur respirateur en route. Les autres toussèrent abondamment. Je vis à la lueur des flammes, deux Lornoriens déboulaient à l'emplacement où nous étions une minute plutôt. J'épaulais, visais, tirais. L'un des deux fut touché à la cuisse. Il cria de douleur en s'effondrant à genoux. Le second répondit dans notre direction et aida son camarade à se relever.

Nous reprîmes notre course vers le Nord. Les Gurmacs et leur maître sur nos talons. C'est alors que j'entendis de puissantes détonations. À l'oreille, je devinais une arme portée. La cadence et la puissance des tirs étaient très caractéristiques, mais à cause de la hauteur des roseaux et des fourrés, je ne voyais rien. Le véhicule passa au-dessus de nous rapidement. Un transporteur blindé lornorien. Tackenbower, heureux, m'interpella : C'est Hunter, mon Commandant !

De puissants projecteurs éclairèrent la zone. Je distinguais alors mieux le vaisseau. Hunter avait réussi à nous retrouver. Les mitrailleuses de bord se mirent en action pulvérisant les créatures autour de nous. L'aéronef glissa en vol stationnaire puis commença à descendre sur notre position. Les portes latérales s'ouvrirent en même temps et les tirs cessèrent. Hunter, un bandage sur la jambe était posté à l'entrée et nous couvrait avec son FAFL. Dès que ce fut possible, mes hommes grimpèrent à l'intérieur. Je montais le dernier et m'agrippais à une sangle. Le transporteur n'attendit pas que ses portes se fussent fermées pour quitter les lieux à raz des roseaux. Les mitrailleuses tirèrent plusieurs rafales pour protéger notre fuite. Hunter se rapprocha de moi.

- Bienvenue à bord, Commandant! dit-il en me serrant la main.

- Bien joué, Hunter, répondis-je.

Je fis le compte de mes hommes et du matériel que nous avions. Toute la section était là. Une partie était certes blessée, mais ils étaient vivants. Au niveau de l'équipement, c'était un autre problème. Nous n'avions plus nos sacs à dos laissés dans la Capsule. Nous avions cramé la moitié de nos munitions. Après redistribution, nous avions trois chargeurs pour FAFL, quatre pour nos pistolets laser, quatre grenades thermiques, deux à fragmentation, de la nourriture pour trois jours et de l'eau pour un seul. Nous avions encore une radio et Darkbug avait assez de cartouches pour son fusil à impulsion I40.

Je donnais les coordonnées de la deuxième C.D.O à Skrix, notre pilote qui remplaça Klass qui commençait sérieusement à fatiguer.

Le vaisseau lornorien possédait un intérieur plus vaste que les nôtres. Contre les parois, il y avait des niches d'où sortaient des tuyaux et des câbles semblables à ceux trouvés dans leurs capsules de largage orbitales en forme de météores que nous avions découverts sur Warland. Ils pouvaient transporter aux moins vingt Gurmacs et dix Lornoriens. Nous étions vraiment à notre aise. De toutes parts, il y avait des symboles et des écritures lornoriennes. Je vis un râtelier d'armes qui était vide ainsi que plusieurs caisses fermées dont personne n'avait encore touché. Le débarquement pouvait s'effectuer par deux portes latérales et une à l'arrière. De chaque côté des ouvertures, il y avait une mitrailleuse à double canon. J'appris par Klass qu'il y avait aussi deux batteries de six missiles disposées sur les flancs du véhicule. La cabine de pilotage pouvait abriter deux personnes. Seuls les Vinx qui avaient déjà combattu les Lornoriens et qui avaient eu l'occasion de piloter leur astronef pouvaient s'en servir. C'était le cas de Skrix.

Il m'annonça que les réservoirs étaient presque pleins. Nous bénéficions ainsi d'une grande autonomie. Il vola en rase-mottes, tous feux éteins, jusqu'à la deuxième C.D.O. Nous y arrivâmes au petit matin. Les radars et les senseurs nous permirent de voir que la zone était claire. La Capsule de Déploiement Orbital se trouvait en bordure des marais sur une petite plaine composée de mousse et de lichens que broutaient cinq bantâts. Ils prirent la fuite à l'approche du transporteur et s'arrêtèrent deux cents mètres plus loin.

Le brouillard était encore épais et la température devait être fraîche, mais dans deux heures, il allait faire très chaud.

Suivis de Hellberg, Darkbug, Brokk, Erickson et Tackenbower, nous nous dirigeâmes vers la C.D.O. Les Vinx gardèrent l'astronef et les blessés. Nous inspectâmes rapidement le tour afin de détecter un quelconque piège. Chose faite, nous entrâmes le code de sécurité, ouvrîmes la capsule et pénétrâmes. Les conteneurs étaient bien là et en parfait état grâce aux sangles d'arrimage. Je passais ma manche sur mon visage pour nettoyer la sueur et la boue de la nuit précédente.

Darkbug et Brokk sortirent les caisses médicales. À l'intérieur de ceux-ci, nous devions trouver tout le matériel pour soigner Drex et les différentes saletés attrapés dans les marais.

Hellberg découvrit la mitrailleuse lourde à fusion laser

montait sur bras gyroscopique et un gros pack dorsal de cartouches. Nous avions maintenant un bon appuie feu. Comme l'avait noté le soutier Drex, il y avait aussi des rations, de l'eau et des munitions. Nous allions pouvoir tenir jusqu'à l'arrivée des secours. En espérant qu'ils arrivent.

Pendant une trentaine de minutes, nous transportâmes tous les conteneurs jusqu'au vaisseau lornorien. Lorsque ce fut fait, il fallait dénicher un endroit où nous planquer. Les Lornoriens devaient être à notre recherche. La planète était grande, mais le secteur où nous nous trouvions, petit. Leurs intercepteurs allaient bientôt être à notre poursuite.

- Direction la chaîne montagneuse de Donkan, commandais-je. Il ne faut plus que l'on traine dans le coin.

De temps en temps, la radio lornorienne crachait des paroles que Rizak traduisait. Les Lornoriens avaient capturé la Base d'Infanterie et quatre-vingt-dix-huit pour cent des avant-postes. Ils firent aussi part de notre présence et de la disparition du transporteur.

Dans les conteneurs médicaux, il y avait les remèdes injectables contre la fièvre du marais ainsi que les pansements et autres désinfectants. La cheville du Major Difus fut maintenue par des strapes. La jambe de Drex était une plaie purulente. Elle fut entièrement nettoyée. Nous grattâmes les chairs infectées puis la blessure fut enfermée dans un sac médical modèle MAC2.

Ce sac confinait hermétiquement et stérilement la partie du membre concerné. Il contenait des pochettes de gels pharmaceutiques analgésiant et antiseptiques. Ceux-ci étaient diffusés grâce à une programmation simple incluse dans un petit boîtier. Les produits recouvraient la plaie et l'aidaient à guérir. Brokk lui injecta en plus des vitamines et un antidouleur.

Il manquait un bras à Styper qui était évanoui dans un coin du transporteur. La tâche fut plus aisée pour le soigner. Nous lui installâmes le deuxième sac médical.

Tout le monde eut droit à son injection et sa plaquette de médicament. La fièvre du marais avait atteint tous les membres du squad et je commençais sérieusement à ressentir ses effets.

Lors du voyage pour la zone montagneuse, je dévisageais ma section. La plupart dormaient. Nous étions morts de fatigue, mal rasés, salis par la boue, puant la transpiration et la vase en décomposition. Nos tenues étaient en lambeaux. Nos corps étaient couverts de boutons de moustiques que nous avions enfin pu soigner.

Je me glissais jusqu'à la cabine de pilotage derrière Skrix et Klas. Nous nous approchions des massifs montagneux de Donkan. Ils étaient recouverts d'une forêt épaisse qui allait cacher notre transporteur.

Sous celui-ci, pour l'instant, la Toundra s'étendait à perte de vue. De temps en temps, nous pouvions voir un troupeau de bantâts ou un tigre de Donkan solitaire en train de chasser.

Le massif montagneux était élevé et composé de nombreuses vallées escarpées. Nous trouvâmes pourtant une clairière assez grande pour y poser l'aéronef. Nous fouillâmes les conteneurs présents dans le vaisseau. Nous dénichâmes dans l'un d'eux, un filet de camouflage et une sorte de hache. Dans les autres divers appareils électroniques dont nous ne connaissions pas l'utilisation. Ah, si j'avais eu le Docteur Heinard du L.C.H.E, nous aurions eu la réponse vingt-quatre heures plus tard.

Nous commençâmes par cacher le véhicule lornorien avec le filet et des branchages. Nous disposâmes des pièges dans un périmètre d'une centaine de mètres. Durant ces préparatifs, nous découvrîmes un ruisseau.

L'eau provenant des montagnes était fraîche, limpide et potable. Nous nous lavâmes le corps consciencieusement. Nous fîmes de même avec le reste de nos vêtements et nous retournâmes au campement.

J'effectuais un tour du propriétaire avec Hunter tandis que Tackenbower recherchait des fréquences humaines sur sa radio.

La forêt autour de nous était composée essentiellement de conifères et de quelques feuillus. Le sol était fait d'un tapis de fougères et de mousse. Les animaux que nous vîmes et entendîmes, étaient différents de ceux du marais et aux moins ici, il n'y avait pas de moustiques.

La première nuit passée fut réparatrice. Jusqu'au petit matin, personne ne vint nous attaquer. Je me levais dans les premiers et totalement courbaturé. J'envoyais Brokk qui était de sentinelle, prendre du repos dans le transporteur.

Peu de temps après, Hunter me rejoignit. Nous préparâmes pour la section, un café sur un feu de bois.

Mes hommes devaient récupérer. Nous devions tous nous reposer. Je nous donnais une journée de tranquillité : seuls la surveillance des ondes radio et du campement seraient effectués.

- Et maintenant, Érick ? Qu'est ce que l'on va faire ? Me demanda Hunter.

- J'y réfléchis, Michel. Nous avons passé leur défense. Nous avons réussi à les semer et nous sommes planqués. Selon la radio, deux pour cent de nos installations sont encore entre les mains de la Fédération ou plutôt entre celles des wartroopers de l'Ordre Noir.

- Je pense qu'ils doivent utiliser les structures de la base d'infanterie pour leurs vaisseaux. A moins, qu'ils l'aient rayé de la carte.

- Sûrement, mais qu'est ce qu'ils ont pu faire de nos camarades?

- Tués, prisonniers, mangés, répondit le Sergent Rizak.

Le Vinx vint s'asseoir à côté de nous en nous saluant.

- Sur Vinx, mes parents ont vu des colonnes de prisonniers rentrées dans leurs croiseurs. Les récalcitrants étaient abattus sur-le-champ et leur dépouille était accrochée aux enceintes des maisons où sur leurs astronefs. Seulement cinq personnes réussirent à fuir Lornor et ils racontèrent que les captifs morts servaient de nourriture pour les Gurmacs. Lors de grandes cérémonies, des Vinx avaient été dévorés par les Lornoriens.

Je serrais les dents de colère. Les Lornoriens allaient bouffer nos camarades. Il fallait faire quelque chose s'il n'était pas déjà trop tard.

- Nous ne pouvons pas les attaquer de front, car ce serait du suicide, déclara Hunter.

- C'est vrai. Avant le crash, les Lornoriens possédaient dans l'espace au moins : trois ou quatre destroyers, cinq transporteurs de vaisseaux, deux ou trois croiseurs de guerre et une dizaine de corvettes. Ils doivent donc pouvoir aligner en gros une armée de plus de cinq cent mille êtres et encore, je suis optimiste. Je compte les militaires, les gurmacs et tous les membres d'équipages, mécaniciens et autres. De plus, lors de leur attaque, ils ont dû éliminer pas moins de la moitié des Wartroopers situés sur Donkan.

- Il faudrait peut-être essayer de joindre un des avant-postes qui n'a pas été capturé ou repéré par l'ennemi. Nous pourrions alors récupérer des munitions et rallier des soldats supplémentaires. Ainsi nous pourrions voir l'avancer des Lornoriens sur Donkan. Nous devons savoir aussi ce que font les Lornoriens des avant-postes tombés entre leurs mains.

- D'accord, d'accord. Nous installons un camp ici. Puis, à la chute de la nuit, nous nous approcherons de l'avant-poste le plus proche. On avisera par la suite. S'il y a des Lornoriens, on essaiera de faire au moins un prisonnier. Je me tournais vers Rizak. Vous le ferez parler pour avoir le maximum d'informations.

Il acquiesça d'un signe de la tête.

Nous discutâmes des différentes dispositions pour le campement ainsi que de nos actions futures.

La section se réveillait les uns après les autres. Dés que tout le monde fut debout et ai pris son petit déjeuner, j'annonçais les diverses festivités de la journée.

Autour du transporteur, nous devions préparer quelques postes de combat pour affronter les Lornoriens et leurs chiens de guerre.

Nous n'avions pas de matériel pour creuser des trous. Nous fîmes donc des barricades avec des arbres et des branchages coupés avec nos couteaux et les hallebardes vinx. Sur un très large périmètre, nous mîmes différents pièges à base de grenade et de pieux. Cela nous prit une bonne journée. Le campement prêt, j'organisais l'équipe qui allait me suivre durant la nuit.

Hunter, Darkbug, Brokk, Rizak, Lasdar, Klas, Skrix et Erickson allaient être de la partie. Les Vinx allaient pouvoir déjouer les sentinelles ennemies. Erickson même s'il était un bon tireur était un des meilleurs pilotes de ma connaissance.

Le Commodore Jefft restait au camp avec le radio Tackenbower et les blessés graves.

Notre armement était composé de nos FAFL et des hallebardes vinx, de quatre grenades à fragmentations, et de six termiques. Seul Hunter, Brokk, Rizak, Darkbug et Lasdar avaient encore leur casque avec une communication et des lunettes infrarouges qui fonctionnaient. Nous allions devoir faire avec.

Je coupais les manches de ma tenue jusqu'aux épaules. Elles étaient en loques. Les différents badges et grades furent gardés dans une de mes poches. De toute façon, mon nom, mon grade et mon appartenance à l'Ordre Noir étaient brodés sur mon plastron blindé.

J'expliquais à la section les modalités de la mission. Nous devions nous approcher de l'avant-poste le plus proche du campement. S'il y a des wartroopers, nous effectuons une liaison pour nous approprier le maximum de matériel et nous organisons le poste face aux Lornoriens. S'il y a des ennemis, nous ne faisons qu'un seul prisonnier et nous réduisons à néant les structures. De toute façon, on devra récupérer tout ce qu'il est possible de prendre.

Ici, Jefft allait rester en liaison à la radio. Nous avertirions sur une fréquence choisie l'évolution des événements. Selon les cas et le temps qui nous restera, nous pourrions avancer sur l'avant-poste suivant pour y rechercher des survivants.

Tous étaient prêts pour le coup de feu avec moi.

Après avoir enlevé le camouflage sur le transporteur lornorien, nous y entrâmes et Skrix démarra les moteurs. Hunter lui indiqua les coordonnées de la position de notre mission. Installé à l'arrière, je regardais une dernière fois la photo de Stélina et de nos enfants. Elle me donna un peu de réconfort et un but pour les batailles avenirs.

L'aéronef survola la cime des arbres puis le flanc des montagnes de Donkan.

Nous atterrîmes à un kilomètre de l'avant-poste comme convenu par le plan. Skrix et Erickson restaient à l'intérieur et attendaient notre appel pour une extraction rapide ou un soutien aérien grâce aux mitrailleuses et aux missiles.

Nous découvrîmes l'avant-poste comme étant un gros bunker situé à flanc de montagne et caché par la forêt. Une petite tour d'observation était plantée dans la paroi rocheuse. Le toit possédait un héliport et pouvait supporter un hélicoptère lourd de transport de type TH25. Nous pouvions voir aussi l'énorme tube d'un canon anti-météore qui dépassait de l'observatoire .

Le périmètre de sécurité était constitué de barrières grillagées et de concertinas barbelés. Selon le Lieutenant Hunter et les informations qu'il avait récoltées. Il était géré par le Capitaine de l'Ordre Noir Anower qui avait sous son commandement quarante personnels, dont une vingtaine de techniciens, un cuisinier, trois soutiers, cinq mécaniciens et une section de dix wartroopers.

Nous nous faufilâmes jusqu'au bunker. Il n'y avait aucune lumière. Les seuls indices encourageants étaient que le grillage n'était pas éventré, qu'il n'y avait pas d'impact sur les murs. Mais, il n'y avait aussi aucun signe de vie.

Darkbug épaula son fusil de sniper et balaya lentement la zone.

Hunter et Rizak contournèrent la clôture par la gauche. J'allais me lever pour pénétrer par l'entrée suivie de Klas, Lasdar et Brokk, lorsque celui-ci m'arrêta et m'indiqua deux caméras qui tournaient doucement. Il mit sa main à son communicateur. Puis son doigt me montra deux autres emplacements. Il y avait deux individus dans des broussailles avec une mitrailleuse lourde à fusion laser en batterie. Darkbug les aligna rapidement.

- Wartroopers , déclara-t-il.

Je soufflais de soulagement, l'avant-poste semblait sous bannière amie. J'ordonnais à Brokk d'entrer en communication avec eux en passant sur tous les canaux avant que l'on pénètre dans les lieux.

Brokk tenta de s'identifier sans aucun succès. Ils devaient être sous silence radio. Via Brokk, j'expliquais par gestes à Hunter que j'allais me présenter seul face à la grille. Ils devraient me couvrir lors de mon avancée.

Je me lançais enfin sur le chemin. Mon arme à bout de bras au-dessus de ma tête, je ne faisais pas le fier. Au moindre mouvement hostile de ma part, je pouvais être déchiqueté par des tirs. Je m'approchais du portail et hurlais mon grade, mon nom et matricule. On me répondit peu après d'une voix assez jeune.

- Commandant, dites à vos hommes d'abandonner leur poste et de s'avancer.

Mes hommes sortirent un par un sauf Darkbug. Les caméras pivotèrent dans notre direction et ne nous quittèrent pas. J'entendis une trappe s'ouvrir sur le bunker. Un soldat se glissa jusqu'aux sacs de sable se trouvant dessus et nous mit en joue avec son fusil à impulsions. Darkbug devait avoir fait de même.

Une simple erreur et cela pouvaient tourner en massacre. Le Lieutenant Hunter se rapprocha de la grille pour être à portée de voix. Il hurla alors son grade, nom et matricule puis : « Grouillez-vous d'appeler le Capitaine Anower avec qui j'ai eu une discussion la semaine dernière sur la B.I de Donkan au sujet d'un match interservices. »

Je crois que ce fut le déclic qui arrangea tout.

L'homme sur le toit sembla relâcher un peu de son attention. Les grilles s'ouvrirent. Dès que nous fûmes tous passés, elles se refermèrent derrière nous. Le sas du bunker s'ouvrit en grand et six wartroopers en sortirent et nous braquèrent avec leur arme.

Le Capitaine Anower arriva et leur demanda de se calmer lorsqu'il reconnut Hunter. Il était aussi grand que moi, avait un visage carré et un corps robuste. Il portait le béret des commandos de l'Ordre Noir. Une fine moustache surplombait ses lèvres. Ses yeux étaient vert jade et très fatigués.

- Bienvenue Commandant.

Il me salua le bras tendu. Je lui rendis son salut avant de lui serrer la main.

- je suis content de vous voir. Nous n'avons plus aucune nouvelle, aucune information depuis l'attaque des Lornoriens.

Avant de continuer la conversation, je fis rameuter Darkbug et le Transporteur sur la zone pour être prêt à la quitter à la moindre alerte.

Les ordres donnés, nous nous retrouvâmes dans la salle des opérations. Nous y étions tous à part le technicien radar, mes pilotes et les trois sentinelles.

Je racontais brièvement notre histoire et ce que nous savions de la flotte vue avant notre crash et de ce qui se passait selon les communications lornoriennes traduites par mes Vinx.

Anower me confirma la prise de quatre-vingt-dix-huit pour cent des installations de la Fédération de Warland. Il se saisit d'une carte d'État-major marquée du sceau « secret défense ». Elle était protégée par un astucieux système pyrotechnique. Tout individu qui ouvrait la carte devait taper d'abord un code puis positionner une de ses empreintes sur un lecteur. Si le protocole était non respecté, l'appareillage incendiaire s'allumait et enflammait le plan et toutes les données inscrites dessus. De plus, le feu étant tellement intense qu'il pouvait bruler gravement toute personne se trouvant à une distance de trois mètres.

Petite subtilité, il existait aussi un code de neutralisation si le propriétaire était pris en otage. Celui-ci entré. Le protocole s'effectuait comme si tout se déroulait comme prévu, mais toute la base de données était erronée et au bout d'un temps déterminé par le possesseur, la carte s'embrasait.

Ces cartes devaient être automatiquement détruites si l'ennemi passait le sas du bunker.

- Au fil des communications que nous recevions, nous cochions les postes emparés par les Lornoriens. Le bilan est très lourd.

Le Capitaine Anower annonça les pertes : la B.I.D 001, quatre-vingt-deux avant-postes, trois héliports, cinq rampes de lancement de missiles M.E.D.A modèle Centurion, trois centres de recherches, toutes les stations météores disposées sur les lunes de Donkan.

- La Base est occupée par les xénomorphes. Trois rampes de lancement ont été détruites par l'ennemi. Les deux autres ont été neutralisés par leurs opérateurs après le tir des missiles sur la flotte lornorienne. Les héliports sont tombés. Ces installations au milieu de la toundra étant les plus visibles ont été les premières cibles. Seul le centre de recherche situé dans les montagnes à deux cents kilomètres d'ici n'a pas été pris. Les trois autres ont été détruits par leurs occupants. Le Général-Major d'Armée de l'Ordre Noir Kurtsian a ordonné à tous, dans son dernier message, silence radio absolu. Seuls ceux qui entraient en contact avec l'ennemi pouvaient communiquer. De cette façon, tout le monde pouvait connaitre la situation. Ainsi, nous avons écouté la chute de soixante-dix-neuf avant poste. Les wartroopers ont explosé leur bunker avant de prendre la fuite ou d'être faits prisonnier. Commandant Fightblue, nous vous avons entendu lancer vos appels de détresse, mais nous avions des ordres donnés par le Général-Major même si celui-ci est sûrement mort, ces ordres tiennent toujours.

J'acquiesçais de la tête. Anower continua.

- J'ai un abri à tenir quoiqu'il arrive. Nous ne pouvions pas venir à votre aide. De plus, les seuls engins affectés à l'avant-poste sont un véhicule léger tout terrain et un hovercraft de guerre. Ils n'ont pas une grande autonomie par rapport à votre transporteur.

- Et les autres avant-postes ?

Il indiqua des marques bleues sur la carte.

- Celles là n'ont pas donné signe de vie. Normalement, elles sont toujours en activités. En fait ce sont celles situées dans les montagnes ou dans les forêts. Elles sont spécialement camouflées pour ne pas être visibles du ciel. Les seuls moyens de les découvrir seraient de connaitre leur position ou de passer à très basse altitude à faible vitesse. Certains avant-postes ne sont que des entrepôts de munitions, d'armes et de ravitaillements. Seuls le haut commandement et les commandants des avant-postes montagneux sont au courant.

- Espérons que les Lornoriens ne tombent pas sur une de ces cartes, déclara Hunter. Sinon, nous serons dans une grosse merde.

Un opérateur radio entra dans la pièce un message à la main.

- Capitaine Anower. Les AP 62 et 38 ont cessé le silence radio. Ils ont dû décrocher et ont fait sauter les bâtiments.

L'officier prit le papier et cocha sur le plan deux points

bleus en rouge.

- Ils attaquent les avant-postes montagneux.

- À combien d'ici ?

- Environs trois cents kilomètres. Selon le message, ils n'ont rien vu arriver. Les Lornoriens étaient déjà dans la base quand ils ont lancé leur appel d'avertissement et de détresse.

L'opérateur revint peu de temps après.

- Capitaine, d'autres AP sont tombés.

- Lesquels ?

- 42, 65, 72, 18, 23, 45 et la station de recherche spatiale.

Anower cocha chaque avant-poste cité. Nous nous regardâmes effarer par la subite attaque des Lornoriens.

"Que se passait-il ?"

- Tous les A.P de ce secteur ont explosé, annonça Anower. L'un des derniers messages parle de traîtres infiltrés et de bolcheviks déguisés. Heureusement que votre réputation vous suit, Commandant Fightblue. Je connais vos états de fait ainsi que ceux du Lieutenant Hunter, car sinon je vous aurais fait désarmer sur-le-champ.

- Je sens le coup fourré, déclara Darkbug en réajustant son holster. Il contacta Skrix qui était à bord du transporteur. Prépare l'armement de bord et le décollage, Skrix. Nous risquons une attaque lornorienne.

Le Vinx lui confirma la bonne réception de l'ordre.

- Alerte maximum ! Combat imminent, brailla Anower dans son propre communicateur en liaison avec les haut-parleurs du bunker.

Tout le monde vérifia son équipement, armes et munitions.

- Hunter, nous sommes à combien de notre emplacement ?

- À environ une centaine de bornes vers l'Est.

- Capitaine Anower, voici les coordonnées de notre camp. Préparez tous vos véhicules pour un départ sur-le-champ. Nous pouvons transporter du matériel et des hommes. En jouant bien, nous pourrons passer leur système de détection et arriver dans mon campement. Sur place, nous avons une radio longue portée. Si nous partons maintenant, l'ennemi ne saura pas où et combien nous sommes et ainsi notre chance de survie sera plus grande. J'espère que nous aurons assez de temps pour nous préparer avant l'attaque des Lornoriens.

Le Capitaine Anower acquiesça et donna rapidement plusieurs ordres dans son communicateur.

Le personnel de l'avant-poste se mit en mouvement vers les entrepôts sous terrain pour récupérer les caisses de munitions et de rations de combat. Les conteneurs furent dispachés dans les différents véhicules. La garde fut renforcée à l'extérieure le temps de démonter le canon laser lourd et de le ranger dans le transporteur lornorien. Dans la salle de contrôle, le technicien radio et Lasdar écoutaient les ondes pendant qu'un opérateur scrutait les évolutions des aéronefs ennemis et ainsi prévoir toutes les attaques imminentes. Son strobe radar était constellé de points lumineux. Il donna l'alerte lorsqu'il en vit un apparaître et s'approcher de nous. Il n'était pas en escadrille comme les autres.

Les sirènes furent enclenchées et des gyrophares rouges s'illuminèrent dans tout l'avant-poste.

Nous étions une cinquantaine et il n'y avait pas assez de place dans les différents véhicules qui avaient lourdement chargé d'armement, munitions, rations et de matériel divers. Une vingtaine de soldats allaient devoir marcher jusqu'au camp. Le transporteur ferait un aller-retour supplémentaire dès qu'il serait à vide.

- le vaisseau ennemi doit frôler la cime des arbres, signala en connaisseur Erickson lorsque le blip disparut du strobe radar. Il ne va pas tarder à arriver ici, continuat-il.

- Je suis prêt à tout faire sauter, annonça Anower.

Tous ceux qui purent grimper dans les véhicules le firent. Les autres se préparèrent à évacuer à pied. Le convoi était en position et prêt à quitter les lieux lorsque nous fûmes éclairaient un laps de temps court par les projecteurs d'un transporteur de troupes Lornoriens.

Tous les soldats aux sols se mirent en position de tir. Toutes les armes des véhicules furent braquées sur l'ennemi. L'aéronef se posa avec dureté sur le peu de piste. Anower et moi-même ordonnâmes à nos hommes de ne pas ouvrir le feu. Darkbug, Rizak, Lasdar firent le tour de l'astronef. Une des portes latérales coulissa. Un Lornorien en sortit les mains en l'air. Du sang maculait sa combinaison. Il baragouina quelques choses. Rizak se campa devant lui et lui enjoignit dans sa langue de se rendre et de ne plus bouger. Il pointa sa hallebarde prête à lui trancher la tête ou à lui volatiliser le crâne d'un tir. Le Lornorien semblait désespérer. Il parla en Vinx. Lasdar traduisit rapidement au fur et à mesure.

- Il veut nous aider. Il veut que l'on se dépêche de grimper dans son vaisseau, car ses semblables ne vont pas tarder à arriver. Il fait partie du groupe de résistance de Lornor qui affronte le régime tyrannique de Chestiss.

Nous nous jetâmes un regard avec Anower. Il fallait faire vite. Nous éclaircirons tout ceci au campement. Les wartroopers à pied montèrent dans le transporteur. Lasdar se posta près du Lornorien. Krrix fit décoller le sien et tout feu éteint survola la cime des arbres.

Je grimpai dans le Véhicule Léger Tout Terrain avec Darkbug, Lasdar et trois autres soldats. L'hovercraft de guerre nous suivait.

Le feuillage touffu de la forêt couvrirait notre fuite. Anower enclencha le dispositif explosif lorsque nous fûmes à bonne distance. L'avant-poste disparu dans une déflagration de rocs et de gravats.

Notre pilote utilisa les lentilles infrarouges de son casque pour conduire dans la nuit tous feux éteints. La route empruntée descendait la montagne. Au bout d'une heure, j'ordonnais le changement des chauffeurs. Nous avions à peu près quatre-vingts kilomètres à faire. L'hovercraft de guerre n'aurait aucun problème à avancer dans la forêt, car il pouvait survoler le sol entre trois ou cinq mètres. Nous allions laisser notre VLTT à la fin de ce sentier caillouteux. C'est ce qui se passa deux heures plus tard. Nous cachâmes le véhicule sous des branchages de toute sorte. Nous accrochâmes la mitrailleuse lourde laser du VLTT et son matériel sur l'hovercraft. Malgré le supplément de poids disposé sur l'engin, nous pûmes continuer le reste de la route assis sur la carlingue.

Durant le trajet, nous croisâmes des aéronefs ennemis, mais nous arrivâmes au campement au petit matin sans avoir subi d'accrochage.

J'étais crevé comme tout le monde. J'avais essayé de dormir, mais le véhicule tremblait trop et cela fut impossible.

Les deux transporteurs étaient stationnés l'un à côté de l'autre. Un ensemble de branches et de filets de camouflages les recouvrait. Des tentes avaient été montées dans la forêt à des intervalles réguliers. Le Commodore Jefft avec le Lieutenant Hunter et le Capitaine Anower donnaient des instructions pour creuser des emplacements de combat. Les pelles et pioches avaient été récupérées dans l'avant-poste.

Le Lornorien était assis pieds et mains liés sur un conteneur. Son casque et ses armes étaient entreposés dans un des véhicules.

C'était la première fois que j'en voyais un sans couvre-chef, sans arme, vivant et non belliqueux envers ma personne. Son crâne était moins allongé en arriéré que ses congénères. Sa peau était grise et ses yeux étaient noirs.

Il observait en silence ce qui se passait autour de lui.

La plaque osseuse de son front qui recouvrait sa tête était en cinq parties. Une pierre semblable à un rubis était incrustée sur la première. Elle se trouvait au centre d'un dessin géométrique élaborer qui redescendait sur le visage du Lornorien. Derrière lui, Le Vinx Klass le surveillait sa hallebarde prête à envoyer une salve meurtrière à la moindre entourloupe.

En arrivant dans le camp, je saluais rapidement mes hommes, officiers et sous-officiers allant aux nouvelles. Aucun des fuyards n'avait rencontré l'ennemi. Le campement n'avait pas été attaqué ou repéré.

Notre soutier, le Sergent Drex était enfin réveillé. Sa jambe guérissait peu à peu. Styper était aussi sorti de son état de choc. Il se faisait une raison pour la perte de son bras comme Hellberg avait fait pour son œil. Les aléas de la Guerre dirent-ils.

Le campement se montait donc rapidement. Nous pouvions tenir face à une attaque provenant du sol, mais pas à celle aérienne.

Par radio, nous sûmes que tous les avant-postes étaient tombés. Il devait y avoir dans la nature des Wartroopers de l'Ordre Noir qui devaient combattre pour leur survie. Les plus virulents allaient organiser des actions de guérillas sur toute la planète, les autres se cacheraient en attendant de pouvoir aider la flotte de la

Fédération de Warland. L'Ordre Noir n'abandonne jamais les hommes qui la composent, car nous sommes tous unis dans le sang.

J'annonçais au Commodore que j'allais me reposer et que l'on m'appelle pour le déjeuner. À ma montre, j'allais avoir quatre heures de sommeil.

Le Capitaine Anower me donna sa casquette où j'y remplaçais le nom et le grade. J'allais par la suite m'allonger dans une tente qu'on m'avait affectée. Je regardai une dernière fois la photo de ma femme et de mes enfants. J'eus un pincement au cœur. Ils me manquaient beaucoup. J'embrassais l'image et la replaçais dans la poche de ma veste. Je vissais ma casquette sur mes yeux et m'endormis bercé par les chants militaires que braillait Hellberg pour se donner du courage à l'ouvrage.

Ce fut un des soldats d'Anower qui vint me réveiller. La tête dans le cul par le manque de sommeil, je me levais puis j'allais m'asperger le visage de l'eau froide du ruisseau proche. Mes vêtements puaient encore la vase des marais. Vivement que j'en trouve une nouvelle.

Les cuisiniers avaient fait des merveilles avec les rations récupérées et les produits de la chasse de Jefft et Darkbug. Deux gros cochons sauvages tués dans la matinée apportèrent un supplément de viande fraîche pour la troupe. Nous mangeâmes tous avec beaucoup d'appétit. Des binômes de deux sentinelles effectuaient le tour du périmètre. Lors du repas, j'informais que nous allions devoir réaliser des patrouilles assez loin du campement pour retrouver des wartroopers. Durant l'après-midi, Hunter s'occupa de terminer la défense des lieux et installa à des points stratégiques et bien camouflés les armes lourdes et pièges explosifs.

Durant ce temps, en compagnie de Lasdar, d'Anower

et de Jefft, j'interrogeais notre prisonnier.

Nous déliâmes les attaches de notre invité. Le Lornorien était venu à nous sans nous attaquer et nous avait aidés à fuir. Il aurait droit à un plus grand respect de notre part. De la nourriture et de la boisson lui furent offertes. Tous les cinq assis sur de petits conteneurs, nous parlâmes en passant par la traduction de Lasdar.

Après m'être présenté, je lui demandais de faire de même et de nous expliquer les raisons de son geste. Un translateur vinx n'aurait pas été superflu, mais Lasdar se débrouillait très bien.

- Je suis le Duc Larbarse, commandant la dixième division militaire de l'armée de l'Empereur Chestiss. Je suis aussi Sous-lieutenant du premier groupe de résistance de Lornor. Depuis que Chestiss est au pouvoir, il a fait exécuter de nombreux membres de l'aristocratie lornorienne en réponse à des actes de contestations. Mon père fit partie des victimes. Il avait toujours bien servi sa patrie et sa planète. En le tuant, Chestiss l'a déshonoré. Il parvint à rassembler la plus vaste armée qu'aucun Lornorien n'en avait vue auparavant. Toute la planète et ses occupants furent mis à contribution pour l'effort de guerre. Chestiss appelait cela "la Grande Croisade". Une partie du système de Lornor était déjà sous son emprise. Lorsque tous les astres furent sous son joug, il décida de conquérir les systèmes les plus proches. Le déplacement dans les tunnels Warp diminuait fortement le temps de voyage spatial. Comme vous avez pu le constater par vous même. Les systèmes sous dominance vinx furent envahis dans un incroyable bain de sang provoquant de lourdes pertes des deux côtés. L'armada lornorienne fut réduite à un quart de son potentiel. Mais l'Empereur Chestiss après avoir tué dans une grande colère et de ses propres mains l'Amiral-général commandant la flotte lornorienne décida de poursuivre le reste de la celle vinx et de continuer sa Croisade. Beaucoup de Lornoriens sont fatigués de ses guerres. La résistance fut créée suite à l'anéantissement de notre flotte sur Vinx. D'anciens officiers qui avaient réussi à se cacher lors des exécutions massives se regroupèrent et organisèrent la rébellion. Ils fomentèrent des attentats, des sabotages et des manifestations sur les différentes planètes colonisées. Certains chefs tombèrent par traîtrise. Des groupes furent éliminés en même temps que la destruction de la planète. Les autres se cachèrent la peur au ventre. Mais notre détermination était grande. Ma cellule effectue des actes de piratage et de propagande. Un des proches de l'Empereur Chestiss est pour notre cause. Je pense que vous me croyez si je vous dis qu'il est devenu fou. Que sa mégalomanie lui a fait perdre la raison. De nombreux soldats sont sous sa coupe. Ils sont prêts à donner leur vie pour lui et coloniser le reste de l'univers en son nom. Sa hargne a grandi quand son armée s'est cassé les dents sur votre champ de force et vos soldats. La dernière défaite de ce genre a été faite sur Vinx lorsque leur prince l'a fait exploser. Par contre vous devez savoir que vous n'avez affronté qu'une partie de sa puissance militaire. Grâce aux groupes de résistance, Chestiss est occupé à mater les rebellions sur plusieurs planètes. Il ne peut pas les faire toutes exploser, car elles regorgent de ressources importantes pour Lornor. Une bonne nouvelle pour nous tous est que des pirates aux ordres d'un Vinx attaquent sans discontinuité les convois de cargos de transport.

Lasdar sembla subitement beaucoup plus intéressé par les paroles du Lornorien. Il voulut savoir si les Lornoriens avaient eu vent du nom du Vinx. Larbarse ne le savait pas. Aucun Lornorien n'était sorti vivant après le passage des flibustiers vinx.

Nous lui posâmes enfin des questions sur les forces en présence. Le Duc Larbarse prit une grande inspiration avant de commencer. Tout ce qu'il allait dire allait le compromettre réellement et le faire devenir un traître à son gouvernement. Il l'était déjà en faisant de la résistance, mais là, il donnait carrément des informations à l'ennemi.

- Deux stations de combats orbitales sont en ce moment au-dessus de notre tête. Elles resteront jusqu'à l'arrivée de la flotte, mais quitteront le système au moindre accrochage. La perte des stations lors de la bataille contre votre planète a coûté très cher à notre armée. Elles devront donc se replier et revenir lorsque votre flotte sera écrasée.

Sur ces mots, il nous regarda un par un et prit une gorgée d'eau.

- La flotte au-dessus de nous est composée de cinq destroyers de classe « guerre totale », dont un de commandement. Ces vaisseaux sont plus gros, mieux armés que les Ultimas que vous avez déjà combattu par deux fois. Ils possèdent des canons Ravageurs capables de neutraliser vos boucliers et votre électronique de bord. Leur escorte est composée de dix croiseurs de guerre, dix frégates, dix porte-vaisseaux ainsi que de douze canonnières possédant une puissance de feu phénoménale. Chaque canonnière est armée de deux canons superposés de type Destructeur et quatre tubes lance-torpilles à fusion. Il y a un total de cent soixante-quinze escadrilles de dix chasseurs dans les soutes des plus gros navires.

- Et sur Donkan, questionna Anower.

- Sur la planète ? Je sais, car ma division en fait partie

qu'il y a à peu près cinquante mille Lornoriens avec les transporteurs, blindés et tout le bataclan qui va avec. Je crois qu'il y a un escadron de cinquante blindés autour de votre plus grande base. Le Général Sshiirste commandant l'armée d'invasion fait rechercher toutes les poches de résistances humaines et pour cela il a une arme bien belliqueuse qui va vous faire rugir de colère.

- et c'est quoi exactement ?

- Des Warlandiens.

Nous restâmes estomaqués. Nous attendîmes la suite avec impatience pour comprendre.

- Lorsque l'armée de Chestiss débarqua sur Warland, elle a fait plusieurs centaines de prisonniers. Par mis ceux, fut découvert un groupe ethnique qui voulut se différencier rapidement. Il se disait être un peuple élu, supérieur aux autres. Ils vénéraient les deux étoiles entrecroisée rouges et jaunes et affirmaient soi-disant que le Bolchevisme vaincrait et que le reste des mécréants Goys Warlandiens seraient leur esclave. Leurs dires, leur cruauté, leur soif de vengeance et de pouvoirs honorèrent Chestiss qui dénicha en eux l'arme sournoise contre vous.

Nous nous regardâmes les traits durs. Les jewishs bolcheviks étaient encore vivants et essayaient de détruire à nouveau l'unité de la Fédération de Warland.

- Parmi eux se trouvaient des officiers qui possédaient la connaissance de l'armement et de la psychologie warlandienne. L'Empereur leur offrit un marché. Warland serait donné aux Jewishs en contrepartie ils devaient se soumettre à celui-ci. Ils acceptèrent. On leur mit tout de même un nanotransmetteur de contrôle dans leur tête et ainsi il leur enlevait tout espoir de traîtrise contre les Lornoriens. Il n'avait qu'à appuyer sur un bouton pour leur griller leur cerveau.

Les jewishs furent habillés de tenues de combat warlandiennes. Ils investirent les différents bunkers trouvés et tentèrent d'en prendre le contrôle par la ruse. Certains réussirent et d'autres échouèrent. La plus grande réussite de ce plan fut avant hier lorsque l'un d'eux put mettre la main sur une de vos précieuses cartes qui sont protégées par un système pyrotechnique. Le Jewish avait réussi à s'en emparer après avoir descendu les officiers et s'être barricadé dans une pièce sécurisée attendant l'arrivée des renforts. Mes semblables avec l'aide de ces humains découvrirent ainsi tous les emplacements des postes warlandiens. L'attaque a eu lieu hier soir. Certains bunkers étaient déjà déserts, mais piégés et ont causé énormément de morts. D'autres étaient encore occupés et vos hommes moururent jusqu'au dernier faisant sauter l'abri. Autant dire que mon espèce n'a pu avoir que deux pour cent de vos installations.

Il prit une gorgée d'eau avant de continuer. Il avait conquis son auditoire et n'allait pas le laisser tomber.

- Il y a une semaine, j'ai vu dix de vos soldats affronter nos chiens de guerre que vous nommez Gurmacs, avec des baïonnettes accrochées à leur fusil. Aucun ne survécut et le bunker explosa peu de temps après détruisant deux transporteurs et une cinquantaine de combattants. Notre état-major sait qu'il y a de nombreux résistants cachés sur la planète. Certains ont des véhicules et du matériel. Ils sont dans les forêts, les montagnes. J'ai même entendu dire qu'il y en avait dans les marais. Un détachement avec un transporteur a disparu.

Je souris à ces mots. Lasdar lui notifia que nous étions ces hommes.

- C'est donc vous qui avez causé autant de bazars dans l'État-major lornorien. Ils pensent que la planète est infestée par vos hommes et ils s'attendent à des actions de guérillas de toutes parts. Ils savent que vous n'allez pas lâcher le morceau aussi facilement.

Je le remerciais de ces précisions et lui dit qu'il allait devenir notre hôte durant le reste de cette guerre. Il me prit le bras au moment que je me levais.

- Je n'en ai pas fini Commandant. Il y a une colonne de prisonnier qui se déplace vers la base astroport.

Je me rassois aussi sec et l'écoute de nouveau attentivement.

- Ils partent d'où ?

- Ils ont été réassemblés dans un secteur. À l'ouest d'ici, je crois. Il me faut une carte.

Anower déplia la sienne devant le Lornorien. Celui-ci la regarda un instant, glissant son doigt long et fin sur le papier plastifié. « Ici, au point nommé K-3. Prêt de ce massif forestier. J'ignore le nombre exact de prisonniers et de soldats d'escorte. »

Il fallait réfléchir rapidement à un plan d'extraction pour sauver nos camarades. Je lançais ma première idée :

- On largue un binôme éclaireur à trois kilomètres du site. Survol très basse altitude. Sur place, ils pourront nous faire un topo de la situation. Nombre de prisonniers, sentinelles, armement et véhicule présent. On pourra aviser par la suite. Nous aurons besoin au minimum de deux transporteurs vides de tout matériel. Bien tassé, on peut embarquer au maximum entre trente-cinq ou quarante troopers. Beaucoup moins, s'il y a beaucoup de blessés. En tout, on allait pouvoir embarquer quatre-vingts personnes au maximum. Nous avons deux pilotes confirmés sur ces aéronefs, Skrix et vous, Duc Larbarse. Je vous demanderais de porter une de nos vestes sans le brassard de l'Ordre Noir, bien sûr. Comme cela vous pourrez travailler avec nous et vous évitera de vous faire tirer dessus par un soldat de mon armée. Ma section est spécialisée dans ce type de mission. Le Lieutenant Hunter, le sergent-chef Darkbug et le Chasseur Klass constitueront l'équipe d'infiltration. Le reste du squad attendra dans le transporteur. Capitaine Anower, vos wartroopers effectueront des patrouilles autour du campement. Ils doivent ratisser large et rechercher tous les endroits susceptibles d'être utilisés pour le combat. De plus, sur la carte, j'ai remarqué qu'il y avait un avant poste à environ dix kilomètres d'ici. Envoyez des hommes à la recherche de survivants. Mais attention aux abords de l'avant-poste, les Lornoriens ont très bien pu laisser des soldats ou des gurmacs.

- Bien, Commandant, répondit le Capitaine.

- Comodore Jefft, vous serez le commandant du campement en mon absence. Je sais qu'en tant que membre de la Marine Spatiale, cela n'entre pas dans vos prérogatives, mais vous maitrisez la gestion des hommes et des biens. C'est connu que la Marine est le leader de la Logistique. Dans pas longtemps, nous aurons ici de nouveaux visages.

Le Commodore hocha la tête avec un grand sourire.

- Capitaine Erickson, appelais-je.

Celui-ci était en train de creuser une tranchée avec Hellberg. Il leva les yeux à mon appel. Je lui fis signe de venir.

- Capitaine, je vous présente le Duc Larbarse, lieutenant du groupe de résistance de Lornor, ennemi de Chestiss.

Il le salua de la main avant de la lui tendre. Les deux soldats se serrèrent les pognes et je pus continuer.

- Le Duc sait piloter les transporteurs lornoriens. Il

saura mieux vous enseigner leur fonctionnement et leurs subtilités. Lasdar vous servira de traducteur. Il va lui être rattaché jusqu'à ce que l'on trouve un translateur vocal ou que l'on arrive à communiquer sans. Je crois que Skrix vous a déjà expliqué le maniement. Le Duc vous transmettra les astuces. Vous avez jusqu'au départ de la mission.

Le Duc Larbarse était heureux de travailler avec nous. Nous, nous étions contents de savoir que l'Empire lornorien était partagé et que l'on pourrait avoir de l'aide et des informations de l'intérieur. Par contre nous allions devoir apprendre à combattre avec la présence d'espions Jewish dans nos rangs. Ma seule consolation était que si nous atteignons l'Empereur, nous pourrions éliminer tous les Jewishs manipulés par les Lornoriens. Comme les derniers survivants de leur race étaient marqués par le sceau des Lornoriens, aucun Jewish n'allait pouvoir survivre à ça.

À part les sentinelles, tout le monde se rassembla. J'expliquais la situation : la position du Duc lornorien dans notre combat, les traîtres Jewish encore vivant et enfin de la colonne de camarades prisonniers.

Je leur donnais ensuite les ordres. Les soldats de mon squad, à part Styper, devaient préparer leur équipement et leurs armes. Les autres wartroopers et techniciens allaient être sous les ordres du Comodore Jefft qui était secondé par le Capitaine Anower. Ils effectueraient la logistique, les patrouilles et les tours de sentinelles et termineraient les fortifications du camp. Je fis rompre les rangs et tout le monde reprit son travail. Je rejoignis mes hommes et m'équipai de mon propre matériel. Je récupérais le casque d'Anower et son système de communication. Mon escouade fut rapidement prête pour l'opération. Nous serions tous armés de nos fusils d'assaut à fusion laser et de nos pistolets laser et de leur chargeur, deux grenades thermiques et deux défensives. Darkbug avait quant à lui, son fusil à impulsion et six chargeurs de vingt coups. Hellberg avait bichonné sa mitrailleuse lourde à fusion laser. Je donnais les dernières instructions à Hunter, Klass et Darkbug qui quittaient le campement deux heures avant nous. Nos montres furent mises à la même heure au Top. Le temps et la vie de nos camarades prisonniers étaient comptés.

À l'heure H, le transporteur décolla piloté par Skrix.

Je pris un moment pour aller converser avec le sergent Drex qui se remettait de sa blessure à la jambe. Le sac Mac2 faisait son oeuvre. La plaie n'était plus purulente et elle cicatrisait rapidement. Il se sentait beaucoup mieux et il lui tardait de marcher pour ne plus être un boulet.

Styper était aigri. La perte de son bras y était pour beaucoup. Il savait qu'il allait être muté dans une unité non combattante et qu'il n'allait plus faire le coup de feu avec nous.

J'essayais de lui remonter le moral en lui racontant les progrès technologiques dont j'avais eu vent par le professeur Heinard. Je lui parlais de la nanotechnologie et de la cybertechnologie. Je l'invitais à continuer à s'entraîner avec sa main gauche. En lui rappelant qu'un wartrooper qui n'est pas mort peut encore tuer et lorsqu'il n'a plus de main, il peut encore mordre. Je quittais Styper avec de nouveau un regard plein de convictions. Il allait montrer à tous les ennemis de la Fédération qu'il pouvait encore la défendre.

Nous montâmes enfin dans notre transporteur. Je saluais une dernière fois Jefft et Anower. Le Capitaine Erickson me dit qu'il n'aurait aucun problème pour piloter l'aéronef, car Larbarse avait été de bons conseils.

Mais ce fut tout de même le Duc qui prit les commandes et le fit décoller. À l'arrière dans la soute, le reste du squad n'avait plus qu'à se regarder dans les yeux. Brokk lança la conversation. Il nous informa qu'il tenterait le concours d'entrée à l'École Nationale Politique de la Fédération. Il obtiendrait par la suite un emploi dans un ministère et plus tard, il pourrait devenir peut-être un ministre. Il savait que les études étaient très dures, mais il serait dans les hautes sphères. Il m'enviait beaucoup de travailler avec le Prince Garik, fils de Shax II, roi des Vinx, les cocktails, les soirées huppées et tout le reste. Je lui répondis qu'il allait se lasser, car lorsque l'on avait goutté à l'aventure au sein de l'Ordre Noir, on a toujours ce goût de trop peu. Certains approuvèrent. Surtout le chef Hellberg qui malgré la perte de son oeil voulait en découdre et surtout connaitre de nouvelles expériences et de nouvelles planètes. Lui, il souhaitait s'installer sur un astre sauvage en tant que colon. Il nous avoua enfin qu'il avait une petite amie qui n'était autre que la fille d'Artemberger, employée comme secrétaire à l'office de l'Ordre Noir de Zirrinch. Tous sifflèrent et l'ovationnèrent, car nous savions qu'elle était une très jolie femme. Il nous fit passer une photographie où on les voyait tous les deux. C'était une jeune brune avec des yeux vert jade comme son père.

Comme nous étions aux photos et à la demande de tous, je sortis la seule que j'avais, celle où il y avait Stélina et mes deux enfants Aldric et Hirwen. Je ne cachais à personne mon appréhension pour cette mission. Nous aurions très bien pu jouer les guérilléros dans les bois en attendant l'arrivée des secours, mais nos camarades étaient prisonniers et nous étions leur seule chance de survie. La flotte de la Fédération de

Warland n'était pas près d'arriver, pas plus que celle de l'Ordre Noir. Tous me regardèrent en silence. Ils approuvaient tous ma décision et étaient prêts à en découdre.

Nous étions tous liés par le sang. Celui de nos ennemis que nous tuons et celui que nous avons versé lors de notre entrée dans l'Ordre Noir. Nous étions unis pour la Gloire et la Mort. Nous étions l'espoir de ces prisonniers. Qu'il soit seul ou une centaine, nous allions les sortir de là. Les Lornoriens allaient voir qu'ils ne pouvaient pas asservir les Wartroopers de l'Ordre Noir.

- Combien sont-ils? murmurais-je au Lieutenant Hunter.

Arrivés une heure avant, Hunter et son groupe avaient trouvé le campement ennemi. Il avait été installé dans une clairière non loin de la vaste toundra de Donkan. Nos camarades étaient en son centre, les mains sur la tête. J'en dénombrais une soixantaine. Ils étaient gardés par trois véhicules blindés se mouvant par antigravité et de la taille de nos chars lourds. Sur chacun d'eux, un Lornorien mettait en joue les prisonniers avec une de leur mitrailleuse à plasma. Six soldats discutaient dans un coin. Larbarse m'expliqua que c'étaient les membres d'équipage des tanks.

Un peu plus loin, un transporteur de troupe et un antigrav de commandement bardé d'antennes étaient stationnés. Un officier lornorien en sortit. Il arborait plusieurs décorations sur sa poitrine. Les autres soldats le saluèrent sur son passage. Il se dirigea vers le transporteur qui était entouré d'une dizaine d'ennemis et d'un humain qui ne paraissait pas prisonnier. Grâce à mes jumelles, je constatais qu'il était vêtu d'un uniforme de l'Ordre noir, mais qu'il portait au bras un brassard différent. Au bout d'un moment, je pus voir le symbole maudit à six branches des Jewishs. Je tenais devant moi une de ses pourritures. Il parlait avec moult gestes, mais l'officier lornorien semblait ne pas y faire grande attention, car il discuta avec un de ses subordonnés puis laissa en plan l'humain lorsqu'il repartit en direction de son véhicule de commandement.

Au total, je comptabilisais vingt-cinq xénomorphes et un jewish. Hunter me confirma le nombre. Depuis qu'il était en poste, il n'avait vu aucun mouvement au niveau du transporteur. Dans celui-ci, il pouvait y avoir des Gurmacs. Au maximum, une dizaine. Il fallait prendre cette information en considération.

Je donnais par radio les objectifs. Tout le monde me rendit compte lorsqu'ils furent prêts à passer à l'action.

Darkbug, à bonne distance, programma ses trois premières munitions pour les tireurs sur les tanks. Brokk et Rizak, normalement face à notre position, tireraient sur les gardes de l'aéronef. Hellberg et Lasdar les prendraient en feu croisé en étant posté de notre côté. Au premier coup de feu, Klas, Krrix et moi-même devions tomber sur les équipages des chars faiblement armés.

Le Duc Larbarse allait nous servir de leurre. Il sortit de la forêt en tenant une de ses mains près de son ventre. Il plaquait la veste que nous lui avions donnée comme d'un bandage de fortune. Dans l'autre, il y avait son pistolet lornorien. En éminent comédien, il marcha en claudiquant en direction de l'antigrav de commandement. Des sentinelles le virent et s'avancèrent. Le Duc leur cria en Lornorien plusieurs choses en faisant de grands gestes avec son bras armé et en montrant la montagne.

L'officier qui allait entrer dans son véhicule vint à sa rencontre.

- À tout le monde, attention, murmurais-je dans mon micro.

Les deux Lornoriens tergiversèrent à voix haute en s'approchant du blindé de commandement. Il n'y avait que cinq soldats autour d'eux. Deux furent envoyés à une centaine de mètres en direction de la toundra.

Le Duc semblait engueuler l'officier. Il montra la veste puis la leva au-dessus de sa tête. Le signe.

- Darkbug, Feu!

Le sergent-chef appuya sur la détente de son fusil à impulsion I40. Les trois coups rapides furent atténués par le silencieux. Darkbug n'attendit pas de savoir s'il avait fait mouche, il choisit trois autres cibles.

Les trois tankistes s'effondrèrent sur l'affut de leur arme.

- En avant, hurlais-je dans mon communicateur.

J'envoyais une grenade qui tomba un peu loin des équipages des tanks. La déflagration les prit au dépourvu. Certains se couchèrent aussitôt, d'autres restèrent debout et furent fauchés par les tirs conjugués de la charge que je menai avec à mes côtés Klas et Krrix.

Un de ceux qui se relevèrent en ripostant prit une de mes rafales à bout portant. Sa poitrine explosa dans une gerbe de sang et d'os.

L'officier lornorien fut surpris par l'attaque. Brokk, Rizak et Hellberg canardèrent de leur position les gardes autour de l'antigrav de commandement.

Le Duc Larbarse leva son pistolet et d'un tir décalotta le crâne du commandant ennemi. Aucun des soldats ne vit le coup partir. Ils étaient tous trop préoccupés à se couvrir et à riposter.

Hunter fonça vers les prisonniers et les aida à les libérer. Il les envoya se planquer dans la forêt proche.

Je montais sur un des tanks avec Klas. Il enleva le mitrailleur mort puis entra dans le cockpit du véhicule blindé. Je me postais à l'arme à plasma et ouvris le feu sur les gardes lornoriens qui canardaient les détenus en fuite.

Le Duc tira sur un autre soldat en plein coeur puis ayant le champ libre, il se dirigea rapidement vers le transporteur en enfilant la veste aux couleurs des wartroopers. Dés que Larbarse se mit à couvert, Hellberg passa sa mitrailleuse lourde à fusion laser en mode rafale et aspergea le véhicule de commandement de balles incandescentes. En l'espace de quelques secondes, l'engin fut troué de toutes parts. Des gerbes d'étincelles volèrent dans tous les sens jusqu'à ce qu'un r touche le réservoir. Une boule de feu s'éleva dans les airs; je sentis le souffle de l'explosion dans mon dos. J'activais les commandes de mon arme à plasma sur affut et tirai sur tout ce qui ne portait pas l'uniforme des wartroopers. Le char vibra puis il se mit à bouger.

Les Lornoriens encore vivants refluèrent vers leur transporteur. Deux tombèrent fauchés par une de mes rafales. Klas fit foncer notre tank dans leur direction. Ils répliquèrent et des particules ardantes ricochèrent autour de mon écoutille dans d'immenses gerbes de feu. Des étincelles me roussirent la barbe non protégée par la visière de mon casque.

Darkbug tirait avec régularité ses trois cartouches tuant à chaque fois deux Lornoriens au minimum. Le Duc Larbarse ferma les portes du transporteur aux nez des Lornoriens. Puis il le fit décoller sous une pluie de projectiles.

Skrix et Erickson survolaient le champ de bataille en mitraillant tous les ennemis qui passaient à leur portée.

Krrix s'était emparé d'un deuxième char et avança canon en avant vers les Lornoriens. Devant notre supériorité numérique et matérielle, seuls cinq soldats encore valides se rendirent. Ils jetèrent en un rien de temps leurs armes à terre et levèrent leurs mains au-dessus de leur tête. J'ordonnais aussitôt le cessez-le-feu. N'ayant pas de retour radio, j'entrais rapidement dans le cockpit et gueulai à Klass de faire suivre mon ordre.

En remontant à l'air libre, j'enlevais mon casque. Un tir de plasma l'avait frôlé, avait cramé mon antenne d'émission et les circuits de communication. Un centimètre sur la gauche et je n'avais plus de tête.

Tout le monde avait cessé les hostilités. Hellberg sortit de sa planque sa mitrailleuse toujours en joue.

Hunter compta les prisonniers encore en vie et les fit rapidement monter dans les transporteurs qui se posaient.

Nous découvrîmes deux autres lornoriens blessés dans la toundra. Il me manquait une personne. Je jetais un oeil partout puis je le vis au loin en train de courir.

- Darkbug, le jewish, là bas! Dans la jambe!

Le sniper épaula en mettant un genou au sol. Deux secondes de silence, puis un bang insonore. L'homme s'effondra en hurlant.

En descendant de mon char, je lançais rapidement les ordres d'extraction.

- Rizak, Lasdar, Klas et Brokk, vous prenez les tanks et vous les amenez au camp. En avant. Skrix et Duc Larbarse, décollez avec nos nouveaux invités.

Je restais sur place avec Hunter, Hellberg, Erickson et Darkbug. Les Lornoriens, sous bonne garde, allongèrent les vingt-trois wartroopers morts au milieu de la clairière puis les leurs non loin de là. Nous entassâmes rapidement des branches sur les cadavres puis nous y mîmes le feu. Tous les Lornoriens furent ensuite attachés et assis dans le transporteur. Hunter fit entrer le Jewish qui pissait le sang et le maintint prés de la porte.

Après avoir rangé dans mon sac, toutes les plaques

de données personnelles des wartroopers incinérés, j'entrais dans l'aéronef qui décolla aussitôt. J'ordonnais à Erickson de survoler les marais à très basse altitude.

Lorsque j'estimais que nous avions assez volé, je fis stopper le véhicule à un mètre du sol. J'ouvris la porte latérale et pris par le col le prisonnier Jewish.

- Bien ! crevure ! ton voyage à bord s'arrête ici.

- Vous ne savez pas ce que vous faites! grogna-t-il entre ses dents. Le peuple élu vaincra.

- Pas sur cette planète, ordure ! Je vais te dire ce qui se passe ici. C'est la guerre. La guerre contre eux, hurlais-je en lui montrant les Lornoriens.

L'odeur pestilentielle des marécages envahissait l'habitacle du transporteur.

- Ton peuple s'est uni avec leur chef. Tels les vils serpents que vous êtes, vous les avez endormis avec vos belles paroles. Mais vous avez été trop con pour voir que c'était eux qui vous manipulaient.

Je me relevais en le tirant vers moi.

- Les marais de Donkan sont sympathiques et remplis de reptiles comme toi. Sache que tu mourras au nom de tous nos camarades de l'Ordre Noir. Donkan appartient à l'Ordre et ton cadavre nourrira la planète.

- Vous n'allez pas me laisser ici?

- Si.

Hunter m'aida à lui arracher sa veste et son brassard. Puis nous le poussâmes dehors. Il chuta dans la vase, torse nu. Sa jambe saignait abondamment.

- Avec un peu de chance, tu seras mort avant de te faire bouffer par les tigres, lui criais-je pour couvrir le bruit des réacteurs.

Il glissa dans l'eau saumâtre lorsqu'il voulut se relever.

Je vis au loin des bambous bougeaient et j'entendis lors de la fermeture des portes, le feulement caractéristique des Tigres des marais.

À l'intérieur du transporteur, le silence était complet. Les Lornoriens ne bronchaient pas. Pour moi, ils étaient des prisonniers de guerre, le Jewish, un ennemi de notre race. Il devait être éliminé.

Notre arrivée au campement fut ovationnée. Le bilan était assez bon. Nous avions libéré quarante et un wartroopers, dont cinq blessés légers et trois graves. J'appris que trois étaient décédés lors du retour. Nous avions maintenant trois chars et un autre transporteur lornorien. Par contre, même avec les armes récupérées, nous n'en avions pas assez pour équiper tout le monde.

Tous les blessés furent installés dans les quelques tentes disponibles. Des équipes fabriquèrent des abris en creusant des trous et en les recouvrant de branche.

Les Officiers libérés apprirent qu'ils étaient mes invités et qu'ils se retrouvaient sous mes ordres du fait de mon appartenance aux corps spéciaux des commandos. Seul un Colonel fut désappointé. Je lui rétorquais qu'il allait devoir faire une pause et que l'on verrait par la suite ce qu'il serait souhaitable de faire ou non en accord avec le Comodore Jefft.

Je me retirais ensuite dans mon abri pour me reposer et réfléchir. Le soir commençait à tomber et les patrouilles parties en forêt allaient rentrer dans deux heures pour faire leur rapport.

Une odeur de cuisine envahissait le campement.

J'avais deux petites heures à moi. Je sortis la photographie de ma famille et soupirai. J'avais l'espoir de les retrouver bientôt et je ferais tout ce qui était possible pour y parvenir.

La journée avait été rude et l'événement le plus dur avait été le regard du Jewish avant qu'il chute dans le marais.

De tout temps, sa race avait pénétré insidieusement dans notre civilisation, notre art, notre architecture. Par le commerce, il voulait asservir les autres pays. Ils y arrivèrent en instaurant le bolchevisme. Je les ai vus lancer des hordes d'anarchistes dans les avenues de la République de Bargol. J'ai marché dans les rues souillées de détritus de leur mégalopole où la majorité des murs sont tagués et où à n'importe quelle heure du jour ou de la nuit, la délinquance était si grande que la population était obligée de se terrer chez soi en étant armé.

Les Jewishs au gouvernement s'étaient enrichis sur le dos de leur peuple, lui enfonçant la tête dans la fange et le traitant comme des esclaves.

L'Ordre Noir avait veillé et maintenant Warland est libéré du joug Jewish.

L'homme que j'avais jeté dans le marais n'était pas un soldat lornorien, mais était un humain à leur solde. Tous les humains que j'avais tués étaient des soldats, mercenaires ou pirates. Lui était un Jewish et un traître de l'humanité. Un cas qu'il fallait éliminé. Point.

Maintenant, il fallait mener des actions de guérillas contre les Lornoriens. Le plus tôt serait le mieux et cela avant qu'ils ne se ressaisissement.

Les prisonniers xénomorphes confirmèrent les dires du Duc Larbarse. Nous connaissions ainsi les forces en présence et les fréquences radio utilisées. Toutes ces informations importantes allaient être exploitées pour faire le maximum de dégâts en ayant le moins de pertes.

Larbarse discuta longuement avec les détenus. Il menait sa propre propagande contre le régime de l'Empereur Chestiss. La traduction de sa harangue était en gros que Chestiss avait emporté le peuple prospère lornorien dans des guerres effroyables. Il semblait être un grand orateur. Lasdar tenta de suivre les différents discours, mais il perdit souvent le fil à plusieurs reprises. Il me raconta plus tard que le Duc aurait très bien pu parler d'agriculture ou de la pousse des poils de tigres de Donkan, cela aurait été la même chose.

Plusieurs jours passèrent. De nombreuses fois, nous vîmes des chasseurs lornoriens survoler notre zone; mais nous ne fûmes pas inquiétés pour autant par les attaques aériennes. Les contacts furent au sol à une vingtaine de kilomètres avec une section ennemie composée de Lornoriens et de Gurmacs. Selon le seul prisonnier effectué, ils recherchaient les camps humains. Ce fut après cet accrochage qu'il fut décidé que les patrouilles renforceraient leur surveillance sur les voies d'accès et piégeraient tous les chemins, clairières et lisières. Il fallait que les Lornoriens aient un minimum peur de devoir rentrer dans la forêt.

Nous découvrîmes lors de nos raids et avec dégoût les actions de représailles par les Lornoriens sur leurs captifs.
Non loin des ruines d'un camp d'infanterie, nous trouvâmes un monticule de cadavres humains. Leurs têtes tranchées avaient été posées en évidence sur des piques. Une majorité de corps avaient été torturés.
Le message lornorien était clair : rendez-vous ou d'autres prisonniers mourront.
À cela, nous pouvions rajouter les charniers de légionnaires de l'Ordre Noir, hommes et femmes enlacés dans la tombe.

Les différentes patrouilles envoyées sur les avant-postes découvrirent sans surprise que tous avaient été détruits. Soit par les wartroopers en fuite, soit par l'ennemi. La fouille minutieuse des ruines permit de dénicher quelques armes et des caisses de munitions.

Seuls deux soldats furent retrouvés errants et à moitié morts de faim. Ils élevèrent notre nombre à cent soixante-dix-neuf personnes, dont cinq prisonniers.

Avec nos trois chars et l'hovercraft de guerre, nous effectuâmes quelques raids sur des positions lornoriennes. Ces actions de guérillas et de harcèlement étaient très expéditives. Elles étaient composées d'une infiltration, d'élimination et d'une extraction rapide avant l'arrivée de l'aviation ennemie.

Grâce à ces raids, nous pûmes équiper tous les légionnaires d'un mélange hétéroclite d'armes à plasma lornorien ou de fusil d'assaut warlandien.

Selon le Duc Larbarse qui écoutait les fréquences lornoriennes, l'ennemi devenait de plus en plus méfiant. Ils estimaient notre nombre à un minimum de dix mille wartroopers.

Les ondes radio diffusaient en continu des messages en humain nous demandant de nous rendre sur la base d'infanterie de Donkan afin d'y déposer nos armes.

Le Colonel de l'Ordre Noir Christopher Jean-Baptiste se présenta à moi à plusieurs reprises. Il pensait prendre ma place de commandement du campement grâce à son grade. Techniquement , cela aurait été possible, mais ma fonction de commandant de troupe d'assaut primait sur la sienne d'officier mécanicien.

Il se retrouva alors à la tête des mécanos, armurier et autre scientifique non combattant, mais technicien utile à l'effort de guerre. « Chacun à sa place. »

Le Duc Larbarse après plusieurs jours de discussion

et de harangue avait changé l'état d'esprit de nos captifs. Ils avaient compris que Chestiss devait être renversé pour que les Lornoriens puissent vivre en paix. La hargne qu'ils avaient contre nous nous empêchait de les libérer. Ils pouvaient entrer dans la résistance lornorienne, mais restaient tout de même nos prisonniers de guerre. De toute façon, ils étaient bien traités.

Nous attendions l'arrivée des renforts avec impatience. Si une flotte était en route, elle était sûrement dans un tunnel Vortex-Warp et elle en sortirait dans les jours avenirs.

La nourriture n'était pas un problème. Quelques spécialistes étaient exclusivement envoyés dans la forêt à la chasse, pêche ou cueillette.

Dans le camp, la tension était palpable. Elle augmentait rapidement lors du passage de l'aviation ennemi. Selon le Commodore Jefft, leur vitesse et leur hauteur de vol ne leur permettaient pas de nous détecter. Par contre nous devions craindre les transporteurs de troupes qui patrouillaient souvent à basse altitude.

Moi, je pensais surtout à leurs destroyers, croiseurs et stations orbitales. Leur canon destructeur pouvait vaporiser le campement et tout ce qui se trouvait à quelques kilomètres à la ronde. C'était étrange que leurs détecteurs ne nous aient pas encore découverts. Nos engins spatiaux en étaient capables.

Tous les Warlandiens avaient vu les capacités des canons destructeurs lornoriens. Ils étaient conscients de cette menace et elle revenait souvent dans les conversations. Ce n'était pas nos cinq prisonniers qui allaient les faire faiblir.

Notre campement n'était pas sûr et pour cela j'en étais conscient. C'est pour cela que j'avais envoyé une section commandée par le Capitaine Anower dans les montagnes à la recherche d'une caverne facile à protéger.

Il trouva ce que nous cherchions, nota les coordonnées et le lendemain, avec nos escouades nous retournâmes sur place.

L'ouverture haute de deux mètres et large de trois était recouverte de longues ronces. Plusieurs arbustes et arbres terminaient de cacher l'endroit. Anower m'indiqua que ses hommes étaient tombés dessus par le plus grand des hasards. Son escouade avait soulevé certaines ronces avec des branches pour y faire un passage. Nous entrâmes prudemment. J'allumais la lampe de mon casque en même temps que ceux qui en avaient encore une en état. Rizak s'avança en éclaireur sa hallebarde prête à tirer.

Je passais une main dans ma barbe de deux semaines. Nous ressemblions tous à des pionniers ou de vieux trappeurs de nos livres d'histoire d'enfants. Aucun de nous n'avait pris la peine de se raser et nous gardions le savon pour nous nettoyer. Lorsque nous pénétrâmes dans la caverne, le ciel noir de nuages s'ouvrit sur des trombes d'eau. J'avais noté qu'il n'avait pas plu depuis un mois.

Nous avançâmes dans un couloir qui s'évasait pour former une grande pièce. Deux fissures grosses comme un homme éventraient les parois et donnaient sur deux autres tunnels. L'air était de plus en plus humide. Des mousses colorées poussaient sur le sol. Un cours d'eau coulait non loin de nous.Le plafond de la vaste salle grouillait de chauve-souris que notre venue réveilla. Elles piaillèrent tout le temps de notre présence puis se calmèrent. Nous empruntâmes le premier passage qui descendait en pente douce jusqu'à une énorme caverne. À cet endroit, tous les survivants pouvaient y tenir. Le temps et l'eau y avaient creusé de nombreuses niches.Tactiquement, nous pouvions nous y terrer si les Lornoriens utilisaient leur arsenal orbital. Pratiquement, il nous fallait trouver une deuxième sortie pour les évacuations d'urgence et ne pas être facilement enterrés. Nous nous séparâmes en deux groupes pour accélérer le repérage des lieux. Je partis avec Klass, Krrix et Hellberg qui avait troqué sa mitrailleuse lourde laser contre un fusil d'assaut à fusion laser.Nous avançâmes prudemment dans l'obscur tunnel. Nous savions que depuis quelque temps, les lornoriens avaient lâché des gurmacs un partout sur la planète et que ceux-ci pouvaient demeurer cacher longtemps à attendre le passage de leur proie.Nous marchâmes rapidement en nous couvrant mutuellement. Le souterrain montait lentement à l'intérieur de la montagne. Au milieu de celui-ci, l'eau qui suintait des murs s'écoulait dans une rigole. La hauteur et la largeur restèrent homogènes tout le long de notre investigation. Le couloir déboucha enfin sur un spectacle qui nous stupéfia. C'était une énorme caverne d'une centaine de mètres ou plus de plafonds d'où pendaient des stalactites de diverses tailles. Nous étions en haut de celle-ci et devant un étroit sentier sinueux qui serpentait entre des stalagmites jusqu'en bas. Les microprojecteurs de nos casques n'éclairaient pas le fond de la grotte.

- bon, on y va, déclarais-je en avançant sur le chemin. Nous arrivâmes sans encombre. L'air ambiant était frais.

- Commandant! Là, regardez.Je me tournais dans la direction que Klass me montrait.

- Stupéfiant, murmurais-je.

- Bordel ! Je n'y crois pas, jura Hellberg.

Et j'étais d'accord avec lui. Devant nous, se dressaient trois tombes qui semblaient très anciennes. Des plaques en bois étaient enfoncées dans les pierres. Des symboles y étaient inscrits. Les scientifiques et techniciens du super-destroyer Maréchal-Major Anderson n'avaient trouvé aucune trace de civilisation sur Donkan lorsqu'ils avaient scanné la planète avant les premiers débarquements. Pas plus que les wartroopers lors de l'installation des infrastructures militaires disséminées sur la Donkan.

- Je n'arrive pas à déchiffrer, annonça Hellberg.

- Normal, c'est du Vinx, déclara Klass.

- Et du fort ancien, continua Krrix. Un vieux dialecte vinx d'avant les Guerres. Celui des Chasseurs.

- Et ces tombes pourraient dater de combien de temps?– Les Chasseurs n'existent plus depuis au moins cent ou deux cents ans. On m'a parlé d'une secte qui continuerait sur leur voie.Je hochais la tête.

- Tu nous expliqueras ça plus tard.

- Ah, vous êtes là.Hunter et le reste de la section entrèrent dans la grotte par une autre issue. Leur tunnel rejoignait notre caverne.

- Bon comme nous sommes tous ici : dispersion et inspection. Rassemblement dans dix minutes avant de remonter. Nous n'apprîmes rien de plus et ne découvrîmes rien de spécial à part un passage qui donnait sur l'autre versant de la montagne. L'endroit était propice à abriter nos futures installations et à nous rendre indétectables aux senseurs ennemis. De retour au campement, tous les officiers furent réunis. Tout le monde fut d'accord pour évacuer vers la grotte dans les plus brefs délais. On serait à l'abri des bombardements aériens et orbitaux.

Trois jours furent nécessaires pour emménager dans la grotte. Les armes à plasma des tanks lornoriens furent démontées et installées près des ouvertures de la caverne qui avaient été camouflées avec un grand soin.

Le poste de commandement, les blessés et le matériel en notre possession furent placés dans la plus vaste des cavités où se trouvaient les trois tombes. Les blessés furent placés sous les toiles de tente. Les wartroopers valides aménagèrent la première grotte.

Tous les véhicules furent dispersés et dissimulés dans les clairières alentour. Nous étions prêts à recevoir les Lornoriens.

Des attaques-surprises furent effectuées sur les patrouilles pédestres ou motorisées lornoriennes. Anower perdit trois hommes lorsque son escouade tomba dans une embuscade de Gurmacs.

Lorsqu'un maximum de wartrooper fut équipé d'armes trouvées dans des restes de bunker ou sur les cadavres de nos ennemis. Une opération contre un fortin lornorien fut organisée.

Celui-ci était un avant-poste situé à une dizaine de kilomètres de la Base d'Infanterie de Donkan.

Détruire cet avant-poste montrerait à nos adversaires que nous montons d'un cran notre offensive contre eux.

Nous quittâmes la grotte avec un effectif de trente légionnaires. Les trois tanks lourds furent acheminés à la lisière du bois. Il nous fallait traverser cinq cents mètres de toundra avant d'atteindre le fortin.

Allongé dans les taillis non loin des chars lornoriens et les jumelles aux yeux, je scrutais notre objectif.

C'était un énorme bunker monobloc. Le toit était crénelé et deux sentinelles montaient la garde à côté d'un canon à trois tubes antiaériens à plasma. Des futs de mitrailleuse sortaient de plusieurs meurtrières.

Ils étaient aussi bien prêts à une attaque aérienne que terrestres. Hunter se coucha à côté de moi. Il venait de faire une reconnaissance des environs.

- Alors!

- Deux sentinelles sur le toit et aucun véhicule.

Un mouvement sur le côté me fit tourner la tête.

- et des Gurmacs, complétais-je.

Cinq créatures trottaient autour de l'avant-poste. Ils reniflaient l'air et reprenaient leur course.

L'assaut devait être rapide. Les tanks allaient nous soutenir dans notre avancée. Les premiers tirs devaient neutraliser les mitrailleuses à plasma. Le sniper éliminerait les deux sentinelles et tous ceux qui monteraient sur le toit.

Dix wartroopers arriveraient de l'Est et effectueraient une diversion le temps que les miens approchent du bunker. Cinq de mes hommes avaient des charges explosives pour éventrer les portes de l'avant-poste. Cinq autres en possédaient pour détruire celui-ci de l'intérieur.

Le Duc Larbarse à l'écoute des ondes ennemies ne nous signala la présence d'aucune patrouille aérienne dans le secteur.

- À tout le monde, préparez pour l'assaut, murmurais-je dans le micro de mon communicateur.

- En avant, ordonnais-je.

Darkbug fut le premier à tirer. Les deux sentinelles s'effondrèrent. Les trois tanks quittèrent leur emplacement devancé par ma section de combat. D'autres Lornoriens sortirent d'une écoutille pour se placer sur le toit du bunker. Ils armèrent les mitrailleuses.

- Feu! commandais-je aux chars.

Moins d'une seconde après, les canons lourds

entrèrent en action. Leurs munitions plasmiques pulvérisèrent les positions lornoriennes.

Le deuxième groupe tirait sur les gurmacs qui les avaient repérés. Nous avalâmes les cinq cents mètres au pas de course tandis que les tanks reprenaient leur position à la lisière du bois.

Darkbug nous annonça qu'il n'y avait aucun ennemi sur le toit.

Deux wartroopers placèrent leur charge explosive contre la porte du bunker.

- Reculez, cinq secondes, hurla l'artificier en se mettant à l'abri.

Nous nous jetâmes au sol. La déflagration fut suivie par une pluie de débris. Les portes avaient été arrachées.

- derrière moi, commandais-je.

Nous nous engouffrâmes dans l'abri profitant de la confusion générée par l'explosion et le nuage de fumée.

- Rien à gauche, brailla Rizak en passant la première pièce.

- Mitrailleuse HS, gueula Brokk en redescendant un escalier sur ma droite.

Les artificiers posèrent des charges dans les premières salles.

- Commandant, il n'y a rien ici, annonça Klas.

- À part, cette console, Hunter tenait une sorte de gros clavier d'où pendait un écran vidéo éteint.

- Qu'est ce que c'est que cette merde ? murmurais-je. Putain ! je bondis. Tous dehors, c'est un piège.

- Alerte, commandant, alerte! Ici, groupe deux. L'ennemi arrive. Tirez-vous.

- Charges prêtes, hurla l'artificier en passant devant moi en courant.

Tout le monde le suivit aussi vite que possible. Je vis

surgir du fond du bunker plusieurs gurmacs. Je lâchais une rafale tout en sortant à l'extérieure.

La deuxième section se repliait déjà en direction des bois sous le couvert des chars. Nous étions bien tombés dans un piège. Les créatures asservies des Lornoriens avaient creusé des tunnels et des caches sous la toundra. Maintenant l'ennemi jaillissait de partout en tirant, griffant, mordant.

Larbarse effectua un vol au-dessus de nous. Les mitrailleuses à plasma firent des tranchées destructrices dans les rangs lornoriens.

Ma section était encerclée devant l'entrée du bunker.

Le groupe deux avait atteint la forêt et repoussait l'avancée ennemie dans leur direction.

– Ils arrivent de l'intérieur, gueula Rizak en décochant un tir avec sa hallebarde énergétique sur un gurmac.

La décharge coucha la créature, mais une seconde avait déjà bondi et percuta le Chasseur en pleine poitrine et lui lacéra le torse avec ses puissantes griffes. Klass sauta en avant et trancha net la tête du monstre sanguinaire.

- Grenades, hurlèrent Hunter et Brokk en balançant deux grenades défensives dans le trou béant des portes arrachées du bunker.

L'explosion secoua les murs et une épaisse fumée s'éleva.

Klass souleva son camarade Rizak et le mit sur ses épaules. Des Gurmacs convergeaient dans notre direction à vive allure. Nous les arrêtâmes par un déluge de projectiles fusionnés.

- On quitte les lieux, en avant, braillais-je en épaulant mon fusil d'assaut.

- Je suis touché, entendis-je le Duc Larbarse sur les ondes radio.

Une fumée dense et noire suintait d'un des moteurs du transporteur lornorien. Nous le vîmes décrire une longue trajectoire en direction des marais.

C'est alors que je vis ce qui se passait dans le ciel. Des chasseurs ennemis survolaient la forêt et bombardaient nos positions. Les Gurmacs et les Lornoriens avaient envahi la plaine. Ils s'extrayaient de caches disséminées partout. Nous filâmes aussi vite que nous le pûmes en direction de la lisière des bois; nous avions perdu trop de temps près du bunker. Le groupe tentait de couvrir notre avancée. La mitrailleuse lourde à fusion laser de Hellberg crachait la mort autour de nous. Les chars malgré les bombardements ennemis tiraient sans cesse. Un tir au but en fit sauter un. L'explosion qui en résultat mit le feu au bois.

Nous canardions les Gurmacs à bout portant. Klass fut submergé par deux créatures en même temps. Il lâcha trop tard son camarade et tomba à côté de lui, les viscères sortis. Il cracha un dernier gargouillis de sang avant de se faire décapiter.

Hunter me prit par le bras.

- Par ici, commandant. Vite.

Nous n'étions plus qu'à une vingtaine de mètres du bois en feu. Nous reculions rapidement tout en canardant nos ennemis les plus proches.

Dans le ciel, trois chasseurs lornoriens effectuèrent un autre passage. Un second char explosa.

Il ne me restait plus que deux chargeurs pleins.

Un Gurmac tomba raide mort à côté de moi. Un trou béant dans le crâne.

- Grouillez-vous, m'intima Darkbug qui couvrait encore notre retraite.

- On est sauvé, hurla Brokk en montrant les cieux avec son canon.

Le son strident et caractéristique des quatre réacteurs de cinq chasseurs-intercepteurs warlandiens hurla en traversant le ciel au-dessus de nous. Leurs missiles fracassèrent les trois aéronefs lornoriens.

La Fédération de Warland était enfin arrivée. Nous allions être sauvés.

- Ici, Groupe Deux, nous sommes encerclés, vociférait leur sergent.

Quatre gurmacs grimpèrent sur le dernier tank et s'acharnèrent sur l'écoutille. Le blindé fit rugir ses moteurs et s'envola en avant sur la toundra. Les monstres hachaient les plaques de blindage. Le canon à plasma tirait et tournait dans tous les sens pour tenter de leur faire lâcher prise. Tous les tirs ennemis convergèrent vers le char. Un coup bien placé dans le réservoir enflamma l'engin qui s'écrasa dans l'avancée lornorienne avant d'exploser.

L'artificier appuya sur le détonateur. Le bunker vola en éclat dans une énorme boule de feu, pulvérisant sous une pluie de débris en béton une cinquantaine d'ennemis.

Je lançais mon dernier ordre : suivez-moi, allons aider nos camarades.

Des grenades furent jetées à bout de bras. Nous progressions sous un déluge de projectiles plasmiques et entre les gurmacs qui s'élançaient à notre rencontre.

Je vidais mon avant-dernier chargeur. Lorsque nous arrivâmes au niveau du deuxième groupe, il n'était plus que cinq debout et en fort mauvaise posture.

Le ciel était strié de tirs et de missiles. Un ballet mortel et sanglant était effectué entre les chasseurs.

Face à nous, il ne devait rester qu'une cinquantaine de Lornorien et de Gurmacs. Nos chargeurs se vidaient rapidement et les cadavres amis et ennemis s'amoncelaient autour de nous.

- Wartroopers, nous allons en découdre pour l'honneur et la gloire. Hurlais-je par-dessus les tirs avant d'entonner le chant des légionnaires de l'Ordre Noir.

Je fus rejoint par Hunter, puis par la voix des autres soldats.

Je n'avais plus de munitions. Nous luttions à coup de crosse, de baïonnettes, de poing et de dents.

Nous ne pouvions pas avancer, nous ne pouvions plus reculer. Il ne nous restait plus qu'une chose à faire. Nous battre, on nous avait appris à le faire alors nous allions le faire, jusqu'à ce que l'on meure en brave.

Le sang, le mien ou celui de l'ennemi ou d'un ami coulait sur mes vêtements. Tout autour de moi, ce n'était plus que le chaos des combats rapprochés.

Puis j'entendis un craquement, comme celui du tonnerre, effroyable, redoutable et menaçant. Je fus alors percuté par un terrible impact. Puis, plus rien, juste le noir.

Chapitre 24 : le système Sordol est à nous.

Selon ma famille et mes amis, je restais inconscient une bonne semaine dont deux jours dans le coma.

C'est le Général Artemberger qui me renseigna sur ce qui s'est passé sur Donkan.

Les explosions et les tirs, les mouvements des Lornoriens et des Gurmacs attirèrent inévitablement l'attention des chasseurs intercepteurs TED 500. Pensant à une débandade ennemie, ils avertirent les bombardiers qui les suivaient et ceux-ci ont lancé leur sauce. Nous, nous étions en dessous.

Hellberg fut le miraculé du groupe. Il avait été protégé par des cadavres de xénomorphes. Il me sortit de dessous un arbre tombé pendant que Hunter communiquait avec les renforts. Ce furent nos camarades du X° corps de la Légion de Coopération Humain-Extraterrestre qui furent largués sur nos positions et sauva ce qui restait à sauver.

La liste n'était pas bien longue. Seuls Hellberg, Hunter, Darkbug et moi-même fûmes sauvés.

Hunter eut les deux jambes gravement brulées. Darkbug avait un bras et de nombreuses cotes cassés. Hellberg eut juste un trauma auditif dû aux explosions. J'eus le thorax enfoncé, des hémorragies internes, plusieurs fractures au niveau du bras gauche et de la cuisse droite.

Les premières urgences nous furent données sur le super destroyer de classe conquistador *Alexander III*. Le rapatriement de tous les blessés de la bataille de Donkan se fit à bord d'une frégate médicale de guerre.

Le Général Artemberger vint souvent me voir à mon chevet. Il m'apprit que notre campement dans la grotte ne fut pas attaqué. Il me confia le rapport de reconquête de Donkan par les Forces de la Fédération de Warland.

L'état major de Warland organisa rapidement le sauvetage des wartroopers se trouvant sur la planète assiégée dés la réception de l'appel de détresse envoyé par la Base d'Infanterie de Donkan. Je sus que la consternation de la population de la Fédération fut grande à l'annonce de la destruction de la flotte de protection et de l'occupation de Donkan.

Le super-destroyer Conquistador *Alexander III* regagna Warland afin qu'une armada soit regroupée pour la reconquête de Donkan. L'opération fut assez longue pour rassembler le nombre de vaisseaux nécessaire.

Le destroyer de commandement vinx *Goldérianne* prit son envol sur décision du Roi Shax II, commandeur des Vinx. Il voulait prouver aux Lornoriens que son peuple était encore debout et prêt à combattre.

Les deux super structures spatiales furent convoyées par une vingtaine de frégates de guerre, trente croiseurs de classe éclaireurs, cinq de classe Warland, deux de classe vinx, et dix de transport de type rémora.

Deux stations orbitales suivirent peu de temps après.

Lorsque l'armada de reconquête sortit du tunnel Warp, elle eut l'agréable surprise de ne rencontrer qu'un destroyer de commandement lornorien escorté par cinq frégates, une dizaine de corvettes et un porte-chasseur.

Le Prince Garik contacta tout de même l'ennemie pour lui intimer l'ordre de se rendre ou de mourir.

Ils désirèrent le combat et notre flotte les engagea.

Les croiseurs se rapprochèrent au plus près des Lornoriens tout en lâchant bordée sur bordée. À faible portée, des transporteurs de classe pénétrator foncèrent pour l'abordage. En un rien de temps, l'espace fut envahi d'une multitude de chasseurs de tous bords.

Le destroyer de commandement s'enfuit en laissant le reste de son escorte. Seules deux corvettes et une frégate furent prises grâce à l'arraisonnement des escouades d'assaut. Les autres aéronefs ennemis furent purement et simplement détruits par les tirs de nos vaisseaux.

Lorsque l'espace et le ciel furent sous domination totale de la Fédération de Warland, Donkan put être reconquise.

Trois croiseurs de classe Warland pénétrèrent dans l'atmosphère de Donkan et y larguèrent leur troupe sur et autour de la base d'infanterie. Le deuxième corps de garde de la LCHE effectua un déploiement orbital au moyen de capsules de largages. Sa mission principale fut de déblayer le terrain pour les transporteurs lourds de troupes et de véhicules.

Le quatrième régiment de wartrooper colonial de l'Ordre Noir débarqua alors et prit d'assaut la base et les différents bunkers tenus par les Lornoriens.

La pression fut trop forte pour les Lornoriens qui n'avaient pas pensé à une contre attaque de cette ampleur. Tous les gurmacs furent exterminés et plusieurs centaines de Lornoriens furent fait prisonnier.

Des aéronefs warlandiens survolèrent la planète à la recherche des installations ennemies.

Ce fut un de ces chasseurs qui découvrit l'avant-poste et le combat qui s'y déroulait. Il envoya les coordonnées aux bombardiers qui le suivaient, mais n'eut pas le temps de les prévenir de notre présence. Ils avaient déjà largué leur cargaison sur la zone.

Des capsules orbitales furent déployées non loin de nous. Nos camarades nous dénichèrent et les premiers soins furent donnés avant notre rapatriement à bord du super-destroyer Alexander III.

Le bilan de l'opération de reconquête fut désastreux pour l'ennemi. Toute sa flotte spatiale avait été anéantie ou s'était enfuie. Plus de la moitié des Lornoriens avaient été faits prisonniers. Tous les gurmacs furent tués puis leur cadavre brulé. Donkan était de nouveau sous la domination de la Fédération de Warland.

Je passais plusieurs fois sur la table de chirurgie. Je restais une semaine inconscient entre la vie et la mort. Lorsque je me réveillais, je découvris Stélina à mon chevet. Ses yeux étaient rougis par les larmes. J'avais été enchâssé dans un caisson médical qui me délivrait antibiotique, anesthésiants et autres produits cicatrisants. Des nanomachines provenant de la technologie vinx furent employées pour les opérations ultra-délicates et pour stopper ou cautériser les hémorragies internes.

Seule ma tête était en dehors du compartiment. J'allais y rester deux longs mois en attendant la guérison complète de mes blessures.

Stélina s'était endormi à côté de moi sur un confortable fauteuil. J'eus voulu l'appeler, mais le souffle me manqua. La porte glissa doucement sur le côté et attira mon attention. Erickson entra. Il arborait les galons flambants neufs de commandant et un nouvel insigne pendait autour de son cou. Il était accompagné du Prince Garik et de la Duchesse Estrella.

Je pus murmurer : tant d'amis pour moi?

Ils sourirent. C'est alors que Stélina ouvrit les yeux et me trouva enfin réveiller. Elle se leva d'un bond et me couvrit le visage de baisers.

- Stélina, ne l'étouffez pas, déclara Garik. Le médecin nous a dit qu'il se dirigeait vers la voie de la guérison. Bienvenue parmi les vivants, Fightblue.

- Merci.

Ce fut les premiers amis que je vis. Hunter et Hellberg furent les suivants.

Mon rétablissement se fit dans le Landtôt prés de ma famille. Dés que je pus marcher, j'eus le droit à une petite cérémonie où je fus décoré de la croix de guerre avec épées et bandelettes de la médaille des blessés de la Fédération de Warland ainsi que de celle des chevaliers templiers de l'Ordre Noir, une des plus hautes distinctions de l'Ordre.

Je dus attendre plus d'un an et demi avant de pouvoir m'entraîner avec mes troupes. Je fus cantonné à un travail de bureau à remplir de la paperasse, à donner des cours ou des conférences.

Le Maréchal-Major Anderson me fit décerner par le Général-Major Hasch, mes galons de Colonel représenté par une feuille de chêne d'argent sur fond noir. Je gardais le commandement du X° Corps de la LCHE et ses missions spéciales. Dés que je serais de nouveau apte physiquement, je pourrais reprendre mes anciennes activités. Heureusement pour moi qui détestais la paperasse.

La conquête de toutes les planètes de notre système fut ordonnée par le Roi Alexander III qui délégua cette mission au Maréchal-Major Anderson. Ceci devait être fait afin d'empêcher les Lornoriens d'avoir un point d'appui trop proche de Warland. Le Haut-Commandement estimait avoir fait une erreur sur Donkan. Ils auraient du envoyer dés le départ un maximum de personnels sur la planète en vue de pouvoir commencer rapidement la colonisation des autres astres du système.

Selon le Duc Larbarse, les usines, mines et industries militaires et navales lornoriennes tournaient à plein régime pour l'effort de guerre. Conformément à ses calculs, la flotte ennemie était toujours supérieure à la nôtre en nombre.

Les Warlandiens savaient aussi travailler pour l'effort de guerre. Notre peuple a été longtemps un belligérant perpétuel et il allait redoubler d'énergie pour gagner ce conflit face à l'envahisseur.

Taron fut la première conquise par la FDW. Elle était située entre Warland et Donkan à une semaine de tunnel Vortex-Warp. Elle ne possédait aucune lune, aucune atmosphère et était plus petite que Warland. Sa particularité était qu'elle détenait d'innombrables sources de minerais utilisés dans la fabrication des vaisseaux et des munitions à fusion.

Des mines et des usines pénitentiaires furent construites où se côtoyèrent les détenus de droit commun, politique, humain, vinx. Les soldats lornoriens eurent une place à part et ne furent pas mélangés avec les rebuts de la société. Ceci fut en partie du à leur statut de prisonnier. C'était une des règles d'honneur des

Wartroopers. Les soldats qui se rendent, ont le droit à la vie sauve. Ils purgent une peine de travaux d'intérêt général jusqu'à ce que la guerre soit terminée ou qu'il y ait un échange de captifs.

Après Donkan, certains Maréchaux avaient demandé l'élimination purement et simplement des guerriers lornoriens. L'Ordre Noir les a arrêtés. Son Code, sa Détermination et son Honneur sont plus fort que l'autorité des autres Wartroopers de la Fédération. L'Ordre Noir est aussi une société d'élite qui surplombe politiquement la Fédération. Les officiers supérieurs Wartroopers repartirent la queue entre les jambes.

Sur Taron, grâce à son manque d'atmosphère, aucune évasion n'est possible sous peine de mourir.

Tous les bâtiments étaient reliés entre eux et étaient aussi solides que les plus gros des bunkers. La population carcérale vivait une grande partie sous la surface de la planète. La Température extérieure avoisinait entre moins deux cent quatre-vingt et plus cent degrés Celsius. Des patrouilles motorisées de gardiens étaient effectuées tout autour des installations. Celles-ci étaient protégées par des systèmes vidéos, mitrailleuses et gaz répressifs pour réduire toute tentative de mutinerie. Tous les prisonniers savaient qu'à la moindre révolte, la section du bâtiment où ils se trouvaient était purgée de son air. Le vide spatial faisait le reste.

Du ciel, les villes pénitentiaires étaient agréables à regarder bien que sa population n'est pas du tout fréquentable.

Sur Warland, toutes les prisons furent vidées et leurs détenus transférés sur Taron. Warland, berceau de la Fédération, devint ainsi une planète en paix avec elle-même, mais en guerre contre l'envahisseur extraterrestre.

Vulgan, la planète aquatique, fut aussi protégé que Warland. Elle devint un astre touristique de vacances et de repos post-combat.

Donkan resta sous le contrôle de l'Ordre Noir. Elle fut interdite à toute personne n'appartenant pas à l'Ordre comme la province du Landtôt. Seuls les membres d'honneur pouvaient y venir.

Lorsque j'y remis les pieds, une citée y avait été construite semblable à la capitale du Landtôt.

Tarnor, la dernière planète du système de Sordol, fut la proie de sanglantes batailles où périr un grand nombre de wartroopers. Elle est de la taille de Warland. Elle ne possède pas de lune et son air est respirable. La partie nord était composée de jungles alors que le sud était sillonné par d'immenses montagnes et canyons désertiques.

Lorsque la frégate de reconnaissance arriva en contact de Tarnor ses senseurs ne détectèrent aucun ennemi sur la surface.

Les premiers avant-postes furent érigés dans la zone aride de la planète tout en étant proches des forêts. Celle-ci était encore trop dense pour pouvoir y construire des pistes d'atterrissage. Les Wartroopers coloniaux commencèrent à faire des routes et à explorer avec les scientifiques biologistes et naturalistes la grande jungle. Il n'y eut aucun membre des forces de l'Ordre Noir. Ceux-ci voulaient en priorité coloniser et protéger Donkan.

Comme toute la population de la Fédération de Warland, je suivais assidument les exploits des Coloniaux. De nouvelles terres, espèces végétales et animaux étaient sans cesse découverts.

Les Lornoriens se manifestaient de temps en temps par des attaques rapides sur les installations spatiales ou des convois interplanétaires.

Nous pensions qu'ils voulaient tester nos défenses, mais en fait, ils attendaient que nous tombions dans leur guet-apens.

Nous l'apprîmes encore à nos dépends. Le piège avait été posé lors de la première Bataille planétaire sur Warland, il y avait de cela huit années.

Ils avaient caché sur Tarnor des couples géniteurs Gurmacs. Ceux-ci avaient infesté la planète en y tuant une grande partie des créatures vivantes.

Les premiers wartroopers coloniaux avaient signalé que la jungle était devenue silencieuse deux semaines après leur arrivée. Tous les animaux et les oiseaux se turent et ils n'entendirent que le vent dans la cime des arbres.

Le silence dura deux bonnes heures.

Puis, ce fut l'attaque. Une boucherie sans nom. Tous les avant-postes furent submergés par des Gurmacs et en une l'espace d'une nuit, plus aucun humain ne fut vivant.

L'alerte fut donnée par le Capitaine Tursüis, commandant l'avant-poste T.015.

On ne retrouva que sa plaquette d'identification tenue dans les restes de sa main gauche arrachée.

Les croiseurs de la deuxième flotte sidérale warlandienne débarquèrent leurs troupes dans l'hémisphère sud de la planète. Ce fut ainsi, six divisions de cinq mille wartroopers soutenues par trois régiments blindés composés de tanks lourds Warrior et de chars hyper légers Fourmis.

Au bout de la deuxième nuit, ils furent attaqués.

Des sections entières disparurent sans laisser de trace. Des survivants déclarèrent que les Gurmacs sortaient du sol et c'était vrai. Les créatures avaient transformé le en un gigantesque gruyère. De nombreux chars lourds firent effondrer des tunnels et se retrouvèrent enliser voir enterrer. Les blindés hyperlégers Fourmis étaient beaucoup plus utiles et c'est eux qui protégèrent les fantassins.

Les différentes batailles de Tarnor s'effectuèrent non pas sur sa surface, mais bien en dessous. Les galeries et les passages n'étaient pas larges. Dans certains endroits, il y avait de la place que pour trois hommes de front. Il fallut un temps d'adaptation à ce type de milieu qui fut fatal pour un trop grand nombre de wartroopers durant la première semaine de guerre.

Ce fut le Général de l'Ordre Noir Artemberger, chef de la DSCRE qui fut dépêché avec deux mille légionnaires spécialisés dans le combat contre les Gurmacs. Les troupes furent équipées de lance-flammes pour nettoyer les conduits, tunnels et autres couloirs souterrains. Les Wartroopers reprirent du terrain. De puissants bombardements orbitaux furent exécutés pour dégager certains fronts.

Les Gurmacs étaient nombreux. Ils sortaient de leurs trous camouflés au dernier moment pour tuer les soldats et ils se repliaient aussitôt à l'intérieur.

Des aéronefs quadrillaient la planète à la recherche de base lornorienne d'où pouvaient partir les ordres d'attaque des Gurmacs. Aucune émission radio ou autre onde ne furent découvertes.

Les Lornoriens avaient dû changer leur mode opératoire dans l'utilisation de leur arme biologique.

C'est alors, par le biais d'un accident malencontreux où trois chars lourds de classe Warrior traversèrent le plafond d'un tunnel que les sections d'infanterie en couverture dénichèrent des Gurmacs en train de fuir en portant des oeufs.

C'est à ce moment-là que les stratèges de l'état major comprirent qu'il n'y avait aucun Lornorien sur la planète.

Le Duc Larbarse qui fut fait prisonnier sur Donkan et libéré par la suite sur mon ordre pour intégrer la LCHE, confirma que le Haut-Commandement lornorien avait déployé quatre couples de Gurmacs afin d'infester la Tarnor.

Le but était d'avoir un vivier de créature qu'ils n'auraient plus qu'à attraper, à contrôler et à utiliser lors de leurs guerres.

Selon ses connaissances sur les xénomorphes, un couple pouvait pondre deux oeufs par jour si la nourriture était suffisante. Nos calculs nous donnaient un nombre d'environ vingt-trois mille six cents monstres. La bataille ne faisait que commencer.

La première opération lançait par le Général Artemberger fut nommé « Nid Sangland ». De nouveaux missiles orbitaux furent utilisés : les Skorpios 100 tonnes. Ils pénétraient la surface planétaire sur vingt ou cent mètres. La charge nucléaire faisait le reste et sur un rayon d'une vingtaine de kilomètres tout s'effondrait.

Une centaine furent utilisés dans l'hémisphère sud de Tarnor. Et une cinquantaine dans celui du Nord.

Les troupes partirent ensuite à la recherche des couples en purifiant chaque tunnel, grotte et caverne à coup de lance-flammes. Ils découvrirent le premier couple au bout d'une semaine lorsqu'ils virent des Gurmacs ouvriers transportant des oeufs. Ils tombèrent sur le nid où se trouvait plus d'une centaine de créatures. Les wartroopers durent leur salut par un repli stratégique.

Le régiment El Don Métalik équipé d'armes lourdes revint pour le nettoyage et la capture. Par des manœuvres compliquées effectuées dans un gigantesque dédale souterrain, les militaires attrapèrent au prix de leur vie le premier couple de Gurmacs. Ils furent séparés puis enfermés dans deux transporteurs lourds de troupes de classe Elephant H4 spécialement aménagée pour l'occasion.

Je les réceptionnais trois semaines plus tard dans le Landtôt en compagnie du professeur Heinard et de ses sbires technoscientifiques du LCHE. Ils furent installés dans des bunkers ultra-protégés où les équipes médico-scientifiques de l'Ordre Noir les étudièrent. La nouvelle de leur capture fut comme un coup de fouet dans le moral de la population et des Armées. Nous détenions une des plus terribles armes biologiques de l'adversaire.

Il fallut tout de même plus d'un an pour trouver, capturer ou éliminer les deux autres couples. Les ingénieurs de la Fédération de Warland créèrent les premiers droïdes sondes. De la taille d'un ballon de basket, ils étaient composés de multiples détecteurs, foreuses et senseurs en tous genres. La première génération était filoguidée. Ils étaient reliés à des ordinateurs par un câble électrique ayant une longueur d'un kilomètre.

Le droïde-sonde était lancé dans les galeries afin de les cartographier et de rechercher toutes traces d'être vivant.

La seconde génération conçue peu de temps après n'était plus filoguidée. Ce qui permettait un meilleur retour des appareils sans qu'ils soient bloqués dans les méandres souterrains.

La troisième génération possédait une charge

explosive. Celle-ci pouvait détoner en cas de présence extraterrestre ou grâce à l'opérateur.

De nombreux droïdes sondes furent utilisés pour cartographier l'immense entrelacs caverneux. C'est ainsi grâce à la ténacité des wartroopers et aux différentes avancées technologiques en matière d'armement que Tarnor fut reprise au bout de deux longues années de luttes. Maintenant nous sommes sûrs qu'il n'y a plus de Gurmacs sur la planète.

Les avant-postes furent de nouveau construits puis ce fut le tour de bases plus grandes et de villes. La colonisation du système de Sordol fut enfin complète.

La troisième flotte spatiale fut envoyée en bordure pour y effectuer des patrouilles. Elle était prête à contrer toute attaque lornorienne.

Mon épouse vit d'un mauvais oeil mes entrainements avec mes soldats. Elle ne m'avait jamais rien dit à propos de mon engagement dans la guerre. Elle savait que c'était légitime pour l'avenir de notre humanité.

Stélina m'avait toujours vu triompher aussi bien lors des deux Batailles Planétaires que lors des différentes missions contre les Lornoriens.

J'étais presque revenu sans blessure grave. Par contre, elle avait eu peur de ne plus me revoir lors de la conquête de Donkan. Son angoisse avait grandi au fur et à mesure que les jours passaient et que Warland ne recevait aucune nouvelle provenant de Donkan.

Puis, elle m'a retrouvé à moitié mort, enchâssé dans un caisson médical.

Je lui ai beaucoup parlé de tout ce qui m'était arrivé. Nous avons eu énormément de conversation sur le sujet et sur notre avenir. Elle sait que je combats pour elle, pour nos enfants, pour mes camarades et pour la Fédération.

Stélina était au courant que je ne pouvais pas laisser mes amis partirent à la guerre sans moi. Je savais au plus profond de moi même que tous les wartroopers sous mes ordres, humains ou extraterrestres, étaient prêts à aller se battre et qu'ils attendaient que je les mène au front.

Maintenant que la Fédération tenait tout le système de Sordol sous sa coupe, les forces armées furent réparties sur toutes les planètes. Des industries, mines furent implantés partout et durent fournir un rendement maximal pour parer à l'effort de guerre. La plus prolifique fut celle spatiale.

Le Duc Larbarse nous expliqua que les Lornoriens devraient avoir dans peu de temps une flotte importante pour pouvoir nous écraser.

Et elle était peut-être déjà en route.

Chapitre 25 : Le retour du *Stone Axe*

Nous fêtâmes le retour du Destroyer de guerre *Stone Axe*, de son équipage et de son commandant de bord l'Amiral Adolfus.

Il y a sept ans, lors de la deuxième Bataille Planétaire, le *Stone Axe* avait poursuivi les Lornoriens dans leur tunnel Vortex-Warp puis il n'avait plus donné de nouvelles.

Le navire avait été considéré comme perdu.

À ce moment, aucun scientifique n'avait été en mesure d'expliquer ce qui se passerait si un vaisseau pénétrait dans le tunnel Vortex-Warp d'un autre sans avoir entré les mêmes coordonnées d'arrivée.

Les rapports fournis par l'Amiral Adolfus et son personnel de bord furent la plus grande mine d'informations pour les technoscientifiques de la Fédération de Warland.

rapport IX :Adolfus, zéro-zéro-un.(extrait)

Le destroyer *Stone Axe*, composé de son équipage complet de cent marins, d'une escadrille de dix chasseurs spatiaux delta F2, a participé à la deuxième Bataille Planétaire.

Cinq des chasseurs étaient revenus dans leurs hangars pour se ravitailler en carburant et en munitions.

Nos batteries de canons tiraient sans discontinuité sur

l'ennemi afin d'affaiblir leurs boucliers.

Lorsque les forces galactiques du Pacte de l'Alliance Blanche mirent la main sur le contrôle des Stations Orbitales lornoriennes et que la moitié de leur flotte fut détruite, les Lornoriens décidèrent de prendre la fuite.

Ils créèrent un tunnel Vortex-Warp.

Je jugeais de les chasser et de leur faire payer tous les morts qu'ils avaient faits lors de la première bataille planétaire.

L'Amiral-major Stoutgarth, commandant l'armada spatiale de défense de Warland, essaya d'entrer en communication avec nous. Son message était haché et incompréhensible. Je pensais avoir déchiffré qu'il ne voulait pas que nous poursuivions l'ennemi. Mes pilotes me demandèrent par deux fois de renouveler mon ordre de poursuite.

Je le renouvelais malgré tout.

Le calculateur introduisit les coordonnées de départ en tunnel Vortex-Warp.

Au cul des navires lornoriens, nous fûmes happés par leur tunnel Vortex-Warp. Il se referma derrière nous.

Notre vitesse s'accéléra d'un coup. Les pilotes allumèrent nos propres réacteurs Vortex-Warp avant que ceux ioniques saturent et que l'on perde nos proies.

Devant nous à porter de tir, nous avions le visuel sur un croiseur de commandement et d'une escorte de deux destroyers.

J'ordonnais de préparer toutes les batteries de canons à ions situées à la poupe de mon navire pour une salve sur le croiseur. Le chef de quart Forest m'annonça que les canonniers étaient prêts.

Je commandais d'ouvrir le feu. Les réacteurs ennemis furent touchés et se désagrégèrent. Le vaisseau perdit instantanément de sa vitesse et dériva dans le Vortex-

Warp. Nous nous retrouvâmes très rapidement derrière lui. Puis quelques secondes après nous étions de nouveau dans l'espace. Nous avions perdu la trace de son escorte.

Le navigateur me communiqua qu'il ne possédait aucune coordonnée sur l'endroit où nous nous trouvions et qu'il se mettait au travail pour nous localiser.

J'appris par la suite que le *Stone Axe* avait été pris dans l'aspiration du vaisseau ennemi qui avait créé le tunnel Vortex-Warp. Détruire ses réacteurs arrêterait le phénomène d'aspiration et de tunnel Vortex-Warp.

Les conséquences étaient que personne ne pouvait savoir où cela pouvait nous faire sortir. Nous pouvions très bien apparaître à côté d'un trou noir ou être pris dans l'attraction d'un soleil.

Les deux navires dérivaient dans l'espace sans aucun danger proche. Nous ne connaissions pas notre localisation. Les pilotes redémarrèrent les réacteurs ioniques et se remirent à la poursuite de l'ennemi qui dérivait priver de ses systèmes de propulsion. Des débris de matériaux se détachaient de l'arrière. Des explosions parcouraient de temps en temps différents ponts.

Il n'avait pas l'air de vouloir se battre. Il attendait sûrement que nous partions à la curée.

Une patrouille de chasseurs fut envoyée en reconnaissance. Nous eûmes la confirmation qu'il n'y avait aucune trace d'activité agressive.

L'ennemi semblait peut-être se rendre ou nous attendait pour son dernier combat. L'opérateur radio tenta d'entrer en communication sur plusieurs fréquences. Sans aucun résultat.

Nous devions arraisonner le croiseur et piller ses ressources pour réarmer et réparer notre destroyer.

À bord du *Stone Axe*, je n'avais plus qu'un corps de

garde d'une cinquantaine de wartroopers sur les dix que j'avais avant le début de la bataille planétaire. La dernière navette d'abordage Pénétrator fut lancée avec deux escouades à son bord.

Aucune action ne fut faite contre le transporteur. Il s'enfonça dans le navire non loin du pont de commandement.

Moins d'une heure plus tard, l'astronef fut sous notre joug. Tout au long de leur périple, nous restâmes en communication. J'appris par les deux chefs de section qu'il y avait très peu de résistance.

L'amiral lornorien Sshuist se rendit lorsque mes soldats arrivèrent sur le pont de commandement.

Le *Stone Axe* déploya ses tunnels-sas qui pénétrèrent la coque du croiseur lornorien.

Mes wartroopers se mirent en position et fouillèrent le vaisseau.

L'officier donna sa réédition avec ses hommes sous la condition que nous ne les exécutions pas. Sur mon honneur de légionnaire de l'Ordre Noir, je lui promis de les faire prisonniers et ne pas attenter à leur vie à la seule condition qu'ils ne commettent aucun geste contre mon équipage ou mon bâtiment spatial.

Un accord de paix fut signé.

Lors d'un repas avec l'Amiral Sshuist, j'appris qu'il appartenait à la classe dirigeante de sa planète et qu'il était membre d'un groupuscule qui combattait contre la tyrannie de l'Empereur Chestiss. Celui-ci se nommait Mouvement de Résistance de Lornor. Il rassemblait de nombreux officiers de l'armée lornorienne qui ont toujours été contre l'arrivée de Chestiss. Sshuist était commandant de la deuxième phalange de résistance de Lornor. Sur les trente-cinq prisonniers, la moitié en faisait partie. Les autres s'ils n'étaient pas fanatisés pourraient nous rejoindre après de considérables discussions pour connaitre leur engagement politique.

Les technomécaniciens de mon bâtiment spatial me débriefèrent sur l'état du croiseur ennemi. Les moyens de propulsions étaient détruits. Leur ordinateur de bord était hors de service et nous ne pûmes pas récupérer les données qui nous auraient permis d'avoir les coordonnées pour retourner dans le système de Sordol.

Une majorité de leur batterie d'armement était encore utilisable. Plusieurs ponts étaient fermés suite aux multiples explosions. Les soutes étaient bien remplies de denrées et de ressources diverses. En clair, le croiseur de commandement était une épave qui pouvait encore être réparée.

Nous n'avions ni le temps ni le matériel lourd pour le faire.

Suite à une réunion avec tous les officiers de mon navire, je fis couper la balise de détresse puis j'ordonnais le pillage de l'astronef lornorien. Nous pourrons partir ainsi sereinement vers notre retour.

Une batterie de quatre canons bitubes à plasma remplaça une des nôtres à six canons laser.

Toutes les munitions, matériel léger et de maintenance, armement individuel lornorie *Stone Axe* n, matériel de chirurgie, de soins, l'eau, la nourriture, les générateurs électriques furent entreposés dans nos soutes. Tout le système de communication lornorien fut prélevé et installé sur mon destroyer.

Toutes les réparations, les réglages et autres modifications prirent plus de deux semaines pendant lesquels les calculateurs et navigateurs lornoriens et humains recherchèrent notre route. Les techniciens résistants firent du très bon travail, mais annoncèrent avec désespoir qu'ils ne savaient pas où nous étions perdus.

Rapport IX Adolfus, trois- zéro-quatre (extrait)

Cela fait trois ans maintenant que nous recherchons notre chemin de notre retour.

Nous effectuons des relevés des systèmes que nous traversions tout en indexant les différentes données des planètes que nous croisions.

Elles sont archivées en bonne place et pourront être utilisées par les scientifiques de la Fédération de Warland.

Nous sommes tous logés à la même enseigne. Les Lornoriens s'intègrent bien avec le reste de l'équipage et j'ai même remarqué des gestes de camaraderies qui n'auraient pas existé au début du conflit.

Nous nous approvisionnons en eau et nourriture sur les planètes hospitalières. Nos réacteurs Vortex-Warp ne fonctionnaient que sur de courts trajets dans les systèmes où nous nous trouvions.

Nous découvrîmes sur un astre, le minerai nécessaire à l'alimentation des réacteurs.

Il nous fallut six mois pour en extraire et en raffiner suffisamment pour faire le plein des réservoirs avec les moyens du bord. Tout le personnel fut mis à contribution dans cette mission.

Rapport IX Aldofus, trois-deux-cinq.

J'ai longuement discuté avec chaque membre du Stone Axe. Le moral est bas, mais il est plein d'espérance. Chacun oeuvre à faire avancer le navire dans la bonne direction. Certains apprécient même les missions de prospection planétaire qui les renvoient aux grands navigateurs des temps anciens de Warland. À cette fin, nous avons créé une cellule spéciale pour l'exploration, la découverte et le recensement des planètes que l'on rencontrerait sur le chemin de notre Retour. Elle est composée de trente membres d'équipage, humains, vinx et lornoriens. Ils devaient collecter le maximum de renseignement sur l'atmosphère, le sol, la faune et la flore et l'eau.

Je ne leur laissais que trente-six heures par astre, car nous devions toujours avancer plus loin.

Mes calculateurs et les opérateurs radars recherchaient sans cesse un signe de la présence d'une armée ami ou ennemi. Le signe qui pourrait nous remettre sur le bon chemin.

J'ai le moral et je sais que mes hommes ont du courage.

J'espérais juste que nous n'étions pas partis dans la direction opposée.

Rapport IX Adolfus, cinq-zéro-quatre :

Le *Stone Axe* a subi une pluie de météorites. Certaines ont passé les boucliers et ont causé de nombreuses avaries. La poupe du bâtiment était gravement endommagée. Nous avons dû fermer plusieurs coursives. Tout le matériel en réserve fut utilisé pour les réparations.

Dans ce moment de malheur, les enfants nés à bord du *Stone Axe* nous apportent joie et bonne humeur dans leur sillage.

Il y a Espérence Strüb qui a quatre ans, première fille des Docteurs Helena et Francis Strüb que j'ai unis lors d'une cérémonie très simple.

Leur dernier né est un petit garçon qu'ils ont prénommé Adolfus.

La seule femme vinx à bord a eu des jumeaux peu de temps après la naissance d'Espérence.

Du côté lornorien, quatre enfants sont nés des trois femelles présentes dans leurs rangs.

Les sept morveux sont les fils et les filles du *Stone Axe*. Ils me rapprochent des miens qui grandissent sur Warland avec leur mère. Leurs venues ont cimenté le lien entre tous les individus du navire et surtout entre les frères ennemis.

Des cours leur ont été préparés par les officiers de bord, Vinx, Lornorien et Warlandien.

Leur éveil est formidable et leur débrouillardise l'est tout autant. Je suis sûr qu'ils auront une vie extraordinaire.

Nous avançons dans l'espace par petit bond en économisant le maximum d'énergie.

Rapport IX Adolfus, cinq-zéro-six (extrait)

Enfin, une rencontre extraordinaire et extrêmement salutaire.

Nous avons été abordés par une petite flotte de vaisseau vinx. Leurs astronefs étaient peints en noir et rouge et ornés de crânes blancs.

La forme caractéristique des croiseurs vinx nous donna le courage d'entrer en contact avec eux.

Les transcripteurs du *Stone Axe* fonctionnaient encore convenablement. Un contact audio se fit entre les navettes et notre bâtiment. Puis le chef vinx demanda à nous accoster.

Les vaisseaux se rapprochèrent et des tunnels de transbordement se déployèrent et s'accrochèrent aux écoutilles du *Stone Axe*.

J'attendis la délégation vinx avec l'Amiral Sshuist.
Lorsque les sas s'ouvrirent. Le Vinx et sa garde composée d'une quinzaine de soldats levèrent leurs armes à la vue du Lornorien. J'eus toutes les peines du monde pour les calmer et éviter un bain de sang inutile. Au bout d'une dizaine de minutes, convaincue qu'il n'y avait aucun piège, la paix revint et nous pûmes parler dans le quart des officiers entre personnes raisonnables bien que soupçonneuses.

Je fis ainsi connaissance avec le Duc Krisark, neveu de l'Empereur Shax II. C'était un général de l'armée Vinx et commandeur de la flotte de corsaires qui entourait le *Stone Axe.*

Le Duc Krisark et son escadre avaient affronté les Lornoriens pour protéger la fuite de la population vinx et de Shax II, jusqu'à ce que son frère fasse exploser la planète qui détruisit l'armada d'assaut ennemi.

Krisark et le reste de sa flotte avaient pris une autre direction poursuivie par quelques éléments hostiles. Toutes les communications avec la force navale impériale avaient été brouillées lors de l'explosion de Vinx et ils ne surent jamais si leur combat avait permis à l'Empereur et son peuple de s'échapper.

Je pus le rassurer sur ce point et leur racontais leur arrivée dans le système de Sordol et l'accueil reçu sur Warland après la première Bataille Planétaire. Les membres de mon équipage vinx ainsi que leurs enfants étayèrent mes dires et je pense que ce fut à ce moment-là qu'ils se détendirent.

La joie anima le visage de Krisark qui était si sombre jusque là. Je lui fournis le maximum de renseignement sur son peuple que je le pouvais malgré le nombre d'années dans l'espace à retrouver Warland.

Le Duc Krisark, connaissant nos intentions, jura de ne

pas faire de mal à nos prisonniers lornoriens. Ceux-ci étaient entre temps passés de notre côté. Le Vinx prit congé et il nous demanda de suivre sa flotte jusqu'à sa base. Nous pourrions réparer notre vaisseau et le ravitailler.

Deux semaines après, nous arrivâmes dans un amas de météorites géants. Il y en avait plus d'une centaine et de taille diverse.

En fait chaque astéroïde selon sa grandeur était un élément fonctionnel d'une structure militaire. Il y avait au choix des bunkers, des entrepôts, des habitations, des usines, des postes de tir, des pistes de décollages. Certains avaient même reçu des réacteurs Vortex-Warp, des batteries de canons et des tubes de lance missiles ou torpilles.

Les plus petites de la taille d'une frégate spatiale warlandienne entouraient les plus grosses et n'étaient occupées que par des soldats. Leur surface était garnie de pièces d'artillerie.

Je remarquais que certaines d'entre elles étaient reliées entre elles par des chaînes dont les maillons étaient aussi énormes qu'un tank lourd de classe Warrior. J'appris que ce système avait une certaine utilité, mais personne ne m'en dit plus.

Tout l'amas avait été colonisé par les Vinx et d'autres xénomorphes qui avaient fui les invasions lornoriennes. Les membres de la cellule Extraterrestre les répertorièrent dans le rapport XF quinze du Docteur Strüb. Tous ces êtres étaient peut-être les derniers de leur race à être vivant et libre. Ils avaient échappé à l'esclavage industriel lornorienne.

Les Lornoriens à bord du *Stone Axe* furent conviés à y rester. L'Amiral Sshuist fut le seul à pouvoir m'accompagner. Il vit enfin toute la misère que son peuple avait causée sous les ordres de l'Empereur tyrannique Chestiss. Je ne le blâmais pas. Ni lui ni ses hommes. Ils s'étaient battus comme des soldats avec les ordres qu'on leur avait donnés. Même si Sshuist appartenait tout de même à une organisation qui voulait renverser le pouvoir en place.

Les corsaires étaient installés dans des météorites dix fois plus gros que mon destroyer. Elles ressemblaient à des stations orbitales gigantesques dont l'intérieur était une ville grouillante de vie.

Je vis de nombreux points d'ancrage pour les vaisseaux. Le Duc Krisark donna une série d'ordres à son arrivée. Les techniciens firent du beau travail et le Stone Axe eut une deuxième jeunesse. Les moteurs furent de nouveau opérationnels ainsi que tous les systèmes de bouclier.

Mes ingénieurs firent copier les plans de ceux-ci et les confièrent à nos nouveaux amis. Ils équipèrent ainsi peu à peu leurs stations.

Plusieurs batteries de canon laser bitube furent changées par de l'armement vinx qui pour une puissance équivalente à celui au plasma lornorien était moins consommatrice en énergie.

La proue du *Stone Axe* prit une forme arrondie qu'affectionnent les Vinx. Des symboles soi-disant portent bonheur furent peints à côté de la cocarde de la Fédération et du drapeau corsaire du Duc Krisark. Celui-ci allait m'assurer à mon bâtiment et mon équipage un sauf-conduit auprès des extraterrestres qui combattent les Lornoriens.

Nous restâmes un long moment sur place le temps des travaux et autres modifications. Nous apprîmes que la majorité du matériel possédée par les corsaires avait été pillé sur les planètes conquises par les Lornoriens ou lors d'actes de pirateries contre des convois de marchandises ou militaire.

Tous les vaisseaux lornoriens étaient attaqués sans aucune distinction. Dans la mesure du possible, le bâtiment était capturé et entièrement désossé par la suite dans l'amas de météorites pour servir à consolider les différentes stations. C'était donc pour cela qu'elles ressemblaient à un grand patchwork de pierres et de métal.

La dernière faveur que je demandais au Duc Corsaire fut sa carte des systèmes. Les Vinx avaient beaucoup voyagé et en concordance avec les données de mon propre navire, il allait être plus facile pour nous de retrouver notre route.

Le seul point dans l'espace qui nous rattachait à Warland était Lornor.

Le Duc avait les coordonnées de la planète de nos ennemis. Le plan était simple. Les données allaient être entrées dans les ordinateurs de bord avec comme site de départ l'amas de météorites des corsaires et celui d'arriver Lornor. Sur place, nous introduirons celles de Warland et le tour était joué et bienvenue à la maison.

Pour les calculateurs, c'était un jeu d'enfant les données allaient être préenregistrées. Le seul point noir était que nous allions devoir attendre au minimum cinq minutes afin de relancer les moteurs Vortex-Warp après le premier saut. Le temps que se fasse l'initialisation des données et les diverses routines par les ordinateurs de navigations.

Cinq minutes de trop à portée des défenses orbitales de l'ennemi.

Je convoquais dans le hangar principal tout l'équipage

du *Stone Axe*. Je leur annonçais les différentes nouvelles. Je devais ramener par tous les moyens le *Stone Axe* à bon port. Les membres du navire avaient le droit de choisir de rester dans l'Amas et se battre avec les corsaires ou de me suivre dans cette dangereuse ligne droite.

Cette ligne droite était longue de deux mois jusqu'à Lornor puis de trois semaines jusqu'à Tarnor, la première planète du système de Sordol. Sordol, notre système.

À l'unanimité, tous voulurent terminer cette aventure. Le sang et la peine avaient cimenté nos liens et nous unissaient dans les épreuves à venir.

Lorsque je leur demandais leur avis, de nombreuses idées fusèrent. Je les écrivis dans un cahier. Elles provenaient aussi bien des humains que des Vinx ou des rebelles lornoriens.

Les corsaires vinx se proposaient encore de nous aider. Je leur dis que leur travail de sape devait continuer ici. J'acceptais cependant l'escouade d'assaut du Major Radrark, deux chasseurs vinx modèlent Barakuda ainsi que leur pilote et deux mécanos. Je n'acceptais rien d'autre. Ils avaient déjà tellement fait comme ça.

Avec mon état-major, nous étudiâmes toutes les idées données et préparâmes une stratégie.

Une fête fut organisée avant notre départ dans la grande tradition vinx. Ils l'appelaient la commémoration du Sang et elle était supposée porter chance. Et de la Chance, nous en aurons besoin.

Rapport IX Adolfus, six-un-cinq (extrait)

Tout l'équipage était prêt à sortir du tunnel Vortex-Warp. Cela faisait maintenant deux mois que nous avions quitté la base d'opérations des corsaires vinx.

Les navigateurs et les calculateurs étaient prêts à lancer le programme d'initialisation pour pouvoir entrer par la suite les nouvelles coordonnées.

Les pilotes des chasseurs Delta F2 et Barracuda étaient dans leurs cockpits parés à être propulsés dans l'espace. Ils allaient effectuer une diversion contre toutes les escadrilles ennemies.

Une diversion, car avec sept aéronefs nous n'allions pas effrayer les Lornoriens.

Le pilote Lornorien Triss'h prit les commandes du Stone Axe avec pour copilote Tuomas. L'extraterrestre allait nous positionner pour le départ dans le futur tunnel Vortex-Warp. J'espérais qu'il soit aussi bon que ce que l'Amiral Sshuist m'avait dit.

- Amiral Adolfus, plus que deux minutes.
- À tous les postes. Votre position.
- Canonnier. Prêt.
- Lance-torpilles. Prêt.
- Moteurs. Prêt.
- Chasseurs, blanc, rouge, noir, jaune, vert. Prêt.
- Chasseurs or, argent. Prêt.
- Navigateur. Prêt.
- Calculateur. Prêt.
- Poste pilotage Stone Axe. Prêt.

Mon équipage était fin prêt pour la suite des événements. J'ouvris le canal des transmissions interne pour que tout le monde puisse m'entendre.

- À tous, Wartrooper que la mort guide nos pas vers notre destin.

Le compte à rebours commença.

- Dix, neuf, huit.

Les sas des hangars et des lanceurs d'engins s'ouvrirent.

- Sept, six.

Les trappes des tubes lance-torpilles se levèrent.

- Cinq, quatre.

Les batteries des canons se mirent en branle prêt à tirer des bordées.

- Trois, deux, un. Maintenant.

Le tunnel Vortex-Warp se désagrégea et nous sortîmes de celui-ci. Une vision d'horreur s'offrit à nous.

Lornor.

La planète était cinq fois plus grosse que Warland. Elle était recouverte par une épaisse couche de nuages de pollution industrielle. Tout autour d'elle, des stations orbitales de différentes grandeurs et formes formaient un champ de défense incroyable.

La flotte lornorienne était la plus considérable que j'eus pu voir de toute ma vie de marin spatial.

Tous les canons du *Stone Axe* firent feu sur les cibles à porter.

En même temps, Triss'h mit plein gaz et fonça droit devant vers les futurs coordonnés de saut.

- Début d'initialisation du calculateur principal.

Cinq minutes à tenir, pensais-je.

Tous les chasseurs étaient dans le vide spatial et volaient en tout sens en lançant leur torpille sur toutes les installations ennemies.

Celui-ci n'attendit pas longtemps pour riposter.

- Amiral! Vague de missiles sur l'arrière. Boucliers à fond.

Les canonniers de poupe pointèrent les hostiles sur leur ordinateur de tir. Les batteries de canons bitubes s'illuminèrent en crachant un barrage défensif d'obus solide.

Le *Stone Axe* était embrasé de mille feux. Nous nous engageâmes entre deux stations orbitales. Des escadrilles lornoriennes sortirent de toutes parts.

- Ici, Rouge, je m'occupe des ennemis à deux heures. Merde, ils sont sacrément nombreux.

Nous le vîmes filer devant le poste de commandement. Il lança ses six derniers missiles en effectuant des tonneaux. Il évita ainsi des projectiles lornoriens.

- Deux minutes. Amiral.

- Ici, Or et Argent. Nous vous dégageons le passage.

Les deux chasseurs biplaces Barracuda se placèrent non loin de la proue du *Stone Axe* et foncèrent sur nos douze heures. Ils larguèrent toute leur cargaison de missiles et de torpilles formant un nuage mortel contre les intercepteurs ennemis. Les canonniers des barracudas usèrent des mitrailleuses lourdes lasers situées en tourelles sur le dessus de l'aéronef.

- Ici, Vert. Je suis touché... Adieu.

Un chasseur delta F2, celui du capitaine Arrington, poursuivit par trois vaisseaux lornoriens, partit en vrille et s'écrasa dans une dernière épreuve de force sur le pont de commandement d'un croiseur.

Une série d'explosion interne déstabilisa l'énorme engin qui alla en percuter un autre.

- Ça ne va pas passer ! hurla Tuomas.

Devant nous, trois croiseurs entourés de deux stations orbitales coupaient notre retraite. L'ennemi nous prenait en tenaille et allait nous exterminer.

Je n'avais qu'une solution : les deux missiles M.E.D.A à ma disposition. Les ordres plurent rapidement.

Argent venait de disparaître dans des boules de feu. Des impacts de plasma pénétrèrent les boucliers de proue à plusieurs endroits et infligèrent des dégâts minimes sur les plaques de mon navire.

- Pointez les missiles M.E.D.A sur les croiseurs les

plus proches des stations orbitales. À tous les canonniers, feu, sur le croiseur du centre de la formation ennemie. Vitesse maximale.

- Contacts hostiles à la poupe. Les boucliers ont tenu. Ils sont à cinquante pour cent.

La secousse nous fit légèrement tanguer.

Toutes les armes du *Stone Axe* crachèrent une pluie d'enfer sur le croiseur ennemi.

Les Lornoriens n'avaient pas encore acquis la technologie des boucliers de défense. L'immense navire fut pulvérisé.

Les deux missiles énergétiques de destruction et d'assaut percutèrent chacun sa cible et les volatilisèrent dans une gerbe de feu. L'onde de choc atteignit les stations orbitales.

Nous la ressentîmes en pénétrant dans celle-ci.

Les énormes structures spatiales perdirent de leur puissance et l'une d'elles s'éteignit complètement rendant tous ses systèmes d'armement non opérationnel.

La seconde tournait sur elle même pour nous présenter son tube lance-torpilles à fusion. Ces torpilles qui avaient vaporisé des villes entières sur Warland lors de la première bataille planétaire.

- Ici, Or. Partez. On s'en occupe. Que nos peuples soient unis à tous jamais, Amiral Adolfus.

Nous vîmes le chasseur vinx prendre de la vitesse et se diriger vers la station. Le lieutenant Sorax évita de nombreux tirs de barrage en virevoltant dans tous les sens. Il fut poursuivi par deux intercepteurs. Le canonnier en élimina un. Le second se retrouva dans le feu nourri de ses alliés et disparut dans une déflagration de ferraille et de gaz enflammé.

Le lance-torpilles à fusion s'illumina.

- Tir imminant, me signala l'Amiral Sshuist à mes

côtés.

Une effroyable explosion eut lieu lorsque le chasseur vinx s'écrasa en plein sur l'ouverture du tube.

La station orbitale fut secouée par de multiples détonations internes puis se volatilisa en des milliers de débris qui percutèrent le Stone Axe.

- Blanc et rouge ont disparu, brailla l'opérateur radar.

- Baissez entièrement les boucliers arrière et latéraux tribords, ordonnais-je. Augmentez à fond ceux de bâbords. Cette manoeuvre devait nous procurer plus de puissance sur notre gauche.

Le Stone Axe fut alors ébranlé par de nombreux impacts. Des sirènes hurlèrent de partout.

- Dix secondes avant fin de l'initialisation.

- À tous les chasseurs. Rentrez.

- Fin de l'initialisation, cria le calculateur.

Le pilote lornorien fonçait à travers les escadrilles qui nous faisaient face. Des chasseurs et des bombardiers percutèrent les boucliers avant.

Différents sas de décompressions s'activèrent pour éviter la propagation de différents incendies. Les chasseurs n'allaient pas avoir le temps de rentrer dans leur hangar respectif. Ils allaient devoir se poser sur la coque du destroyer et s'amarrer à celui-ci grâce à leurs patins magnétiques.

- Coordonnées entrées dans l'ordinateur. Prêt pour saut dans Vortex-Warp, hurla le navigateur pour couvrir les sirènes d'alerte.

- Alerte collision missiles droits sur la proue, annonça l'opérateur radar.

- Triss'h. Allez-y, commandais-je.

- Ouverture du tunnel Vortex-Warp dans cinq secondes. Quatre. Trois.

- Basculer l'énergie des boucliers latéraux sur ceux de

poupe.

Je n'entendis pas le compte rendu d'exécution de l'ordre. Je n'entendais que le compte à rebours.

- Deux.. Un. Égrenait le Lornorien.

Le tunnel Vortex-Warp s'ouvrit et nous y pénétrâmes sans nos poursuivants.

Je lâchais le bastingage devant moi et me rassis dans mon fauteuil de commandement. Je repris une longue bouffée d'air.

- Combien de chasseurs sont avec nous ? demandais-je.

- Seul Jaune est là, répondit un des opérateurs radio.

Nous avions prévu un saut d'une journée pour nous retrouver dans le système voisin à celui de Lornor.

Jaune réintégra son hangar le temps de repositionner le Stone Axe sur la dernière ligne droite en direction de Sordol et de notre planète Warland.

Chapitre 26 : Assaut final

L'entrainement était mon pain quotidien.
En étant colonel, j'aurais pu commander un régiment de cinq cents hommes, mais je préférais mon X° corps de garde de cinquante wartroopers et ses missions spéciales.
Nous travaillâmes sur les plans du transporteur pénétrator de type deux. L'engin comme le premier modèle allait servir à aborder tous les vaisseaux ennemis. Celui-là possédait une rampe de lancement qui lui permettait d'augmenter sa vitesse de propulsion. Des générateurs beaucoup plus puissants avaient été mis en place pour les boucliers de protection. Le nez de l'aéronef pouvait s'ouvrir comme deux redoutables mâchoires à l'intérieur du navire. Des canons à fusion laser avaient été logés sur les deux côtés de la navette près des portes de débarquement afin de creuser des brèches dans la paroi des coques.
Avec tous ses aménagements, l'intérieur du type deux était beaucoup plus petit que le premier modèle et ne pouvait accueillir que deux sections équipées en armure Titan.

Je reformais une section spéciale parmi les meilleurs éléments de la LCHE. Le pilote était l'excellent Erickson qui avait été promu Commandant après la bataille de Donkan. Mes anciens coéquipiers, Hunter, Hellberg et

Darkbug en faisaient partie.

Styper avec son bras en moins resta sur Warland et s'occupait de la propagande pour le recrutement au sein de la LCHE.

L'ex-Corsaire, le Major vinx Radrark m'honora de sa présence ainsi que Drax et Rudodok, deux soldats sous ses ordres. Les trois Vinx avaient appartenu à la garde royale avant la destruction de leur planète. Ils étaient l'élite des guerriers vinx. Les soldats DiLite et Andros étaient prometteurs et rejoignirent la première section.

La deuxième unité était encadrée par le Commandant Muller. Celui-là même de mon ancienne promotion des Officiers de l'Ordre Noir. Il était secondé par le Capitaine Leforestier et elle était composée du reste de l'équipe du major Radrark et des wartroopers triés sur le volet du X° corps de garde.

Je revis mes anciens instructeurs de la caserne de Dark Farmer. Ils m'apprirent qu'ils étaient mutés sur Donkan. La planète était dorénavant sous le contrôle total de l'Ordre Noir. Le nouveau centre d'entrainement était en construction. Je plaignais les futurs cadets.

Certaines bases de l'Ordre Noir sur Warland servaient de dépôt pour les archives de la lourde paperasse ou de musée. Il y avait tout de même des Forces armées pour défendre et protéger les villes du Landtôt.

La légion de Coopérations Humain Extraterrestre resta sur Warland, car Donkan était fermé à toute personne n'appartenant pas à l'Ordre Noir. À moins d'y être invité, ce qui était un fait rare. Seule la famille royale vinx pouvait être conviée. Les autres membres de leur communauté y étaient interdits.

Tout vaisseau avait le droit de croiser la planète et de demander à être alimenté en énergie et en nourriture.

Aucun xénomorphe ne pouvait être membre de l'Ordre Noir. Ils devaient être soldats ou scientifiques de la LCHE pour bosser avec des humains de l'Ordre.

Stélina était contente de rester sur Warland. Elle travaillait beaucoup de son côté. Elle allait de réunion en réception; de temps en temps j'y étais aussi convié. Dans ces moments là, avec le prince Garik, nous nous éclipsions pour discuter de choses et d'autres bien que nos réflexions revenaient souvent sur la guerre omniprésente. Il y avait eu trop de morts de chaque côté. L'Empereur Chestiss devait être éliminé. Nous ne connaissions pas l'étendue de son empire et de son pouvoir au sein de celui-ci. Le cousin corsaire de Garik n'avait pas pu informer l'Amiral Adolfus. Il fallait avoir des renseignements sur les Lornoriens. Eux devaient en avoir amassé une énorme quantité sur nous.

Le seul avantage que nous avions était le groupe de résistance lornorien. Ils effectuaient un travail de sape et de propagande dans l'empire lornorien. Les membres trouvés par l'Amiral Adolfus furent installés dans une caserne construite sur Cycoel, la deuxième lune entourant Vulgan.

Le duc Larbarse et l'amiral Sshuist en étaient les commandants. La base était approvisionnée toutes les semaines et était protégée ou surveillée selon certains par un détachement de deux cents hommes.

Tous les prisonniers lornoriens avaient été transférés secrètement sur Cycoel. Le bâtiment lui-même avait été camouflé en station anti-météores. Personne ne devait savoir ce qui s'y cachait.

Depuis les débuts de la guerre et surtout lors de la bataille de Donkan, la Fédération de Warland avait récupéré quelques vaisseaux lornoriens. Ils furent retapés et enfin utilisés par la Résistance lorsque nous envoyâmes quelques groupes à la recherche de renseignements.

Les nouvelles arrivèrent aux compte-gouttes. Tout d'abord, la taille de l'empire ennemi. L'empereur tyrannique avait la main mise sur cinq systèmes planétaires. Il avait à sa disposition de nombreuses ressources. Sa flotte croissait jour après jour et était supérieure à la nôtre.

Le Grand État-Major de la Fédération de Warland s'inquiétait au fur et à mesure de l'arrivée des informations. Nos industries étaient déjà à fond et fournissaient tant bien que mal des vaisseaux spatiaux de toutes catégories et de tailles.

Les derniers modèles étaient la canonnière devastator. Composé du puissant canon à fusion laser de type destructeur équivalent à celui de nos imposants destroyers de classe conquistador. Il y avait juste un pilote et un tireur. C'était un astronef de petite dimension construit en fait autour de l'arme et de son ingénierie. Très peu maniable, mais extrêmement dévastateur. Bien placé, il pouvait devenir un tueur de croiseur ou de destroyer.

Les bonnes nouvelles étaient que les troupes lornoriennes étaient de plus en plus de mauvais poil à l'encontre de leur gouvernement. Le travail de sape du Groupe de Résistance y était pour beaucoup. La seconde chose était qu'ils n'avaient pas encore acquis la technologie des boucliers de puissance. Nous allions pouvoir tenir face à eux le temps de décharger nos canons derrière nos propres champs d'énergie.

Voilà, de ce dont nous parlions avec le Prince Garik. Il

voulait vivre heureux avec sa femme. La guerre nous avait tous profondément marqués.

Mon peuple plus que la sienne, car nous avions toujours été en Guerre. Grâce aux Lornoriens, nous étions enfin unis. Grâce aux Lornoriens et aux Vinx, nous avions conquis notre système solaire.

Que d'exploits en une dizaine d'années ! Personne ne l'aurait cru.

Personne n'aurait cru qu'il aurait fallu autant de morts pour en arriver là.

De la trente-Huitième section de la septième armée d'Outrance, il ne reste que cinq personnes, dont un éclopé. J'ai perdu un tas d'hommes lors des batailles planétaires sur Warland et celle de Donkan. Par la suite, j'eus connaissance d'amis décédés sur Tarnor.

La liste était longue, trop longue.

Nous trinquâmes aux morts avant de boire une gorgée de vin, puis avec le Prince Garik, nous rentrâmes rejoindre nos femmes.

Le cri assourdissant des sirènes nous réveilla tous.

Les Lornoriens arrivaient.

Je vis mes enfants Aldric et Hirwen entrer en courant dans notre chambre pour se blottir contre nous.

Stélina me regarda avec effroi. Je lui tendis Aldric, ouvrit le placard situé face à notre lit et composa le code d'accès au coffre d'armement. Je sortis un fusil d'assaut à fusion laser avec une dizaine de chargeurs pleins.

Il y avait aussi des gilets de protection pour ma femme et mes enfants.

- Habillez-vous vite et rejoignez le bunker de l'immeuble.

Stélina prit nos deux chérubins dans ses bras et les emmena dans leur chambre. Je préparais le FAFL et lui amena par la suite.

Le visiophone sonna. Le Général-Major Artemberger le visage fatigué et calme apparu.

- Rejoignez le Poste de commandement, dit-il simplement.

J'embrassais ma femme, mes enfants et leur dit au revoir avant de sortir de notre appartement.

Nous portions tous une combinaison Titan. Elles étaient opérationnelles. Les pleins d'air, d'eau et d'énergie effectués. Nos FAFL et leurs chargeurs étaient devant nous. Hellberg tenait sa mitrailleuse lourde à Fusion Laser. Son pack chargeur était au taquet.

Les Vinx avaient décoré leur hallebarde de symboles divers et murmuraient des prières de leur peuple. Nous les regardions faire. C'était la première fois qu'ils priaient avant une bataille. Comme si elle devait être la dernière de leur vie.

Les haut-parleurs grésillèrent :

- Pénétrator, première section X° corps de la LCHE : prêt, notifia le commandant Erickson dans le communicateur à l'attention des opérateurs de la passerelle de commandement du super destroyer de type Conquistador *Shax II*.

Toutes les flottes du système de Sordol avaient été mises en alerte autour de toutes les planètes et attendaient leurs ordres. Ils étaient prêts à converger vers leur ultime point de chute là où il y aurait la grande bataille.

Le Maréchal-Major Radl avait ordonné le retour de tous les croiseurs de reconnaissance par les tunnels Vortex-Warp qu'eux seuls connaissaient. Les Vinx avaient fait décoller le destroyer de commandement Goldérianne. À son bord se trouvait le Roi Shax II en personne.

Les espions avaient pu, avec de terribles difficultés, nous informer de l'arrivée imminente de la flotte lornorienne.

- Colonel. Appel du Haut État-Major. Communication sécurisée autorisation violette,déclara Erickson..

- Je prends. Ici, Colonel Fightblue.

- Colonel, ici, le Maréchal-Major Anderson. Nos renseignements nous laissent penser que l'Empereur Chestiss sera en personne dans son navire de commandement. Celui-ci est deux fois et demie plus grand que nos super-destroyers. Je veux que le X° corps essaye de le capturer.

- Vivant?

- Dans la mesure du possible, oui.

- Reçu, Maréchal-Major.

- Personne d'autre ne connait votre mission. Le roi Shax II sera dans les plus durs combats pour se rapprocher de l'ennemi afin que vous puissiez traverser la coque du croiseur lornorien.

- La mission ne va pas être de tout repos.

- Colonel, vous avez échappé à de nombreux dangers. Sachez que vous et votre équipe serez hautement récompensés à juste titre.

Je regardais chaque membre de mon squad. Leur visage était fier de servir la Fédération de Warland et de prouver encore une fois pourquoi ils ont été entraînés.

- C'est à dire?

- Vous passerez Général-Major et tous vos hommes seront aussi bien récompensés.

- Nous ne nous attendons pas à tant, mais le boulot sera fait, Maréchal-Major.

- Si Chestiss est capturé, la bataille va être écourtée et de nombreuses vies seront sauvées.

- Bien reçu, Maréchal-Major.
- Bonnes chances à vous tous. Que la Victoire soit avec nous.
- Que la Victoire soit avec nous, répétais-je.
La communication prit fin. Je me tournais vers mes hommes.
- Qu'en penses-tu, Hunter ?
- On a nos chances, répondit-il avec assurance.
- Pilote ?
- Je suis le meilleur. On passera même si on doit traverser tous les Enfers, confirma Erickson.
- Vous, les humains, avez une grande confiance dans votre unité. Je suis fier de combattre à vos côtés.
- Je suis heureux moi même que vous soyez avec nous, Major.
- Nous allons leur botter le cul ! gueula Hellberg. Et nous rentrerons chez nous pour voir nos enfants.
Tout le monde acquiesça par un signe de la tête, de la main, ou un cri de victoire.

Une grande partie de la flotte de la Fédération était déjà rassemblée en formation prête à en découdre. Une autre était en stand-by, cachée derrière Tarnor.
- Voici, ma femme Stélina et mes deux enfants Aldric et Hirwen, dis-je en tendant la photo que je gardais toujours sur moi, au Major Vinx. C'est pour eux et mes camarades, ici présents, que je combats avec toute mon énergie.
- Ma famille est morte sur Vinx. Seule ma fille a pu survivre. Elle voyageait sur le *Goldérianne*. Mon épouse est décédée dans un croiseur qui a été atomisé par les Lornoriens.
Il me montra une icône holographique qui représenter une femme vinx d'une grande beauté semblable à la

Princesse Estrella.

- Je suis désolé, Major. Je n'ai pas lu cette partie de votre dossier.

- C'est pour elle que je me bats... et pour tous ceux qui ont péri sur Vinx.

Les deux autres soldats vinx hochèrent la tête. Ils étaient du même avis.

Le pilote Erickson coupa court au reste de la conversation.

- Mon Colonel, je crois que l'ennemi ne va pas tarder à arriver. La passerelle de commandement vient d'annoncer des distorsions dans l'espace. Un tunnel Vortex-Warp va s'ouvrir bientôt.

- À vos armes, ordonnais-je.

- Prêt, hurla mon squad.

L'alerte fut donnée dans toute la flotte. Les nouvelles canonnières de la Fédération se déployèrent sur une grande distance en première ligne.

Nous étions fin prêts, tendus, tremblant, priants, chantant des hommes de guerre et de courage, vérifiant encore une fois les écrans des visières, les munitions, armes, équipement et tenue.

D'autres réajustaient leurs casques, le mécanisme des batteries des canons. Les torpilleurs et les armuriers terminaient d'inscrire des messages sur leurs missiles, fusées et autres engins de mort.

Tout le monde exorcisait sa peur comme il le pouvait. Certains en caressant une photo, d'autres encore leur porte bonheur.

Des chants militaires emplissaient les carlingues des vaisseaux.

Tout le monde avait écouté lors du rassemblement le discours des deux présidents, le Maréchal-Major Anderson et le Roi Alexander III, annonçant la grande bataille avenir pour la liberté de la Fédération. Ils nous exhortaient à combattre pour le bien de nos familles restaient sur les différentes planètes du système de Sordol.

Dans mon transporteur, le chant qui nous accompagnait à chaque nouvelle mission retentit ;

« Contre les Rouges, contre l'ennemi, partout où le devoir fait signe, Soldat de Warland, Soldat du Pays, Nous remontons vers les lignes. »

- Vortex-Warp dans dix secondes annonça la passerelle de commandement.

Nous savions que cela allait être une effroyable boucherie. Nous allions devoir traverser une flotte ennemie supérieure en nombre pour pouvoir capturer Chestiss.

L'armada de la Fédération de Warland allongea sa ligne de front.

- Deux.... Un.... Vortex-Warp.

L'espace se tordit dans une immense spirale de lumière comme ce fut le cas lors de la deuxième Bataille Planétaire. Celle-ci sera nommée la troisième bataille stellaire. La plus grande de toute l'histoire de la Fédération et sûrement la dernière.

Les Lornoriens étaient enfin là. Toute la flotte ennemie au complet. Des destroyers, des stations spatiales, des croiseurs, porte-chasseurs, frégates de guerres, canonnières, escadrilles de chasseurs ou de bombardiers et surtout le super navire de commandement de l'Empereur Chestiss, « *Le gloire de Lornor* » qui dépassait de beaucoup en taille *le Shax II*.

Celui-ci fonça sur lui tout réacteur rugissant. Les deux forces navales ouvrirent le feu annonçant la curée générale.

En quelques secondes, l'espace s'embrasa d'immenses explosions.

Toutes les escadrilles de chasseurs et de bombardiers quittèrent leur hangar respectif pour se jeter dans le vide cosmique et tourbillonner dans des ballets funestes.

La danse de la Mort s'illumina de mille feux.

Des vagues de missiles partirent de chaque ligne de front. En avant des torpilles.

Le *Shax II* plaça toute son énergie dans ses boucliers de protections de proue et ses réacteurs.

- Portes-cargo ouvertes. Attention, pénétrator un, deux, trois, quatre, cinq. Soyez prêt.

Chaque pilote accusa réception et mirent en route leur esquif.

- Bonne chance au X° corps, déclara l'Amiral dans mon intercom.

Je le remerciais.

Nous ressentions même à travers la paroi de notre vaisseau les impacts que recevait le croiseur de commandement.

- C'est parti, dit tout simplement Erickson en poussant les gaz.

Le transporteur de troupe de classe pénétrator de type deux fut propulsé dans le vide par une catapulte.

Erickson jura dans l'intercom. L'astronef fit une embardée à droite puis à gauche avant de se stabiliser après un tonneau.

- Excusez-moi tout le monde.

La flotte de la Fédération de Warland s'était lancée dans la bataille. Après les tirs de semonce, les destroyers qui portaient des transporteurs pénétrator se rapprochèrent à grande vitesse des Lornoriens. Les petites navettes étaient propulsées dans le vide et fonçaient pour aborder le plus rapidement possible l'ennemi.

L'espace était strié de tirs de laser ou plasmatiques ainsi que de munitions solides ou fusionnées. Des explosions survenaient dans les deux camps. Des vaisseaux de toutes tailles se vaporisaient entraînant la mort de milliers de vies.
- Boucliers à fond. Feu en discontinu des canons à fusion dans cinq secondes. C'est vraiment un beau bordel dehors, expliqua Erickson.

La deuxième force de la flotte de la Fédération qui était cachée non loin de Tarnor entra dans la partie en arrivant par le flanc gauche des Lornoriens. De nouvelles vagues de torpilles partirent avant le choc dur et brutal.
Le *Goldérianne* un des seuls vaisseaux équipés d'un éperon traversa par le bâbord deux croiseurs. Plusieurs stations orbitales le prirent alors pour cible et le pulvérisèrent après dix fatals coups au but.
Les missiles Assaut nucléaires furent enfin lancés et détruisirent cinq stations. Les canonnières warlandiennes éventrèrent autant de navires ennemis qu'eux le firent dans un même temps.
Le *Stone Axe* fut perdu lorsqu'après une forte avarie, il percuta un destroyer de commandement. Le souffle mortel vaporisa une escadrille complète de chasseurs lornoriens.

- Pénétrations dans dix secondes ?
Notre Transporteur P2 virevoltait entre les tirs ennemis. Les boucliers saturaient sous les impacts qui faisaient mouche ;
- Nous avons perdu la troisième section, annonça

Erickson. Contact dans cinq secondes.

Cela allait bientôt être à nous de jouer. Nous serrâmes tous nos armes.

Le choc fut effroyable.

Enfin.

- Ouverture des portes, transmit Erickson.

Les épaisseurs de tôles blindées se déchirèrent sous la poussée des puissants vérins du Pénétrator. Les foreuses se mirent à tourner et le vaisseau s'enfonça de nouveau dans le *Gloire de Lornor*.

- À nous, en avant.

Nos harnais se décrochèrent.

- Ici, Un. Demande de compte rendu général.

- Quatre, présent. Quartier d'équipage.

- Cinq, présent. Machinerie réacteur.

- Deux ?

- Ici, cinq. Deux est encore dans l'espace.

- A tous, déploiement et extermination. Trouver Chestiss. Vite.

Tous les chefs d'escouades accusèrent réception de l'ordre.

Capturer l'Empereur Lornorien était notre mission principale, mais la secondaire était de neutraliser par tous les moyens le *Gloire de Lornor* et avec le nombre de soldats, techniciens et autre à bord, cela allait être la tâche la plus ardue.

De fortes explosions secouaient l'énorme destroyer. Les sirènes d'alarme hurlaient alors que les coursives étaient éclairaient par des gyrophares d'alerte rouge.

Le X° corps de garde était coupé du reste de la flotte et quelques soit l'issu de la bataille spatiale, nous devions effectué notre propre mission.

Des haut-parleurs grésillaient des ordres en Lornorien.

Notre transporteur avait forcé les murs d'un entrepôt de vivre. L'air avait fui dans le vide accompagnant dans un même temps des débris et les cadavres des pauvres malheureux qui se trouvaient là.

Le Commandant Erickson nous rejoignit après avoir fixé les amarres du T2.

De l'extérieur, notre vaisseau aurait pu être pris pour un gros tic sur un chien.

Je fis le point des informations des scanners qui défilaient sur le fond de la visière de mon casque. Les données vitales de mon squad étaient toutes dans le vert.

Notre temps était compté et nous n'allons pas faire dans la finesse.

- En avant, faites-moi sauter les portes, commandais-je.

Des pains d'explosifs furent placés contre les sas d'entrée aux endroits stratégiques.

- Attention, tout le monde à couvert.

La déflagration déchiqueta les épais panneaux d'acier. L'air de l'autre côté s'échappa. DiLite et Andros ouvrirent la marche en passant la tête de chacun des côtés du couloir. Une pluie de plasma fila non loin d'eux.

- Merde, jura DiLite en reculant à l'abri.

Le Lieutenant Hunter se rapprocha de lui. Ils dégoupillèrent tous les deux chacun une grenade et à trois les lancèrent dans le corridor.

- On ne fait vraiment pas dans la dentelle, annonça Darkbug.

La déflagration fut terrible. Il y eut ensuite une énorme secousse.

- Un de deux. Nous sommes dans le hangar de chasseurs. Il y a beaucoup de monde et on se fait un petit barbecue.

- Deux de Un. Compris. Tenez bon.

- Reçu. Terminer.

De notre côté, il n'y avait plus aucun bruit. DiLite jeta un oeil :

- Voie dégagée.

Le soldat Andros bondit dans le couloir sous le couvert de DiLite. Les Vinx Drax et Rudok couvrirent l'autre voie.

Nous les suivîmes.

- Il faut aller à la passerelle de commandement qui se situe à l'arrière du navire aux environs des étages supérieurs.

- Alors c'est par là, déclara le Major Radrark après avoir lu des inscriptions sur le mur noirci.

La Fédération de Warland avait beaucoup misé sur l'action des transporteurs de classe Pénétrator qui devait miner la flotte adverse. Mais tant que les wartroopers n'avaient pas accompli leur mission, le vaisseau ennemi restait un adversaire tenace.

Le *Gloire de Lornor* faisait entendre ses batteries de canons. Il tirait sans discontinuité semant la mort dans notre Armada.

Mon squad avançait rapidement dans les coursives.

- Ici, Quatre. Nous avons une forte résistance dans les quartiers du troisième bloc, logement des troupes embarquées. Bordel. Le navire est plein à ras bord.

- Reçu, Quatre. Nous sommes deux niveaux en dessous de votre point.

- Warlandiens, vous ne vous en sortirez pas comme ça. Rendez-vous ou vous serez décimés par les innombrables guerriers de l'Empereur Chestiss, déclarèrent les haut-parleurs.

- Qu'est ce que c'est que ça ? demanda Hellberg.

- Vous avez voulu nous exterminer sur Warland. Vous avez détruit nos familles, nos pays, notre économie.

Votre National-Socialisme se terminera avec cette bataille, car le Bolchevisme reprendra ses droits sur tout ce que vous avez voulu construire. Le peuple élu Jewish reprendra ses terres perdues et par la colère de notre Dieu, vous périrez. Rendez-vous, maintenant, et vous pourrez mourir rapidement sinon d'effroyables tortures vous seront données par les troupes de nos alliés Lorno...

Le haut-parleur explosa sous le tir de Darkbug.

- Il blablate trop.

Nous avancions dans les coursives en faisant sauter à chaque fois toutes les portes que nous croisions. Le vide cosmique faisait ainsi son office dans le vaisseau. Tous les systèmes de ventilation et d'apport d'air se fermaient. Les Lornoriens non équipés d'une tenue spatiale mourraient alors d'asphyxie. Nous économisions de cette façon des munitions.

- Un de Cinq. Machinerie atteinte. Explosions des réacteurs dans dix minutes.

- Cinq de Un. Bien reçu.

Un quart de notre flotte avait été détruite alors que l'ennemi été toujours en surnombre. Le Haut État-Major serrait les dents et voyait la défaite s'annoncer rapidement.

Le miracle arriva de la même façon que pour la première bataille planétaire par la venue de troupes fraîches de nos alliés vinx. Et plus exactement par l'armada complète des corsaires du Duc Krisark.

Le prince Garik à bord du super-destroyer *Alexander III* fut ravi de revoir son cousin.

Les flibustiers avaient déplacé leur propre station spatiale reliée entre elles par des chaînes énormes qui en pénétrant dans la mêlée détruisirent de nombreuses frégates qui se prirent dans le dangereux filet. Le reste de la flotte pirate arriva par le revers des Lornoriens et le prit en tenaille avec nos forces.

Le carnage fut effroyable. Tous nos navires avaient subi d'innombrables avaries. Certains commodores mus par la haine de l'adversaire et par une détermination hors pair de son équipage, ordonnèrent l'éperonnage des vaisseaux ennemis.

- Gurmacs, gurmacs, hurla le sergent-chef Helleberg en se plaquant contre un mur et en défouraillant avec sa mitrailleuse lourde à fusion laser.

Les cris et les sifflements des xénomorphes commandés par les Lornoriens emplissaient les coursives. Ils devaient être aussi dans tous les tuyaux d'aération, rampants, griffant, crachant.

Ils nous entouraient.

- Suivez-moi. Nous devons avancer à tous pris, ordonnais-je en écrasant les restes des cadavres extraterrestres fraîchement tués.

Nos rafales fauchaient toutes les créatures que nous vîmes.

- Ascenseur ou escalier, interrogea hunter en souriant sous son casque en montrant deux ouvertures.

- Je ne veux pas demeurer coincé dans une boîte, murmura Darkbug sur la fréquence.

Tous acquiescent même si tous connaissaient la réponse.

- Quatre de Un. Vous en êtes où ?

- J'ai perdu deux hommes, mais on tient bon.

- Ici, Cinq. Explosion dans cinq, quatre, trois, deux, un.

Le *Gloire de Lornor* fut secoué effroyablement. Le vaisseau craqua de toutes parts. Les haut-parleurs hurlèrent de nouveaux ordres.

- Ici, Deux. Tous les transporteurs sont neutralisés.
- Ici, Quatre. Nous sommes avec le chef de la résistance de Lornor. Ils portent des brassards blancs avec des symboles de paix dessus.
- Ici, Un. Bien reçu.
Puis en montrant les marches.
- Drax avec moi en éclaireur.
Nous montâmes de grands escaliers métalliques. Les Gurmacs les grimpaient ou les descendaient pour nous prendre à revers.
- Pulvérisez-moi cette partie de la structure, hurlais-je.
- Je m'en occupe, annonça Erickson en plaçant une charge sur les marches derrière le squad. On va les ralentir.
Peu de temps après, Hunter appuya sur le détonateur. L'explosion emporta la charpente métallique et une portion de la paroi, mais les créatures escaladèrent en s'accrochant aux murs.
- Putain, c'est vraiment coriace comme merde.
À coup de hallebarde, Drax ouvrait le passage. Darkbug limitait ses munitions et faisait mouche à chaque tir, alors que Hellberg faisait dans la totale destruction.
À chaque palier, les Lornoriens nous attendaient.
- Ici, Cinq. Les flammes nous poursuivent. Le vaisseau se désagrège de l'arrière. Évacuation immédiate, evacua...
La communication fut coupée en même temps que les lumières environnantes.
Nous passâmes en infrarouge. L'obscurité fut zébrée par les rafales. Un hurlement se répercuta sur la ligne de nos communicateurs.
- Rudok. Merde. On a perdu Rudok, cria DiLite en remontant les escaliers quatre à quatre et en mitraillant à tout va. Ils sont partout, partout.

- Putain, il pète les plombs, gueula Hunter en le poursuivant.

- Revenez, ordonnais-je.

DiLite s'engouffra dans une coursive avec Hunter à son cul.

- On poursuit la progression. Hunter le ramènera.

Je l'espérais en moi même.

Des grenades furent jetées derrière nous. Elles ralentirent l'avancée des gurmacs.

- Un de Quatre. J'ai des renseignements.

- Allez-y, Quatre, répondis-je, plaqué contre le mur entre Hellberg qui tiraient sur chaque ennemi qui se montrait et qui aurait préféré tenter sa chance dans le vide spatial à bord d'un chasseur delta F2 au lieu d'être avec nous.

- Il y a moins de troupes que prévu. Il n'y a qu'un régiment.

- En gros, dix fois plus que nous.

- Deux de leurs sections sont avec nous. Une grande partie est morte lors de notre arrivée dans leur quartier.

- OK, et pour les gurmacs ? Car nous sommes un peu entourés, ici.

- Je paye une tournée de bière si nous nous en sortons, lança Erickson à l'escouade en tirant une nouvelle fois.

- Là, par contre, c'est une autre paire de manches. Peut-être entre mille à deux mille individus dont une partie est encore en hibernation dans les soutes inférieures.

- Merci Quatre, marmonnais-je. On continue, décidais-je.

- Ici, Hunter. J'ai rattrapé le gamin. Nous vous rejoindrons dès que possible.

- Bien reçu, Hunter.

Les Gurmacs avançaient par vague du bas des escaliers. Il n'y en avait plus aucun qui descendais. Nous ne pouvions que grimper vers les niveaux supérieurs et nous le faisions rapidement.

- Si on avait eu un lance-flammes, on aurait gagné du temps, déclara Andros en décapitant d'un tir un xénomorphe à deux mètres de lui.

- Au prochain palier, on s'arrête et on les bloque derrière le sas.

- De toute façon, le prochain étage est notre destination, dit le Major Radrark en me montrant les inscriptions sur le mur. C'est le niveau de la passerelle de commandement.

- Ici, Deux. Nous sommes encerclés par les Gurmacs. Ils sortent dans le vide accroché à la carlingue. Ils sont comme fous.

- Ici, Quatre, on arrive par l'autre coté de la passerelle. La résistance lornorienne est moins forte. Merde... Il y a des Gurmacs.

- Ici, Deux. Les Gurmacs remontent la coque vers la passerelle de commandement.

- Ici, Cinq. Mon squad a souffert, mais nous remontons vers Deux.

- Bien reçu tout le monde, tenez bon.

Les coursives de ce niveau étaient plus larges. Des Lornoriens étaient cachés contre des barricades de fortune et nous attendaient. Darkbug fit des merveilles. Son talent de sniper nous permit de dégager la voie ; la moindre parcelle d'uniforme ennemi était visée et atteinte.

Les Gurmacs grattaient contre le sas derrière nous. Des grenades délogèrent les dernières poches de résistance devant nous. Au détour d'un couloir, nous tombâmes sur Muller et la quatrième section. Ils étaient poursuivis par une horde de xénomorphes. Il m'indiqua la perte de trois de ses hommes.

Du sang gicla sur ma combinaison et la visière de mon casque. Le soldat Drax venait de se faire décapiter à côté de moi par les griffes tranchantes d'un gurmac. Celui-ci finit de s'extraire d'une bouche d'aération au-dessus de nous. Nous ouvrîmes tous le feu dans le plafond et les murs. Nous allions être rapidement débordés.

- La passerelle est là, siffla le chef lornorien du Groupe de Résistance.

- Naturellement, elle est fermée, gueula Muller entre deux rafales de FAFL.

- Nous n'avons plus d'explosifs, l'informais-je.

- Nous non plus.

Je pestais, si prêt du but. Hellberg et deux hommes de Muller effectuèrent des pesées sur le sas pour tenter de l'ouvrir. Nous ne pouvions même pas pirater le verrou, car il n'y avait plus d'électricité.

Les Gurmacs arrivaient de plus en plus. Comme l'avait annoncé Deux, ils venaient ceux des niveaux inférieurs passaient par l'extérieur du vaisseau. Les munitions allaient sérieusement nous manquer et tous les coups devaient faire mouche. Les cadavres s'amoncelaient dans les corridors formant un mur qui s'effondrait à chaque nouvelle vague de chitine et de griffes.

C'est alors que la lumière revint et nous éblouies le temps que nos systèmes infrarouges s'éteignirent.

Les plaques blindées du sas de la passerelle de commandement s'écartèrent. Hellberg leva le gros canon de son arme en même temps que les deux soldats de la Quatrième section. Un Lornorien, la main sur le bouton d'ouverture, affichait un sourire satisfait bien que son autre main tenait ses viscères qui s'écoulait lentement d'une blessure à l'abdomen. Il s'effondra mort.

- Fusshiss, souffla le Lornorien du Groupe de Résistance en s'approchant de son congénère. Merci, vieux frère.

Il le tira sur le côté nous ouvrant ainsi le passage en direction de la passerelle.

- En avant, ordonnais-je.

Des rafales de plasma nous accueillirent.

La Passerelle de commandement était sens dessus dessous. Il y avait eu un affrontement dément à l'intérieur. Lornoriens contre Lornoriens.

- Grenade, hurla un soldat.

Nous sautâmes à couvert, mais le souffle de l'explosion nous projeta à terre. Je me relevais rapidement en contrôlant les informations de mes systèmes de vie. Rien. Aucun problème. Je n'avais pas le temps de regarder les données de mes hommes. À genoux, je lâchais une série de rafales sur l'ennemi qui était caché derrière les consoles de navigation.

Darkbug reprenait ses esprits lorsqu'il se redressa d'un coup et tira sur un lornorien qui allait me bondir dessus sabre à la main.

- Je n'entends plus rien, gueulait Hellberg en se tenant le casque.

- Ici, Quatre, qui est blessé, demanda Muller ?

- Vince a plongé sur la grenade, déclara un de ses soldats.

- Bon sang, jura Muller. Réveillez-vous, les Gurmacs s'en branlent de vos bobos.

Et c'était vrai, les créatures fonçaient accrocher aux plafonds et aux murs. À côté de l'entrée, Muller debout et Erickson à genoux tiraient sur l'ennemi. Le Major Radrark, Andros et un wartrooper de la Quatrième sautèrent à l'intérieur de la pièce. Avec Darkbug, nous les suivîmes. Des Lornoriens étaient à couvert derrière des pylônes et gardaient l'accès d'un autre sas. Deux soldats se tenaient derrière d'énormes boucliers semblables aux pavois de nos anciens chevaliers. Tous nos tirs ricochèrent dessus. Ils voulaient protéger ce sas à tout prix et nous retarder le plus possible. Il n'y avait qu'une seule raison à cela. L'Empereur devait fuir par cet endroit.

- Quatre de Un. Chestiss se sauve par le corridor sur notre droite.

- Bien reçu.

Une explosion se fit entendre un peu plus loin à notre niveau.

- ici, Hunter. Je suis avec le gamin. On arrive.

Durant tout ce temps, le *Gloire de Lornor* immobilisé subissait continuellement des tirs de tous les vaisseaux qui naviguaient à sa portée.

Les porteurs de boucliers laissèrent passer un Lornorien équipait d'une mitrailleuse lourde à plasma. Le souffle brûlant des projectiles fondit les parois autour de nous. Tout se compliquait encore plus.

Enfin, nous connaissions la vraie loi de Murphy. On était vraiment dans une Vraie Grosse Merde. D'un côté, des gurmacs qui déboulaient de partout, de l'autre une énorme sulfateuse à plasma qui pouvait liquéfier n'importe qui au premier contact.

Je ne bougeais plus de mon couvert. Darkbug couché sur le sol de la passerelle brancha son système de visée optique de son casque sur son arme. Trois secondes après, il leva le canon de sa carabine. Il tira. Un hurlement. Il tira une deuxième fois. Les rafales cessèrent.

Je me relevais pour regarder le résultat. Le mitrailleur

était à terre. Un des soldats sous le couvert de son bouclier voulut s'emparer de la mitrailleuse, mais le Major Radrark qui avait rampé à couvert des consoles et autres anfractuosités de la passerelle sauta dans sa direction avec sa hallebarde à bout de bras. Ses tirs percutèrent le deuxième Lornorien qui ne le vit qu'au dernier moment. Il laboura le haut du dos du premier avec la lame de son arme. Le Lornorien tomba au sol. Radrark profita de la confusion et sectionna la jambe du deuxième avant que celui-ci ne reprenne l'initiative.

La voie fut libre deux secondes après.

Les squads Un et Quatre pénétrèrent sur la passerelle et fermèrent le sas derrière eux, empêchant ainsi les gurmacs de rentrer. Tous les wartroopers investirent les lieux et contrôlèrent l'état de vie de tous les Lornoriens présents.

Je désignais à Muller le deuxième corridor.

- Tenez le poste de commandement et informez en notre flotte et celle de l'ennemi. Je poursuis Chestiss avant qu'il ne quitte le navire.

Muller leva le pouce m'indiquant ainsi qu'il avait bien compris. Suivi par Hellberg, Darkbug et le reste de mon squad, nous forçâmes l'ouverture du deuxième sas par où avait dû fuir l'Empereur des Lornoriens et sa garde rapprochée. Le couloir descendait en pente douce.

- Colonel, ici Hunter. J'ai repéré Chestiss.

- Bien reçu, Hunter. Nous sommes à son cul.

- Avec DiLite, on ne le lâche pas.

- Ici, Quatre. Nous avons désactivé les implants des Gurmacs. La voie est libre. Bonne Chasse.

Les haut-parleurs grésillèrent et des ordres de se rendre provenant de Muller et de l'officier lornorien qui était avec lui furent donnés aux personnels du destroyer de commandement. La reddition était proche.

- À notre tour de les emmerder. Il faut rattraper Chestiss et vite.

Nous nous mîmes à courir dans les coursives du navire aussi rapidement que nous le permettaient nos armures de combat Titan. Durant notre trajet, mes chefs de section m'annoncèrent l'évolution des escarmouches au sein du *Gloire de Lornor.* Les groupes de résistances lornoriennes passèrent finalement à l'action dans tous les endroits où ils étaient en poste. Certains bâtiments de guerre se rendirent immédiatement. D'autres explosèrent de l'intérieur suite à intervention de quelques soldats kamikazes qui n'avaient plus aucune solution pour pacifier leur vaisseau.

La Bataille spatiale prenait alors une nouvelle tournure. Tous les systèmes d'arme du *Gloire de Lornor* furent désactivés grâce aux manœuvres combinées des groupes de résistance et des membres des sections du X° corps de garde.

Le légionnaire DiLite nous attendait caché non loin d'un sas d'accès à un hangar à vaisseau. Hunter était en train de forcer électroniquement le système d'ouverture de la porte.

- Quatre, coupe tous les systèmes du niveau...Je cherchais du regard un indice. Ce fut le major Radrark qui me l'indiqua : C4H30.

- Nous faisons le nécessaire. Un opérateur lornorien s'en occupe, m'informa Muller.

Nous nous rapprochâmes de Hunter. Un court circuit et une gerbe d'étincelles jaillir du boîtier sur lequel il bidouillait. Le sas s'ouvrit dans un chuintement.

- Et voilà, le travail, jubila-t-il.

Dans le même temps, toutes les lumières s'éteignirent. Nous passâmes de nouveau en optique infrarouge.

Hunter et DiLite s'élancèrent les premiers. Je suivis avec Radrark et le reste de la section.

Nous étions dans un hangar de service. Un petit esquif spatial y était stationné. Elle arborait les couleurs de l'Empire lornorien. J'aurais mis ma main à couper que c'était celui de Chestiss. Les lampes de mise à feu s'allumèrent. Le pilote devait être en train d'effectuer sa liste de contrôle avant le départ du vaisseau. Nous ne devions pas trainer.

On s'avança rapidement en ligne de front.

Des tirs de plasma volèrent dans notre direction. Devant l'astronef, un Lornorien portait une mitrailleuse lourde à plasma. Des gouttes de métal liquide giclèrent tout autour de nous.

- Je vais me le faire.

Hellberg sortit de derrière un tas de caisses en acier en tenant d'une poigne de fer sa propre mitrailleuse lourde à fusion laser. S'ensuivit alors un effroyable duel entre les deux combattants. Nous laissant ainsi l'opportunité de nous déplacer de part et d'autre de la navette.

Le temps semblait s'être arrêté. L'obscurité était striée des projectiles solides fusionnés et des boules de plasma. D'énormes gerbes d'étincelles volaient de-ci de-là.

- Je t'ai, mon salaud, gueulait Hellberg en avançant mètre après mètre.

Des éclats giclèrent autour du Lornorien. Les tirs du wartrooper devinrent de plus en plus précis. Soudain le genou disparut dans une explosion de sang et d'os. Le Lornorien s'abattit sur le sol. Hellberg canarda par courte rafale. Le soldat ennemi eut un sursaut avant de mourir en rampant devant son arme.

Un tir partit de dessous la frégate. La mitrailleuse

lourde à fusion laser s'arrêta de rafaler et tomba sur le sol.

Plusieurs projecteurs d'approche s'allumèrent et éclairèrent le hangar tout autour de la navette spatiale.

À la place de Hellberg, il ne restait qu'une moitié de tronc tenu par ses jambes. Elles vacillèrent et s'effondrèrent.

Je poussais un cri d'horreur et me retint de vomir dans mon casque. Hellberg était mort. Un de mes plus fidèles soldats avec qui nous avions vécu d'innombrables batailles, d'immenses moments de convivialité, de bonheur, de joie et de peines, venait de tomber.

Darkbug, les dents serrées par la rage et la colère, leva son arme au-dessus de son couvert. Grâce à sa visée optique déportée, il scruta les environs un bref instant. Puis sprinta vers un autre couvert.

La frégate était coincée dans le hangar. Les portes n'allaient pas s'ouvrir sans la remise en route des systèmes électriques par la passerelle de commandement. Nous nous couchâmes tous à couvert lorsque les canons à ions de la navette mitraillèrent à tout va. Hunter me fit signe. Il voulait courir d'un côté pour atteindre le canon avant en le contournant pour ensuite le faire sauter. Tout le monde fut prêt à le couvrir. J'ordonnais le tir. Nous nous levâmes tous et ouvrîmes le feu sur les endroits que nous jugions sensible. Hunter bondit en avant et se mit à sprinter aussi vite qu'il le pouvait. L'arme pivota dans sa direction et rafala avec un temps de retard. Je crus qu'il avait été touché lorsqu'il plongea derrière une anfractuosité métallique du hangar. Le canon revint vers nous en mitraillant de plus belle. Les caisses volèrent en éclat. Nous rampâmes vers d'autres couverts.

- C'est bon, les gars, je n'ai presque rien. J'ai plus de

projecteurs, et quelques fils électriques de mon armure ont fondu. J'y vais.

Je ne sais pas si dans tout ce bazar quelqu'un avait entendu les paroles de Hunter, mais il sortit de sa cachette, passa tranquillement sous le canon à ions qui nous canardait en perçant les murs des coursives autour du hangar. Hunter posa un ruban explosif sous l'arme et recula de quelques mètres en se couvrant la tête avec son bras blindé. Le pont d'embarquement de la frégate descendit juste devant lui. Deux soldats derrière des boucliers s'avancèrent et mirent en joue mon lieutenant avec leur pistolet à plasma.

Deux tirs précis à une seconde d'intervalle leur arrachèrent leur main. Hunter se plia en deux au moment de l'explosion, absorbant ainsi le souffle avec son armure.

- En avant.

Je sortis de ma planque et sprintai vers les deux Lornoriens qui étaient à genoux en se tenant le moignon où se trouvait leur main; je passais à côté d'eux sans leur prêter une grande attention.

Ce fut les soldats Andros et DiLite qui les mirent en joue et les constituèrent prisonnier. Hunter et Radrark me talonnaient. Darkbug était derrière eux. Erickson s'occupa des blessures des Lornoriens.

Il fut facile de débusquer l'Empereur Chestiss. Il nous attendait sur le trône de commandement de sa frégate. Quatre Lornoriens se trouvant devant le sas d'entrée déposèrent leurs armes. Ce n'était pas des combattants, mais les pilotes et opérateurs du vaisseau. Hunter les escorta à l'extérieur. La porte glissa sur le côté et je m'avançais en compagnie de Radrark et de Darkbug. La passerelle était décorée avec luxe. Il y avait des boiseries et de nombreux tableaux représentant des

Lornoriens en train de guerroyer ornaient la salle.

Devant nous, il y avait une immense table holographique projetant le vaste empire lornorien.

L'Empereur Chestiss était assis dans un haut fauteuil en velours pourpre et or connecté aux différents organes de commandement de sa navette. C'était un Lornorien de taille moyenne et d'un grand âge. Sa peau était extrêmement ridée. Son front était ceint d'une couronne fine surmontée d'un gros joyau. Ses vêtements étaient amples et de très bonnes confections de couleur ocrent bordée de motifs lornoriens en or et rouge.

- Empereur Chestiss, rendez-vous et faites cessez les combats.

Chestiss me répondit en Warlandien. Sa voix était sifflante, grave et tousseuse comme une personne qui a fumé longtemps des cigarettes.

- Jeune soldat, je ne peux pas me rendre. Je peux faire cesser les combats, mais je ne peux pas me rendre. Il prit une inspiration avant de continuer. J'ai ouï du sens de l'honneur des wartroopers de Warland. Celui des légionnaires de l'Ordre Noir comme vous. Votre code de l'honneur qui s'applique en toute circonstance aussi bien en temps de paix qu'en temps de guerre. Vous devriez bien me comprendre. Je ne suis pas qu'un simple soldat. Je suis Chestiss, l'Empereur du Grand Empire lornorien. Par mon statut, il m'est donc impossible de me rendre.

- Alors, faites cesser les combats.

- Je vais le faire, mais à la condition que vous me laisserez choisir ma mort.

Je regardais le Major Radrark. Il aurait bien voulu le faire prisonnier au nom de tous les Vinx disparus lors de la destruction de leur planète, mais étant sous mes ordres il n'avait plus rien à dire.

J'acquiesçais à la demande de l'Empereur.

Chestiss tapota sur plusieurs touches sur un clavier dissimulé sur l'accoudoir de son imposant fauteuil. Il parla alors dans sa langue. Radrark me traduisait progressivement. Il ordonnait effectivement à tous les Lornoriens de se rendre immédiatement à l'ennemi après avoir cessé les combats.

J'appelais Muller pour avoir une confirmation au niveau de la passerelle de commandement du *Gloire de Lornor*. Il m'attesta que le message de l'Empereur était bien passé et que toute la flotte lornorienne déposait les armes au fur et à mesure. Les vaisseaux de la Fédération de Warland en plus ou moins bon état abordaient l'ennemi pour leur totale reddition. Muller m'annonça que notre Haut État-Major nous félicitait.

– Empereur Chestiss, au nom de la Fédération de Warland, je vous accorde votre mort.

Il notifia sur une feuille en papier la reddition complète de Lornor et ses regrets de ne pas avoir pu mener Lornor vers la victoire tant attendue. Il me tendit le document. J'inclinai la tête et reculai.

Nous nous retirâmes et fermâmes le sas sur nous.

Chestiss sortit de sous ses robes un pistolet laser lornorien de très bonne facture, gravé de fioritures dorées. C'était le cadeau de son père Chestiss premier. Un cadeau qu'il avait eu dès qu'il avait appris à se servir d'une arme. C'était pour lui le premier et dernier présent de son père qui décéda brutalement quelques jours après lui léguant ainsi son trône.

De l'autre côté du sas, nous entendîmes le tir meurtrier. En rentrant de nouveau dans la salle, nous constatâmes sa mort. Notre mission était enfin terminée.

Je sortis de la frégate laissant Darkbug et Radrark s'occupait du corps du monarque.

Je rejoignis par la suite la passerelle de commandement du *Gloire de Lornor* et entra en communication avec le haut État-Major de la Fédération de Warland.

– Ici, le Colonel de l'Ordre Noir Fightblue, commandant le X° corps de garde de la Légion de Coopérations Humain Extraterrestre. Mission terminée.

Fin

Imprimé par le site lulu.com